UN GARÇON TRÈS SÉDUISANT

Olivia Goldsmith

UN GARÇON
TRÈS SÉDUISANT

FRANCE LOISIRS

Titre original : *Bad Boy*.
Publié par Dutton, a member of Penguin Putnam Inc.,
New York.

Traduit de l'américain par Évelyne Jouve.

Édition du Club France Loisirs,
avec l'autorisation des Éditions Belfond.

France Loisirs,
123, boulevard de Grenelle, Paris
www.franceloisirs.com

© Olivia Goldsmith 2001. Tous droits réservés.
© Belfond, 2002, pour la traduction française.
ISBN : 2-7441-6328-7

À Nunzio Nappi,
tant que je suis aux premières loges.

1

Le ciel avait une teinte grisâtre, comme le lait écrémé que Tracie versait dans son café. Mais c'était justement ce qui lui plaisait à Seattle. Aucun risque de confusion avec Encino et ses cieux californiens d'un bleu éclatant, aussi vides de nuages que sa maison l'avait été d'occupants. Enfant unique, avec des parents dans « l'Industrie », Tracie avait passé beaucoup trop d'heures à contempler ce ciel. Fini ce bleu vide et trompeur qui la sommait d'être heureuse alors qu'elle ne l'était pas ! Ici, avec ce couvercle nuageux sur la tête, les plus petits bonheurs prenaient des allures de récompense.

Avant de se décider pour Seattle, Tracie avait pensé s'inscrire dans une école de la côte Est, mais ce qu'elle avait lu sur Dorothy Parker et Sylvia Plath l'avait refroidie. Une chose était sûre, cependant : elle voulait quitter la Californie et trouver une destination suffisamment éloignée pour échapper aux week-ends en famille. Sa belle-mère, sans être à proprement parler une horrible marâtre, était affligée d'un caractère maniaco-dépressif. Tracie avait donc opté pour l'université de l'État de Washington et − coup de chance − elle avait non seulement atterri dans une excellente école de journalisme, mais aussi trouvé des amis, un bon job, et elle était tombée amoureuse de Seattle. Sans compter que pendant les festivals de musique, de plus en plus courus, elle avait le choix entre une ribambelle de garçons sexy en diable.

Il faut dire que Seattle était réputée pour ses mauvais

garçons, son café et ses magnats de la micro-informatique. Or, tout en ingurgitant sa première gorgée de caféine matinale, Tracie Leigh Higgins reconnut qu'elle était sérieusement accro aux trois.

Mais elle se disait parfois qu'elle n'avait pas accordé à chacun de ces éléments la bonne place : elle aurait peut-être mieux fait de renoncer une fois pour toutes aux voyous, de réduire sa consommation de café et de sortir avec des barons de la micro. Au lieu de ça, elle s'obstinait à craquer pour les sales types et ingurgitait des litres de *latte* – quant aux crésus de l'informatique, elle se bornait à les interviewer.

De nouveau, Tracie leva les yeux vers le ciel. Phil, son petit ami, recommençait à lui donner du souci. Je devrais peut-être renoncer au café, sortir avec des obsédés du Net, et écrire des romans sur les mauvais garçons, songea-t-elle en touillant son breuvage favori. Elle loucha sur un muffin bien doré criblé de pépites de chocolat, et se tapa mentalement sur les doigts : terminé, ce genre de drogue ! Dans un éclair de lucidité, Tracie admit que la perspective de rompre avec Phil, ou bien celle d'attaquer un roman, la poussait ainsi à vouloir se réconforter. Aurait-elle le courage de quitter son travail pour devenir romancière ? Et si oui, sur quoi écrire ? Ses ex-petits amis ? Non, trop embarrassant...

Elle adorait ce moment paisible de la matinée, attablée dans le coffee-shop, quand elle parcourait la presse régionale et rêvassait en regardant par la fenêtre. Mais si elle ne s'activait pas, elle finirait par être en retard. Elle avait un portrait d'internaute sur le feu. Déprimant.

Elle porta la tasse à ses lèvres et jeta un coup d'œil à sa montre. Hé ! une minute : je pourrais renoncer aux mauvais garçons et écrire sur le café... Mais tout cela était beaucoup trop compliqué pour une heure aussi matinale. Après tout, elle était un oiseau de nuit. Elle ne pouvait pas décider de son destin aussi tôt dans la journée. Les bonnes résolutions attendraient bien jusqu'au nouvel an. Dans l'immédiat, elle avait son article à boucler sur un petit génie de la haute technologie locale.

Ensuite, elle verrait Phil.

Tracie frissonna de plaisir à cette pensée et termina son café, refroidi maintenant et presque imbuvable. Elle avala néanmoins une dernière gorgée et se demanda si elle aurait le temps de passer chez le coiffeur avant de voir Phil.

Elle sortit un petit bloc de Post-it et nota : « Appeler Stefan pour un shampooing-coupe-brushing », puis se dirigea vers la porte en attrapant son porte-monnaie et son sac à dos.

Elle traversait le hall du *Times* quand elle fut interceptée par Beth Conte, une experte dans l'art d'ouvrir des yeux ébahis à la moindre occasion.

— Marcus te cherche, souffla-t-elle.

Tracie avait beau savoir que Beth était la reine du psychodrame, son estomac se retourna sur lui-même et le café n'apprécia pas la promenade. Elles continuèrent à marcher en direction du box qui servait de bureau à Tracie.

— Il est sur le sentier de la guerre, précisa Beth inutilement.

— Ta formule n'est pas politiquement correcte, releva Tracie. C'est insultant pour les Indiens d'Amérique, non ?

— Associer Marcus à n'importe quel groupe ethnique est insultant pour ses membres. On se demande ce qu'il est, d'ailleurs ? En tout cas, sûrement pas italo-américain, ajouta-t-elle, les mains levées comme pour défendre ses propres origines.

— Il est sorti de la cuisse de Jupiter, présuma Tracie

11

comme elles prenaient le dernier virage et entraient enfin dans son box.

— Marcus est né sur Jupiter ? demanda Beth avec stupeur. Qu'est-ce que tu racontes ?

Tracie ôta son imperméable, le suspendit au porte-manteau, et fourra son sac sous le bureau.

— Pas la planète, le dieu. Tu sais bien : le papa d'Hercule...

— Hercule qui ?

Voilà ce qui arrivait quand on parlait de mythologie avec Beth avant dix heures du matin – et même après. Tracie enleva ses chaussures de sport, les fit rejoindre son sac. Elle partait à la recherche de ses escarpins quand le seuil de la porte fut obscurci par la silhouette volumineuse de Marcus Stromberg. Tracie sortit sa tête de sous la table et espéra qu'il n'avait pas eu le loisir de contempler son postérieur. Elle glissa ses pieds dans ses tennis. Affronter Marcus pieds nus était au-dessus de ses forces.

— Euh, merci pour le tuyau, pépia Beth en s'éclipsant.

Tracie adressa à son patron son sourire de première de la classe et s'assit de manière aussi naturelle que possible. Pas question de se laisser intimider. Au fond, Marcus n'était pas si terrible que ça. Du menu fretin comparé aux requins avec lesquels son père traitait à L.A. Et puis, ce n'était pas sa faute à elle s'il avait espéré devenir un jour Woodward ou Bernstein, et avait fini dans la peau d'un Marcus Stromberg.

— Comme c'est gentil d'être passée, déclara-t-il en regardant sa montre. J'espère que cela ne perturbe pas vos obligations sociales.

Marcus prenait un malin plaisir à la traiter comme une débutante.

— Vous aurez votre papier à seize heures, répondit calmement Tracie. Je vous l'ai dit hier.

— Je m'en souviens. Mais il se trouve que j'ai un autre article à vous confier aujourd'hui.

Et merde ! Comme si elle n'avait pas suffisamment de travail.

— Sur quel sujet ? demanda Tracie en essayant de paraître détachée.

— La fête des Mères. Je veux qu'il soit bon, et je le veux pour demain.

Tracie était spécialisée dans les interviews des grands et futurs grands manitous de la technologie de pointe, mais, comme tous ses collègues, elle héritait de temps à autre de missions spéciales. Pour aggraver le tout, Marcus avait le don de leur coller LE sujet qui à coup sûr leur gâcherait la journée. Ainsi Lily, une journaliste aussi talentueuse que grassouillette, était-elle abonnée aux articles sur les salles de gymnastique, l'anorexie et les concours de beauté. Tim, réputé pour son hypocondrie, était cantonné aux sujets médicaux – ouverture d'une nouvelle aile dans un hôpital, traitements divers... Marcus s'arrangeait toujours pour trouver leur point faible, même quand ce n'était pas aussi flagrant que chez Tim ou Lily. Tracie voyait peu sa famille et n'aimait pas particulièrement les vacances ? Qu'à cela ne tienne : il l'avait déléguée aux traditions familiales. Et donc à la fête des Mères !

Elle avait perdu sa mère à l'âge de quatre ans et demi. Son père s'était remarié, avait divorcé, et s'était marié une troisième fois. Tracie n'avait aucun souvenir précis de sa mère et tentait d'oublier son actuelle belle-mère.

Elle contempla la mâchoire carrée de Marcus et sa barbe, qu'on aurait pu baptiser « l'ombre de dix heures du matin ».

— Vous souhaitez un angle particulier ? demanda-t-elle. Ou vous me donnez carte blanche pour un essai

13

tout en finesse sur la façon dont je projette de passer la fête des Mères ?

Marcus resta de marbre.

— Contentez-vous d'expliquer comment Seattle célèbre ses mamans. Citez un maximum de restaurants, de fleuristes et truffez-moi le tout de noms d'annonceurs. Neuf cents mots pour demain matin. L'article paraîtra dimanche.

Grands dieux ! Les neuf cents mots sonnaient le glas de sa soirée avec Phil. Tracie regarda de nouveau Marcus, ses cheveux noirs ondulés, sa peau mate, ses yeux bleus, et regretta qu'une si séduisante enveloppe abrite un être aussi profondément abject. Globalement, Marcus lui donnait la chair de poule – même si elle mettait un point d'honneur à n'en rien laisser paraître. Elle le gratifia donc d'un sourire angélique, dans le plus pur style « stagiaire débutante ».

— Vos désirs sont des ordres, patron.

— N'en faites pas trop, grommela Marcus en tournant les talons pour passer à la victime suivante. Et, sans vouloir abuser, lança-t-il par-dessus son épaule, épargnez-moi la sempiternelle « boule de poils » dans votre article sur Gene Banks. Je me contrefiche de savoir qu'il a un schnauzer.

— Ce n'est pas un schnauzer, rétorqua Tracie à voix haute, avant de corriger tout bas : C'est un labrador noir.

Bon, elle avait effectivement tendance à mentionner les animaux de compagnie et les hobbies des allumés de l'informatique dans ses portraits, mais c'était pour apporter une touche d'humanité. Et puis, elle aimait les chiens.

Le téléphone sonna. À dix heures cinq, cela ne pouvait pas être Phil. Il n'émergeait jamais avant midi. Elle décrocha le combiné.

— Tracie Higgins, j'écoute, lança-t-elle d'une voix aussi alerte et enjouée que possible.

— Oh, toi ça ne va pas ! lança Jonathan Delano. Qu'est-ce qui se passe ?

— Rien. C'est Marcus, une simple rupture d'anévrisme, soupira Tracie.

— Plutôt une bonne nouvelle, non ? demanda Jon.

Tracie éclata de rire. Jonathan réussissait toujours à la dérider.

Il était son meilleur ami depuis des années. Ils s'étaient rencontrés à l'université, en cours de français : Jonathan avait une richesse de vocabulaire incroyable mais le pire accent qui soit ; son accent à elle était celui d'une Parisienne pure souche, mais elle était incapable de conjuguer un verbe. Elle l'avait aidé pour la prononciation et lui pour la grammaire. Ils avaient obtenu un A tous les deux, et, depuis, leur association avait prospéré. Jon était bien la seule personne, en dehors de sa copine Laura, capable de deviner au bout de six syllabes qu'elle avait un problème.

— Je viens d'écoper d'un boulot monstrueux, alors que j'avais prévu de sortir ce soir. En plus, Laura risque de débarquer et je dois remettre mon appartement en état.

— Ta fameuse Laura, celle de Sausalito ?

— Non, de Sacramento. Elle a rompu avec son zéro pointé de petit ami et elle a besoin de temps pour panser ses plaies.

— On en est tous là. Quel genre de zéro pointé ?

— Le genre « Désolé de ne pas t'avoir appelée, tu peux me filer trois cents dollars ? Au fait, je n'avais pas l'intention de coucher avec ta meilleure amie ».

— Oh. Une nullité du genre de Phil, alors.

Tracie sentit son estomac se tasser comme si elle était dans un wagonnet du grand huit.

— Aucun rapport ! Phil a juste du mal à s'en sortir

15

avec ses textes et sa musique. De temps en temps, il a besoin d'un soutien moral, c'est tout.

En réalité, Tracie n'était pas vraiment sûre que Phil ait jamais eu besoin d'elle. Alors qu'elle lui faisait toujours lire ses articles, il condescendait rarement à lui montrer ses œuvres. Elle n'avait toujours pas réussi à déterminer s'il supportait mal la critique ou s'il se fichait éperdument de son opinion. Quoi qu'il en soit, c'est cet aspect qui l'attirait. Elle, toujours en quête de reconnaissance, admirait son assurance. Il était cool. Pas elle.

Jon renifla en signe de désapprobation.

— Phil te détourne de ce qui compte.

— Comme quoi ?

— Comme la mort de ta mère quand tu étais gosse. Tes relations difficiles avec ton père. Ta propre créativité.

— Quelle créativité ? demanda Tracie en jouant les idiotes alors qu'elle s'était fait exactement la même réflexion devant son café ce matin.

Jon était plein de bonnes intentions. Il avait foi en elle, mais parfois il... eh bien, il allait trop loin.

— Je n'ai jamais écrit quoi que ce soit de créatif.

— Faux. De temps en temps, ça pointe son nez au détour d'un article de commande, affirma Jon. Tu as un style bien à toi. Et si on te confiait une rubrique...

— Tu parles ! Marcus ne me confiera jamais une rubrique.

Tracie soupira.

— S'il pouvait au moins cesser de caviarder mes articles et les publier tels que je les ai écrits, ne serait-ce qu'une fois...

— Je maintiens que tu serais une grande chroniqueuse. Meilleure qu'Anna Quindlen.

— Allez, arrête. Quindlen a eu le prix Pulitzer.

— Et après ? Tracie, ton regard est tellement original

16

que tu balaierais tes rivales d'un seul trait de plume. Personne ne parle de notre génération. Tu pourrais être cette voix-là.

Comme hypnotisée, Tracie contemplait le téléphone. Pendant un court instant, ils n'échangèrent pas un mot, puis elle remit le combiné contre son oreille et le charme se rompit.

— Revenons sur terre. Marcus coupe systématiquement les passages de mes articles qui pourraient avoir un peu de mordant. Je suis condamnée à radoter sur les fêtes familiales jusqu'à la fin de mes jours.

Jon s'éclaircit la gorge.

— Peut-être que si tu te concentrais davantage sur ton travail...

Tracie vit qu'on l'appelait sur l'autre ligne.

— Ne quitte pas une minute, d'accord ?

— Je veux bien passer après Marcus, mais pas après Phil, répondit Jon. J'ai ma fierté.

Tracie pressa la touche, et eut l'agréable surprise d'entendre la voix de soprano de Laura.

— Hé ho, Tracerino. Je t'appelle pour te prévenir que je vais décoller.

— Quoi, là, tout de suite ? demanda Tracie. Je croyais que tu devais arriver dimanche.

— Désolée de te décevoir. Tu espérais peut-être que je ne viendrais pas du tout, mais c'est raté. J'arrive. Je voulais juste t'informer que j'ai emballé toutes mes affaires, et légué ma toque et mes casseroles à Susan.

— Alors, ça y est ? Tu l'as dit à Peter ?

— Ça ne m'a pas paru utile. Il a vu mon expression quand je l'ai surpris sur notre lit, en train de brouter la voisine de palier. En plus, il a eu le culot de décréter que Matlock était un connard.

Au lycée, déjà, Laura était folle d'Andy Griffith. Tracie n'avait jamais compris pourquoi, mais parfois elles se rendaient toutes les deux à Burbank, pour contempler les studios de la chaîne NBC où le grand homme officiait. Elles ne l'avaient jamais aperçu, mais il n'y avait pas un seul épisode de *Matlock* que Laura ne connût par cœur.

Tracie écarquilla les yeux. Peter était un monstre. Il ne méritait pas Laura.

— Il n'aime pas *Matlock* ? demanda-t-elle en feignant d'être horrifiée. Et il broutait la voisine ? poursuivit-elle. J'espère qu'il s'est étouffé en te voyant !

Au moins, elle réussit à faire rire Laura : c'était mieux que de l'entendre pleurer. Selon ses calculs, Laura avait déjà versé plus de soixante litres de larmes à cause de Peter.

— Quel est le numéro de ton vol, et à quelle heure dois-je venir te récupérer ?

Pendant que Laura cherchait son billet dans son sac, Tracie songea avec effroi à son article à rendre pour le lendemain, et à son rendez-vous, mais Laura était sa meilleure amie.

— Je serai là pour t'accueillir à l'aéroport, déclara Tracie en tentant d'apaiser sa culpabilité.

— Inutile, je suis une grande fille, répondit Laura, et elle se mit à rire.

Laura mesurait un bon mètre quatre-vingts, et elle n'avait rien d'une sylphide.

— Je prendrai le car pour aller chez toi.

— Tu es sûre ?

— Oui, oui. Aucun problème. Et puis, tu as du travail. Dis, on diffuse bien toujours les vieux épisodes de *Matlock*, à Seattle, n'est-ce pas ?

Tracie sourit. Laura en pinçait toujours pour Andy Griffith.

— Ouaip.

— Super. Je te quitte. Je ne veux pas encombrer ta ligne.

Cela lui rappela quelque chose.

— Oh non ! J'ai mis Jon en attente ! s'écria Tracie.

— Ne t'inquiète pas, tu sais bien qu'il est toujours là pour toi. Hé, je vais enfin rencontrer ton petit génie.

Laura s'esclaffa.

— À plus tard, ajouta-t-elle, et elle raccrocha.

Tracie enfonça la touche de la ligne une. Jon patientait toujours.

— Qui c'était ? demanda-t-il.

2

— Tu es sûre que ça ne te pose pas de problème ?

Laura rangeait ses T-shirts, son imposant postérieur en l'air, la tête dans le tiroir du bas de la commode que Tracie lui avait libérée. Elle avait toujours eu une sorte de don pour plier ses vêtements – même si, une fois sur elle, ils devenaient aussi informes que son exubérante chevelure noire.

Tout en la regardant s'activer, Tracie sentit à quel point une véritable amie lui avait manqué. Elle s'entendait bien avec Beth, comme avec la plupart de ses collègues de travail, mais ce n'était pas pareil. Et même si Jon était son ami, même s'ils étaient très proches, avoir retrouvé Laura était vraiment génial !

— Évidemment, on ne peut pas partager un deux-pièces avec une copine, sans parler d'un petit ami qui joue les invités surprises, sans s'exposer à un certain nombre d'inconvénients ; mais on va bien s'amuser quand même et... Bref, je suis ravie que tu sois là !

Tracie couina, comme au bon vieux temps du lycée, et tendit ses bras ouverts.

Laura était la reine de l'accolade affectueuse. Parfois,

Tracie se disait que c'était sa qualité d'écoute, sa patience et ses gros câlins qui l'avaient conquise. Elles s'étaient rencontrées en classe de cinquième et, pendant les six années suivantes, avaient passé plus de temps ensemble que la plupart des couples mariés. Durant toute cette période, pas un nuage n'avait obscurci le ciel de leur belle entente, pas le moindre désaccord – si l'on excepte le fameux jour où Laura s'était mis en tête d'acheter une robe avec un boléro en fausse fourrure pour leur bal de promo. Tracie s'y était farouchement opposée : dans cette tenue, Laura ressemblait à s'y méprendre à un gorille.

Leur amitié était née de l'attirance des contraires : en dehors du fait qu'à l'époque toutes deux manquaient cruellement d'affection, tout les opposait. Laura était grande, Tracie petite. Laura était forte (Dieu seul connaissait son poids exact !), Tracie menue (finies, les crises de boulimie ; elle avait promis à Laura de ne plus se faire vomir). Tracie avait une silhouette à la garçonne, des seins minuscules et des cheveux blonds coupés court. Laura était une plantureuse brune dotée d'une poitrine à l'avenant et d'une généreuse chevelure en pétard. Elle avait toujours adoré mitonner des petits plats ; Tracie n'était même pas sûre d'avoir vu une cuisine dans sa maison d'Encino.

— Tu peux rester aussi longtemps que tu le voudras, affirma Tracie au terme de leurs effusions. À mon avis, tu devrais t'installer définitivement à Seattle, mais la décision t'appartient – du moment que tu ne retournes pas dans les bras de Peter.

— Peter, sale bouc, t'as brouté la voisine, j'suis plus ta copine, chantonna Laura.

Tracie se mordilla la lèvre.

— Tu l'as vraiment surpris en train de... ?

— Aussi sûr que je te vois.

Laura secoua la tête.

— Le pire, c'est que *moi*, je n'ai jamais eu droit à ce traitement de faveur.

Elle soupira, et se pencha sur son sac pour en sortir une nouvelle pile de T-shirts impeccablement pliés.

— N'y pense plus, répondit Tracie. Tu ne le reverras jamais. Crois-moi : cet idiot va te regretter.

— Moi, je ne sais pas, mais mon petit carré d'agneau sur lit de choux braisés et mon sorbet mangue-fruits de la Passion, sûrement !

Laura éclata de rire.

— Assez parlé de Peter. Je meurs d'impatience de rencontrer ton fameux Phil !

Tracie agita ses sourcils dans une improbable imitation de Groucho Marx.

— Tes vœux seront bientôt exaucés. Finis de ranger tes affaires pendant que je travaille sur ce maudit article. Après, nous mangerons un morceau, et ensuite je te présenterai Phil au *Cosmo*.

— C'est quoi, le *Cosmo* ?

— Ce serait trop difficile à expliquer. Tu verras ce soir.

Le *Cosmo* grouillait de monde quand Tracie et Laura franchirent enfin les doubles portes en verre opaque. C'était un gigantesque complexe – trois pistes de danse indépendantes – avec des néons courant le long des murs peints en noir, des stroboscopes flashant dans tous les sens et des tubes de lumière noire pour combler les temps morts, à supposer qu'il pût y en avoir.

Laura observa les lieux.

— Mmm... Un cauchemar épileptique, commenta-t-elle aimablement tandis qu'elles se frayaient un chemin jusqu'au bar bondé.

— Attends de voir le show de rayons laser ! cria Tracie pour se faire entendre par-dessus le tapage.

— L'eau chaude ? s'égosilla Laura.

— Non, le show de lasers – SHOW ! hurla Tracie.

Elle vit au sourire de Laura qu'elle avait deviné.

— Compris !

Tracie lui rendit son sourire.

Le *Cosmo* regorgeait d'habitués, tous en dessous de la trentaine, et convaincus d'être définitivement tendance. Tracie avait toujours trouvé la jeunesse dorée de Seattle un peu bizarre. Ils avaient beaucoup plus d'argent et nettement moins de classe que les habitants de L.A. ou de n'importe quel autre endroit où elle était allée, mais c'est ce qui faisait leur charme. On avait l'impression, soit qu'ils avaient oublié de s'habiller avant de sortir, soit qu'ils s'étaient rassemblés pour assister à une sorte de congrès intergalactique. En fait, la majorité des jeunes de Seattle ressemblaient à des voyageurs de l'espace fraîchement téléportés d'une lointaine planète.

Pour l'instant, des couples dansaient sur de la musique swing, la plupart en costume zazou et robe d'époque. Tracie leur trouvait un certain charme, mais en dehors de ça elle n'était pas franchement convaincue

— Moi non plus, déclara Laura comme si Tracie avait exprimé ses pensées tout haut.

Tracie vida son verre, puis essaya d'en commander un autre.

Phil était en retard, comme d'habitude.

— Dis, tu ne crois pas que tu as déjà assez bu ? s'inquiéta Laura. Il n'est même pas minuit.

— Je suis un peu... nerveuse, admit Tracie. Le week-end de la fête des Mères me fait toujours cet effet-là. Et puis il y a cet article de malheur. Et Marcus. Et Phil qui est en retard. Et...

— Crois-en mon expérience : avoir une mère peut aussi être franchement pénible, décréta Laura en l'entourant de son bras.

Tracie se dressa sur la barre du tabouret et scruta la foule. Toujours pas de Phil. Elle agita la main pour obtenir un autre verre et, cette fois, le barman l'aperçut.

— Tout ce que je demande, c'est de rentrer avec Phil ce soir, et de paresser au lit toute la journée de demain.

— Tu le mériterais, affirma Laura. Tu as travaillé comme une bête à cet article sur la fête des Mères ! Marcus n'aurait jamais dû t'en charger. Quel manque absolu de savoir-vivre !

— Les rédacteurs en chef sont rarement réputés pour leur tact. Et mes colocataires ont tendance à l'ouvrir un peu trop.

— Je ne suis pas une colocataire, rectifia Laura. Je suis juste de passage en attendant d'oublier Peter.

— Ça peut prendre des années.

— Erreur ! Je reconnais qu'il m'a fallu des années pour oublier *Ben*.

Laura s'interrompit, réfléchit, puis reprit :

— Pour Peter, quelques mois suffiront. À moins qu'il m'appelle et qu'il se roule à mes pieds.

— Dis-lui d'aller jouer ailleurs.

— Quoi ? Je n'ai pas compris.

— Tu lui diras que tu es aux abonnés absents.

— Ce que je ressens ?

Tracie sortit un bloc de Post-it de sa poche – elle en avait toujours sur elle – et écrivit quelques mots. Elle le colla sur le bar. « *Dis-lui NON.* »

Les musiciens d'un groupe de rock pur et dur étaient installés dans un box et s'employaient à vider des bouteilles de bière. Tracie les montra à Laura.

— Voici les Glandes en Feu. Le groupe de Phil.

— C'est pas exactement mon genre, mais c'est mieux que de rester plantées là. Allons les rejoindre, suggéra Laura. Ils nous offriront peut-être un verre.

— C'est ça. Et peut-être aussi va-t-on leur décerner la médaille d'honneur du Congrès.

Elles se frayèrent un passage dans la foule.

— Salut, lança Tracie. Les Glandes, je vous présente mon amie Laura. Laura, voici les fameuses Glandes en Feu.

Tracie s'assit à côté d'un rouquin squelettique.

— Cette musique est franchement nulle, marmonna Jeff, le bassiste attitré du groupe.

— Salut, Tracie. Pas vrai que c'est nul ? demanda Frank, le batteur, tandis que Laura prenait place à côté de lui.

Il y eut un silence jusqu'à ce qu'une belle blonde passe près d'eux.

— Miam-miam. Viens voir papa. J'ai quelque chose à te montrer, susurra le rouquin.

Tracie haussa un sourcil.

— Te fatigue pas. Elle travaille avec moi au *Times*. C'est Allison, un vrai barracuda femelle.

— Ah ouais ? Ben j'aimerais bien la harponner.

— Maintenant, je sais quelle glande tu es, déclara Laura.

Elle se tourna vers Frank.

— Et toi ? La lymphatique, peut-être ?

Il y eut un remous près de la porte. Tracie s'illumina en voyant apparaître Phil. Elle lança un regard appuyé à Laura, qui se retourna.

— Dieu. Il est *vraiment* grand. Et beau gosse avec ça !

Tracie opina de la tête. Son Phil avait du charme et de la grâce – quand il voulait bien se donner la peine de les montrer. Il tenait une guitare basse à la main, mais Tracie fut surtout ébranlée de découvrir à ses côtés une ravissante créature longiligne. Tous deux s'ouvrirent un passage dans la foule et s'approchèrent du box.

— Il ne marche pas, il parade, grommela Laura. Et qui est cette pouffe ? Doux Jésus, il m'a l'air pire que Peter !

— Vous n'avez même pas échangé deux mots ! protesta Tracie, quoique perturbée elle aussi par la « pouffe ». Lâche-moi cinq minutes, d'accord ?

— Salut. La répétition a fini plus tard que prévu.

Phil enroula un bras autour des épaules de Tracie.

— Phil, je te présente Laura.

Aïe, aïe, songea Tracie en reconnaissant l'expression de son amie. Celle d'une mère poule volant au secours de sa couvée. Elle regardait Phil non pas comme s'il était arrivé en retard et accompagné mais comme s'il venait de lui lancer une bouteille d'acide au visage. Dans ce genre de situation, Laura avait tendance à prendre le mors aux dents. Cela dit, Tracie avait le même réflexe défensif quand Laura était malmenée.

— Salut, Phil. Ravie de faire ta connaissance, déclara Laura. Oh ! Mais que vois-je ? Un bassiste qui aime les fausses notes !

Tracie lui donna discrètement un coup de pied sous la table. Autrefois, quand Laura passait les bornes avec son ignoble belle-mère (qu'elles appelaient entre elles I.B.M. et jamais Thelma), Tracie avait recours au même traitement expéditif. Personne, jamais, n'avait détesté sa belle-mère autant que Laura – pas même Tracie.

Comme si le trio que formaient Laura, Phil et la pouffe ne suffisait pas, Tracie vit Allison dériver dans leur direction. Mais ça n'était pas parce qu'elles travaillaient ensemble au *Times* qu'il lui fallait présenter Allison à tout le monde.

— Hello, Tracie.

C'était bien la première fois qu'Allison lui disait bonjour, à elle ou à qui ce soit d'ailleurs. Elle ne faisait même pas l'effort de se montrer polie avec Marcus, et pourtant *elle* ne se voyait jamais imposer de date butoir.

Dans un sens, Tracie savait qu'elle aurait dû se sentir flattée de cet intérêt soudain, et ce fut le cas. Phil était si séduisant et il avait une telle présence. Son allure, sa façon de s'habiller, ses cheveux, son attitude, tout en lui fascinait. La preuve : il l'avait bien fait craquer ! Malheureusement, elle n'était pas la seule à succomber à son charme et se trouvait toujours obligée de garder un œil sur ses rivales potentielles, et un autre sur Phil. Par chance, il était tellement habitué à susciter l'admiration féminine qu'il n'y prêtait quasi plus attention.

Tracie soupira. Elle allait devoir procéder aux présentations.

— Laura, Frank, Jeff, Phil : voici Allison.

Et tout en sachant qu'elle commettait une erreur, elle regarda Phil :

— Et cette jeune personne est... ?

— Mélusine, répondit-il. Je lui ai fait un brin de conduite.

— Depuis où ? Ton appartement ? demanda Tracie, et elle eut envie de se mordre la langue.

Laura s'étala mine de rien sur son siège, de sorte qu'il ne resta plus de place sur la banquette. Tracie l'applaudit mentalement. Phil resserra son étreinte autour de ses épaules.

— Mmm... On dirait un petit poêle bien chaud par une nuit glaciale, lui chuchota-t-il à l'oreille. À plus tard, bébé, ajouta-t-il à l'adresse de Mélusine, qui se résigna, non sans réticence, à se fondre dans la foule.

— Mélusine... désaffectée, murmura Laura d'une voix satisfaite.

Tracie regarda la fille s'éloigner. Mieux valait ignorer ce qui avait pu se passer entre eux, même si Laura se ferait un devoir de lui rebattre les oreilles avec cette histoire dès qu'elles seraient seules.

— Alors, tu joues ce soir ? demanda-t-elle à Phil.

— Ouais. Bob me laisse le deuxième.

Bob était le chef des Glandes, mais plus pour longtemps si Phil avait son mot à dire.

— Super ! Approuva Tracie, distraite.

Elle reporta son regard sur la foule pour voir si Mélusine traînait encore dans les parages. Apparemment non, et c'était un soulagement. Tracie avait confiance en Phil, mais dans certaines limites. Et quand on mélangeait la musique, l'alcool et Mélusine, les limites étaient franchies.

— Quand Bob doit-il arriver ?

— Grande question, grommela Phil en fronçant les sourcils.

— Quelle glande est-il ? demanda Laura. La médullosurrénale ? La pituitaire ?

— C'est un trou du cul, rétorqua Phil.

— Oh. Alors il faudrait parler de glande anale pour rester dans le ton, commenta Laura d'une voix douce.

Phil était arrivé en dernier dans le groupe, mais il jouait déjà des coudes pour devenir le leader. Tracie ne comprenait pas bien sa motivation. Après tout, ça n'avait rien d'une partie de plaisir : supplier les propriétaires de clubs de vous embaucher à l'œil, rester pendu des heures au téléphone pour planifier les répétitions, trouver un copain disposé à vous prêter sa fourgonnette pour trimballer le matériel... et tout ça, juste pour avoir le droit de choisir le répertoire ? Bon, ce dernier point, au moins, était sûrement amusant – mais le reste ? Elle avait beau faire, elle ne parvenait pas à imaginer Phil avec une casquette d'organisateur. Peut-être y a-t-il en lui un être responsable qui sommeille, songea-t-elle.

— Plus j'y pense, et plus je me dis qu'on aurait dû s'appeler autrement, annonça Jeff.

Tracie leva les yeux au ciel. Quand ils n'étaient pas occupés à se disputer, à répéter ou à se soûler, les garçons passaient des heures à discuter du nom du groupe. Tracie avait réussi à faire passer un article sur eux – malgré les réticences de Marcus – sous leur dernier nom en date : les Glandes en Feu. Et voilà que Jeff remettait le sujet sur le tapis !

— J'ai vu ce panneau, là-haut, dans la montagne, reprit-il.

C'était vraiment cool. Il y en avait partout, avec juste deux mots :

PLAQUES INSTABLES. Génial, non ? Et attention : publicité gratuite. Cool !

— Pourquoi pas « Virage dangereux » ? plaisanta Laura.

— Non, rétorqua Jeff avec sérieux, trop plat.

— « Dos d'âne », alors, suggéra-t-elle.

— Les Glandes en Feu c'est parfait, trancha Phil. L'idée est de moi et, de toute façon, la presse a parlé de nous sous ce nom. C'est le moment de surfer sur la vague. Pas vrai, Tracie ?

Tracie n'eut pas le cœur de lui signaler qu'un seul et unique entrefilet s'apparentait davantage à un clapotis qu'à une vague et que, dès demain, un autre groupe aurait les honneurs du journal.

— Exact, acquiesça-t-elle.

Elle vit Laura lever les yeux au ciel et espéra que Phil ne s'en était pas aperçu.

Par chance, il était occupé à attirer l'attention du barman pour qu'il lui prépare un drink. Puis il attira Tracie plus étroitement contre lui et lui chuchota à l'oreille :

— Je suis content de te voir.

Phil se conduisait souvent comme un mufle, et Tracie savait qu'il n'était probablement pas prêt à s'engager. Toutefois, il y avait quelque chose d'irrésistible dans son allure de chien fou, la façon dont ses cheveux lui effleuraient la joue, ses longs doigts fins et soignés. Phil dynamitait sa quiétude, apportait de la passion à son existence planifiée, et lui faisait parfois oublier tous les mauvais côtés de la vie.

Elle répondit à son chuchotement en rougissant.

Laura vit les joues de Tracie s'empourprer et secoua la tête.

— Je crois que je vais essayer de résister à la tendance ambiante et faire quelque chose de socialement responsable, comme tenter de localiser un cerveau valide dans ce désert neuronal. À plus tard, déclara-t-elle en se mêlant à la foule des danseurs.

— Qu'est-ce qui lui prend, à ta copine ? grogna Phil.

Tracie haussa les épaules et soupira. Ce serait trop demander à Laura d'apprécier son petit ami – et vice versa.

Elle alluma son ordinateur portable. Elle avait terminé le portrait au journal et commencé son article sur la fête des Mères, mais il restait à polir l'ensemble.

L'écriture était l'une des choses qui la reliaient à Phil, même si, contrairement à elle, il ne galvaudait pas son talent. Lui était un véritable artiste. Phil composait des textes très, très courts. De moins de dix lignes, souvent. Tracie ne les comprenait pas toujours, mais se gardait bien de le lui avouer. Sa démarche créative était habitée par un tel individualisme et un tel mépris du public qu'elle forçait le respect.

Phil avait beau partager son appartement avec des copains, et avoir toujours eu une petite amie, Tracie le savait solitaire dans l'âme. Elle le croyait capable de rester cinq ans coincé sur une île déserte et, au moment où un bateau accosterait enfin pour le sauver, de lever les yeux de sa guitare en disant : « Ce n'est pas le moment de me déranger. » Il le lui avait d'ailleurs répété à de multiples reprises, et elle admirait son intégrité intellectuelle.

Parfois, Tracie se disait que l'école de journalisme et son travail au *Times* avaient perverti son propre talent. Après s'être entendu répéter pendant des années « Vous n'écrivez pas pour vous mais pour vos

lecteurs », elle trouvait l'engagement de Phil rafraî-
chissant, même s'il considérait avec un mépris souverain les plumitifs mercantiles qui, comme elle,
écrivaient sur des sujets commerciaux.

Pour l'instant, elle avait une idée très nette de ses
futurs lecteurs : des banlieusards avachis devant leur
café du matin ; des petits snobinards mâchonnant du
pain brioché au brunch ; des vieilles dames à la biblio-
thèque. Tracie soupira et se concentra sur son écran.

Il s'était à peine écoulé deux minutes que Phil la
poussa du coude.

— Tu ne peux pas éteindre ce machin et t'intéresser
à ce qui se passe ?

— Phil, je dois absolument terminer cet article. Si je
ne le remets pas ce soir à Marcus, il fera sauter ma
rubrique Portraits. Il n'attend que ça. Je pourrais même
perdre mon job.

— Chaque fois, c'est la même rengaine, rétorqua
Phil. Cesse donc un peu de vivre dans la peur.

— Je ne plaisante pas. Écoute, ce papier est très
important pour moi. J'essaie de composer quelque
chose d'original sur la fête des Mères.

— Eh, qu'est-ce que tu y connais ? Tu n'en as même
pas une à toi, intervint Jeff avec son tact habituel.

Tracie se tourna vers lui comme s'il s'agissait d'un
gosse.

— C'est vrai, Jeff. J'ai perdu ma mère quand j'étais
toute petite. Mais, vois-tu, les journalistes ne puisent
pas toujours leur inspiration dans leur vécu. Il leur
arrive d'écrire sur des sujets d'actualité. Ou de raconter
la vie de personnes qui leur sont étrangères. C'est pour
cela qu'on les appelle des « reporters ».

— Waouh. L'ironie est si lourde que mes baguettes
m'en tombent des mains, déclara Frank.

— Hé, mec, à quelle heure on passe ? demanda Jeff.

— Pas avant deux heures du mat', mec, répondit Frank.

Tracie réprima un gémissement d'horreur. Deux heures du matin ? Ils ne partiraient pas d'ici avant l'aube.

— Aïe ! Bob n'a pas pu faire mieux ?

— Ouais, c'est un peu tôt, grommela Phil. J'espère que d'ici là tous ces nazes auront fichu le camp et qu'on aura un public décent.

Laura émergea de la piste de danse, ramenant dans son sillage un type court sur pattes habillé comme un bookmaker des années quarante. Elle cartonnait auprès des hommes de petite taille. Malheureusement, l'intérêt n'était pas réciproque.

— On peut se joindre à vous ? Ou bien vous vous transformez en souris et en citrouilles à minuit ?

— Les Souris et les Citrouilles... Hé, ce serait pas mal comme nom, s'enflamma Frank.

Tracie jeta un coup d'œil à sa montre.

— Ah, zut ! Je dois absolument boucler mon texte.

Elle retourna à son écran.

Les garçons continuèrent à échanger des regards moroses. D'autres cadavres de bouteilles s'empilèrent sur la table. Tracie finit par refermer son ordinateur.

— Cette musique est tout ce qu'il y a de plus nul, radota Frank dans l'indifférence générale.

— Ouais : archinulle, confirma Jeff.

— Merci pour cette plongée dans l'univers culturel de Seattle.

Je ne regrette pas d'avoir quitté Sacramento, ironisa Laura.

Tracie leva les yeux.

— Le niveau remontera dès que je serai débarrassée de ce maudit article et que les garçons joueront, lui promit-elle.

Elle esquissa un mouvement pour partir.

— Où vas-tu ? demanda Phil.

— Je dois faxer mon texte au domicile de Marcus.

— Tu restes ici, ordonna Phil en la retenant par la main. Pour quoi on passe, nous ? Tu te rends compte que les autres filles donneraient n'importe quoi pour être assises avec nous ?

Tracie haussa les épaules en souriant. Il était quasi impossible de se connecter à un modem dans un bar. Ce serait bien assez compliqué de trouver un centre de télécopie ouvert vingt-quatre heures sur vingt-quatre dans les Pages jaunes de l'annuaire. Si elle partait tout de suite, elle serait de retour avant la prestation du groupe. Sinon... elle pouvait s'attendre à ce que Phil lui fasse la tête pour le restant de la nuit.

Quand elle réapparut, vingt minutes plus tard, une danseuse de fox-trot occupait sa place.

— J'ai faxé mon article juste avant la fermeture, déclara Tracie en s'arrêtant devant la table.

— Félicitations, répondit Phil en lui tendant une bière.

— Alors, quoi de neuf depuis que je suis partie ?

— La musique est toujours aussi ringarde, et le groupe s'est trouvé une nouvelle mascotte, résuma Laura.

Tracie tapa sur l'épaule de la donzelle pour qu'elle libère la place, tout en lançant à Phil un regard noir. Il aurait quand même pu lui dire de s'éclipser !

— Ah, c'est pas ma faute ! protesta Phil comme la fille s'éloignait.

— Je ne comprends pas ce qui pousse ces nanas à s'habiller comme Betty Crawford, marmonna Frank.

— Ouais, approuva Phil.

Laura se tourna vers Frank.

— Betty Crawford est inconnue au bataillon.

— Quoi ?

— Tu es le batteur du groupe, c'est ça ?

— Ouais, grogna Frank. Et alors ?

— Alors Betty Crawford n'existe pas.

— Hein ?

— Il y a Betty Grable et Bette Davis. Il y a aussi Joan Crawford. Mais, sauf erreur, Joan Crawford n'a jamais dansé le fox-trot, lui expliqua Tracie.

— Qu'est-ce qu'on en a à foutre ? demanda Jeff.

— Ouais, qu'est-ce qu'on en a à foutre ? accusa Phil.

Le groupe se mit à jouer *Last Kiss*.

— Pearl Jam, annonça Jeff. Epic Records. 1999.

— C'est une reprise, rectifia Laura. En réalité, il s'agit d'un vieux tube des années cinquante.

— Faux. Pearl Jam compose uniquement des musiques originales, affirma Jeff.

— Qu'est-ce que tu paries ? riposta Laura avec défi.

— La prochaine danse. Comme ça, je serai gagnant sur les deux tableaux.

Tracie se tourna vers Laura dont les yeux s'écarquillèrent de surprise. Elle tendit la main sans un mot et Jeff l'entraîna vers la piste de danse. Bon sang ! songea Tracie. Je préférerais confier mes bijoux à Allison plutôt que de danser avec Jeff.

— Où est Bob ? grommela Phil.

— Ouais. Où qu'il est passé ? renchérit Frank, manifestement écœuré par le départ de leur camarade.

Laura et Jeff ne faisaient plus qu'un avec la musique. Tracie avait oublié à quel point Laura était bonne danseuse.

— J'hallucine, marmonna Phil.

— Je me demande comment réagiraient Guns and Roses s'ils voyaient ça, poursuivit Frank.

— Ils sortiraient leur mitraillette !

Tracie ne put s'empêcher de rire.

— Mec, Axl Rose se retournerait dans sa tombe s'il était là, ajouta Frank.

— Axl Rose est mort ? demanda Tracie.

La moitié du groupe la dévisagea comme si elle était devenue folle.

— Qu'est-ce que tu délires ? demanda Frank.

— Tu viens de dire qu'il se retournerait dans sa tombe. J'en ai conclu...

Phil lui entoura la taille de son bras.

— Elle n'a pas inventé la poudre, mais elle est mignonne, déclara-t-il à Frank en guise d'excuse.

Et il gratifia Tracie d'un baiser torride.

3

Jonathan Charles Delano pédalait dans le brouillard matinal qui enveloppait la baie du Puget Sound. La route en lacet épousait la côte noyée de brume. Il portait son blouson Micro/Connection – réservé aux cadres dirigeants possédant plus de vingt mille parts du capital – et une casquette de base-ball. Le vent le fouetta de biais lorsqu'il tourna puis, comme il se replaçait dans l'axe, s'engouffra dans son blouson qui gonfla comme une montgolfière.

Une excellente thérapie, le vélo. Une fois qu'il avait atteint son rythme de croisière, il pouvait réfléchir tout à loisir – ou mettre son cerveau en roue libre, au choix. Ce matin, il éprouvait le besoin impérieux de ne pas penser à la nuit dernière, ni à la journée épuisante qui se profilait devant lui. Voilà pourquoi il pédalait avec l'énergie d'un coureur du Tour de France, alors qu'il n'avait aucune envie d'arriver à destination.

La fête des Mères était son cauchemar. Depuis des années maintenant, il s'obstinait à respecter cette tradition au nom d'une culpabilité ridicule et d'une compassion plus absurde encore. Sous prétexte qu'il était le fils de Chuck Delano, Jon se croyait investi d'un devoir moral. Et, en sa qualité d'enfant unique, ces visites annuelles représentaient son seul lien tangible avec le puzzle qui lui servait de famille. Du moins, c'était ainsi qu'il justifiait sa démarche.

La route côtière tourna à nouveau, et comme il sortait du virage le brouillard se déchira d'un seul coup, lui offrant un panorama époustouflant sur le Sound. Seattle apparut, frangée de vert. Il aperçut même le mont Rainier, dominant majestueusement la ville – un spectacle grandiose, aux rares moments où le ciel était dégagé.

Comme tous les vrais natifs de Seattle (au nombre de trois ou quatre, le reste de la population venant d'États situés « plus à l'est »), Jon avait contemplé cette scène un bon millier de fois. Mais elle suscitait toujours en lui le même émerveillement. Aujourd'hui, cependant, il ne put s'accorder qu'un bref instant pour l'admirer avant de se remettre à pédaler à travers Bainbridge Island pour finalement atteindre une maison coiffée de bardeaux.

Jon sauta à bas de son vélo, sortit un bouquet du panier et passa ses doigts dans ses cheveux. Il regarda sa montre, grimaça, puis remonta l'allée au pas de course. Une petite plaque fixée sur la porte annonçait MME B. DELANO.

Il frappa. Une femme d'âge mûr, blonde, solidement charpentée et zippée dans une combinaison de sudation lui ouvrit. Jon fut forcé de constater que Barbara avait encore grossi depuis l'année précédente. Elle portait un tablier par-dessus sa tenue. Il ne put s'empêcher de sourire. C'était tellement... Barbara.

— Jon ! Je ne t'attendais pas, mentit-elle de façon adorable en le serrant dans ses bras.

Barbara était la première épouse de son père. Elle était à peine plus âgée que la propre mère de Jon, mais, d'une certaine manière, elle appartenait à une autre génération.

Jon s'efforçait d'être toujours conforme à ce qu'on attendait de lui : un bon fils, un employé dévoué, un patron compréhensif, un ami sincère, un... Une liste sans fin et plutôt démoralisante. « Beau-fils respectueux » était peut-être le rôle le plus déprimant.

Il y avait quelque chose chez la première Mme Delano qui l'attristait réellement : son inaltérable bonne humeur. Elle semblait heureuse dans son petit cottage de Winslow, mais Jon avait la conviction qu'à la seconde où il partirait elle fondrait en larmes. Pas à cause de lui, évidemment – il n'était pas de taille à faire pleurer une femme, quelle qu'elle soit –, mais à cause de Chuck, l'homme qu'elle avait aimé et perdu.

Jon n'avait aucune raison de se sentir coupable, mais c'était plus fort que lui, et il en irait probablement ainsi jusqu'à la fin de ses jours. Aussi préparait-il soigneusement chacune de ses visites. Il sortit le bouquet qu'il cachait dans son dos.

— Comment ça, tu ne m'attendais pas ? protesta-t-il avec une bonne humeur identique à la sienne. Ce n'est pas possible ! Bonne fête des Mères, Barbara !

Il lui offrit son présent avec une courbette.

— Bonté divine ! Des roses et des glaïeuls ! Mes fleurs préférées ! Comment as-tu fait pour t'en souvenir ?

Bon, ce n'était peut-être pas le moment de lui dire qu'il avait un agenda électronique, des fiches pensebête et un Palm Pilot.

Barbara l'étreignit derechef et il sentit contre lui sa masse confortable. Manifestement, elle ne portait pas de gaine sous sa combinaison.

— Tu es un garçon tellement attentionné, Jon.

Elle s'effaça pour lui permettre d'entrer.

— Tu arrives à point nommé : je viens juste de faire des biscuits. Ils sortent du four.

— Je ne savais pas que tu t'y connaissais en pâtisserie, mentit Jon, embarrassé.

Il n'avait aucune envie de prendre un petit-déjeuner – surtout que, une fois lancée, Barbara était intarissable. Et il y avait deux questions qu'il redoutait par-dessus tout : le « Tu as eu des nouvelles de ton père, dernièrement ? » lancé d'un ton faussement désinvolte, et, pis encore, le « Tu fréquentes quelqu'un en ce moment ? ». Bien que Chuck communique très rarement avec son fils, et que les fréquentations de Jon soient rares, Barbara s'entêtait. Probablement parce qu'elle souffrait de sa solitude. Son père et elle n'avaient pas eu d'enfant et elle ne s'était jamais remariée. La pauvre semblait si isolée, pas seulement sur l'île, mais dans la vie.

— Tu prendras bien un petit café ? insista Barbara.

— Juste une tasse, alors. Je n'ai pas beaucoup de temps. Je dois...

Barbara le tira à l'intérieur de la maison.

— Et à part ça, tu fréquentes quelqu'un, en ce moment ?

Jon essaya de ne pas craquer. S'il n'avait déjà su que sa vie privée – ou ce qui en tenait lieu – était un fiasco absolu, l'expérience de la nuit dernière aurait suffi à l'édifier. Depuis des années, Tracie et lui jouaient à « Qui a la vie sentimentale la plus navrante ». Cette semaine, pas de doute, il serait le grand champion. À moins que cela ne fasse de lui le loser du siècle.

Tout en suivant Barbara dans la cuisine, Jon songea que cet exploit n'avait rien de reluisant.

Une heure plus tard, Jon poussait sa bicyclette sur la passerelle du ferry, attentif à ne pas écorcher les talons des passagers débarquant sur la rive. En ce dimanche matin, tout le monde semblait s'être donné le mot pour sortir en couple, bras dessus bras dessous avec l'élu(e) de son cœur. Tout le monde, sauf lui. Un soupir gonfla sa poitrine. À qui la faute ? Comme tous les petits surdoués de sa génération, il travaillait à longueur de temps.

Seattle dominait le front de mer, avec l'insolite Space Needle, et les nouvelles tours étincelantes. Jon enfourcha à nouveau son vélo, dépassa rapidement la foule et pédala frénétiquement dans la Quinzième Avenue nord-ouest.

Dix minutes plus tard, il s'arrêtait au pied d'un élégant building résidentiel. Le temps de jeter un coup d'œil à sa montre, de prendre un deuxième bouquet dans son panier – des tulipes, cette fois – et d'accrocher son vélo à un parcmètre, il entra dans le hall. Un vaste espace habillé de miroirs du sol au plafond qu'il connaissait depuis l'époque où son père venait le chercher pour les week-ends. Il appela l'ascenseur, entra dans la cabine et enfonça la touche portant le numéro 12. L'ascension ne dura que quelques secondes, mais il eut l'impression d'une course interminable.

Un tintement retentit, les portes se rouvrirent. Jon descendit, s'accorda quelques secondes pour se composer un visage, puis frappa à la porte d'un appartement. Le nom inscrit sous le heurtoir en cuivre annonçait M. & MME C. DELANO. « M. & » avait été rayé.

Une femme d'âge mûr – néanmoins plus jeune et infiniment mieux conservée que Barbara – lui ouvrit. Elle était revêtue de ce qu'on devait appeler « un ensemble dernier cri », supposa Jon.

— Jonathan, pépia-t-elle en s'emparant d'office des tulipes. Comme c'est gentil.

— Joyeuse fête, mère, déclara Jon tout en l'embrassant comme elle le lui avait appris : une joue après l'autre et en douceur pour ne pas gâter son maquillage.

38

— Ne prends pas ce ton cérémonieux, je suis bien trop jeune pour être ta mère, minauda Janet avec un petit rire.

Il y avait quelque chose dans la voix de Janet qui avait toujours mis Jon mal à l'aise. Plus jeune, il croyait qu'elle se moquait gentiment de lui. Il s'était rendu compte assez récemment qu'en réalité elle flirtait avec lui.

— Je vais les mettre dans l'eau.

Elle ouvrit plus largement la porte pour lui permettre d'entrer.

Le décor de l'appartement lui ressemblait : surchargé, ostentatoire. Janet portait beaucoup trop de bijoux en or et de boutons dorés. Son salon contenait une multitude de cadres dorés et de bibelots en verre taillé. Quand Jon avait douze ans et qu'il venait voir son père, Janet passait la majeure partie de son temps à lui interdire de toucher quoi que ce soit.

Rien n'avait changé depuis sa dernière visite, à part les fleurs. Les lieux semblaient figés, hors du temps, comme le visage de Janet ou le palais de la Belle au bois dormant. Seulement, aucun Prince charmant ne se présenterait à la porte pour réveiller Janet. Jon aimait bien Barbara, mais il ne parvenait pas à éprouver autre chose que de la pitié pour sa deuxième belle-mère.

Pour l'instant, elle jouait avec ses fleurs dans le petit évier de sa minuscule cuisine.

— Tu as des nouvelles de ton père ? demanda-t-elle d'une voix qui se voulait dégagée.

— Non.

C'était la question qu'il redoutait d'entendre. Elle transformait les ex de son père en victimes. Maintenant, il était encore plus désolé pour Janet et il lui serait plus difficile de partir.

— Ça ne m'étonne pas !

Son timbre perdit ses inflexions charmeuses et devint

tranchant comme de la glace. Elle enfonça trop brutalement la dernière tulipe dans le vase et cassa la tige, sans même s'en rendre compte.

— À part ça, comment vont *tes* amours ? demanda-t-elle, et Jon eut le sentiment qu'elle connaissait par avance la réponse.

Elle l'observait de la tête aux pieds, enregistrant son pantalon treillis flottant, ses vieilles baskets et son T-shirt, puis soupira.

— Bien, où allons-nous prendre notre brunch ?

Le cœur de Jon sombra.

— J'avais pensé que nous pourrions juste prendre du café, ici, murmura-t-il avec embarras. Je veux dire, ça ne me ferait pas de mal de perdre quelques grammes et...

— Tu veux dire que *je* devrais surveiller ma ligne, rectifia Janet en retrouvant ses intonations charmeuses. Je suis constamment au régime. Mais le jour de la fête des Mères, j'ai le droit de manger de tout. Même si je ne suis qu'une belle-mère.

Jon renonça à lutter. Jusqu'à ce qu'il se décide à la quitter, son père avait toujours cédé à Janet, lui aussi.

Moins de dix minutes plus tard, Jon poussait la porte d'un des cafés chics de Seattle. Heureusement, il y avait encore de la place, mais lorsqu'ils prirent congé l'un de l'autre et qu'il agita une dernière fois la main en direction de sa deuxième belle-mère, deux douzaines de personnes au bas mot attendaient leur tour.

Jon regarda sa montre, paniqua, et sauta sur son vélo. Pédalant comme un fou, il quitta le centre-ville, dépassa le parc, traversa les faubourgs résidentiels, et fonça vers son ancien quartier.

Une fois dans Corcoran Street, il abandonna sa bicyclette dans l'allée d'un bungalow en brique. La maison était recouverte de plantes grimpantes et bordée de massifs de fleurs. Il passa à côté d'une plate-bande entretenue avec amour, vit qu'il avait oublié quelque chose, et retourna vers son vélo pour y prendre un bouquet, plus volumineux que les précédents.

L'instant d'après il était devant la porte où une plaque en cuivre annonçait J. DELANO. Une jolie femme brune, qui ressemblait beaucoup à Jon, lui ouvrit avant même qu'il ait frappé.

— Jonathan !

— Joyeuse fête, maman !

Jon l'embrassa affectueusement, écrasant ses fleurs entre eux.

— Juste à l'heure !

Elle prit le bouquet et lui caressa la joue avec tendresse.

— Oh, mon chéri, des pivoines ! Ce n'est pas encore la saison. Elles ont dû te coûter une fortune.

— Pas de problème, m'man. Ma solde a été revalorisée.

Elle éclata de rire.

— Comment va ton appendice ?

— Il manque toujours à l'appel – mais je vais bien.

On l'avait opéré d'urgence d'une appendicite trois ans plus tôt et sa mère avait failli mourir d'angoisse. Elle continuait à en parler, mais pour évoquer sa santé en général.

— As-tu vu le mont Rainier aujourd'hui ? demanda-t-elle.

— Oui. Et aussi le mont Baker.

Ils passèrent dans le salon et, de là, dans la cuisine.

— Tu es venu seul ?

— Oui, pourquoi ?

— Je pensais que tu amènerais peut-être Tracie.

Jon sourit. Tracie et lui étaient les meilleurs amis du monde, mais sa mère ne pouvait pas s'empêcher de croire, ou d'espérer, qu'ils étaient plus que cela. Ou qu'il finirait par lui amener une jeune fille – une vraie petite amie – à la maison. Alors que les autres victimes de Chuck faisaient toutes une fixation sur les conquêtes potentielles de leur ex, sa mère se focalisait sur la vie amoureuse de son fils. Son plus cher désir était de le voir heureux, marié et père de famille. À vrai dire, Jon ne demandait pas mieux que de trouver quelqu'un et de se fixer. Le problème, c'était que les femmes qu'il rencontrait semblaient toutes vouloir s'établir avec quelqu'un d'autre que lui. Sa vie relationnelle était décevante pour lui-même et pour autrui. Il soupira. Il aurait aimé exaucer le vœu de sa mère, mais...

— Ce week-end est toujours difficile pour elle, poursuivit-elle en installant les fleurs dans un vase.

Jon ne vit aucune utilité à lui avouer qu'il avait pensé inviter Tracie mais qu'elle était occupée avec son dernier raté en date et sa vieille copine de San Bernardino ou d'ailleurs.

— Elle n'était pas libre. Mais je la verrai ce soir. Tu sais, notre brunch de minuit hebdomadaire.

— Fais-lui toutes mes amitiés.

— Je n'y manquerai pas, acquiesça-t-il tout en plongeant la main dans la poche de son blouson.

Il en sortit une petite boîte enveloppée qu'il posa sur le comptoir, entre eux.

— Un cadeau ? Oh, Jon, il ne fallait pas, voyons.

— La tradition veut que le jour de la fête des Mères on vole la carte bancaire de sa maman pour aller faire la noce, mais j'ai pensé qu'on pourrait innover.

Jon gagnait beaucoup d'argent. Aucun rapport avec ce que touchaient les quatre actionnaires majoritaires de sa firme, bien sûr, mais c'était quand même énorme pour un garçon de son âge. Et il était tellement accaparé par son travail qu'il n'avait même pas le temps de le dépenser. Pour s'acheter quoi, d'ailleurs ? Il avait tous les jouets dont il pouvait rêver – de la chaîne hi-fi dernier cri aux ordinateurs en passant par l'équipement vidéo le plus sophistiqué – et trop peu de loisirs pour en profiter. Quand il ne bossait pas, il pensait à son boulot ou alors il dormait. Dépenser quelques billets pour sa mère n'était donc pas un problème. Mais trouver un cadeau qui lui plaise, si. Il avait fini par confier cette mission délicate à Tracie, une vraie championne dans la catégorie shopping.

— Tu es tellement attentionné. Pour ça, tu ne tiens pas de ton père.

Il y eut une pause inconfortable, juste pendant un minuscule instant. Chuck était le seul sujet que Jon lui avait demandé de ne jamais aborder. Sa mère rit, puis défit l'emballage du paquet. Elle souleva les boucles d'oreilles en jade.

— Oh, Jonathan ! Je les a-do-re !

Son ravissement n'était pas feint. Décidément, Tracie avait un don pour ces trucs-là.

Sa mère se dirigea vers le miroir de l'entrée, leva les boucles à hauteur de visage, puis se regarda coquettement pendant un moment. Jon en fut tout heureux.

— Nous déjeunons chez *Babette* ? demanda-t-elle en fixant enfin les bijoux à ses oreilles.

— N'est-ce pas la tradition ? répondit Jonathan sans hésiter, en dépit des protestations vigoureuses de son estomac déjà rempli par le petit-déjeuner de Barbara et son brunch avec Janet.

— Attends, il faut immortaliser cet instant.

Sa mère attrapa son Polaroïd et installa Jon dehors, devant la glycine.

— Tu vas voir, je n'ai qu'à régler le retardateur, et ensuite ça marche tout seul ! C'est au-to-ma-tique.

Elle mit un bon quart d'heure à effectuer cette manœuvre, pendant qu'il attendait aussi patiemment que possible. Puis elle courut se pendre à son bras avant que le déclencheur les immortalise.

Et, dans un éclair de flash, le présent fut révolu.

Jon était épuisé. Il avait seulement vingt-huit ans, mais il se demanda combien de fêtes des Mères il lui serait possible d'endurer avant que cette tradition le tue. Il lui restait trois belles-mères à voir, et malgré les trois repas qui distendaient son estomac, il avait encore un thé, un dîner et un souper au programme avant de rejoindre Tracie à minuit.

Jon enfourcha sa bicyclette en grimaçant et pédala, pédala sous la pluie dans les rues de Seattle.

4

Tracie leva la tête pour essayer de voir le cadran du radio-réveil, mais cela ne l'avança pas à grand-chose car, de toute évidence, Phil l'avait débranché pour raccorder sa guitare à la prise. Pas étonnant qu'il soit toujours en retard !

L'appartement de Phil était conforme à l'idée que l'on pouvait se faire du repaire d'un musicien-poète : un vrai cloaque. Il partageait les lieux avec deux autres garçons, mais aucun des trois ne semblait avoir entendu parler des vide-ordures, des cordes à linge, des aspirateurs ou même de l'invention du produit vaisselle.

Tracie ferma les yeux, tourna le dos au chaos, et se pelotonna contre le flanc chaud de Phil. Elle savait qu'elle aurait dû se lever et s'habiller pour aller retrouver Jon – comme tous les dimanches soir –, mais elle était si bien, là. Et puis, c'était le jour de la fête des Mères. Un bref sentiment d'apitoiement sur elle-même l'envahit. Elle décida de s'accorder quelques instants supplémentaires dans cet état de flottement entre l'épuisement sexuel et le sommeil. Elle somnola un moment, puis se rendormit. À son réveil, les lumières de la rue s'étaient éteintes ; il était tard.

Elle repoussa doucement les draps entortillés en essayant de ne pas réveiller Phil, mais, comme elle se redressait, il l'emprisonna avec ses longues, longues jambes et la renversa sur le matelas.

— Viens ici, toi, murmura-t-il d'une voix endormie.

Et il l'embrassa. Il sentait si bon – le sommeil, le sexe et la pâte à pain. Elle lui rendit son baiser, puis se déroba à regret.

— Je reviens tout de suite, lui promit-elle.

Phil marmonna quelque chose et se tourna de l'autre côté.

Tracie se glissa hors du lit, enfila ses vêtements, et se faufila dehors pour acheter l'édition du dimanche. Il était vingt et une heures quinze, déjà ? Pas étonnant qu'elle soit affamée ! Elle envisagea un instant d'acheter du café, des œufs et des toasts, puis elle pensa à l'état apocalyptique de la cuisine de Phil et y renonça. Et si elle s'offrait deux beignets fourrés à la confiture ? Tracie chercha de la monnaie dans sa poche. Elle n'avait besoin que de quelques dollars. Mais avant toute chose, le journal. Vite, voir à quoi ressemblait sa prose une fois imprimée.

C'était bizarre. Elle avait beau travailler au *Times* depuis quatre ans, elle ressentait toujours la même excitation en découvrant sa signature au bas d'un article. Peut-être était-ce pour cette raison qu'elle n'avait pas envie de renoncer au métier de journaliste. Bien sûr, elle aurait gagné beaucoup plus d'argent en se faisant embaucher comme rédactrice technique chez Micro/Connection ou n'importe quelle autre grosse boîte d'informatique de Seattle. Mais elle n'avait aucune envie d'écrire des manuels ou des documents publicitaires. L'instantanéité de la presse avait quelque chose de magique à ses yeux. La satisfaction de bosser sur un sujet et de voir son texte publié – avec son nom en bas – dans les vingt-quatre ou quarante-huit heures suivantes, c'est ça qui la tenait.

Elle se dirigea vers le traiteur le plus proche de l'appartement de Phil. Une épicerie d'une propreté douteuse, et nourriture à l'avenant, mais, comme on le disait de l'Everest, elle avait le mérite d'être là. BONNE FÊTE DES MÈRES, annonçait une pancarte fixée sur la porte. Tracie commanda deux cafés, acheta un demi-litre de jus de fruits Tropicana, mais n'eut pas le courage de s'aventurer jusqu'au présentoir crasseux où s'empilaient des pâtisseries rassies. Elle attrapa juste le journal et mit un point final à ses emplettes. Sa curiosité fut la plus forte, et elle ne put attendre d'être sortie du magasin pour jeter un coup d'œil à son article.

Il ne figurait pas en première page. Il n'était pas non plus en page deux, ni en trois, ni même sur les deux suivantes. Elle continua à chercher et finit par le trouver. Relégué tout en bas de la page six. Tronqué, défiguré, mutilé, haché menu, trépané ! Un massacreur l'avait passé à la tronçonneuse, puis avait recousu les morceaux à gros points, aussi grossièrement que le monstre de Frankenstein ! Une nausée lui tordit l'estomac. Nom de... ! Tracie le reprit depuis le début. Elle avait mal lu, certainement. Une telle boucherie était inconcevable... *On* n'avait pas pu lui faire ça ? Et pourtant si. *On* l'avait fait.

Elle jeta le reste du journal sur le comptoir, pivota sur ses talons et sortit, le cahier du dimanche dans les mains. Elle faillit le flanquer dans la première poubelle venue et commença à le froisser rageusement, mais, submergée d'indignation, elle éprouvait le besoin de s'y agripper, ne serait-ce que pour le montrer à Phil et le relire.

Pourquoi ? Pourquoi Marcus lui avait-il confié cet article si c'était pour le massacrer ? Il l'avait fait exprès, elle aurait pu le jurer. Mais dans quel but ? L'assassiner professionnellement ? C'était réussi. Elle ne pourrait jamais le montrer à qui que ce soit. Ses employeurs potentiels la prendraient pour une débile. Qu'est-ce qui n'allait pas chez Marcus ? Qu'est-ce qui n'allait pas chez *elle*, pour continuer à travailler avec un type comme lui ? Pourquoi diable s'obstinait-elle à donner le meilleur d'elle-même, alors qu'il aurait été tellement plus simple de lui rendre un torchon ? Cela n'aurait rien changé.

Elle était au pied de l'immeuble de Phil quand elle se rendit compte qu'elle avait oublié les cafés et le jus de fruits, mais cela n'avait plus aucune importance. Elle n'avait qu'une envie : se rouler en boule dans le lit et tout oublier. Dommage qu'elle soit obligée de ressortir pour voir Jon. Si d'habitude elle attendait leur rendez-vous de minuit avec impatience, ce soir, elle aspirait à être seule – si possible dans un trou de souris. À cause de Laura, elle ne pouvait même pas se réfugier chez elle : sa bonne humeur et sa gaieté lui seraient insupportables. À coup sûr, Laura serait bouleversée à la lecture de l'article, et donc passerait un temps fou à lui remonter le moral. Ensuite, elle l'inciterait à démissionner, à chercher du travail dans un journal où on l'apprécierait enfin à sa juste valeur. Mais ce n'était pas si facile de trouver un boulot de journaliste et d'écrire pour ce que Clark Kent, alias Superman, appelait « un grand quotidien de la métropole ». Faute d'un solide press-book bourré d'articles brillantissimes, sa cote s'était sérieusement dévaluée depuis l'époque où elle avait quitté l'école de journalisme, bardée de diplômes.

Tracie monta en soupirant l'escalier crasseux conduisant à l'appartement de Phil. Elle avait envie d'être câlinée comme un bébé. Elle franchit le seuil, traversa le salon, tâchant d'ignorer les piles d'assiettes sales, de vêtements, de boîtiers de CD, et de détritus divers accumulés depuis un mois par trois hommes-enfants pathétiquement crades, puis entra dans la chambre de Phil.

— C'est pas trop tôt, où étais-tu passée ? protesta-t-il. Tu es partie depuis si longtemps que j'ai les pieds gelés. Et où est mon café ?

Tracie se mordilla l'intérieur de la joue. Parfois, Phil était d'un égocentrisme... !

— Hello, Tracie. Tu as bien dormi ? Qu'est-ce qui ne va pas, ma chérie ? C'est la fête des Mères qui te rend triste ? ironisa-t-elle en imitant sa voix. Comment ? Ton gros connard de rédacteur en chef a massacré ton article ? Je suis désolé. Tu t'étais donné tellement de mal pour écrire ce fichu papier !

Phil ne montra aucune contrition ; il s'assit dans le lit et lui ouvrit ses bras.

— Viens ici, bébé.

Tracie hésita, mais le journal froissé sous son bras la rendait tellement malade que son besoin de réconfort l'emporta sur sa fierté. Et puis, elle oubliait ses malheurs quand Phil avait ce regard-là. Elle avait l'impression d'être importante, et elle se sentait tellement désirée que tout le reste – travail y compris – devenait secondaire. Elle se glissa sous les draps. Son baiser chaud et sensuel la fit fondre de plaisir.

— Pff, la vie est dure pour les artistes, bébé, déclara-t-il en la serrant plus étroitement contre lui. Au fait, je viens de terminer un nouveau texte.

— C'est vrai ?

Phil composait uniquement lorsqu'il était inspiré. Il ne croyait pas aux dates butoirs, qui, selon lui, « tuaient la créativité ».

— Il parle de quoi ? demanda-t-elle timidement.

Elle espérait toujours en secret qu'un jour il écrirait

48

quelque chose sur elle. Jusqu'ici, cela ne s'était pas produit.

— Je te le montrerai, un de ces quatre, murmura-t-il, et il fit glisser ses paumes le long de sa colonne vertébrale.

C'était apaisant. Il était tellement grand. Elle adorait se nicher contre son large torse, encerclée par ses bras. Voilà ce dont elle avait besoin. Pas de sexe, pas de mots, juste un réconfort primaire. Elle se pelotonna contre lui.

— J'adore ta façon d'embrasser, chuchota-t-il.

Tracie le serra contre elle.

— Je ne suis pas mauvaise en repassage, non plus. Mais je dois partir. J'ai rendez-vous avec Jon.

— Qu'il aille se faire foutre, grommela Phil.

Il lui mordilla l'oreille.

— J'ai envie de toi.

— Phil, je dois y aller ou je serai en retard.

Il l'attira à lui.

— Tu sais que tu es diablement sexy en ce moment...

— Tu dis ça uniquement quand tu es excité.

— Je suis excité toute la journée, donc tu es toujours sexy pour moi.

Il roula sur elle, et elle l'embrassa passionnément. Elle aimait tant qu'il la touche ! Quand il déboutonna son chemisier, elle cessa de résister. Il n'était pas toujours d'humeur aussi câline. Tracie était trop fine pour ne pas avoir remarqué que Phil attisait volontairement sa frustration. Il l'excitait jusqu'à ce qu'elle soit pantelante de désir, et puis il jouait à celui qui n'est pas intéressé.

La plupart des types de son âge ne pensaient qu'à conclure – Phil, non. Il réussissait à se contrôler jusqu'à ce qu'elle soit prête à le supplier. Elle frissonna imperceptiblement, mais il le sentit néanmoins.

— Tu aimes ça, pas vrai ? chuchota-t-il. Tu ne peux pas t'en empêcher.

— Non, murmura-t-elle.

Il lui souleva les hanches et lui retira son jean comme si elle était aussi légère qu'une plume. Sa langue dessina un lent tracé de ses genoux jusqu'à ses seins.

— Si douce et si jolie.

Il tira du pouce l'élastique de sa culotte.

— Ils me font toujours penser à ces collerettes en papier qui enveloppent les cakes.

Il l'embrassa de nouveau.

— Viens, petit cake.

Pendant un moment de pure aberration mentale, Tracie songea à ces gâteaux au fromage blanc qu'elle adorait, puis les doigts de Phil s'enhardirent, et elle ne pensa plus qu'à l'instant présent.

Et l'instant présent était divin.

Tracie souleva les paupières. Elle n'avait pas pu résister au plaisir de s'assoupir dans les bras de Phil après un orgasme vraiment parfait. Ce n'était pas une mauvaise façon de passer le jour de la fête des Mères, finalement – ni n'importe quel autre jour de l'année, d'ailleurs.

Elle pensa à son rendez-vous avec Jon, s'assit et attrapa ses vêtements. Phil grogna, roula sur lui-même et la renversa en arrière.

— Si tu n'étais pas obligée de partir, chuchota-t-il en lui caressant le bras, je serais tenté de t'embrasser ici...

Il pressa sa bouche sur sa nuque, puis sur son épaule. Sa respiration s'accéléra.

— Et là... et puis là...

Tracie sentit son désir se matérialiser contre sa cuisse.

— Toujours prêt à jouer les durs ?

— À qui la faute, bébé ?

Tracie prit sa main dans la sienne et embrassa ses doigts un à un. Elle se figea brusquement.

— Qu'est-ce que c'est ?

Elle lui souleva le poignet. Un numéro de téléphone était griffonné à l'encre bleue en travers de sa paume.

— Euh...

Il marqua un temps d'arrêt — pour rassembler ses souvenirs, ou pour inventer un mensonge plausible ?

— Le numéro de téléphone d'un des potes du groupe, répondit-il enfin.

— Avec l'indicatif 503 ? Tu es en train de me raconter qu'il s'agit du numéro d'une des Glandes ? Celui de Frank ? de Jeff ?

Depuis quand ont-ils emménagé dans l'Oregon ?

Elle regarda Phil, dans l'espoir de lire la vérité dans ses yeux.

— Jeff a déménagé, il y a quelque temps déjà, déclara-t-il en s'écartant.

Il balança ses longues jambes par-dessus le matelas, s'assit et tendit la main vers la table de nuit pour prendre une cigarette.

— Je dois l'appeler demain au sujet de la répète.

— Qui est-ce, Phil ?

Elle décrocha le téléphone, prête à appuyer sur les touches.

— Jeff, répondit-il, toujours de dos.

Il gratta une allumette, et aspira une longue bouffée. Tracie le détesta en cette minute. Il la prenait pour une idiote ?

Elle était prête à parier qu'il s'agissait du numéro de la fille de vendredi soir. Elle aurait dû s'en douter ! Elle commença à composer les sept chiffres.

— Je te préviens : si ce n'est pas Jeff qui décroche, je t'arrache les ongles un à un ! Tu devras mettre des prothèses pour jouer à nouveau de la basse.

— Vas-y, bébé, déclara paisiblement Phil tout en tirant sur sa cigarette. Tu vas passer pour une hystérique et moi pour un crétin, mais si ça t'amuse...

Tracie s'interrompit, ébranlée par son calme. Il bluffait, ou pas ? Impossible de trancher.

Phil aspira une longue bouffée, puis expulsa un jet de fumée.

— En tout cas, ne t'étonne pas si la vieille maman de Jeff pique sa crise. Elle ne supporte pas qu'on l'appelle là-bas. Encore moins si c'est une femme... et au beau milieu de la nuit.

— Au milieu de la nuit ? Il est seulement vingt-deux heures trente !

Grands dieux ! Elle allait arriver en retard à son rendez-vous avec Jon !

— Arrête ton cinéma, et reviens ronronner comme un gentil petit moteur..., murmura-t-il d'une voix suggestive.

Il y avait des moments où elle le haïssait. Il posa sa cigarette et ouvrit à nouveau ses bras.

— Tu n'es pas encore partie et tu me manques déjà.

Il roula sur elle et recommença à l'embrasser. Sa bouche avait le goût piquant du tabac, mais sa langue était si chaude et si vivante. Elle cherchait la sienne comme un petit serpent apprivoisé.

Tracie lâcha le téléphone et trouva la bouteille d'eau qu'elle gardait toujours sur sa table de nuit.

— Bonne idée, donne-m'en un peu, murmura Phil en se redressant sur un coude.

— Elle est toute à toi, répondit Tracie.

Et elle l'aspergea copieusement – juste pour le cas où il n'aurait été qu'un sale menteur. Il poussa des hauts cris, en vain. Elle n'avait pas le temps de chercher la vérité – peut-être n'y tenait-elle pas vraiment, d'ailleurs. Elle allait être horriblement en retard à son rendez-vous avec Jon.

Elle s'habilla, sauta dans ses souliers et se dirigea vers la porte.

— À plus tard, lança-t-elle d'une voix rieuse avant de sortir.

La dernière image qu'elle emporta fut celle de Phil bataillant avec le drap trempé.

5

Le bureau de Jon était impressionnant, tant par sa taille que par son emplacement – à l'angle de l'un des bâtiments du campus de Micro/Connection, avec vue sur le jardin d'art topiaire.

Dédaignant le traditionnel mobilier d'entreprise que la direction mettait à la disposition de ses cadres, Jon avait utilisé son budget décoration pour acheter une armée de fauteuils poires en cuir jaune, marron, rouge, vert, blanc, bleu et noir. C'est ainsi qu'une bonne demi-douzaine de sièges informes étaient disséminés dans la pièce autour d'une table basse constituée de grains de café en suspension dans une plaque d'acrylique transparent. D'étroites étagères tapissaient l'un des murs, abritant non pas des livres ni même des disquettes informatiques, mais une vaste collection – privée – de distributeurs de bonbons Pez. Jon était fier d'en posséder plus de quatre cents, y compris celui, rarissime, de Betsy Ross, la couturière du premier drapeau américain – le seul distributeur de Pez jamais conçu à l'effigie d'une personne réelle.

Il adorait l'extravagance de son bureau. Son apparente excentricité obéissait à une stratégie : elle mettait les gens à l'aise, favorisait la fantaisie et donc la créativité. Mais il n'y avait aucune trace de cette aimable folie sur sa table de travail. Seules trois photos étaient disposées dans l'angle de l'étincelante surface en teck :

une de sa mère, une de Tracie et lui à l'université, lors de la remise des diplômes, et une de lui – enfant – avec sa mère et son père, juste après avoir planté la glycine devant la porte de la maison, et juste avant que Chuck mette les voiles.

Jon sortit de sa poche le cliché Polaroïd que sa mère avait pris un peu plus tôt ce jour-là, et le glissa dans le coin du cadre. Jon Delano, vingt-huit ans, enlaçait tendrement sa maman. Il la contempla et, brusquement, l'image se brouilla devant ses yeux. Les couleurs virèrent au noir et blanc et il n'y eut plus ni glycine en fleur ni Jon adulte. À la place, un petit garçon et sa jeune maman s'embrassaient tandis que Chuck Delano passait à côté d'eux, ses valises à la main. Jon cilla, et la photo reprit son aspect normal. Ébranlé, il se leva et s'éloigna du bureau.

Il était vraiment fatigué. Et gavé. Grâce au ciel, sa cinquième belle-mère, Toni, avait annulé à la dernière minute, sinon son estomac aurait probablement explosé. Il s'approcha de la fenêtre, regardant le jardin éclairé à ses pieds, et l'obscurité par-delà. Il était presque vingt-deux heures, mais les locaux de Micro/Connection n'étaient pas déserts pour autant. Tous les employés se vantaient du nombre incalculable d'heures qu'ils consacraient à la boîte. Le dimanche était un jour ouvré comme les autres, et même à cette heure indue le parking était presque à moitié plein.

Jon se massa l'estomac, se laissa tomber dans un fauteuil poire, et tenta de trouver une position qui ne couperait pas sa digestion. La fête des Mères le plongeait toujours dans un état dépressif, et pas seulement à cause des multiples épaves humaines que son père avait abandonnées dans son sillage.

Toute sa jeunesse avait été bercée par des complaintes féminines – celles des innombrables épouses paternelles, bien sûr, mais aussi celles des dames qui venaient prendre le café chez sa mère. Elles racontaient des choses effrayantes sur leurs ex, des récits qu'il avait écoutés, caché derrière le canapé, quand il avait sept, neuf, puis quatorze ans. Les amies de sa mère paraissaient incapables de quitter leur mari, ou d'en trouver un qui ne les traite pas comme des paillassons. Pourquoi restaient-elles avec eux ? Il se le demandait encore.

Il songea à Barbara et à sa pâtisserie. Après la séance de biscuits était venu l'inévitable : « Au fait, tu as des nouvelles de ton père ? » Il repensa aux épaules osseuses de Janet quand elle s'était détournée sous prétexte d'arranger ses fleurs, et lui avait demandé : « Au fait, tu as eu des nouvelles de ton père ? »

Pour lui, cela n'avait pas été la fête des Mères, décida Jon, mais la fête d'As-tu-des-nouvelles-de-ton-père et celle de Tu-fréquentes-quelqu'un-en-ce-moment. Il secoua la tête, ferma les yeux, et, de la main droite, ôta ses lunettes afin de se masser le haut du nez. Il lui restait encore presque deux heures avant de rejoindre Tracie. Il avait une montagne de travail à abattre, mais bon, rien ne lui interdisait de se reposer juste une minute, dix tout au plus...

Il avait onze ans et il était assis en face de son père sur une banquette en similicuir. Une assiette d'œufs intacte, le blanc liquide, le jaune coagulé, refroidissait devant lui pendant que Chuck Delano découpait l'albumine gélatineuse avec le tranchant de sa fourchette, et poussait le magma répugnant sur un morceau de toast brûlé avant de le porter à sa bouche. Jon avait conscience de dormir, et cependant l'homme assis en face de lui était si réel, si parfaitement reconstruit dans son rêve, qu'il lui était impossible de croire qu'il n'était pas vraiment là. Jon aurait pu compter chaque poil de son menton râpeux.

Chuck avala la dernière bouchée d'œuf, essuya son

assiette avec un morceau de toast de Jon, et se mit à mastiquer.

— Rappelle-toi bien ces paroles, mon fils, articula-t-il en se penchant en avant. Il n'y a pas une seule femme sur terre qui ne soit prête à gober n'importe quel mensonge, si elle a décidé d'y croire.

Jon ouvrit brutalement les yeux. La vision s'effaça. Des semaines de labeur ininterrompu sur le projet Cliffhanger, un vendredi et un samedi soir calamiteux couronnés par un dimanche maudit l'avaient fragilisé.

Il regarda sa montre : vingt-deux heures trente. S'il réussissait à s'extraire de sa poire, il pourrait travailler une bonne heure avant de rejoindre Tracie et d'éplucher avec elle le contenu navrant de leurs week-ends respectifs. En dépit de son indigestion de belles-mères, Jon veillait à se montrer particulièrement gentil avec Tracie, à cette date. Sans une maman à célébrer, ce jour n'avait rien d'une partie de plaisir pour elle. Sans parler de cet article de commande que... Dieu ! Il avait complètement oublié ! Elle lui avait envoyé son texte par e-mail et il l'avait jugé vraiment excellent, mais on ne savait jamais à quoi il ressemblerait une fois publié dans les pages du *Times*. Il avait été trop occupé aujourd'hui pour acheter le journal, mais il réparerait sans faute cette négligence sur le chemin du coffee-shop *Java, The Hut*.

En réalité, son travail était le seul domaine de sa vie qu'il maîtrisait. Contrairement à Tracie, il menait une carrière brillante, et avait le plus grand respect pour sa patronne, une femme inspirée et enthousiaste qui était à l'origine de UniKorn. Bella était géniale, il travaillait dans une équipe épatante, à un poste formidable et pour un salaire faramineux. Mieux : on lui avait confié le programme Parsifal, et s'il menait sa mission à bien – ce dont il ne doutait pas – ses espoirs seraient sans limites. Parsifal était le nom de code du projet que Jon défendait depuis son arrivée chez Micro/Connection, près de six ans plus tôt. Il tentait de combiner des technologies de pointe pour créer un produit multimédia tellement révolutionnaire que la finalité de l'opération était tenue secrète à l'extérieur de son département. Ce projet le révélerait ou le briserait, et il s'y investissait à fond. Mais si Parsifal voyait le jour, plus personne n'achèterait une télé ou un téléphone chez un concurrent.

Naturellement, cela n'allait pas sans quelques sacrifices : depuis quatre ans, il avait fait l'impasse sur sa vie sociale. Enfin, pas tout à fait, mais... Au vu du résultat, il était bien forcé de reconnaître que le remède était pire que le mal. Jon repensa au naufrage de sa soirée de vendredi, à celui, plus effroyable encore, de samedi, et grimaça. Peut-être raisonnait-il à l'envers. Il rendait sa carrière responsable du fiasco de sa vie privée. Mais s'il travaillait autant, c'était sans doute aussi en partie parce qu'il courait au désastre chaque fois qu'il tentait une sortie. Ce week-end en était la preuve.

Jon grogna et s'enfonça plus profondément dans son siège. La poire se creusa juste ce qu'il fallait pour lui procurer la bonne inclinaison. Il n'était plus d'humeur à réfléchir, et il n'avait pas envie non plus de vérifier combien d'e-mails urgents il avait reçus pendant qu'il était occupé à décevoir les deux femmes avec qui il avait rendez-vous et à faire le tour de ses innombrables belles-mères.

Jon exhala un long soupir. Tous ses employés, sans exception, étaient persuadés d'être confrontés au problème du siècle, et d'être impuissants à le résoudre sans son aide ou ses encouragements.

Il soupira de plus belle. Il adorait son travail et il allait s'occuper de ses e-mails pendant une demi-heure.

Ce serait toujours ça de moins à faire demain matin. Mais il veillerait à partir à onze heures trente. Son rendez-vous avec Tracie était bien le seul point positif de ce week-end noir.

6

Java, The Hut n'était que l'un des six cent quarante-sept coffee-shops que comptait Seattle, mais pour Jon il ne ressemblait à aucun autre. Il était imprégné du souvenir des centaines de « petits-déjeuners » du dimanche soir qu'il y avait partagés avec Tracie pendant sept ans, à raison de cinquante et un par an.

Depuis leur rencontre à l'université jusqu'à aujourd'hui, ils s'étaient disputés, réconfortés, analysés, esclaffés, effondrés en larmes (lui une seule fois, très brièvement ; Tracie comme une madeleine et une bonne douzaine de fois) devant un mochaccino de *Java, The Hut*.

Son devoir de fils, de beau-fils et de cadre modèle accompli, Jon attendait Tracie à leur table habituelle. Le *Seattle Times* était ouvert devant lui et il secouait la tête en découvrant le travail de boucherie auquel Marcus s'était livré sur ce malheureux article.

— Vous ressemblez à mon labrador, quand il a de l'eau dans les oreilles, remarqua Molly, leur serveuse attitrée.

Blonde, grande, mince, la trentaine, Molly était un pur produit d'importation. Elle venait de la banlieue nord-est de Londres, et travaillait déjà dans le coffee-shop à l'époque où Jon et Tracie avaient commencé à hanter les lieux. Certains bruits couraient, selon lesquels elle aurait eu une liaison torride avec deux stars du rock. Molly n'évoquait jamais le sujet, mais Jon s'était laissé dire que l'un des deux appartenait au groupe INXS. Tracie, quant à elle, affirmait qu'elle était sortie avec un des chanteurs des Limp Bizkit. Quoi qu'il en soit, Molly s'était apparemment fait plaquer, avait échoué à Seattle et s'y était plu.

Quelques mauvaises langues prétendaient qu'une salle entière du Projet d'expérience musicale était consacrée à Molly et que son premier diaphragme figurait parmi les quatre-vingt mille objets fétiches exposés. Jon n'avait jamais accordé foi à ces ragots, et l'ouverture du musée en juin dernier en avait prouvé la fausseté. De toute façon, cela n'aurait rien changé à son affection pour Molly. Elle était impertinente, volontiers critique, mais chaleureuse – tout au moins avec lui.

— On est tout seul, aujourd'hui, trésor ? s'enquit-elle alors qu'elle connaissait parfaitement la réponse.

Jonathan secoua la tête tandis qu'elle montrait la chaise vide d'un bref mouvement du menton.

— Qu'est-ce que je vous sers ? Adam et Ève sur un radeau, comme d'habitude ? Ou vous préférez attendre Miss Désolée-d'être-en-retard ? demanda Molly d'un ton sarcastique.

— Je vais attendre, répondit Jon.

— Loyal, exactement comme mon labrador.

Molly s'éloigna, puis revint avec sa boisson favorite.

— Un mochaccino light pendant qu'elle exploite votre patience.

Jon leva les yeux.

— Vous n'aimez pas Tracie, n'est-ce pas ?

— Bingo ! Quelle perspicacité ! Je comprends pourquoi Micro/Connection vous paie comme un prince.

— Mais pourquoi ? demanda innocemment Jon. Elle est adorable.

— Elle est bête comme ses pieds, rétorqua Molly tout en posant son café devant lui.

Elle rectifia l'ordonnance du set et des couverts sur sa table.

— Ce n'est pas vrai ! À l'université, elle avait les meilleures notes dans toutes les matières – sauf peut-être en maths. Et elle a obtenu ses diplômes avec mention.

— Vous m'en direz tant.

Molly pivota sur ses talons et vit Tracie en train de scruter la salle à travers la vitrine annonçant un menu « spécial fête des Mères ».

— Je vous laisse avec votre petit génie.

Tracie entra en coup de vent. Tous les regards masculins la suivirent, mais elle n'y prêta aucune attention. Parfois, Jon se demandait si elle avait conscience de l'effet qu'elle produisait sur les hommes. Il froissa le journal et essaya de le faire disparaître sous la dernière édition du *Little Nickel*.

— Belle tentative, mais j'ai déjà vu la boucherie. Marcus coupe systématiquement mes meilleurs passages. Je commence à me demander si mon rédacteur en chef n'est pas le frère jumeau d'Edward aux mains d'argent.

Tracie se débarrassa de son manteau, puis s'empara du menu. Jon la connaissait assez pour deviner qu'elle était bouleversée, mais aussi pour éviter d'aborder le sujet d'emblée.

— Je meurs de faim.

Pour la première fois, elle le regarda.

— Mon Dieu, tu as une tête à faire peur !

Jon sourit, puis haussa les épaules.

— C'était aujourd'hui mon marathon annuel de la fête des Mères.

Tracie écarta le menu de son visage.

— Oh, pardon ! J'étais tellement obsédée par mon

article et... le reste. J'ai complètement oublié ! Alors, tu as parcouru ta collection de belles-doches ? Et où as-tu casé ta mère dans le défilé ?

— Au déjeuner.

Le visage de Tracie s'illumina d'espoir.

— Elle a aimé les boucles d'oreilles ?

— Elle les a adorées ! Et toute la gloire m'est revenue. Évidemment, elle te fait ses amitiés. J'ai réparti mes belles-mères avant et après.

— Tu as vraiment rendu visite à cette garce qui n'a pas voulu que ton père assiste à ta remise de diplômes ?

— Janet n'est tout de même pas Cruella.

Tracie ricana.

— Tu as trop de compassion et beaucoup trop de mères. Moi, je n'ai pas une once ni de l'une ni des autres.

Jon fut forcé de sourire.

— C'est sûrement pour ça que nous nous entendons aussi bien. Les contraires s'attirent. Ta maman t'a manqué, aujourd'hui, n'est-ce pas ? demanda-t-il gentiment.

— On ne peut pas vraiment regretter ce dont on ne se souvient pas.

Tracie se replongea dans la carte pour éviter de le regarder. Depuis qu'ils étaient amis, elle n'avait jamais évoqué avec lui la mort de sa mère. Jon se sentit brusquement mal à l'aise, et il y eut un moment de silence entre eux.

Molly s'approcha.

— Alors, trésor, qu'est-ce que je vous sers ? demanda-t-elle à Jon. Des œufs pochés sur toast ?

— Oui, merci.

— Et pour vous ?

Elle se tourna vers Tracie et haussa les sourcils avec une déférence que Jon jugea un peu trop appuyée.

61

Tracie leva le nez du menu.

— Je vais prendre... les gaufres, avec quelques tranches de bacon.

Molly n'esquissa pas un geste pour noter sa commande. Tracie referma la carte d'un geste décidé. Molly ne bougeait pas. Tracie regarda ostensiblement Jon. Molly restait plantée devant elle.

— Tu ne devrais pas manger de porc, protesta Jon. Tu sais, ils sont plus intelligents que les chiens.

— Ne commence pas, l'avertit Tracie. Et ne t'avise surtout pas de m'imiter les souris qui chantent dans *Babe*. Donc, tu as traversé à la rame ton océan de belles-mères pendant que mon article subissait les derniers outrages. Mais tu peux ravaler ton sourire de vainqueur, parce que j'ai vécu le pire week-end de toute ma vie...

Elle leva les yeux vers Molly, qui n'avait toujours pas bougé et paraissait aussi inamovible que les cabines téléphoniques rouges de Londres.

— J'aimerais avoir mon café maintenant, si vous n'y voyez pas d'inconvénient.

Molly se décida enfin à s'éloigner, mais Tracie la retint par le bras – comme toujours. Jon se retint de rire.

— Attendez ! Finalement, je vais prendre les crêpes. Avec une tranche de jambon.

Elle regarda Jon.

— Tant pis pour les porcs.

Elle se tourna de nouveau vers Molly.

— Cette fois, je suis sûre.

Molly poussa un soupir excédé, tira une chaise et s'assit.

— Ne vous gênez pas, lança sèchement Tracie. Je ne me souviens pas de vous avoir demandé de vous joindre à nous. Et il me semble que j'ai passé ma commande.

— Reconnaissez-le, rétorqua Molly. Vous voulez des œufs brouillés, et vous les voulez archicuits.

— Je vous ai dit des crêpes...

Tracie esquissa un geste de la main, puis renonça à s'obstiner.

— Euh, oui. D'accord. Je vais prendre les œufs.

— Pas de chips, et des tranches de tomate sur le côté.

Molly lui montra triomphalement la commande qu'elle avait notée par avance sur son calepin, puis se pavana jusqu'à la cuisine.

Tracie s'accorda une minute pour retrouver sa dignité. Jon l'observa. Depuis des années, ils se retrouvaient tous les dimanches soir pour discuter de leur vie sentimentale – enfin de ce qui en tenait lieu. Et à force de laisser ses oreilles traîner de leur côté, Molly en savait presque aussi long qu'eux sur le sujet.

— Je disais donc que mon week-end fait de moi la gagnante incontestée de la semaine. J'ai vécu un véritable cauchemar social.

— Laisse-moi deviner : vendredi soir, les Glandes en Feu n'ont pas pu jouer. Phil s'est mis en rogne et il s'est soûlé. Samedi soir, les Glandes ont joué mais elles n'ont pas invité Phil. Alors il s'est mis en rogne et il s'est soûlé. Ensuite, il a dragué une fille. Tu as quitté le club dans l'espoir qu'il te suivrait. Il n'en a rien fait et tu es rentrée chez toi. Finalement, il s'est pointé à ton appartement au milieu de la nuit, et il s'est écroulé dans l'entrée, ivre mort.

— Tu te crois très fort, n'est-ce pas ? demanda Tracie, visiblement mi-amusée, mi-agacée. Désolée, mais tu te trompes.

Elle marqua une pause. Jon attendit patiemment.

— Il ne s'est pas écroulé dans l'entrée, avoua-t-elle enfin. Mais pour le reste, tu as raison.

Jon soupira et secoua la tête.

— Tracie, pourquoi ne flanques-tu pas ce minable à la porte ?

Molly revint et posa délicatement l'assiette de Jon devant lui. Elle propulsa celle de Tracie à travers la table.

Tracie regarda les œufs brouillés qui tremblaient dans son assiette.

— Je sais que c'est stupide... mais je l'aime vraiment.

— Ce n'est pas de l'amour, c'est de l'obsession, décréta Molly tout en remplissant de café la chope de Tracie. Et ce n'est même pas une obsession intéressante.

Tracie tourna la tête vers Molly, mais ne quitta pas Jon du regard.

— Elle ne m'aime pas.

— Mais si, mentit-il de sa voix la plus convaincante.

— Mais non, trancha Molly. J'écoute vos histoires de mauvais garçons depuis des lustres. Vous collectionnez ces tocards les uns après les autres. Franchement, vous m'écœurez.

Elle se dirigea vers le box voisin.

Jon se retourna.

— Molly, vous êtes dure.

Puis le moment qu'il redoutait arriva :

— Et toi, comment s'est passé ton week-end ? lui demanda Tracie.

7

Jon était confronté à un dilemme. Il racontait tout à Tracie – ou presque –, et d'une certaine façon, c'était génial. Mais d'un autre côté... passer à ses yeux pour un crétin, un demeuré et un pauvre mec n'avait rien d'enthousiasmant. Il avait besoin de sa compréhension et de ses conseils, tout en redoutant sa pitié. Aussi s'était-il fait une règle de plaisanter de ses malheurs.

Fidèle à sa ligne de conduite, il leva les bras au-dessus de sa tête et joignit les mains en signe de triomphe.

— Et voici le tenant en titre du week-end le plus calamiteux des États d'Amér...

— Une minute. Il me semble que *ma* fête des Mères l'emporte largement sur...

— Non. Je te parle du désastre absolu qui a *précédé* ce dimanche.

Tracie haussa les sourcils et plissa les paupières comme si elle cherchait à faire surgir un souvenir lointain du tréfonds de sa mémoire. Elle était vraiment craquante quand elle faisait ça.

— Oh, seigneur ! Ton rancard de vendredi. Je suis désolée, ça m'était sorti de la tête !

Molly apparut avec sa cafetière. Sans un mot, elle servit Tracie, puis secoua la tête et s'éloigna.

Tracie se pencha par-dessus la table et baissa la voix.
— Que s'est-il passé ? Ça n'a pas marché ?

Une expression horrifiée passa sur son visage.
— Tu n'avais pas mis ta veste à carreaux, au moins ?

— Évidemment non, la rassura-t-il. Je portais mon blazer bleu.

Tracie faillit s'étrangler avec son café.
— Tu as choisi un *blazer* pour un premier rendez-vous ?

— Eh bien...

— On ne s'habille *jamais* pour un round d'observation, voyons ! Toute la stratégie consiste à paraître désinvolte !

Tracie lâcha un soupir accablé.
— Passons. Alors ?

— Alors, je suis entré dans le bar, et elle a agité la

main. Elle était fantastique... mince comme une liane, rousse à n'en plus finir... Enfin, tu vois le tableau. Je me suis donc avancé vers elle, je lui ai tendu les fleurs, et...

— Tu avais acheté des fleurs ? cria Tracie.

Elle se frappa le front.

— Seigneur, autant lui avouer tout de suite que tu étais désespéré !

— C'est peut-être pour ça que notre entrevue n'a duré que onze minutes, admit Jon. Nous venions à peine de commencer à bavarder quand elle s'est brusquement souvenu des vêtements dans son sèche-linge... Ils risquaient d'être tout froissés.

— Elle t'a planté là pour ne pas froisser *son linge* ?

L'horreur de la scène la rendit muette pendant quelques secondes, puis son visage s'illumina de nouveau. Jon était convaincu que son optimisme était d'origine génétique.

— Oublie-la. Je suis sûre que ce n'était pas une vraie rousse, de toute façon.

Jon grimaça un sourire et Tracie lui sourit en retour.

— Raconte-moi plutôt ta soirée de samedi. Ton fameux rendez-vous avec cette merveille qui travaille avec toi. Celle que tu convoites avec la concupiscence d'un millier d'ados boutonneux... Comment s'appelle-t-elle, déjà ?

— Sam. Samantha, lui rappela Jon.

L'espace d'un instant, il se demanda pourquoi il connaissait par cœur le nom, le prénom et le surnom de tous les copains et petits amis de Tracie, alors qu'elle... Il soupira.

— C'est encore pire, confessa-t-il.

— Je ne vois pas ce qu'il peut y avoir de pire qu'un rendez-vous de onze minutes.

— D'abord, la rencontre avait lieu dehors. Ensuite, il pleuvait. Et pour finir, elle n'est pas venue.

La mâchoire inférieure de Tracie s'affaissa de stupeur. Puis elle exagéra sa mimique, juste pour donner le change.

— Tu veux dire qu'elle n'est pas venue *du tout* ? Elle n'est pas simplement arrivée en retard ? Tu... tu l'as attendue suffisamment longtemps au moins ? Elle a peut-être eu un...

— Deux heures.

— Oh, Jon ! Tu es resté sous la pluie pendant tout ce temps ?

— Oui. Mais ça, ce n'est rien. Le pire, c'est que je vais la croiser demain au bureau.

— Misère.

Tracie frémit, et il lut sur son visage l'humiliation qui l'attendait. Puis elle essaya de se ressaisir.

— Dis-moi que tu as trouvé un message sur ton répondeur avec une excuse plausible ?

— Rien. Pas un mot. Ni chez moi ni au bureau, pas même un e-mail. Et pourtant, moi, je lui en avais laissé partout.

Tracie grimaça.

— J'aurais préféré que tu t'abstiennes.

Il se raidit, sur la défensive.

— Que pouvais-je faire d'autre ?

Tracie plissa les paupières.

— Une phrase de Dorothy Parker me revient à l'esprit : « "Ferme-la", expliqua-t-il. »

— Mais alors, comment aurait-elle su que je l'attendais ?

— Parce que c'était indispensable ? Tu n'étais pas suffisamment humilié comme ça ?

Bon, maintenant, elle était en colère contre lui. Jon vit apparaître sur son visage une expression qui ressemblait à s'y méprendre à de la pitié.

— Tu aurais réagi comment, à ma place ?

Molly s'approcha, différant la réponse. À l'évidence, elle n'avait pas perdu une miette de leur conversation.

— Vous cherchez une partenaire ? susurra-t-elle en battant des cils. Une femme un peu plus âgée, peut-être ?

Tracie ne se donna même pas la peine de la regarder, mais Jon réussit à esquisser un pâle sourire.

— Ce n'est pas grave. Juste une idée en l'air. Il est vrai que je ne suis pas allée à l'université.

Elle rafla leurs assiettes vides et repartit vers les cuisines.

Tracie soupira.

— Okay, Jon, tu as gagné. Ton week-end était pire que le mien. Je crois que c'est la quatre-vingt-troisième semaine d'affilée. Nouveau record du monde.

Elle gribouilla quelque chose sur un Post-it et le colla sur la chemise de Jon. Elle y avait dessiné un ruban bleu.

— Félicitations. Le champion des Losers.

Elle se tut et l'observa pendant un moment.

— Tu sais, ce n'est pas *entièrement* ta faute. Les femmes sont attirées par... la difficulté. Des hommes qui incarnent une sorte de... défi. Ma copine Laura est arrivée, vendredi, et...

— Alors, ça y est, elle est là ? Tu vas enfin me la présenter ?

Jon entendait parler d'elle depuis des années.

— Oui, mais la question n'est pas là. Elle est venue s'installer chez moi parce qu'elle a rompu avec Peter. Elle est raide dingue de lui, et pourtant elle est la première à reconnaître que c'est un authentique SOC...

— Un quoi ?

— Un Salaud Obsessionnel Compulsif. Je crois que les femmes sont fascinées par ce genre d'hommes jusqu'à ce qu'elles en soient écœurées.

— Ce n'est pas juste. Je fais tellement d'efforts...

— Pour être un salaud ?

— Non. Pour ne pas en être un.

— Je sais. Je plaisantais. Mais c'est peut-être là le problème : tu fais trop d'efforts et tu es... trop gentil.

Il fronça les sourcils.

— Comment peut-on être trop gentil ?

— Jon, tu es la gentillesse incarnée. Et tu es beaucoup trop attentionné. Regarde ce qui s'est passé aujourd'hui : tu as rendu visite à ta maman et à toutes tes horribles belles-mères. Tu es trop gentil.

— C'est ridicule, protesta Jon.

— Je sais que cela n'a pas de sens pour toi, admit Tracie. Cela n'en a même pas pour nous. Ne va pas croire que nous aimions souffrir, mais... Nous ne supportons pas les raseurs. Prends Phil, par exemple : il me fascine. Il rend ma vie passionnante. Je ne sais jamais à quoi m'attendre avec lui.

— C'est un joueur de basse, et alors ? s'écria Jon avec exaspération. Il est pourri jusqu'à la moelle. Imbu de lui-même. Égoïste. Qu'est-ce qu'il a de passionnant, je me le demande !

Il réalisa soudain qu'il était probablement allé trop loin et qu'il l'avait peut-être blessée.

Tracie se contenta de sourire.

— Tu as quelque chose contre les garçons qui jouent d'un instrument à quatre cordes ?

Jon se calma.

— Non. C'est seulement lui. Il ne vaut pas un clou.

— Possible. Mais il est tellement craquant... Et puis, il y a le sexe !

Elle rougit.

Jon détourna les yeux. C'était sa punition pour être allé trop loin. Il y avait des choses qu'il ne tenait pas à entendre.

Il soupira.

— Je donnerais n'importe quoi pour être capable de

tomber les filles comme le font les types du style de Phil. Si seulement je pouvais apprendre à me comporter comme un salaud. Ou prétendre être égoïste...

Il s'interrompit.

— Hé, Tracie, je viens d'avoir une idée !

— Tu en as tout le temps, acquiesça-t-elle en rassemblant ses affaires. C'est pour ça que tu es l'Alchimiste intergalactique du Développement cosmologique et du Système de conception universel... ou quel que soit l'intitulé de ta fonction sur la planète Micro.

— Il ne s'agit pas de ça. Je parle d'une idée concernant ma *vie*.

— Formidable. Tu me raconteras ça la semaine prochaine, d'accord ? Je dois passer au supermarché.

— Pour quoi faire ? T'acheter un collant ?

Tracie n'avait pas mis les pieds dans un supermarché depuis des années.

— Non. Du bicarbonate de soude. Et de la farine.

— Tu prépares une expérience scientifique ? Ou une crème de beauté inédite ?

— Un gâteau, précisa Tracie en essayant de prendre un air digne.

— Tu te lances dans la pâtisserie, toi ? Depuis quand ? Et ça te démange en pleine nuit ?

Jon connaissait suffisamment Tracie pour savoir qu'elle était incapable de faire cuire un œuf. C'était bien simple : elle était persuadée que le machin noir, dans sa cuisine, avec une porte sur le devant, était un placard à chaussures.

— Tu veux te débarrasser de Phil, c'est ça ? Parce que ta recette le tuera à coup sûr ! Mmm, ce ne serait pas une mauvaise chose.

— Je ne m'abaisserai même pas à te répondre, déclara Tracie en se levant.

Jon l'imita. Il ne l'aurait admis pour rien au monde

devant elle, mais il avait désespérément besoin de compagnie. Et il était intrigué par sa soudaine et mystérieuse vocation pâtissière. Puis, brusquement, cela lui revint.

— J'y suis : c'est pour ta copine Laura, de San Antonio. Elle est cuisinière, n'est-ce pas ?

— Et après ? rétorqua Tracie en enfilant sa veste. Ça ne m'interdit pas d'avoir des talents cachés, non ?

— Tu es douée dans de nombreux domaines, acquiesça Jon. Tu es une excellente journaliste, une amie imbattable et tu as beaucoup de goût pour t'habiller. Tu sais exactement quels cadeaux acheter à une maman. Mais la pâtisserie...

Tracie lui lança un regard noir.

— Laura est de Sacramento, rectifia-t-elle, ce qui était sa façon à elle d'admettre qu'il avait raison.

Jon sourit.

— Je vais t'aider à faire tes courses.

— Tu plaisantes ? C'est la chose la plus barbante qui soit au monde.

— Pas pour un homme qui s'est fait jeter pour une lessive, lui rappela Jon. Je pousserai le Caddie.

— Si ça t'amuse.

Tracie haussa les épaules et s'éloigna tandis que Jon fouillait ses poches et jetait en vitesse un billet sur la table.

— Tu laisses encore un pourboire trop généreux, lança Tracie sans même se retourner. Tu vois : ton problème vient de ce que tu es constamment aux petits soins pour tout le monde.

Tracie secoua la tête tout en se frayant un passage au milieu des tables désertes.

— Les femmes n'aiment pas les garçons gentils.

L'excitation grandit en Jon. Bien sûr. Pourquoi n'y avait-il pas pensé plus tôt ? La solution était là, limpide, imparable. Il la visualisait de bout en bout, aussi clairement que lui était apparu le projet Parsifal.

Il lui suffirait de convaincre Tracie, de l'amener à coopérer, et de faire de sa vision une réalité. Cela ne devrait pas poser de problème : il excellait dans ce domaine.

— À la semaine prochaine, lança-t-il à Molly.

Et il se précipita derrière Tracie.

— Alors, en quoi consiste ton idée ? demanda Tracie tout en débloquant un Caddie avec une pièce. Je te préviens, si tu as l'intention de m'embarquer dans une histoire de calendrier olé olé pour vieux messieurs abonnés à des sites cochons, je ne marche pas.

— Ne te fiche pas de moi. Je suis sérieux. Je dois absolument tenter quelque chose avant d'avoir besoin de Viagra.

— Tu ne crois pas que tu dramatises un peu ? ironisa-t-elle tout en passant devant les fournitures de bureau et les produits d'hygiène.

Elle l'enveloppa d'un regard circonspect tandis qu'ils longeaient le stand de produits laitiers.

— Ta date limite de consommation n'a pas expiré. Tu es encore comestible pour les deux ou trois ans à venir.

— Je ne dramatise pas. Je suis réaliste.

Jon prit une profonde inspiration. Il devait absolument obtenir sa coopération.

— Je veux que tu me transformes en mauvais garçon, articulait-il calmement.

Tracie s'apprêtait à dépasser le rayon des produits capillaires. Elle stoppa net et se retourna pour le regarder droit dans les yeux.

— Tu veux...

Il sentit son cœur cogner contre ses côtes, et déglutit de l'air.

— Devenir le genre de type qui fait craquer les filles. Tu sais, le genre d'affreux avec lesquels tu sors. Comme Phil. Et avant lui, Jimmy. Et tu te souviens de Roger, le tatoué ? Celui-là était *vraiment* affreux ! Et tu étais folle de lui.

— C'est toi qui es fou, mon pauvre vieux, rétorqua Tracie.

Elle empoigna le Caddie et le planta là. Elle saisit au passage une bouteille de Pert – un shampooing qu'elle n'aurait jamais choisi si elle avait été dans son état normal. Jon la rattrapa au niveau de l'allée « Sucres et Farines ».

— S'il te plaît, Tracie. Je suis sérieux.

D'abord, la calmer, songea-t-il. Ensuite, susciter en elle un élan d'enthousiasme. Il s'agissait en somme de monter un projet d'équipe, et il était très fort en stratégie de groupe.

— Ne sois pas ridicule. Pourquoi voudrais-tu devenir un raté ?

Et de toute façon, c'est impossible. Tu ne réussirais jamais à...

— Si, je pourrais ! Si tu me donnais des cours.

Réfuter ses objections, puis l'amener à coopérer en mettant l'accent sur ses compétences.

— J'étais bon élève à l'université, tu te souviens ? Allez, Tracie. Prends-le comme un défi, une occasion unique d'exploiter la mine d'informations que tu as glanées auprès de tes tatoués.

Il l'observa avec attention. Il y était presque. Maintenant, appuyer sur un point sensible afin de provoquer un sursaut d'orgueil.

— Sinon, ça voudra dire que Molly a raison, déclarat-il le plus négligemment possible.

À la mention de la serveuse, Tracie s'arrêta net et pivota vers lui.

— Raison à propos de quoi ? demanda-t-elle d'un ton sec.

Puis elle se détourna pour examiner les paquets de farine.

— Tendance compulsive à la répétition...

Il épia sa réaction, le cœur battant à tout rompre. Il l'avait ferrée.

— Regarde la réalité en face, insista-t-il : tu t'enfermes dans le même schéma destructeur depuis sept ans. Et tu en retires quoi ? Rien. Mais si tu utilisais ton expérience pour te métamorphoser en alchimiste...

Elle se baissa pour déchiffrer l'étiquette sur un rayon du bas.

— Je n'aurais jamais imaginé qu'il existait autant de sortes de farines, grommela-t-elle.

Il s'agissait d'une banale technique de diversion, mais Jon ne s'en formalisa pas. Il avait tout son temps.

— À ton avis, il vaut mieux de la complète, de la semi-complète, de la fine, de la fluide ou de l'extra-fluide ?

Jon se rappela les biscuits de Barbara, quelque quinze heures plus tôt, et attrapa de l'extrafluide garantie sans grumeaux.

— Celle-là.

Tracie se redressa et lui prit le paquet des mains.

— Alors ? Ta réponse ? demanda-t-il.

Elle haussa les épaules, posa la farine dans le Caddie et le promena dans l'allée.

— Écoute, je suis peut-être capable d'écrire un bon article et de me sécher les cheveux par jour de pluie sans friser comme un mouton. Mais je suis incapable de confectionner un gâteau, et personne ne pourrait t'apprendre à devenir un mauvais garçon. Tu ne *peux pas* être mauvais. Cette discussion n'a donc aucune raison d'être.

Sur ce, elle se détourna.

74

Jon se sentit gagné par le désespoir. Pire : il s'imagina face à Samantha le lendemain matin au bureau, et ne put le supporter. D'autant que Tracie avait raison : il avait aggravé son cas en lui laissant des messages. Pourquoi fallait-il qu'il soit aussi désespérément stupide, par moments ?

En dépit de ses dénégations, Tracie avait les compétences requises. Il lui suffisait de vouloir. Seulement voilà, elle s'entêtait. Elle détenait la clé, mais refusait de la lui livrer. Ah çà, quelle sorte d'amie était-elle ?

Le moment était venu de donner un tour d'écrou et de resserrer la pression. Il avait réussi à décrocher un budget de un million de dollars pour financer son dernier projet. Il n'allait quand même pas caler en cours de route ?

Il la saisit par le bras, la fit pivoter vers lui, et la regarda droit dans les yeux.

— Je n'ai jamais été aussi sérieux de toute ma vie. Et tu es la seule à pouvoir me sauver. Tu es diplômée en mauvais garçons depuis l'université et tu suis un stage de perfectionnement depuis quatre ans au *Seattle Times*.

— Ce serait incontestablement un défi, admit Tracie en souriant.

Oui ! exulta-t-il intérieurement. Mais il se garda bien de triompher. Tracie souleva les sourcils et avec eux sa dernière objection :

— Reste à savoir pourquoi un alchimiste souhaiterait transformer de l'or en plomb..., déclara-t-elle lentement en lui prenant la main d'un geste affectueux.

— Parce que l'or veut vraiment changer de nature ! Et si l'or *suppliait* l'alchimiste ?

Il sut dans la seconde qu'il était allé trop loin.

Elle lâcha sa main.

— Je ne crois pas, Jon. Je t'aime comme tu es, répondit-elle en employant le même ton raisonnable que sa mère.

— Malheureusement, tu es bien la seule, lui rappela-t-il.

Mais il était trop tard. Elle haussa de nouveau les épaules et s'éloigna dans l'allée.

— Je n'y arriverais pas. Hé, j'ai dit bicarbonate de soude ou levure ? demanda-t-elle en regardant les sachets empilés soigneusement sur l'étagère.

— Soude. Et tu pourrais me refaire à neuf si tu le voulais.

Tracie marqua un arrêt. Il espéra qu'elle réfléchissait à son projet, mais après une autre minute elle secoua la tête.

— Je crois que je vais prendre du bicarbonate. Enfin, c'était peut-être de la levure.

Jon soupira.

— Quelle importance ? demanda-t-il d'une voix désabusée.

— Ils n'ont pas le même effet !

— Ah non ?

Il était en colère contre elle et n'avait pas l'intention de lui passer quoi que ce soit.

— Et en quoi sont-ils différents ?

— La levure fait gonfler les gâteaux.

— Je sais lire les étiquettes, moi aussi, Tracie. Et le bicarbonate ?

— Eh bien, tu peux te brosser les dents avec, et en mettre dans ton réfrigérateur pour le désodoriser.

— Et ta copine de Santa Barbara a oublié son dentifrice ou elle s'est évanouie en sentant l'odeur de ton frigo ?

Tracie lui lança un bref regard, puis haussa les épaules et jeta les deux produits dans le Caddie. Elle fit demi-tour et prit la direction de la sortie. Jon la suivit. Pas question d'abandonner la partie sans combattre. Il n'était pas arrivé là où il était aujourd'hui chez Micro/

Connection sans une bonne dose d'opiniâtreté. Et s'il essayait l'humour ?

Il s'accroupit, s'agrippa à la poignée du Caddie et commença à la supplier comme un gamin en quête de bonbons.

— S'il te plaît. Tu veux bien ? Dis ? S'il te plaît. Je ferai n'importe quoi. Je te le promets.

Tracie jeta des regards gênés autour d'elle.

— Lève-toi ! souffla-t-elle. Tu es ridicule.

Elle détestait les démonstrations en public. Jon le savait et comptait justement là-dessus.

— Jon, tu as un magnifique appartement, un travail formidable, et tu es promis à devenir très riche – dès que tu auras revendu tes stock options.

Elle essaya d'ignorer la vieille dame avec un panier et le grand jeune homme avec un pack de bière.

— Redresse-toi ! À la fac, il y avait un tas de filles qui t'aimaient bien.

Il resta accroupi.

— Je ne veux pas qu'on m'aime *bien*. Les femmes ne voient en moi qu'un copain, un mentor ou un frère.

Il essaya de chasser l'amertume de sa voix. Ça n'aidait pas à vendre des projets. Tracie faisait justement partie de ces femmes, mais à quoi bon le lui rappeler ?

— Lève-toi. Tout le monde nous regarde !

En réalité, la vieille dame et le jeune homme s'étaient éloignés et il n'y avait plus qu'un employé occupé à étiqueter des pamplemousses. Tracie fonça vers la caisse, la tête rentrée dans les épaules. Jon la suivit. Parfait. Il y avait beaucoup plus de monde de ce côté. Il l'aida à poser ses achats sur le tapis roulant. Toujours accroupi, il continua à geindre :

— Je veux plaire aux filles. À celles qui sont torrides et tout. Mais elles n'aiment que les mauvais garçons.

77

— Lève-toi, souffla-t-elle. Tu nous donnes en spectacle. En plus, tu exagères.

Il était trop tard pour espérer créer un attroupement. Jon n'avait plus d'autre issue que d'utiliser sa carte maîtresse : l'honnêteté foncière de Tracie.

— Tu sais que c'est vrai.

La caissière finit par les regarder. Elle les observa un moment, puis haussa les épaules et enregistra leurs achats.

Tracie chercha de l'argent dans son sac. Jon se redressa avec un soupir, et posa un regard absent sur le présentoir de journaux à sensation et de revues féminines. Ses genoux lui faisaient mal. Supplier était une activité épuisante. Puis son œil fut attiré par un magazine people : un jeune acteur de cinéma se pavanait sur la couverture, parce qu'il venait de plaquer sa petite amie, publiquement, à la télé, juste avant les Oscars.

Jon se tourna vers Tracie et lui montra le journal.

— Voilà le genre de gus auquel je veux ressembler.

— Ce n'est pas simplement une question de physique, répondit-elle en récupérant son sac. Tu es très mignon... dans le style gentil garçon.

Jon lui prit le sac des mains et ils se dirigèrent vers la sortie.

— Justement. Ce gus n'a rien de gentil. Il a l'air sulfureux. Il n'a pas passé la journée à promener ses belles-mères, *lui*.

Il se retourna et lui montra le magazine.

— Qu'est-ce qu'il a fait ? Tu le sais ?

Tracie jeta un coup d'œil à la photo et haussa les épaules.

— Il a juste dit à sa nouvelle petite amie qu'il l'avait assez vue, répondit-elle, et elle quitta le magasin.

Jon la suivit.

— J'en serais capable, moi aussi ! Si j'avais une petite

amie, évidemment. Et si tu acceptais de m'aider, supplia-t-il. Considère qu'il s'agit d'un sujet de thèse.

Il revint sur ses pas en courant, se saisit du magazine comme pièce à conviction, jeta un billet de cinq dollars sur le comptoir et rejoignit Tracie.

— Tu es une experte. Toi seule serais capable de distiller la quintessence de ce comportement pourri dont tu te délectes, et de me l'injecter.

Tracie était déjà devant sa voiture, bataillant avec ses clés. Elle lui prit le sac des mains, ouvrit la portière et se glissa derrière le volant.

— N'y pense plus, d'accord ? Tu as eu un week-end particulièrement éprouvant, et tu me fais une petite déprime passagère. Mais demain ça ira mieux.

— C'est ça : quand je verrai Samantha, acquiesça-t-il d'un air lugubre. Là, je me sentirai vraiment bien.

— Oh, Jon... Pourquoi ne rentres-tu pas chez toi ? soupira Tracie.

Et il suivit son conseil.

8

L'appartement de Tracie était clair, étroit et tout en longueur. Ce n'était pas exactement une boîte à sardines, même si la cuisine se résumait à un évier, un frigo modèle réduit et un vieux four à gaz noir – dans lequel elle rangeait ses chaussures superflues. Un paravent provisoire, déployé au fond de la pièce, formait une « chambre d'hôte » improvisée, et permettait à Laura d'avoir un peu d'intimité.

En dehors du lit de camp, du paravent et d'un canapé, le seul élément de mobilier du living-room était un bureau jonché de papiers, de photos et de Post-it où Tracie avait griffonné des idées d'articles. En fait, l'appartement entier était tapissé de Post-it, collés sur toutes les surfaces disponibles.

Maintenant, à deux heures du matin, au terme d'une journée de sexe torride avec Phil, d'un brunch bizarroïde avec Jon, Tracie était épuisée. Elle se faufila dans l'appartement sans faire de bruit, mais Laura était debout, occupée avec des bols mélangeurs et des plaques à pâtisserie. Et – ô surprise ! – Phil était là, lui aussi. Allongé sur le canapé, il grattait sa guitare.

Il leva vers Tracie un regard boudeur.

— Qu'est-ce que tu as fabriqué ? J'ai annulé une répétition pour venir ici. En plus, Bobby m'aurait payé à boire vu que les impôts lui ont versé un trop-perçu.

Comme à son habitude, Laura vola à son secours avant qu'elle ait eu le temps de répondre :

— Cette remarque est parfaitement dégueulasse, susurra-t-elle à l'adresse de Phil d'un ton aimable.

Tracie s'efforça d'ignorer Phil. Il était imprévisible, et par là même irrésistible. Elle adorait quand il débarquait comme ça, à l'improviste, parce qu'elle lui manquait. C'était sa façon à lui de lui manifester sa tendresse, même s'il se refusait à l'admettre. Il était terriblement sexy, étendu de tout son long sur le canapé. Mais il ne le savait que trop, aussi décida-t-elle de ne pas le lui montrer.

— Qu'est-ce que tu fais ? demanda-t-elle à Laura, qui cassait deux œufs à la fois dans un bol.

— Je soude un vilebrequin.

— Tu prépares un truc à manger, c'est ça ? déclara Phil comme s'il venait de découvrir la formule de l'ADN.

— Pas un truc, de la pâtisserie, rectifia Laura.

Elle sourit à Tracie.

— Tu as acheté le bicarbonate ?

Tracie hocha la tête. Quand elles vivaient à Encino, il

ne se passait pas un week-end sans que Laura leur prépare des brownies ou des cookies au sucre. À l'époque, déjà, Laura faisait des merveilles avec trois fois rien. Tracie apportait sa contribution en léchant le bol.

— Ma mère aussi faisait de la pâtisserie, réfléchit Phil. Du poulet, du jambon...

Laura leva les yeux au ciel, puis sortit une plaque de biscuits du four. Elle en prit un et adressa à Phil un sourire enjoué.

— Débilus veut un cookie ? lui demanda-t-elle.

Tracie en resta coite. Elle s'attendait à ce que Phil pique une colère, mais il tendit obligeamment la main. Tracie le regarda, abasourdie. Finalement, le chemin pour conquérir le cœur d'un homme passait bien par son estomac.

— Oumpff ! s'exclama Phil en engloutissant le gâteau. C'est rudement bon !

— La graisse et le sucre sont de puissants antidépresseurs, acquiesça Laura en tapotant ses hanches. Je suis accro.

Tracie plissa le nez. Elle détestait la voir se déprécier de la sorte.

— Laura, quelle est la différence entre la levure et le bicarbonate de soude ?

— Moi je sais, intervint Phil. C'est facile : il y en a une qui est liquide et l'autre non.

Laura ricana.

— Tu confonds soude et soda ! Le bicarbonate ne fait pas de bulles et ne s'avale pas avec une paille.

Elle se tourna vers Tracie.

— C'est comme la crème de tartre. On ne s'en sert pas souvent, mais quand on en a besoin, rien ne peut la remplacer. À Pâques, j'aurais pu vendre mon stock de crème de tartre au prix du crack. Les ménagères de Sacramento étaient hys-té-riques.

Tracie sourit. Elle avait oublié à quel point Laura était unique. Qui d'autre aurait associé dans une même phrase le crack et la crème de tartre ?

— Séance de nettoyage, annonça Laura.

Phil piocha un autre cookie sans bouger d'un pouce. Tracie haussa les épaules. Même dans son propre appartement, il ne faisait pas le ménage.

— Qu'est-ce qui t'a retenue aussi longtemps ? lui demanda-t-il en essuyant les miettes collées à ses lèvres.

Tracie poussa Laura d'un petit coup de hanche amical et se lava les mains.

— J'ai passé une soirée bizarre. Jon m'a demandé de le métamorphoser.

Phil s'esclaffa.

— Le technocrétin veut se travestir ? En quoi ?

— En quelque chose qui te ressemble.

Elle s'assit sur le canapé et ôta ses chaussures.

— M. Micro T. Stock Option ? Tu blagues ! rigola Phil. Ce type est né pour porter des lunettes et turbiner à longueur de journée. Les semaines de sept jours ont été inventées pour des abrutis comme lui.

Tracie faillit voler au secours de Jon, mais elle remarqua que Laura avait oublié un bol sur le petit comptoir de la cuisine. Elle allait le lui apporter pour qu'elle le lave quand elle vit ce qu'il avait contenu. Elle s'en empara d'un geste gourmand, essuya la paroi avec son doigt, puis l'enfonça dans sa bouche avec délices.

— Combien d'actions de sa boîte détient-il, de toute façon ? demanda Phil.

— Environ trente mille, je crois, murmura-t-elle en savourant le nectar sucré qui fondait sur sa langue.

— Ouf, il est riche comme Crésus ! s'exclama Laura. Et encore célibataire ? Tu me le présentes quand ?

— Laisse tomber, intervint Phil. Tu es bien mieux

avec Jeff. Son QI est à deux chiffres, mais il a du rythme. Et il n'arrête pas de parler de toi.

— Jon n'arrive pas à accrocher le genre de femmes qui lui plaît, répondit Tracie.

— Plein aux as et même pas fichu d'emballer une poulette, se gondola Phil. Et il voudrait me ressembler ?

Il éclata de rire.

— Qui sait, je suis peut-être son type, insista Laura.

Tracie l'ignora.

— Qu'est-ce qui te permet de croire que tu es inimitable ? demanda-t-elle à Phil.

— Rien. Mais c'est un tel couillon. Sans aucun intérêt.

— C'est certain, acquiesça Laura. Ne jamais perdre son temps avec un garçon qui a moins de trente ans, un boulot en or et une petite fortune en actions, telle est ma devise.

Phil passa à côté de son ironie et approuva de la tête.

— De toute façon, tu n'y arriverais pas, déclara-t-il à Tracie.

— *Lui* est persuadé du contraire, rétorqua-t-elle.

Pourquoi Phil était-il aussi cruel quand il parlait de Jon ?

— Évidemment ! Le technocrétin est convaincu que tu peux tout faire.

— Elle pourrait si elle voulait, riposta sèchement Laura tout en rinçant la dernière plaque à pâtisserie et en ôtant le bol parfaitement nettoyé des mains de Tracie.

— En tout cas, il a plus foi en moi que toi, renchérit Tracie.

Et si j'ai envie de le transformer en tombeur, c'est mon problème, pas le tien.

— Absolument. Rien ne t'empêcherait même d'écrire un article sur le sujet, poursuivit Laura. Tu sais, une sorte de journal au quotidien. Les lecteurs adorent les histoires de métamorphose.

Tiens... bonne idée ! En plus, cela ennuierait Phil, et Tracie était justement d'humeur à le contrarier.

— Ouais, approuva-t-elle.

— Comment, ouais ? Tu es cinglée ? demanda Phil. Tu as envie de perdre ton temps à écrire des conneries de ce genre ?

— Je ne suis pas sûre que ce soit si bête. Tout le monde s'intéresse aux mutations. C'est archétypal. Relis Jung.

Phil avait une vénération pour Jung.

— Le thème éternel de Cendrillon, version vingt et unième siècle, conclut-elle d'un ton léger.

— Je croyais que tu ne t'intéressais pas aux histoires ringardes ?

— À propos, je ne t'ai pas dit : Phil m'a fait lire un de ses textes, enchaîna perfidement Laura.

Sa bouche dessina un W, comme chaque fois qu'elle essayait de ne pas rire.

— Vraiment ?

En dépit de l'ironie de Laura, Tracie fut blessée. Phil ne lui montrait jamais une ligne de ce qu'il écrivait.

— Qu'est-ce que tu en as pensé ?

— Bon, ce serait mieux avec des personnages et une intrigue, mais à part ça, c'est puissant.

— Merci, acquiesça Phil, impavide. C'est une œuvre collective inconsciente.

Il se moquait probablement de l'opinion de Laura, songea Tracie. Mais tout de même : pourquoi ne lui faisait-il jamais rien lire ?

— En tout cas, même si tu avais envie d'écrire une connerie de ce genre, tu ne réussirais pas à transformer ce plouc, reprit Phil. Autant essayer de réfrigérer le fleuve Amazone. Trop de boulot. Irréalisable.

— Qu'est-ce que tu paries ? s'agaça Tracie.

— Qu'est-ce que tu as à offrir ?

Il effleura sa bouche de son doigt, mais elle se déroba. Pas de tripotage maintenant, et surtout pas devant Laura la solitaire.

Il venait néanmoins de lui lancer un défi. Et de lui offrir légitimement l'occasion de lui mettre les points sur les « i », de lui donner une leçon, voire de faire évoluer leur relation – ou peut-être d'y mettre un terme...

— Je parie ta participation financière aux dépenses ménagères, déclara Tracie, inspirée.

Il faillit lâcher le cookie qu'il portait à sa bouche.

— Hein ? Mais je n'ai jamais participé à quoi que ce soit !

— Justement. Tu manges et tu dors ici la plupart du temps, mais tu ne paies pas le loyer et tu ne donnes pas un sou pour les commissions.

— Tu sais bien que je ne peux pas, bébé.

Il tourna les yeux vers Laura, puis passa un bras autour de la taille de Tracie et l'attira vers le paravent. Il baissa la voix.

— Je n'ai pas fini de rembourser l'ampli, et ce mois-ci je n'ai même pas encore versé ma part de mon propre loyer, murmura-t-il en la poussant doucement vers le lit de Laura.

— Pas ici ! protesta-t-elle sèchement.

À quoi pensait-il ?

— Bon, eh bien, je crois qu'il est temps pour moi d'opérer une retraite diplomatique et de vous laisser en tête à tête, déclara Laura tout en s'essuyant les mains sur le semblant de torchon que Tracie avait exhumé pour elle du fond d'un placard.

Elle pivota vers la salle de bains.

— Je vais prendre une douche bien longue, et bien bruyante, ajouta-t-elle en disparaissant.

Phil entraîna Tracie dans la chambre, enleva ses boots et la tira sur le lit.

— Viens ici.

— Phil, arrête. Je ne plaisante pas ! Écoute-moi une minute. Si tu emménageais ici...

Phil la lâcha et glissa son bras sous l'oreiller. La température émotionnelle descendit instantanément d'une demi-douzaine de degrés.

— Halte, j'ai besoin de mon espace personnel, décréta-t-il.

Il se tourna vers le mur, dans l'espoir qu'elle laisserait tomber le sujet ou, mieux encore, qu'elle s'endormirait. Peine perdue...

— Si je réussissais à faire de Jon un type cool et séduisant, tu quitterais ton appartement et tu paierais la moitié du loyer ici ?

— Pff, tu n'y arriveras pas.

— Mais si c'est le cas ? insista-t-elle.

Il se retourna, la regarda puis esquissa un sourire vorace.

— Je ferai tout ce que tu voudras. Et si tu échoues ?

Tracie réfléchit quelques instants.

— Alors tu pourras vivre ici comme dans un hôtel, me donner ton linge à laver, manger à l'œil et ne pas lever le petit doigt pour m'aider.

Elle s'interrompit.

— Mais au fait, c'est déjà ce que tu fais.

Phil s'assit.

— Le rapport à autrui est compliqué pour un musicien. Tu le savais avant de t'engager avec moi. Exact ?

Elle acquiesça de la tête.

— Une relation, c'est comme l'eau du bain, poursuivit Phil. Au début, c'est le pied, mais au bout d'un moment elle refroidit...

— C'est ce que tu penses de nous deux ? Notre relation s'est refroidie ?

Si c'était le cas, elle préférait y mettre un terme tout de suite !

— Mais non, bébé, murmura-t-il d'un ton apaisant. Comment peux-tu me demander ça après cet après-midi ?

Sa voix devint rauque. Il voulut la prendre dans ses bras, mais elle résista, figée.

— Ouh là ! je te taquinais. Regarde. Je t'ai même apporté un cadeau.

Phil tendit la main et ouvrit son poing. Un écrin en velours noir reposait au creux de sa paume. Le cœur de Tracie fit un saut périlleux. Elle se jeta à son cou.

— Oh, Phil ! souffla-t-elle avec émotion.

Plantée devant le miroir des toilettes dames du *Seattle Times*, Tracie appliquait du mascara Longue Tenue sur ses cils, sous le regard attentif de Beth.

Ses yeux étaient cernés de mauve. Phil et elle étaient restés éveillés jusqu'à quatre heures du matin, se disputant, faisant l'amour, puis se disputant à nouveau... *Seigneur, j'ai vraiment besoin d'aller chez le coiffeur*, songea-t-elle. Il fallait absolument qu'elle se décide à appeler Stefan pour prendre rendez-vous.

— Alors ? demanda Beth.

— Alors il est du style « J'ai besoin de mon espace personnel ».

Beth soupira.

— Ma mère voulait louer un entrepôt pour y stocker tous mes petits copains qui revendiquaient leur besoin d'un espace personnel.

La porte s'ouvrit derrière elles. Entra Allison, la grande blonde qui avait fait une apparition au *Cosmo*. Beth et Tracie l'observèrent avec aversion. Elle les rejoignit devant la glace.

— Salut, lança-t-elle tout en feignant de remettre de l'ordre dans ses cheveux impeccablement coiffés.

— Salut, répondirent Tracie et Beth d'une même voix, et avec le même manque d'entrain.

Il y eut un moment de silence. Allison continuait à tripoter vaguement ses cheveux.

— Bref, reprit Tracie, Phil m'a demandé de l'épouser. Mais je suis du genre « Attends, je ne te connais pas suffisamment. Je ne suis même pas certaine que tu sois l'homme qu'il me faut. » Cela dit, j'ai quand même accepté sa bague.

Beth faillit en lâcher son tube de rouge à lèvres.

— Il t'a demandé de l'épouser ?

Tracie observa discrètement Allison dans le miroir. Elle avait fini de tapoter ses cheveux.

— Bye, susurra-t-elle.

— Bye, répondirent en écho Tracie et Beth tandis qu'elle quittait les toilettes.

— Phil t'a offert une bague ? s'écria Beth aussitôt que la porte se referma. Pour de vrai ?

— Non, pour Allison. Il m'a seulement offert un *écrin* de bague. Avec un médiator de guitare à l'intérieur.

— Un *médiator* ?

Tracie imita la voix de Phil afin de tourner sa déception en dérision :

— C'est mon tout premier. Je ne savais pas que je n'en aurais pas besoin pour jouer de la basse.

Elle marqua un temps, comme il l'avait fait devant son manque d'enthousiasme.

— Hé, il a énormément de valeur, pour moi !

Elle reprit sa voix normale.

— C'est vrai que Phil y attache beaucoup de prix. Il ne vit que pour sa musique et ses textes. C'est un pur esprit, qui ne s'intéresse pas aux choses matérielles, comme nous.

Beth ne prononça pas un mot.

— Je t'assure, il est comme ça, insista Tracie, puis elle lui montra l'onglet.

Phil y avait percé un trou, et la chose pendait à son cou, reliée à une chaîne.

— Allison ne te tape pas sur les nerfs ?

Beth s'anima de nouveau.

— Au-delà du possible. La semaine dernière, cette blondasse a commencé à sortir avec un type. Il lui téléphonait au boulot six cents fois par jour. Jeudi, il venait la chercher à midi, *plus* le soir. Et vendredi, elle donnait des ordres pour qu'on ne lui passe plus ses appels.

— Sans blague, murmura Tracie en refermant son tube de mascara.

— Dingue, non ? Et il n'a rien d'un attardé mental : c'est un orthodontiste très réputé à Tacoma. À mon avis, elle a un truc pour embrouiller le cerveau des mecs. Et ce n'est pas tout, je crois que maintenant elle a des vues sur Marcus !

À la suite de ce qui semblait être une panne cérébrale généralisée, un affligeant manque de goût et un véritable suicide professionnel, Beth avait trouvé le moyen de s'impliquer dans une liaison avec Marcus. Désormais, elle vivait dans les affres au quotidien. Elle avait probablement raison au sujet d'Allison et de Marcus, mais Tracie ne jugea pas utile de lui retourner le couteau dans la plaie.

— Grand bien lui fasse. Tu devrais sauter sur l'occasion pour te débarrasser de cette erreur de la nature.

— Noooon, larmoya Beth. Je sais qu'il est infidèle, mais je l'aime.

Elle pressa ses lèvres l'une contre l'autre et se redressa.

— De toute façon, mon Marcus ne m'appartient pas.

— Alors, laisse-le-lui. Ils sont dignes l'un de l'autre.

— Mais je...

Tracie ne parvenait pas à croire que Beth puisse se cramponner à ce porc.

— Beth ! Ton Marcus a couché avec toi et il t'a plaquée ! Tu aurais pu le poursuivre pour harcèlement !

Tracie rangea son maquillage dans son fourre-tout.

— Mais qu'est-ce qu'ils ont, tous ? Peter, l'ex-petit ami de ma copine Laura... Phil... Ce dégénéré de Marcus... Pourquoi ces types sont-ils aussi immatures et égoïstes ?

— Ils représentent un défi.

Beth renifla et s'engagea dans le couloir aux côtés de Tracie.

— Je veux dire : si ton Phil et mon Marcus faisaient nos quatre volontés, ils deviendraient vite ennuyeux.

Beth avait incontestablement un grain, mais Tracie dut admettre que, pour une fois, il y avait du vrai dans ses propos.

— Reconnais-le : plus ils sont difficiles à conquérir, plus nous avons l'impression d'être spéciales. Avec Marcus, c'était comme si je l'avais *forcé* malgré lui à m'aimer. Je me sentais vraiment quelqu'un.

Tracie songea à Phil, à son tempérament rebelle. Puis elle se souvint de Jon et de sa requête. Peut-être avait-il raison, finalement. Mais serait-elle capable de réaliser son souhait ? Elle soupira.

— Je me demande parfois si nous ne sommes pas masochistes.

Mais en ce qui concerne Marcus, il n'y a pas le moindre doute : c'est un authentique sadique.

— Ça te va bien de critiquer Marcus, rétorqua Beth. Tu n'as pas regardé ton Phil ? Ce type n'est pas assez bien pour toi, Tracie. Je reconnais qu'il est craquant, mais il ne vaut rien. Et il ne s'engagera jamais.

Elle attrapa le médiator qui tressautait au cou de Tracie.

— C'est... c'est pathétique.

— Je ne sais pas, murmura Tracie en sentant frémir en elle une idée. J'ai peut-être un moyen de forcer Phil à sauter le pas. Et par la même occasion d'en tirer un bon sujet d'article.

Elles étaient arrivées à l'endroit où leurs routes se séparaient.

— À ta place, je ne parierais pas là-dessus, lança Beth.

Tracie sourit.

— Moi si

9

Juste à l'extérieur du bureau de Jon s'alignaient des douzaines de box tapissés de moquette qui occupaient une surface comparable à celle d'un hangar d'avion. Les sonneries de téléphone, le ronronnement des photocopieuses et des imprimantes, le cliquetis des claviers y produisaient un bruit de fond permanent.

Épuisé par ses belles-mères, son travail sur Parsifal et ses emplettes nocturnes avec Tracie, Jon avait du mal à se concentrer. Il se devait néanmoins de prêter une oreille attentive à ce qui se disait. Après tout, il s'agissait de son département – son royaume. Face à lui, un groupe de travail débattait de développements technologiques pendant que lui, en bon despote éclairé, écoutait, s'efforçant de garder les yeux ouverts.

Jon regarda par-dessus la tête de ses collaborateurs, et vit Samantha remonter le couloir. Son royaume s'écroula autour de lui en moins de temps que le virus « I love you » n'en avait mis pour essaimer des Philippines et infecter les disques durs des gogos du monde entier. Il se souvint brusquement qu'il était le champion des Losers. L'Humiliation fonçait droit sur lui.

Il y avait quelque chose chez Sam à quoi Jon, comme n'importe quel type normalement constitué, d'ailleurs, était incapable de résister. Elle était rousse, avec de minuscules taches de rousseur, coriace dans son travail, avec en même temps une douceur – mieux : une innocence – qui agissait sur lui comme un aimant. Jon rêvait de répertorier chacune de ses taches de rousseur comme on trace une carte des constellations dans un beau ciel d'été. Et il ne parlait même pas de ses jambes – interminables, fuselées, divinement proportionnées... parfaites.

Sam travaillait dans le département Marketing de Micro/Connection, une branche généralement peuplée de crétins en costumes trois pièces. Samantha, elle, était intelligente et dotée d'un grand sens de l'humour, un peu comme Tracie. Il l'avait rencontrée un an plus tôt, lors du colloque consacré à la promotion du Crypton-2. Il y avait trois cents personnes dans l'auditorium – pour la plupart des vendeurs grincheux –, mais Jon avait été incapable de détacher son regard de cette créature de rêve sur l'estrade qui débutait son exposé par une plaisanterie assez osée sur un nain et une machine à laver. Non contente de déclencher l'hilarité générale, elle avait réussi à se montrer incroyablement féminine. Aujourd'hui encore, Jon ne pouvait s'empêcher de rire quand il y repensait. Elle avait du peps. Il flottait autour d'elle une sorte d'aura magique. Elle était fantastique. Il ne connaissait personne – pas même Tracie – capable de transformer un naufrage annoncé en triomphe absolu.

Jon l'avait contemplée-admirée-désirée de loin pendant des mois, avant de trouver le courage de s'asseoir à côté d'elle lors d'une séance de travail. Il avait passé la réunion à lui glisser des notes amusantes ; elle avait ri. Et puis, un beau jour, il s'était carrément installé en face d'elle à la cafétéria, et il l'avait invitée à sortir. Ô surprise, elle avait accepté... pour finir par le laisser mariner deux heures sous la pluie.

Si bien qu'à présent, tout en la regardant s'avancer vers lui, Jon songea qu'il aurait donné n'importe quoi pour ne pas avoir à lui parler. Elle discutait avec un jeune requin du marketing. Ces types étaient d'effroyables baratineurs. Tout dans le style, aucune substance.

Jon se raidit, en proie à une horreur grandissante. Samantha ne pouvait pas feindre de ne pas le voir. Il aurait voulu se désintégrer sur place, ou plonger la tête dans la moquette cent pour cent fibres naturelles et jouer les autruches, mais c'était sans espoir.

— Oh, bonjour, Jon, déclara-t-elle paisiblement en passant devant lui.

Et elle continua son chemin comme si de rien n'était, ses jambes de rêve poursuivant leur ballet hypnotique.

— Bonjour, Sam, répondit Jon, une octave trop haut.

Bon sang, sa nonchalance était pire que de l'indifférence ! Maintenant il avait la certitude qu'elle l'avait tout bonnement effacé de sa mémoire.

Puis elle s'arrêta.

— À propos, désolée pour samedi, lança-t-elle par-dessus son épaule, comme si elle se rappelait brusquement leur rendez-vous.

— Euh... samedi ? répéta Jon, sa voix sous contrôle.

Après tout, il pouvait avoir une crise d'amnésie, lui aussi !

— Je ne savais plus si ça tenait toujours, puis j'ai été retenue et...

— Pas de problème, la coupa Jon.

Plantant là son groupe, il entra dans son bureau d'un pas décidé. Un murmure narquois s'éleva derrière la porte.

— À votre avis, qu'est-ce qu'elle a pu faire avec Jon pour être désolée ? commentait déjà Dennis.

Quelqu'un se livra à une plaisanterie fine, qu'il n'entendit pas, et tout le monde s'esclaffa. La sonnerie du téléphone retentit, lui arrachant un sursaut. Pendant un instant, il fut tenté de ne pas répondre, mais il pouvait s'agir de Bella, sa patronne, avec de nouvelles infos sur le financement du projet Parsifal.

Jon décrocha.

— Tu aimes les surprises ? demanda la voix de Tracie.

— Vas-y, étonne-moi.

Il soupira. Vu son état d'esprit, toute forme de distraction était la bienvenue.

Et si je te dis que ce n'est pas Tracie qui te téléphone, mais Merlin en personne, et que j'ai décidé d'accepter ta proposition ?

Marlon qui ? Brando ? Il était tellement fatigué. Le cerveau déconnecté. De quelle proposition parlait-elle ? Était-il possible qu'il se soit soûlé de désespoir le dimanche soir et qu'il lui ait demandé de l'épouser ? Puis, brusquement, cela lui revint. La transformation ! Jon envoya promener les papiers qu'il tenait à la main et s'assit.

— Tracie, je ferai n'importe quoi. *N'importe quoi !*

— Avant toute chose, nous allons devoir t'acheter des vêtements décents, déclara-t-elle.

Jon ne put s'empêcher de penser à Emerson : « Méfie-toi d'un plan qui nécessite des habits neufs. »

— Ma carte de crédit est à tes pieds, affirma-t-il néanmoins.

— Il faudra aussi que tu changes tes cheveux.

Bah, je voudrais changer toute la tête ! grommela-t-il intérieurement.

— Tu fais allusion à des implants ou juste à la couleur ? De toute façon, c'est oui aux deux !

Tracie pouffa. Elle était vraiment irrésistible quand elle pouffait.

— Une bonne coupe suffira, pour commencer. Et tu vas te mettre au boulot.

— Facile. Je ne fais que ça à longueur de journées, j'ai l'habitude.

— Ne joue pas les andouilles. Tu sais très bien que je te parle de gymnastique. En partie pour avoir un corps d'athlète, et en partie pour rencontrer des filles. Okay. Donc... pas plus tard que tout de suite, tu te débarrasses de ton répondeur *et* de ton e-mail.

Jon faillit s'étrangler. Elle était devenue cinglée ! Il dirigeait un département entier, et il travaillait sur un projet d'une complexité inouïe.

— Tu plaisantes ? Mais on ne pourra plus me contacter, et...

— Justement. Règle numéro un : se rendre injoignable.

— Attends. Les filles, c'est une chose. Mais j'ai d'autres transactions à gérer.

— Tu travailles jour et nuit depuis six ans. Il va falloir reconsidérer tes priorités si tu veux parvenir à tes fins.

Il songea à Sam, et en frissonna rétrospectivement.

— Bon, d'accord. Énumère-moi simplement les règles.

— Règle numéro deux : jouer la carte de l'imprévisibilité.

Flanque ta montre à la poubelle.

Jon détacha le bracelet de son poignet.

— Elle n'est pas assez branchée, c'est ça ? Tu veux que j'en achète une autre ? Une Swatch ?

Il y eut un gémissement à l'autre bout du fil.

— Tu es impossible ! Les mauvais garçons n'ont pas *besoin* de montre, tout simplement. Sois en retard, sois en avance, comme tu voudras, mais *jamais* pile à l'heure. Et par pitié : plus de logos. Pas de petit alligator ni de boomerang. Si elles veulent de la lecture, laisse-les feuilleter le *Times*, pas ton torse. En d'autres termes : élimine ta garde-robe Micro/Connection.

— Tu exagères. Je ne porte pas que ça, quand même.

Il regarda son thorax. On pouvait y lire DU FLOPPY DISK AU HARD DRIVE EN SOIXANTE SECONDES. Bon, d'accord, elle avait peut-être raison. En réalité, il ne prêtait aucune attention à ses vêtements.

— Quand tu prends ta douche, peut-être. Mais chaque fois que je te vois, tu ressembles à un homme-sandwich. C'est affligeant.

— Bon. Je mettrai une vraie chemise, promit-il.

— Bravo. Alors résumé de la première étape : demain, tu vas travailler sans montre et sans banderole publicitaire. Et je te retrouve chez toi à dix-neuf heures.

Jon était un bon élève. Au lycée, il obtenait toujours des points supplémentaires en participant aux épreuves facultatives et en répondant aux questions pièges. C'était seulement dans sa vie privée qu'il se conduisait en cancre.

— C'est un test ? Je suis censé arriver en retard ? Ou en avance ?

— À l'heure, rétorqua-t-elle d'une voix sévère. Ne joue pas à ces jeux-là avec ton alchimiste.

Jon raccrocha, sourit, et fit tournoyer son fauteuil sur lui-même. Oui ! Bientôt il aurait toutes les Samantha du monde à ses pieds avec leurs petites taches de rousseur en prime !

10

Tracie entra dans son appartement, et faillit s'évanouir d'extase. Une succulente odeur de petit plat mitonné flottait dans l'air. L'eau lui monta aussitôt à la bouche. Voilà pourquoi elle n'achetait jamais rien à manger : elle était incapable de résister. C'était trop... tentant.

— Bonsoir, ma puce, fredonna Laura. Ta journée s'est bien passée ?

La table était dressée avec le joli service en porcelaine de Tracie. Des salades étaient déjà servies, et Laura entrebâilla juste assez la porte du four pour permettre à son amie de constater que quelque chose de délicieux rôtissait à l'intérieur.

— Je ne savais pas si tu aimais le canard, alors j'ai fait du poulet à l'orange.

Tracie fronça les sourcils. Elle n'avait jamais mis le nez dans un livre de cuisine, mais elle était à peu près sûre qu'il fallait des heures pour préparer une recette de ce genre. Laura n'était pas raisonnable. Elle passait ses journées à cuisiner. Et ni l'une ni l'autre n'avaient besoin de toutes ces calories.

— Laura, ça ne peut pas continuer ! protesta-t-elle en s'asseyant à table.

Laura sortit un petit plat du four. Il contenait quatre tranches de pain nappées d'une pâte fondante et saupoudrée de quelques herbes disposées avec art.

— Canapés fromage-sarriette, annonça le chef avec une bonne humeur imperturbable.

Elle avala une gorgée de vin, puis remplit le verre de Tracie qui ne put résister, tout en sachant qu'elle se haïrait le lendemain matin. C'était drôle : elles habitaient ensemble depuis quelques jours seulement, mais se comportaient déjà comme un vieux couple.

— Écoute, ce n'est plus possible, gémit Tracie en glissant le canapé dans sa bouche. Il faut...

Elle se tut et poussa des couinements extatiques : c'était absolument divin. Toute idée de régime déserta son esprit.

— Encore, soupira-t-elle.

Laura éclata de rire.

— Ne t'inquiète pas. La suite est aussi bonne.

Et elle avait raison. Tracie reprit ses esprits seulement après la crème renversée. Gavée de nourriture et de remords, elle secoua alors la tête en signe de protestation.

— Laura, nous allons devenir obèses. Je ne peux pas manger des plats aussi riches tous les soirs.

La Tentatrice lui décocha un clin d'œil malicieux.

— Ridicule. Où vois-tu des calories dans un peu de crème aigre, des truffes, du foie gras et du fromage ?

Non sans difficulté, Tracie se leva de table et s'affala sur le canapé. Elle était repue.

— D'accord. Je vais mettre les casseroles sous clé, et à partir de demain nous passerons l'heure du déjeuner à la salle de gymnastique.

Laura renifla dédaigneusement.

— Très peu pour moi. Je ne fréquente pas ces endroits.

— À Sacramento, peut-être. Mais ici, oui. Et tu as beaucoup trop de talent pour le gaspiller entre ces quatre murs. Tu ferais bien de prospecter pour trouver du travail chez un traiteur. Ou mieux : ouvrir ton propre restaurant. Tu en as toujours rêvé.

— Doucement ! C'est Jon, ton cobaye, pas moi. Et si tu veux mon avis, tu ferais bien de renoncer à ce projet. Comme disait ma maman, cette histoire se terminera dans les larmes.

— Ta mère affirmait aussi que faire l'amour était un mauvais moment à passer, marmonna Tracie, en essayant de localiser l'endroit où se trouvait sa taille il y avait encore quelques jours.

Maintenant ce n'était plus seulement le bouton de son pantalon qu'elle était obligée de défaire, mais la fermeture Éclair tout entière.

— Et puis, c'est une idée de Jon.

— La bonne excuse ! Tu te rends compte que ce malheureux vivra chacune de tes critiques comme une humiliation ? Il va en souffrir, et, pour finir, il t'en voudra à mort. Ma mère n'a peut-être pas toujours été de bon conseil, mais il y a un vieux proverbe chinois qui dit : « Pourquoi me hait-il à ce point ? Je n'ai jamais rien fait pour lui. » Médite cette formule. Elle est profonde.

— Taratata. Jon sera reconnaissant de tout ce que je fais pour lui.

— Mmm ? Tu te souviens de ce qui s'est passé quand tu as essayé de me mettre au régime ?

— D'abord, l'idée venait de moi, pas de toi. Et ensuite, j'ai vite renoncé.

— Écoute, même si Jon survit à l'épreuve, Phil, lui, ne sera sûrement pas aussi indulgent. Il ne supportera pas que tu accordes autant d'attention à un autre.

— Tu plaisantes ? rétorqua Tracie. Phil se fiche éperdument de ce que je fais. Et puis d'ailleurs, je serais *ravie* qu'il soit jaloux.

Ce disant, elle se demanda s'il passerait la nuit ici, comme il le lui avait plus ou moins laissé entendre.

— Nous verrons bien, murmura Laura en battant des cils comme une chouette.

Tracie détestait quand elle jouait les puits de sagesse.

— Peut-être que oui, peut-être que non. En tout cas, demain, cap sur la salle de gym. Beth et plusieurs filles du journal s'y rendent trois fois par semaine. Nous allons les imiter.

Elle se leva et entoura les larges épaules de Laura de son bras.

— Tu seras royale sur le rameur, lui prédit-elle.

De la musique des années soixante-dix braillait en fond sonore du fitness club *Chez Simon*. La salle était emplie de femmes qui effectuaient le circuit complet.

— Susan est sortie avec un type, et juste au moment où ils passaient aux choses sérieuses, elle s'est rendu compte qu'il portait un postiche, raconta Sara, reporter junior au *Times*.

— Ça, c'est un cas de TSM répondit Beth.

— Qu'est-ce que c'est... un TSM ? haleta Tracie, assise sur le rameur, la tête inclinée vers ses genoux.

Elle était tellement fatiguée qu'elle en aurait vomi.

— *Une* TSM : tromperie sur la marchandise. L'équivalent d'une débandade, quand une nana enlève son Wonderbra ou sa culotte remonte-fesses, lui expliqua placidement Sara. Les comptables rentrent aussi dans la catégorie TSM.

— Qui... d'autre ? demanda Tracie, le souffle court.

— Les vendeurs de chaussures, proposa Laura depuis le tapis de marche en élevant son genou gauche au niveau de sa taille.

Les haut-parleurs poursuivaient leur rétrospective des seventies avec *Let's All Celebrate and Have a Good Time*.

— Les agents de change – en obligations ou valeurs immobilières. Sans oublier les agents de sécurité, renchérit Sara tout en effectuant des mouvements d'étirement sur la gauche.

Laura en profita pour abandonner son tapis de marche.

— Tu es déjà sortie avec un agent de sécurité ?

— Tout comme, répondit Sara en s'étirant sur la droite.

— Oh, et les informaticiens ? ajouta Beth tout en changeant les poids de l'appareil qu'elle était sur le point d'enfourcher.

Il avait un aspect effrayant, avec quelque chose d'agressivement sexuel.

— Seattle en est plein. Ils sont tous à mourir d'ennui. Va savoir pourquoi, ils sont toujours persuadés qu'on s'intéresse à leurs ports en série.

La musique s'arrêta pendant une minute et elles en firent autant. Puis Kool & the Gang commença.

Sara attrapa une serviette et s'épongea le front.

— Ouais, acquiesça-t-elle. Toutes les mères voudraient que leurs filles épousent des gus de l'industrie informatique. À mon avis, on devrait les obliger à porter des clochettes autour du cou, comme des lépreux, par mesure sanitaire.

— Qui ? Les mères ? demanda Tracie.

Elle songea à son article et frissonna.

— Non. Les obsédés de la micro, expliqua Sara. À moins, bien sûr, qu'ils aient une très grosse dot.

Sara ne comprenait pas toujours les plaisanteries des autres, mais c'était une bonne pâte. Laura, qui aimait seulement les pâtes alimentaires, leva les yeux au ciel.

— Je ne suis pas pour les mariages d'argent, mais j'ai entendu Allison discuter, et je peux vous dire qu'elle sait exactement combien pèse chaque actionnaire de la ville. Normal : elle veut mettre le grappin sur un type plein aux as. Quel que soit son pedigree.

— Allison, ricana dédaigneusement Tracie. Comme si un rupin allait s'intéresser à cette fausse blonde !

— Tu ne trouves pas qu'elle est sublimement belle ? demanda Sara.

— Peuh. Callipyge, peut-être ; pimbêche, sûrement !

— Hé, les filles, en parlant de fesses, lança Beth, c'est l'heure des steppers.

— Non, d'abord le vélo !

— Euh... je meurs de faim, pas vous ? fit Sara. Si on grignotait ?

— Et si on s'accordait une petite sieste ? soupira Laura en essuyant la sueur de sa lèvre supérieure.

Elles passèrent devant la rangée de steppers, enfourchèrent toutes les quatre un vélo, réglèrent la vitesse et commencèrent à pédaler.

— Donc, nous avons toutes une vision claire de l'homme à fuir, résuma Tracie. Mais pourquoi sommes-nous systématiquement abonnées aux sales types ? Qu'est-ce qui nous attire en eux ?

— La folle ambition de les changer, analysa Sara.

Elles se mirent à pédaler en danseuse, en imprimant un mouvement de balancier à leurs hanches.

— Pas facile de forcer le cœur d'un mauvais garçon, ahana Beth. Mais, quand on y arrive, c'est la consécration.

— Moi, je pense qu'ils éveillent notre instinct maternel, souffla Laura.

— Hou, là ! huèrent les autres d'une seule voix.

Tracie regretta de ne pas avoir de Post-it sur elle pour prendre des notes.

— Ce que je veux dire... ouf... c'est qu'ils nous permettent de faire nos gammes, se justifia Laura. Ils ont constamment besoin qu'on s'occupe d'eux, comme des gosses. Ouf... ouf...

— Moi, je crois plutôt que c'est parce qu'ils sont simples à gérer, déclara Beth.

— Tu rigoles ? Ils sont tout sauf simples ! protesta Sara en retombant la première sur sa selle.

— Mais si, d'une certaine façon. Dans la mesure où on ne peut jamais s'engager à fond avec eux, il est difficile de tester son propre potentiel !

Elles ralentirent de concert leur coup de pédale et restèrent silencieuses. Pendant un moment, aucune d'entre elles n'eut le courage de croiser le regard de l'autre. Même Tracie, la journaliste, se sentait mal à l'aise.

Puis elles descendirent de vélo et se dirigèrent vers les steppers.

Elles arrivèrent en retard au journal après leur séance de remise en forme. Beth rassembla fébrilement ses papiers d'une main, tout en se brossant les cheveux de l'autre.

Tracie la houspilla.

— Dépêche-toi. De toute façon, Marcus ne te regardera même pas.

— Je hais ces réunions.

— Tout le monde les hait, figure-toi. Mais aujourd'hui, je vais scalper le lion dans son antre. J'ai un projet d'article fan-tas-tique !

Beth lui lança un regard dubitatif tandis qu'elles remontaient le couloir.

— Tu es folle. Pourquoi en discuter devant tout le monde et lui donner l'occasion de t'humilier en public ?

— Parce que je compte sur votre soutien à tous. C'est vraiment une bonne idée. Drôle. Percutante.

— Et nous savons l'une comme l'autre combien Marcus aime ce qui est drôle et percutant.

À la seconde où elle franchit la porte de la salle de conférence, Tracie comprit que la réunion était commencée depuis un bon moment. Elle se retourna pour avertir silencieusement Beth qu'elles étaient faites comme des rats. Tout en prenant place, elle s'appliqua à ne pas croiser le regard de Marcus. Il était assis en bout de table, une cigarette éteinte fichée au coin de ses lèvres.

— Comme c'est gentil de nous rejoindre, mesdemoiselles.

Beth, vous avez fini votre papier sur le nouveau maire ?

— Pas encore, mais vous l'aurez demain.

— Il a intérêt à être bon.

Il tourna son attention vers Tracie.

— Quant à vous... vous couvrirez le Memorial Day.

Bingo. Tracie s'obligea à ne pas broncher. Elle avait espéré qu'il lui confierait ce sujet. Elle avait même prévu d'interviewer des vétérans de la Seconde Guerre mondiale. Elle s'appliqua néanmoins à ne manifester aucun enthousiasme.

Marcus continua son tour de table.

— Tim, je veux votre compte rendu du pique-nique pour vendredi. Sara, vous vous chargerez de la page littéraire. Il me semble que Susann Baker Edmonds est en ville cette semaine, ajouta Marcus en bâillant.

Sara grommela tout bas tandis qu'Allison tentait d'attirer l'attention de Marcus en rejetant en arrière ses magnifiques cheveux blonds.

— Euh... Marcus ? J'avais pensé couvrir le concert des Radiohead.

— Pas question. Vous voulez simplement un alibi pour coucher avec eux, riposta nonchalamment Marcus. Bien, si personne n'a de suggestions ou de remarques pertinentes à faire, la séance est levée.

Il repoussait déjà son siège quand...

— En fait, j'ai une...

— Ah, l'adorable Miss Higgins. Higgins-Je-me-Réveille-à-la-Dernière-Minute, susurra Marcus en passant derrière la chaise de Tracie.

— Je suis désolée, murmura Tracie.

— Je-Suis-Désolée-Higgins. J.S.D. Higgins. Oui ?

Il posa ses mains sur ses épaules.

Elle détestait avoir à l'affronter de dos. Quoique... ce ne fût pas plus exaltant de face.

— J'ai une idée pour un... pour une histoire de transformation.

— Encore ? Tous les magazines féminins en font

104

leurs choux gras. La belle Allison a essayé de m'en vendre une, mais même *elle* s'y est cassé ses jolies dents.

Il dut sourire à Allison car son visage arbora l'expression béate d'une petite chipie chouchoutée par son papa.

— J'ai été tenté, je l'avoue. Mais pas par son projet. En ce qui vous concerne, Miss Higgins, la réponse est *non*.

— Attendez, rétorqua sèchement Tracie.

Elle pivota sur sa chaise pour lui faire face.

— Mon approche serait différente. Seattle pullule de petits génies de l'informatique, riches à millions, mais absolument imbuvables. Nous pourrions choisir l'un d'eux comme cobaye et retracer toutes les étapes de sa mutation. En d'autres termes, montrer comment un petit génie imbuvable peut se métamorphoser en quelqu'un... euh... comme vous.

— Tyrannique et alcoolique, murmura Tim entre ses dents.

Marcus le fusilla du regard.

— J'ai entendu !

Il baissa les yeux vers Tracie.

— Précisez votre pensée. À quoi songez-vous, exactement ?

Elle déglutit et se jeta à l'eau.

— À une variation autour du thème de Cendrillon. Mais en même temps, l'article serait une vraie mine de renseignements pratiques. On citerait les endroits branchés où l'on peut obtenir une coupe de cheveux hypercool, ou acheter des vêtements tendance. Les restaurants ringards à éviter, ceux où on est sûr de s'éclater... Tout ça en suivant notre apprenti tout au long de son parcours initiatique.

Marcus se gratta le menton, signe, chez lui, d'une intense cogitation.

— Ce serait assez accrocheur, en effet, lâcha-t-il

105

finalement. Mais où trouver un type assez débile pour se prêter à l'expérience ?

— Oui, ce pauvre plouc aurait l'air d'un steak saignant qu'on met sur le gril, affirma Tim, résumant l'opinion du groupe.

— Voilà qui fait de vous le candidat idéal, ironisa Marcus en pivotant vers la porte.

Il se retourna brièvement.

— À propos : c'est le moment de notre grande enquête sur le meilleur steak de Seattle. Tracie, vous vous en chargerez.

Marcus la regarda.

— Je veux un reportage détaillé, truffé de noms de restaurants, et de descriptions alléchantes.

Tracie n'en crut pas ses oreilles.

— Et ils obtiendront tous le premier prix, je suppose ? demanda-t-elle. Vous ne voulez pas risquer de froisser l'un de nos annonceurs, n'est-ce pas ?

Marcus ne cilla même pas.

— Un seul gagnant, mais beaucoup de steaks quatre étoiles. Allison, vous voulez bien passer dans mon bureau une minute ?

11

Jon rassembla une pleine brassée d'emballages de plats surgelés, de cartons de pizza et de vieux numéros de magazines informatiques, et se redressa.

Son immense living-room abritait un appareil de musculation multifonctions, recouvert d'une fine pellicule de poussière, une console de jeux vidéo fabuleuse et une bonne demi-douzaine d'ordinateurs disposés en rond autour d'un petit canapé. Dès qu'il recevrait son nouveau portable, il débrancherait tout ça.

Un coup de sonnette le fit sursauter. Instinctivement, il jeta un coup d'œil à son poignet, et réalisa qu'il ne portait plus de montre. Déjà dix-neuf heures ? Son regard effleura l'un des écrans d'ordinateur. Ciel ! Dix-neuf heures vingt ! Il fourra les boîtes dans le placard du vestibule, se précipita vers le canapé, rafla le reste des magazines, leur fit prendre le même chemin, puis pivota vers le miroir qui tapissait la porte d'entrée. Il ouvrit enfin, affichant un flegme souverain.

Les sourcils froncés, Tracie promena un regard circulaire dans la pièce et de la main se frappa la tête.

— Tu habites ici, ou c'est seulement ton bloc opératoire préféré ?

— Mais...

— Et tu ne pourrais pas mettre de la musique en fond sonore, comme tout le monde, au lieu d'écouter les cours de la Bourse ? Tes actions ont chuté, ou quoi ?

— J'ai allumé la radio sans même y prêter attention, se défendit Jon d'une voix plaintive. Et qu'est-ce que tu reproches à mon petit nid douillet ?

— Ce serait trop long à énumérer. Et parfaitement inutile. Règle numéro trois : ne leur montre jamais où tu vis !

Jon sortit son Wizard 2000 de sa poche et s'apprêtait à y noter le troisième commandement de la Sagesse de Tracie. Il avait déjà mis en mémoire les deux premiers pour les relire à loisir et bien s'en imprégner.

— Veux-tu bien lâcher ça !

— Mais je m'en sers juste pour prendre des notes.

Tracie le confisqua d'office et le posa sur la table basse en aluminium d'un geste définitif.

— Plus maintenant.

Elle enleva sa veste en daim et la lui tendit. Il allait la prendre dans le placard quand il se rappela les cartons de pizza. Changeant ses plans, il la plia soigneusement et la déposa sur le dossier du canapé.

Tracie se délesta de son sac, s'approcha de la fenêtre puis pivota vers lui.

— Je disais donc : règle numéro trois, ne jamais leur montrer ton « petit nid douillet ». Aucune femme ne devra mettre les pieds dans cet appartement. Ça gâcherait tout.

— De toute façon, même maintenant, elles n'y viennent pas, admit Jon.

C'était dommage, d'ailleurs. La vue était spectaculaire.

— Pas même ma mère.

Lui-même y passait très peu de temps, trop occupé à travailler au bureau.

— Oui, mais tu ne vas pas chez *elles* non plus, n'est-ce pas ? glissa perfidement Tracie. Suis mes conseils et tu crouleras sous les invitations. Tu es un garçon adorable, brillant. Tu mérites de rencontrer une femme merveilleuse.

— Je l'ai déjà rencontrée, seulement je ne couche pas avec toi.

— Exact. Mais bientôt, tu auras la totale.

Elle marqua un temps d'arrêt.

— C'est drôle. Tu es surdoué dans ton boulot, mais archinul dans ta vie privée. Moi, c'est plutôt le contraire.

— Parce que ta vie sentimentale est une réussite ? s'étrangla Jon. Excuse-moi, mais ta carrière *et* ton petit ami devraient être euthanasiés.

Ignorant le regard assassin qu'elle lui lançait, il se dirigea vers le réfrigérateur.

— Tu veux boire quelque chose ? J'ai du jus de canneberge et de la verveine glacée. C'est excellent pour le système urinaire. Je dois aussi avoir...

— Halte !

Elle se leva du canapé et s'avança vers lui.

— Règle numéro quatre : ne leur offre jamais *rien*. Tu dois faire en sorte que ce soient *elles* qui offrent. La clé de la réussite est là. Et n'emploie jamais des mots aussi grisants que « verveine », « urinaire » ou « système », à moins que tu ne sois vétérinaire, gynécologue ou adepte d'une secte.

Elle le saisit par les revers de sa veste, et un bref instant – très bref – Jon crut qu'elle allait l'embrasser. Ou lui éclater la tête.

— Elles vont *te* supplier de coucher avec *elles*.

— Ah. Parce qu'il y en aura plus d'une ? demanda-t-il, et il s'aperçut que sa voix avait grimpé d'une octave.

Tracie lâcha ses revers, le fit pivoter et lui enleva sa veste.

— Pas au début. Ça, c'est l'étape supérieure.

Elle jeta le vêtement dans la corbeille à papier d'un geste théâtral.

— Qu'est-ce que tu fais ?

— Jamais de veste de sport. Et pas de carreaux ni d'écossais. Uniquement des teintes unies. En fait, nous allons commencer avec l'approche de Henry Ford : « N'importe quelle couleur, du moment que c'est du noir. »

— Du noir ? Mais je ne... Enfin, c'est...

Il s'interrompit.

— Bon. Comme tu voudras.

Tracie tourna lentement autour de lui comme un officier inspectant ses troupes.

— Qui t'a fait cette coupe de cheveux ?

— Logan.

— N'y remets jamais les pieds, sauf pour lui casser la figure. Stefan essaiera de réparer les dégâts. Si je le supplie.

Elle regarda ses jambes.

— Plus de treillis. Et proscris tout ce qui vient d'un comptoir colonial ou de *La croisière s'amuse*.

Jon essayait désespérément de se rappeler tout ce qu'elle disait, regrettant son bloc-notes électronique, et tentant dans le même temps de ne pas se vexer.

— Si tu portes ce genre de truc, attends-toi à un méga-RFL.

— Euh... c'est grave ?

Tracie écarquilla les yeux.

— Un renvoi pour faute lourde ? Évidemment !

Il fallait lui mettre les points sur les « i ». Elle s'y employa sans trop de tact.

— Certains mecs ont une dégaine tellement affligeante que nous nous verrouillons de l'intérieur pour être sûres de ne pas accueillir leur patrimoine génétique.

— Très intéressant, grommela Jon.

Il tenta de calculer ce que ça lui laissait dans sa garde-robe.

— Et qu'est-ce que je suis censé... ?

— Tu choisis soit des fringues très cool, achetées dans des friperies, soit des marques italiennes vraiment très chères. Et tu mixes les deux. Allons visiter ta penderie.

Elle traversa la pièce et ouvrit la porte donnant accès à son dressing. Jon la suivit, la mort dans l'âme. Ses vêtements étaient rangés par motifs. Les carreaux d'un côté, les écossais de l'autre, le tout aligné dans un ordre de coloris décroissant, du plus clair au plus foncé.

Horrifiée, Tracie s'avança au milieu des cintres, telle une mitrailleuse fauchant des soldats. Elle décrocha la première veste de sport et la laissa tomber sur le sol.

— Pas question.

Elle prit la suivante et lui réserva le même sort.

— Non plus. Surtout pas. Et... ! Non ! Pas ça !

— Qu'est-ce que tu as contre le madras ?

Tracie lui lança un regard apitoyé, puis s'attaqua à la commode.

Ouvrant un à un les tiroirs, elle farfouilla dans les affaires soigneusement pliées. Jon connut un moment de panique. Un seul de ses vêtements trouverait-il grâce à ses... Il n'eut pas le temps de s'interroger plus avant car elle lui lança un ras-du-cou noir, un jean, et – d'un geste désespéré – ôta sa propre ceinture.

Jon recula.

— Aïe ! Mes goûts vestimentaires ne méritent quand même pas le fouet !

— Non, mais claquer de l'argent pour acheter ces horreurs, si.

Il faut vraiment que nous allions faire les boutiques. Je ne suis même pas certaine de pouvoir tirer une seule tenue correcte de tout ce fatras. Tu vas changer dans les grandes largeurs, mon bonhomme : ta tenue, tes propos, les endroits que tu fréquentes, le contenu de ton assiette...

— Quoi ? Mon assiette aussi ? Attends, je ne suis peut-être pas obligé de changer à ce point !

— Trop tard. Tu l'as voulu.

Sur ce, Tracie haussa les sourcils. Elle lui tendit sa ceinture sans un mot et lui indiqua du doigt le placard. Jon se replia derrière la porte pour se déshabiller.

— Je suis vraiment obligé de faire ça maintenant ?

Elle le regarda sans un mot.

— C'était juste une question en l'air, grommela-t-il en enfilant le jean à coupe droite.

— On ne pose pas de questions à l'alchimiste, rétorqua Tracie quelque part près de la porte. Sinon la magie ne fonctionne pas.

Elle passait à nouveau en revue ses pardessus et ses vestes. Elle rassembla les vêtements qu'elle avait éliminés et les fourra dans un sac en plastique.

Jon sortit du placard. Maintenant il se sentait tout

maigrichon et penaud, comme le vrai magicien d'Oz une fois démasqué. Tracie lâcha le sac et le toisa de la tête aux pieds.

— C'est déjà mieux. Sauf en ce qui concerne les chaussures.

À l'avenir, fais une croix sur les baskets.

— Hein ? Mais...

Tracie haussa les sourcils et tourna les talons.

— Ce n'était pas un « mais » contestataire, rectifia hâtivement Jon. Ce n'était même pas une question. Juste une demande d'éclaircissement. Qu'est-ce que je vais mettre à la place ? Des sandales ?

Tracie se retourna pour le gratifier d'un regard plein de commisération.

— Seulement si tu estimes que Jésus avait une vie sociale trépidante. Écoute, les chaussures, c'est très important. Les gentils garçons portent des Nike, des Top-Siders, des Keds, voire des mocassins. C'est nul. Les types sexy portent des Doc Martens ou des boots.

Elle plissa les yeux et l'observa encore. Jon se faisait l'effet d'un phénomène de foire. Il commençait à se demander si elle ne prenait pas sa mission trop à cœur.

— Bon, soupira-t-elle. Je vais être obligée de te révéler le truc du pantalon.

— Quel truc du pantalon ?

Tracie ne parut pas l'avoir entendu.

— Il faut vraiment que j'aie confiance en toi pour t'en parler, tu sais. Mais... je crois qu'il est dans ton intérêt d'être au courant.

La plupart des femmes fantasment sur ce truc.

— Ouh là...

Jon fut saisi d'inquiétude. Elle n'allait quand même pas lui demander de fourrer des chaussettes dans sa braguette, et lui expliquer que les femmes choisissaient amants ou maris en fonction du volume de la bosse ? Il ne pourrait pas le supporter. Mais avant qu'il ait eu

112

le temps de lui signifier son opposition, elle lui posa une question sans aucun rapport avec le sujet.

— Tu as vu *Out of Africa* ?

— Le film ?

— Oui. Avec Robert Redford et Meryl Streep.

— Non.

— Et *Légendes d'automne* ?

— Je ne connais personne de plus de quatorze ans qui soit allé voir celui-là.

— Nous sommes quelques-unes à l'avoir vu, figure-toi, rétorqua Tracie. Et le truc du pantalon est au cœur même du film.

— Bon sang, qu'est-ce que c'est que ce bidule ?

Elle soupira.

— Ce serait plus facile à expliquer si tu avais vu les films.

Disons que ça concerne un certain type de pantalons. Pas ceux qui sont trop serrés...

Le soulagement qu'éprouva Jon était à la mesure de l'angoisse qui l'avait précédé. Au moins, quel que soit son futur pantalon, il n'aurait pas à le rembourrer.

— Ni ces affreux pantalons à pinces. Et encore moins ces horribles Dockers kaki dans lesquels les hommes ont l'air d'oreillers chiffonnés quand ils s'asseyent. Non... le bon pantalon doit être plat sur le devant. Je veux dire... Robert Redford était déjà un tantinet ridé quand il a tourné *Out of Africa*, mais il était tellement craquant dans ce pantalon. Ma copine Sara prétend que c'est une histoire de mèche conquérante, mais la plupart des femmes admettent que c'est le fameux truc du pantalon qui fait la différence.

— Où achète-t-on ces pantalons magiques ? demanda Jon, fasciné.

— Il faudra que je t'accompagne. Ce n'est pas seulement le fait qu'ils sont plats devant. C'est aussi la façon dont ils moulent votre... dos.

— Ah bon ? Ils montent jusqu'où ? demanda Jon, s'efforçant de visualiser une sorte de combinaison.

Tracie secoua la tête avec exaspération.

— Je parle de tes fesses, andouille. Eh oui : parfois, les femmes regardent les fesses des hommes.

Elle leva les yeux et resta silencieuse un moment.

Jon n'aurait su dire ce qu'elle voyait au plafond, mais il était clair que ça lui plaisait. Les fesses de Robert Redford, peut-être.

— C'est un phénomène étrange. Cela a aussi à voir avec le tissu. Il ne doit pas être brillant. Un homme en pantalon brillant est...

Elle secoua la tête avec une moue sans appel.

— La matière doit être douce, onctueuse. C'est une question de courbes, mais, en même temps, cela n'a rien à voir avec les fesses. Si tu vois ce que je veux dire.

Jon n'en avait pas la moindre idée. Mais il ne voulait pas l'interrompre maintenant. Il avait l'impression d'être sur le point d'assister à une révélation biblique.

— La nudité est souvent décevante, mais des fesses même banales sont comme... sublimées par le tissu qui les enveloppe, ni trop large ni trop serré – juste... à point.

— Tu es en train de me raconter que des femmes adultes et responsables se laissent influencer par des détails aussi ridicules qu'un pantalon ou une paire de chaussures ?

Tracie écarquilla ses grands yeux.

— Seigneur, Jon. Je te connais depuis des années, mais je ne m'étais jamais rendu compte que tu étais aussi ignorant. Tu sais ce qu'on dit : « Dieu est dans les détails. » Vous, les hommes, vous avez une vision d'ensemble. Nous, les femmes, nous sommes passionnées par les détails. Nous pouvons en parler pendant des heures.

— Mais moi aussi, j'adore les détails. J'ai été analyste-programmeur pendant quatre ans.

Tracie hocha la tête, mais pas de façon positive.

— Ce n'est pas justement à cette époque que ta vie privée est devenue un désert ?

Jon essaya de se reporter en arrière, troublé.

— Entendons-nous bien : je ne critique pas ton métier, je dis simplement qu'il n'est pas sexy. Alors, sois gentil, n'en parle à *personne*. D'accord ?

Légèrement vexé, Jon haussa les épaules.

— Va pour le quatrième commandement. Mais si elles me demandent ce que je fais dans la vie ?

— Oh ne t'inquiète pas, elles te le demanderont. Les femmes veulent tout savoir. À toi de te montrer aussi évasif que possible.

Le flou nous rend folles.

— En bien ou en mal ?

— Les deux.

Elle éclata de rire.

— Il m'a fallu trois mois pour découvrir si Phil était ou non fils unique. L'important, c'est qu'elles reviendront à la charge. Alors éclaircis-toi la gorge, et réponds que tu es... dans le commerce. À elles de déterminer si c'est celui de la drogue ou des moteurs en pièces détachées.

— Tu te rends compte que nous nageons en pleine contradiction ? Les femmes raffolent de ce qui est flou, mais elles s'attachent à des détails comme le froc de Brad Pitt dans *Légendes d'automne* ?

— Eh oui, c'est comme ça. Ma copine Beth a passé une heure et demie aujourd'hui à parler du pull marin que portait son premier flirt, et à essayer de déterminer si cela signifiait ou non qu'il était gay.

— Et le verdict... ?

Tracie décrocha une veste noire et la lui lança. Jon l'enfila.

— À moins d'être marin, oui, révéla Tracie en lui souriant.

Son expression enfin satisfaite le poussa à prendre des poses de top model.

— Bien. *Maintenant*, tu ressembles à quelque chose.

Jon se posta devant le miroir, et dut reconnaître qu'il avait l'air différent – et à son avantage. Le ras-du-cou, qu'il portait habituellement sur une chemisette, se tendait sur ses épaules de façon assez sexy. Et le jean, bien qu'un peu inconfortable, était suffisamment étroit pour le faire paraître plus grand.

— Waouh ! approuva Tracie. Tu as des trésors cachés.

Il rougit, mais ne put s'empêcher de lui lancer un regard par-dessus son épaule.

— J'ai le truc du pantalon ? demanda-t-il avec espoir.

— Comme tu y vas ! Ton jean n'est pas parfait, loin s'en faut, mais c'est plus facile à corriger que des fesses. Okay, à partir de maintenant, tu ne porteras plus que cette tenue.

— Tu veux dire... tous les jours ? Je vais être dégoûtant !

— Lave-la tous les soirs jusqu'à ce que nous sortions t'acheter d'autres vêtements. Le jeu en vaut la chandelle.

— Et si on faisait nos courses sur le Net ? C'est comme ça que j'achète la plupart de mes affaires.

— Je comprends mieux le désastre. Quand on prend l'habitude de faire ses courses on-line, on finit par faire aussi l'amour on-line : virtuellement. Si tu veux de la qualité, il faut palper la marchandise.

Elle l'observa de nouveau en penchant la tête.

— Ma foi, tu es très présentable.

Jon étudia son reflet dans le miroir. Il dut admettre

qu'il ressemblait davantage à un homme et moins à un portemanteau de l'Armée du Salut.

— Voui, je ne suis même pas mal du tout.

— On se retrouve demain, pour les courses, décréta Tracie.

Je suis très forte dans ce domaine. Et surtout apporte toutes tes cartes de crédit.

12

Tracie commença son opération shopping en traînant Jon chez *Rose*, un magasin branché spécialisé dans la fripe de luxe. Il observa d'un air effaré les vendeurs à l'allure suspecte et les vêtements encore plus suspects entassés sur les portants.

— Tracie, c'est de l'occasion, chuchota-t-il.

Elle n'avait pas le temps de lui expliquer.

— Non, du vintage, répondit-elle brièvement en explorant le premier portant.

Elle pouvait lui trouver des chemises, des sweaters ou même des jeans neufs pour lui composer un ensemble de base, mais le plus dur serait de remplacer cet impossible blouson Micro/Connection.

À son point de vue, l'idéal vestimentaire pour un homme consistait à ne pas *trop* se démarquer de M. Tout-le-Monde, sauf sur un détail précis : une veste fabuleuse ou une splendide paire de boots. Et l'article en question ne devait en aucun cas être de ceux qu'on peut rencontrer sur un catalogue ou dans la vitrine d'un magasin – aucune originalité, donc aucun intérêt. Une veste Prada coûtait une petite fortune, mais n'importe quel crétin possédant une carte platine pouvait s'en payer une. Non, ce que Tracie recherchait, c'était quelque chose de rare, quelque chose de fascinant.

Dénicher la petite merveille qui aurait à la fois de l'allure, une patine séduisante, un style unique et la tonalité juste... Plus facile à dire qu'à faire. Dans un sens, cela s'apparentait aussi à de la pub, mais au lieu de vanter Bill Gates ou Micro/Connection, on faisait sa propre réclame, on vantait son moi profond : « Voilà qui je suis. L'homme qui a acheté cette veste noire en agneau il y a vingt ans et qui continuera à la porter jusqu'à ce que la mort nous sépare. Parce qu'entre elle et moi c'est pour la vie. »

Tracie posa sur Jon un regard évaluateur, les paupières mi-closes, puis reprit sa quête. Quelle veste réussirait à exprimer la personnalité profonde de Jon – ou, plutôt, celle de l'homme qu'il voulait devenir ? Elle continua à faire crisser les cintres le long de la tringle, éliminant les vestes de bowling, les blousons sport en polyester, et les vestons d'été. Non, non, non... Soudain, ses doigts se figèrent. Tiens... Et ça ? Pourquoi pas ? C'était une possibilité. Une longue redingote noire avec d'étroits revers.

Elle demanda à Jon de la tenir devant lui et vit une expression d'horreur se peindre sur son visage.

— Ça ? demanda-t-il, sa voix rivalisant avec le grincement des cintres. Tu veux que j'essaie *ça* ?

— C'est une approche, riposta-t-elle d'un ton ferme en continuant à explorer le portant.

Une sorte de Crocodile Dundee faisait la même chose à l'autre bout, et à l'évidence il s'agissait d'un connaisseur. Il était habillé avec goût, cool en diable, et probablement riche. Zut, il allait rafler toutes les bonnes affaires.

Sa nervosité la rendit fébrile et elle faillit manquer un petit bijou : une chemisette en cuir noir accrochée à l'envers. Elle l'examina, puis étudia Jon qui se tenait à côté d'elle, bras ballants. Il la contemplait comme si elle venait de griller un fusible.

Elle chercha encore, et encore. Finalement, en dépit du Crocodile Dundee devant eux et d'un choix restreint de matériaux décents sur les portants, elle réussit à accumuler une petite pile de possibilités que Jon tenait du bout des doigts, comme s'il redoutait d'être contaminé.

Elle tira Jon vers les cabines d'essayage groupées au fond de la boutique et en désigna une du doigt.

— Entre, et passe-les.

Il ne bougea pas.

— Ces haillons appartiennent à des morts? demanda-t-il.

— Quelle importance! Enfile-les, en commençant par le pantalon et la veste longue.

— Tu sais que ce sont des hardes infestées de puces qui ont propagé la peste?

Elle l'ignora et le poussa dans une cabine.

— Enfile-les.

Elle attendit. Longtemps.

— Qu'est-ce que tu fabriques? finit-elle par crier.

La porte s'ouvrit très lentement. Jon émergea, revêtu d'une tenue qui aurait pu être celle que portait Lincoln quand il avait été assassiné. La redingote noire lui arrivait aux genoux, quant au pantalon rayé, il aurait été parfait... sur un Wisigoth.

Tracie immortalisa l'apparition avec l'appareil photo qu'elle avait pris soin d'emporter, puis exprima un verdict sans appel, les deux pouces pointés vers le bas.

— Merci, mon Dieu, souffla Jon avec un soulagement touchant, avant de disparaître derechef dans la cabine.

Quelques minutes plus tard, la porte se rouvrit. Cette fois, Jon arborait une combinaison-pantalon à la Austin Powers et une chemise à manches bouffantes.

Tracie fut épouvantée. Elle n'avait pas pu sélectionner *ça* ! Il avait l'air d'un clown de l'espace, gay par-dessus le marché.

— Tu as dû te tromper. Où as-tu pêché cette horreur ?

— Sur la tringle, marmonna Jon en haussant les épaules.

Elle jeta un coup d'œil dans la cabine. Il y avait également une salopette orange et une jupe mi-longue bleu fluo.

— Tu aurais aussi essayé ça ? s'enquit-elle sur le même ton acide qu'avait employé sa belle-mère le jour où elle lui avait demandé si elle sauterait du toit de la maison si ses copines d'Encino lui montraient l'exemple.

Seigneur, le shopping réveillait le tyran qui sommeillait en elle.

Tracie enleva prestement les vêtements indésirables et lui montra ceux qu'elle avait sélectionnés.

— Seulement ceux-là. Les autres ont dû être abandonnés par des forains.

Était-il incapable de faire la différence ? Si tel était le cas, il était *vraiment* irrécupérable.

Il essaya deux autres tenues, et elle exprima le même verdict sans appel, pouces en bas. À chaque fois, Jon la gratifia d'un regard soulagé. Leur expédition tournait au fiasco quand la porte de la cabine se rouvrit.

Jon réapparut, vêtu d'un blue-jean troué et de la chemisette en cuir noir. Cette fois, Tracie plissa le nez. Ce n'était pas parfait, mais ils progressaient dans la bonne direction. Elle tourna autour de lui, le regard critique. Puis ajouta le loden. Oui ! Jon ressemblait enfin à quelque chose. Il avait même l'air intéressant.

Elle lui donna joyeusement l'accolade, puis s'interrompit au milieu de ses effusions. À présent, une de ces vestes sport. Celle qui se trouvait au bout du portant. Elle se précipita et revint vers lui avec une veste en tweed élimée mais très classe. Elle la lui fit enfiler à la place du loden. Puis elle recula pour mieux contempler son expérience scientifique.

Incroyable. Il avait l'air torride !

Une fois dans le magasin de chaussures, Jon put enfin s'affaler sur une chaise. De sa vie, il n'avait été aussi fatigué. Qui eût cru qu'une séance de shopping s'apparentait à un décathlon olympique ?

Même Tracie – pourtant élue naguère Miss Fièvre Acheteuse Junior de la ville d'Encino – était épuisée par leur safari commercial. Jon, qui ne possédait pas son entraînement, devait être absolument mort, songeat-t-elle. Mais il restait encore un article à rayer sur sa liste, et elle était du genre tout ou rien.

Qui aurait pu se douter que Tracie était une maniaque du shopping ? Une sorte de passion primaire brûlait dans ses yeux pendant qu'elle se jetait avec voracité sur des morceaux de textiles tous plus absurdes et inutiles les uns que les autres. Jon avait l'impression que cela avait duré des heures. Il avait passé plus de temps à acheter des vêtements en un jour que durant les deux dernières décennies.

Maintenant, Tracie lui brandissait des souliers sous le nez pour obtenir son approbation. Ils étaient en daim, affreux. Une expression de dégoût convulsa son visage. Imperturbable, Tracie lui montra une autre paire de chaussures. Mouais, elles n'étaient pas vilaines, si on aimait le style mafioso. Jon s'efforça de manifester un semblant d'intérêt. Tracie lui tendit la chaussure gauche. Il s'en empara d'un air circonspect.

— Pas mal, admit-il en tentant de mettre un peu de conviction dans sa voix.

Puis il retourna la chaussure et faillit s'évanouir à la

vue du prix. Avec une telle somme, il aurait pu entretenir une famille moldave entière pendant dix ans !

— La qualité se paie, décréta Tracie comme si elle avait lu dans ses pensées.

Sachant qu'il avait intérêt à filer doux s'il voulait conserver son professeur, il fit ce qu'on attendait de lui et essaya la paire. Tracie dégaina sa carte de crédit et l'obligea à les acheter. Depuis son comptoir, le propriétaire du magasin leur adressait un large sourire. Un écriteau rédigé en lettres romanes pendait derrière lui. On pouvait y lire : CULTIVER SES PIEDS, C'EST CULTIVER SON ÂME. Tracie donna un petit coup de coude à Jon et lui montra l'inscription avec un regard appuyé, comme pour lui dire : Tu vois ?

Jon baissa la tête en signe de reddition ; il cultiverait son âme.

Tracie sortit du magasin de chaussures au côté de Jon. Il portait ses boots neuves et la veste sublime qu'elle avait dénichée, mais son visage était marqué par l'épuisement. Pauvre garçon. Encore deux petits arrêts et son calvaire serait terminé.

— Tu t'en sors comme un chef, déclara-t-elle gentiment en lui prenant la main pour l'entraîner vers une parfumerie, de l'autre côté de la rue.

Comme ils traversaient le passage clouté, une jeune femme se retourna sur Jon. Oui ! Ça marchait ! Tracie exulta intérieurement, mais constata que Jon ne s'était rendu compte de rien. Qu'était-il arrivé à son radar ? À force de rester inutilisé, il avait dû tomber en panne.

Elle lui donna un petit coup de coude.

— Tu as fait une touche, chuchota-t-elle.

Il tourna la tête dans toutes les directions, comme un chiot, et finit par localiser la fille. Il lui rendit son regard puis, à l'horreur totale de Tracie, effectua un tour complet sur lui-même pour se faire admirer sous toutes les coutures.

— Es-tu devenu fou ? siffla-t-elle en l'agrippant par le bras.

Elle le tira à l'intérieur de la boutique.

— On ne t'a jamais appris à te tenir en public ? bougonna-t-elle avec la sévérité d'une maman réprimandant un gamin de neuf ans. Ne montre jamais à une femme que tu l'as remarquée !

— En ce cas, comment saura-t-elle que je suis preneur ?

— Tu n'es pas censé être intéressé. C'est *elles* qui doivent l'être.

— Mais si on ne bouge ni l'un ni l'autre, comment fera-t-on pour partir ensemble ?

C'était une question pertinente, à laquelle Tracie n'avait pas encore réfléchi. Elle avait pensé aux étapes de sa transformation, à l'avant et à l'après, mais pas à Jon s'éloignant avec une conquête sur un passage clouté.

— Nous verrons ça plus tard, éluda-t-elle en l'entraînant vers le rayon des eaux de toilette et des after-shave.

Une nuée de vendeuses désœuvrées tenta de leur mettre le grappin dessus, mais Tracie les congédia sans pitié, à l'exception d'une seule – la plus âgée du groupe, et la plus maternelle.

Cette dernière entreprit de pulvériser une trentaine de parfums sur différentes régions du corps de Jon : ses poignets, ses avant-bras, ses biceps, ses épaules et sa nuque. Tracie le regarda se tortiller à chaque pulvérisation et songea à l'époque où ils s'étaient rencontrés, à l'université. Il avait toujours été empoté, mais craquant, à sa façon. Elle s'en rendait compte avec le recul. Peut-être était-il sorti de sa phase pataude. Quand cela s'était-il produit ? Depuis qu'il portait des vêtements cool, ou avant, sans qu'elle y ait prêté attention ?

— Qu'en pensez-vous ? ne cessait de demander la vendeuse d'une voix qui n'avait plus rien de maternel.

La nuée de vendeuses s'était rapprochée. Tracie observa Jon. Débarrassé de sa panoplie de plouc, il était vraiment mignon et il écoutait les suggestions de la conseillère avec un sérieux tellement adorable qu'elles se pressaient toutes autour de lui comme des guêpes autour d'un pot de confiture. Il était trop inexpérimenté pour savoir que le commerce du parfum était une affaire de baratin avant tout, et que les mignonnes étaient prêtes à raconter n'importe quelle salade pour vendre leurs effluves – y compris à trouver « absolument délicieuse » une cliente boudinée dans une jupe de trois tailles trop petite.

Pour l'instant, l'offensive de charme était assurée par deux pieuvres – une blonde et une horrible fausse rousse – qui commencèrent à flirter avec Jon en battant des cils.

— Il a tout à fait le profil Aramis, affirma la pieuvre blonde qui représentait cette marque.

— Qu'est-ce que c'est, le profil Aramis ? demanda Jon.

— Beau. Captivant. Et solitaire.

La blonde regarda Tracie.

— C'est votre sœur ?

— Non, sa mère, rétorqua Tracie.

Elle tourna les yeux vers Jon, qui avait rougi.

— Merci, mesdemoiselles, mais nous cherchons quelque chose de beaucoup plus subtil que ce que vous nous proposez, déclara-t-elle, et elle se tourna ostensiblement vers la démonstratrice la plus âgée.

Pendant ce temps, les tentacules de la rouquine s'étaient enroulés autour du bras gauche de Jon qui souriait d'un air idiot. Tracie dégagea son bras d'un geste sec.

La démonstratrice avait utilisé toutes les surfaces de peau disponibles sur les poignets et les bras de Jon. Elle saisit un flacon en cristal et lui sourit.

— Vous allez l'adorer, susurra-t-elle. Il est très cher, mais je crois qu'il est fait pour vous.

Elle en vaporisa un peu sur son cou et se tourna vers la blonde.

— Qu'en penses-tu, Margie ?

Margie se colla à Jon et pressa son visage contre son torse afin de renifler son cou. Tracie n'en crut pas ses yeux. Ces créatures n'avaient aucune pudeur !

— Il y a du patchouli dedans, souligna vertement Tracie. Plus personne n'en porte depuis 1974.

— La mode revient, affirma Margie.

Elle regarda Jon.

— Vous aussi, j'espère.

Jon rougit une nouvelle fois.

Tracie avait le sentiment de perdre le contrôle de la situation, et cela ne lui plaisait pas. Quand la démonstratrice la plus âgée s'empara d'un autre flacon et manifesta l'intention de déboutonner la chemise de Jon pour vaporiser son torse, Tracie écarta sa main d'une tape.

— Tttt... Nous avons un choix amplement suffisant.

Jon continua à renifler comme un chien de chasse, tandis que les trois vampirellas le dévoraient des yeux, sans y mettre les doigts. Jon semblait apprécier l'attention dont il était l'objet quand, tout à coup, il se mit à éternuer.

Et il ne se contenta pas d'un seul éternuement. Il en lâcha trois, puis une douzaine en rafale. En un rien de temps, ses trois admiratrices furent inondées de postillons. Même la blonde battit en retraite. Tracie, ravie, lui tendit un mouchoir. Délivrée du fan-club, elle

125

choisit un parfum Lagerfeld. Les vendeuses s'exta-
sièrent comme de bien entendu et, en dépit de sa crise
d'éternuements, Jon brandit le flacon au-dessus de sa
tête comme un trophée. Il sourit et sortit sa carte de
crédit sans même qu'on ait eu besoin de le lui dire.

Une fois dans la rue, Jon batailla avec la majeure
partie des paquets.

— Cette fois, je suis mort pour de bon, grogna-t-il.

Comme ils passaient devant une voiture arrêtée au
feu, une conductrice blonde souleva ses lunettes de
soleil pour avoir un meilleur point de vue sur Jon.

— Décidément, tu es fin prêt, constata Tracie en
souriant.

— Prêt pour quoi ? gémit Jon. Deux anti-inflamma-
toires et un jour de repos complet au lit ?

Tracie et Jon – revêtu d'une partie de ses nouveaux
atours – s'échouèrent dans le cadre familier de *Java, The
Hut*, à leur table habituelle. Une montagne de paquets
s'empilait autour d'eux.

Molly s'approcha, mais Jon était trop épuisé pour
articuler ne serait-ce qu'un bonjour. Il enleva ses boots
neuves avec un soupir de délivrance.

— Qu'est-ce que vous faites ici à cette heure ? Et où
est Jon ? demanda Molly.

Pendant un instant, Jon songea qu'il s'était purement
et simplement désintégré sous l'effet de la fatigue. Mais
Tracie sourit, comme si elle avait compris ce qui se
passait.

— À vous de le découvrir.

Molly tendit un menu à Tracie, puis un deuxième à
Jon. Comme il avançait la main pour le prendre, elle se
figea, plissa les yeux, puis marqua un temps d'arrêt.

— Mince alors. C'est vous ?

Elle regarda Tracie avec un respect soudain.

— Alors là, chapeau ! C'est génial !

Puis elle pivota vers Jon.

— Debout, Cendrillon.

Molly lui saisit la main, le tira dans l'allée, puis tourna lentement autour de lui.

— Dieu tout-puissant ! Vous avez un look d'enfer. Et la marque de la tentation tatouée sur tout le corps !

— C'est vrai ?

— Je veux ! Où avez-vous trouvé cette veste fabuleuse ? Et ce sublime jumper ?

Comme il n'avait aucune idée de ce qu'était un jumper, Jon se contenta de hausser les épaules.

— Tracie m'a aidé.

— C'est d'enfer ! répéta Molly. J'aime tout, sauf les lunettes.

Vous allez lui acheter une monture dans le style Elvis Costello ?

Elle regarda Tracie avec une expression qui ressemblait à de la déférence.

— Je retire tout ce que j'ai dit. Vous n'êtes pas une bonne à rien.

Elle observa Jon d'un air préoccupé et enchaîna :

— Il a une petite mine.

Tracie secoua la tête.

— Il a de trop beaux yeux pour les cacher. Il va porter des lentilles.

Jon avait la sensation d'avoir vraiment disparu. Était-ce là ce dont parlaient les femmes quand elles reprochaient aux hommes de les traiter comme des objets ? Personnellement, il n'avait rien contre, mais cela faisait un drôle d'effet.

— Tracie, je ne peux pas mettre ces trucs.

Il retira ses lunettes et se massa le haut du nez.

— Doux Jésus ! s'écrièrent Molly et Tracie d'une même voix.

— C'est parce qu'il louche légèrement ? souffla

Molly. Ou ce sont ses yeux eux-mêmes qui sont à tomber raide ?

— Je n'en sais rien, mais en tout cas, j'achète ! Tu vas dire adieu à tes lunettes, roucoula Tracie à l'adresse de Jon.

— Mais sans elles je n'y vois rien ! Je vais passer mon temps à me cogner contre les murs et les portes !

— Parfait ! Les cicatrices sont un must absolu, affirma Tracie en se levant.

Elle recula d'un pas et l'examina sous un angle différent.

— Tu n'as jamais essayé les lentilles ?

— Je suis sûrement idiot, mais je ne supporte pas l'idée de m'enfoncer des morceaux de verre dans les yeux.

— Choisis : c'est ça ou le pilote automatique. Il est hors de question de continuer à porter ces trucs, trancha Tracie.

Elle fit tournoyer les lunettes au bout de ses doigts.

— Tu ressembles à un chiot nouveau-né quand tu clignes des paupières.

— Remarquez, ça ajoute encore à son charme, intervint Molly.

Jon rougit d'embarras, récupéra ses lunettes et les remit d'autorité sur son nez. Au même instant, la serveuse remarqua le casque de moto, sur la table. Pitié, Molly, songea-t-il. Pas maintenant.

— Vous vous êtes même acheté une moto, trésor ?

— Non. D'après Tracie, il me suffira de le trimballer partout pour faire croire que j'en ai une.

— C'est ma seule concession financière, avoua Tracie à Molly.

En plus, il serait capable de se tuer en la pilotant. Et tout mon travail serait fichu.

— Merci. L'inquiétude que tu manifestes pour ma santé me touche beaucoup.

— Il est tatoué ? Ou percé ? s'informait déjà Molly.

Tracie lâcha un soupir contrarié, et Jon devina ce qui l'attendait : d'ici à la fin de la semaine, elle tenterait de le convaincre d'acheter une Suzuki GS 1100.

— Non. Il a fixé ses limites.

Elle regarda Jon avec une attention redoublée.

— Je n'avais jamais remarqué que tu avais une barbe aussi abondante.

— Probablement parce que, d'habitude, je la rase deux fois par jour.

Molly haussa les sourcils.

— Pour de vrai ? C'est le signe d'une grosse production de testostérone, chéri.

Tracie le dévisageait d'un air pensif.

— Bon, à partir de maintenant, tu ne te rases plus – sauf une fois tous les trois jours, décréta-t-elle.

— Le vieux truc de George Michael, approuva Molly en hochant la tête. Ça marche à tous les coups.

— Tu plaisantes ? Protesta Jon. Je ne vais quand même pas me présenter au bureau avec une tête de... de lendemain de fête !

— Pourquoi pas ? Les femmes se poseront un tas de questions sur votre vie privée, déclara Molly avec un regard lubrique.

— Et tu commenceras peut-être à en avoir une, renchérit Tracie.

Molly croisa les bras sur sa poitrine et les dévisagea tour à tour.

— Alors, les comploteurs, qu'est-ce que je vous sers ? Comme je ne vous ai jamais eus à dîner, je suis curieuse.

— Je vais prendre juste une bière, répondit Tracie.

— Et moi, mon mochaccino habituel.

Tracie fit la grimace. Elle avait encore du pain sur la planche pour l'arracher à sa routine étriquée.

Molly s'éloigna. Tracie se pencha en avant.

— Tu es super, Jon. Et tu as fait preuve d'une patience exemplaire. Tu n'as pas regimbé une seule fois. Pour ta récompense...

Elle marqua une pause théâtrale.

— Je t'offre ton mochaccino.

— Des promesses, toujours des promesses...

Maintenant que c'était fini, l'épisode ne lui semblait pas dénué de charme. Dans quelques années, Tracie et lui l'évoqueraient sans doute avec une sorte de nostalgie amusée : « Tu te souviens du jour où je t'ai traîné dans les magasins jusqu'à ce que tu t'écroules de fatigue ? Il est vrai qu'à l'époque les gens ne faisaient pas encore toutes leurs courses sur Internet... »

Tracie se leva.

— Je vais me repoudrer le nez. La suite du cours à mon retour.

Un répit ! Jon soupira de soulagement.

Molly revint avec leurs consommations. Elle s'installa en face de lui, à la place laissée vide par Tracie, et l'observa de nouveau de la tête aux pieds.

— Vous êtes d'enfer, répéta-t-elle dans un soupir.

Puis elle posa sa main sur la sienne.

— Jon, vous n'avez pas peur que cela vous entraîne un peu trop loin ? Il peut être amusant de changer de look à l'occasion, si on est invité aux Oscars ou à une sauterie de ce genre. Mais modifier sa personnalité tout entière... ce doit être terrifiant, non ?

— Surtout quand je me regarde dans une glace, ou quand je vais découvrir mon prochain relevé de carte bancaire, admit Jon. Cela dit, cinq ou six femmes se sont retournées sur moi ce soir. Et ça ne m'était encore jamais arrivé.

— Je n'ai encore jamais eu de cirrhose du foie, trésor, mais si ça m'arrivait maintenant, ce ne serait pas une bonne chose pour autant, rétorqua Molly. Les filles vous reluquent, et après ? Ce n'est pas vraiment vous qu'elles voient.

Elle marqua un temps.

— D'une certaine façon, c'est renier ce que vous êtes.

Elle laissa passer encore un moment, sans parler, pour permettre à Jon d'assimiler ses paroles. Mais il était trop fatigué pour remuer ne serait-ce qu'un neurone. Il se contentait de frotter ses pieds l'un contre l'autre sous la table.

Molly promena son regard sur la salle de restaurant, comme si la clé de son message se trouvait là.

— Loin de moi l'idée de jouer les trouble-fête, mais êtes-vous déjà allé à Freeway Park ? lui demanda-t-elle.

Freeway Park était édifié au-dessus d'une autoroute. C'était un lieu magnifique, avec des cascades, d'immenses pelouses et des terrasses.

— Bien sûr. J'ai même assisté aux travaux d'aménagement.

— Moi, je n'ai jamais pu me faire à cet endroit. Je reconnais que les fontaines, le gazon ont un certain charme bucolique... Mais je n'arrive pas à oublier que, en dessous, il y a cette circulation de folie dans les deux sens. Ce que j'essaie de vous dire, c'est que le plus séduisant des camouflages reste un camouflage, quoi qu'on fasse.

Elle lui secoua le bras.

— Vous êtes toujours vous-même sous ces vêtements. Pensez à l'enfant qui sommeille en vous. Il ne pleure pas d'angoisse ?

— Il n'y a plus d'enfant qui sommeille en moi, Molly. J'en ai un qui danse la gigue parce qu'il vient d'apprendre la formule magique : « Sésame ouvre-toi. »

Molly secoua la tête.

— Je prévois qu'un jour où l'autre votre ça va entrer en conflit avec votre faux Moi, l'avertit Molly. Souvenez-vous de mes paroles.

— Quel monde ! Alors, on ne peut pas aller aux toilettes deux minutes sans que la première serveuse venue se transforme en psy bénévole ! s'écria Tracie.

Elle se glissa dans le box et refoula Molly d'un mouvement de la hanche.

— Traîtresse ! Et moi qui commençais à vous trouver presque sympathique ! Jon n'a pas besoin de vos conseils à deux sous !

— Exact. Les vôtres lui suffisent amplement, répondit Molly.

Tracie l'ignora.

— J'ai réfléchi : il te faut absolument un nouveau nom. Jon est trop banal, et Jonathan ridicule.

— De mieux en mieux ! Transformer sa garde-robe et sa personnalité ne vous suffit plus. Maintenant, vous voulez saper son identité, ricana Molly.

Tracie continua à l'ignorer.

— Tu n'as jamais eu un petit nom ?

— Mon père m'appelait parfois Jason, mais je crois que c'est parce qu'il avait oublié mon prénom, avoua Jon. Et ma deuxième belle-mère me surnommait « le poison ».

— Bonjour l'ambiance. Que penses-tu d'Éric ? J'ai toujours trouvé ce prénom sexy.

Molly s'esclaffa.

— Pourquoi pas Pan-Pan ? J'ai toujours eu un faible pour ses grandes oreilles.

— Moi, c'était la fée Clochette, intervint Jon en s'animant.

— Mandrake le magicien, alors ?

Fatigue ou relâchement nerveux, Jon joignit son rire à celui de Molly.

Tracie décida de les ignorer tous les deux.

— Il doit bien y avoir une solution...

— Enfin, Tracie, sois réaliste ! Je ne peux pas changer de prénom, comme ça.

— Pourquoi pas Jonny ? Tous les garçons qui s'appellent Jonny sont cool. Johnny Depp, Johnny Dangerously, Johnny Cash. Ils portent du noir, et ils sont intenses. Ce sont des briseurs de cœurs.

— Oui, comme Johnny Carson, acquiesça Molly. Ou Johnny Hallyday, le branleur français.

Jon retrouva son sérieux.

— S'il faut changer, j'aimerais mieux m'appeler Jerry.

— Jerry ? répéta Molly. Comme dans Tom et Jerry ? Vous n'êtes pas sérieux !

— Non, comme dans *Certains l'aiment chaud*, expliqua Tracie à Molly. Moi, je voulais être Sugar.

— Ça vous va comme un gant, approuva Molly d'un ton sarcastique.

— Assez sur le sujet. Ce sera Jonny – sans « h » – point final. Et maintenant que tu es présentable, je veux que tu te prennes par la main et que tu te déniches une fille.

13

Labyrinthe de stands colorés, agglutinés à flanc de colline, Pike Place Market était une immense ruche où boutiques d'artisanat, échoppes de bouquinistes, étals de fruits et légumes, poissons, sandwiches s'enchevêtraient au milieu d'une foule mouvante. Plus qu'un marché, le lieu était devenu une véritable institution commerciale et culturelle. Des yuppies tirés à quatre épingles choisissaient des endives ou de la frisée pour leur salade du soir tout en sirotant du *latte* dans des gobelets en carton. Le café sous toutes ses formes faisait fureur à Seattle. Les amateurs avaient leur propre langage : *Milky Way, grande, skinny, extra foamy, half-caf*... Jon commandait toujours un *McD's spill*, ce qui signifiait que sa température devait être aussi proche que possible de l'ébullition. Mais même lui, un enfant de Seattle, était loin de connaître tous les noms des spécialités locales à base de café.

Comme beaucoup de natifs d'une grande ville, Jon ne profitait guère de ce que la sienne avait à offrir. Il n'avait jamais pris le Bremerton Ferry, en face de Pike Place, n'avait toujours pas visité le Projet d'expérience musicale, et ne s'était jamais baladé dans Gas Works Park. Il avait évité le marché, en partie parce que le coin avait longtemps souffert d'une mauvaise réputation – beaucoup de marins en goguette, une manne pour les prostituées. Lorsqu'il n'était pas accaparé par son travail, Jon se rendait au *Metropolitan Grill*, le repaire favori des employés de Micro/Connection. Mais il n'avait pas mis les pieds à Pike Place depuis des années.

L'endroit valait pourtant le voyage. On y voyait de tout : des femmes asiatiques habillées par Gucci, des officiers de la marine, de jeunes hippies portant des vêtements probablement chipés dans l'armoire de maman, un Afro-Américain coiffé d'un turban, un perroquet sur l'épaule... sans oublier le flot habituel des touristes. Jon en avait la tête qui tournait. Mais il n'était pas là pour s'amuser. Il devait « se dénicher une fille », pour reprendre l'expression de Tracie.

Une jeune femme blonde attendait son tour devant un stand de crêpes. Petite, menue et habillée toute en gris. Comme elle avait l'air gentille, il s'approcha et essaya de capter son attention. Après plusieurs tentatives infructueuses, il laissa tomber. Pas grave. De toute façon, les blondes manquaient de chaleur humaine, décida-t-il.

Il scruta l'allée et repéra une grande brune vêtue d'un jean et d'un sweater vert. Elle lui parut charmante – jusqu'à ce qu'elle lui sourie. Quelle quantité de rouge à lèvres une bouche pouvait-elle stocker en une fois ? se demanda-t-il en frissonnant. Un tube entier ? Deux ? Et quels ingrédients toxiques entraient au juste dans la composition de ce truc ? Le spectre du baiser qui tue se profila dans son esprit. Il hésita : des dents barbouillées de rouge étaient indéniablement un repoussoir. Mais, d'un autre côté, la brunette lui souriait.

Jon prit sur lui-même et s'avança bravement. Et maintenant ? songea-t-il tout à coup. L'affolement le gagna. Pourquoi n'avait-il pas préparé une entrée en matière, un discours, au minimum un « hello » ? Il était planté devant elle, la bouche ouverte comme une carpe. *Réfléchis. Dis quelque chose. N'importe quoi !*

— Vous avez l'heure ? finit-il par articuler.

Le sourire de la fille s'effaça. Elle le toisa de la tête aux pieds.

— Non.

Et elle s'éloigna.

Atterré, Jon se risqua jusqu'à un magasin de bougies artisanales. Dieu, il était terrifiant de nullité ! En désespoir de cause, il accosta une troisième femme, un peu plus âgée et peut-être un peu moins séduisante que les deux premières.

— Euh... vous êtes libre ?

— Ça dépend pour quoi.

Sur ce, elle lui décocha un clin d'œil appuyé et agita ses sourcils comme Tracie, quand elle essayait d'imiter Groucho Marx.

Jon se figea, pris au dépourvu. Puis, comme il restait silencieux, aussi vivace qu'un merlan frit, elle haussa les épaules et lui tourna le dos.

Tracie, Laura et Phil se promenaient au milieu des allées de Pike Market, dans le secteur des produits de la mer.

— Cet endroit est le paradis des traiteurs ! s'extasia Laura.

— Ouais, mais un cauchemar pour les musiciens fatigués, grogna Phil. Et un piège à touristes. Tous les gogos se donnent rendez-vous ici le week-end.

— Ne fais pas attention à lui, répondit Tracie. Regarde plutôt ces merveilles. Tu devrais monter une affaire ici au lieu de repartir chez toi.

Elle claqua des doigts.

— Attends d'avoir vu les poissons de près. Tu ne vas pas en revenir !

— Oh non, pas le poisson, gémit Phil. Pourquoi pas la fontaine, pendant qu'on y est ?

— Quelle fontaine ? demanda Laura.

— Celle de Seattle Center. Les jeux d'eau y sont synchronisés avec de la musique.

Juste pour punir Phil, Tracie ajouta :

— Je t'y emmènerai dès que nous aurons fini notre tour Underground. Et après, nous irons visiter le Projet d'expérience musicale.

— Chouette ! Mais qu'est-ce qu'il a de si exceptionnel, le poisson ? Le choix est plus varié qu'ailleurs ?

— Tout est dans l'art de la livraison, répondit Tracie en glissant son bras sous celui de Laura et en l'entraînant vers les stands de produits de la mer.

Laura leva les yeux vers une pancarte où on pouvait lire ATTENTION AUX POISSONS VOLANTS.

— C'est une blague ?

Au même instant, un vendeur jeta en criant un flétan vers le caissier, au centre de l'étal. Laura faillit le recevoir sur la tête.

— Oh mon Dieu ! cria-t-elle.

— Okay, elle a vu le poisson. On peut rentrer à la

maison, maintenant ? grogna Phil en bâillant. Et on se remet au pieu.

Tracie perçut l'embarras de Laura. Pour un peu, elle aurait étranglé Phil.

— Je ne veux surtout pas être une gêne pour vous deux, déclara Laura. Je vais me promener un peu, comme ça vous aurez l'appartement tout à vous pour l'après-midi.

— Ne sois pas bête. J'adore me balader. Si j'ai besoin d'intimité, je peux très bien aller chez Phil.

— Justement, tu ne peux pas. Bobby...

Phil bâilla à nouveau.

— Bobby a amené un groupe. Ils squattent chez moi.

— La question n'est pas là, trancha Tracie. Nous te faisons visiter Pike Market et nous sommes ravis que tu sois avec nous !

Tracie insista lourdement sur le pluriel et lança à Phil un regard d'avertissement.

— Sûr. Phil déborde d'enthousiasme, ironisa Laura. Écoutez, je vais jeter à nouveau un coup d'œil à ce magasin de bougies. Une espèce de zombie a essayé de me draguer tout à l'heure.

J'aurai peut-être plus de chance cette fois.

— D'accord. On te rejoint dans une minute, acquiesça Tracie tandis que Phil l'entraînait dans la direction opposée.

— Tu aurais pu t'abstenir, lui reprocha-t-elle d'un ton sec.

— De quoi ? De bâiller ?

— De lui dire que tu voulais rentrer à la maison.

Comment lui faire comprendre qu'il manquait de tact en évoquant leurs ébats devant Laura ? Il risquait de réveiller ses regrets concernant Peter.

— Dis donc, j'ai travaillé tard la nuit dernière, précisa-t-il, pour le cas où elle ne le saurait pas.

— Possible, mais ce n'est pas une raison pour être

grossier. Laura est mon amie. Et je te rappelle que c'est *mon* appartement.

Il enroula son bras autour de sa taille et baissa la voix.

— Et c'est *ton* lit. Tu viens, on y retourne ?

Un frisson lui parcourut le dos. Comme s'il avait senti sa résistance faiblir, il se pencha et se mit à lui mordiller l'oreille.

— Phil, j'ai du travail. Je dois absolument chercher une ou deux idées originales.

Phil lui entoura le visage de ses mains. Elle adorait quand il faisait ça.

— Ça tombe bien : je me sens d'humeur inventive.

— Oui, mais je doute de pouvoir publier tes trouvailles dans les colonnes du *Seattle Times*.

Et elle se mit à rire. C'était plus fort qu'elle.

Il la saisit aux épaules et la poussa dans un renfoncement, à côté d'un aquarium rempli de homards. Au même moment, Tracie crut voir un blouson Micro/Connection passer derrière les crustacés. Elle regarda attentivement à travers les parois vitrées. Pas de doute, il s'agissait bien de Jon. Elle l'avait lancé en quête d'une fille, et le voilà qui revenait bredouille.

Elle sortit du renfoncement et Jon l'aperçut. Son visage s'illumina.

— Salut ! lança-t-il en les rejoignant.

— Salut ! répondit Tracie.

Phil ne desserra pas les dents.

— Je ne t'avais pas demandé de flanquer ta panoplie Micro/Connection à la poubelle ?

— Quoi, le blouson aussi ? Mais j'y tiens !

— Tu veux ressembler à un dur ou à un homme-sandwich ?

— Quelle différence ? grommela-t-il. Je m'y perds dans mes nouveaux vêtements. Je sais pas quoi va avec quoi. Et puis j'ai vu Samantha au bureau, hier, et malgré ma nouvelle tenue elle ne m'a pas accordé un regard !

— D'ici deux semaines, elle se roulera à tes pieds, affirma Tracie d'une voix sans doute censée le rassurer. Tu seras obligé de...

Elle marqua une pause, comme si même elle – sa seule fan et son gourou – ne parvenait pas à visualiser le scénario.

— Tu seras obligé... euh... de mettre un garde du corps devant ta porte pour la tenir à distance.

— Ben voyons. Appelle-moi Tommy Lee pendant que tu y es, plaisanta Jon, très abattu.

Phil s'esclaffa.

— Tu voudrais emballer une poupée comme Pamela Anderson, toi ? Tiens, plutôt que de me taper sur les cuisses, je vais taper quelqu'un d'une cigarette.

Tracie le regarda s'éloigner d'un air rêveur – non sans remarquer qu'une autre femme en faisait autant.

— De toi à moi, tu ne trouves pas qu'il a une allure folle ? soupira-t-elle.

— Je ne m'y connais pas trop, mais cette rouquine a l'air d'être de ton avis.

Tracie le foudroya des yeux, puis elle haussa les épaules comme si ça ne lui faisait ni chaud ni froid et s'approcha d'un étal de légumes. Elle entreprit avec un soin excessif de choisir des tomates.

Jon observa Phil qui avait engagé sans effort la conversation avec la rousse, et se demanda si ses fesses étaient plus appétissantes que les siennes, ou si c'était autre chose qui attirait sur lui l'attention des femmes.

— Pourquoi est-ce enfantin pour certaines personnes, et impossible pour d'autres ? se désola-t-il tout haut.

— À qui le dis-tu ! Mais Laura cuisine depuis qu'elle est gamine.

Elle lui parlait de sa copine alors qu'il faisait allusion à Phil. Décidément, l'amour était aveugle.

— Ce n'est pas seulement une question d'instinct. C'est un savoir-faire qui se transmet. Laura le tient de son père. Et elle m'a proposé de me donner des cours. La tomate, par exemple, doit être mûre mais ferme.

Jon observa la rouquine qui enlevait sa cigarette de sa bouche et la tendait à Phil. Il la glissa entre ses lèvres. La fille ressemblait effectivement à une tomate à point.

— Il faut aussi qu'elle soit d'un rouge bien rouge. Sinon elle est acide.

Jon sortit de sa rêverie.

— Je ne te savais pas aussi savante sur la tomate. Qu'est-ce que tu prépares ?

— Une sauce pour les spaghettis. Phil a horreur des boîtes.

Oh Dieu ! Quand allait-elle se décider à ouvrir les yeux ?

— Tracie, tu es stupide. Tu mérites cent fois mieux que ce crétin !

Il vit Phil revenir vers eux après avoir pris congé de la rouquine et éleva la voix, exprès :

— Tu sais quelle appréciation figure sur la fiche d'évaluation mentale d'un joueur de basse ? « Coma dépassé. »

Jon observa Tracie du coin de l'œil. Elle pouffa, puis masqua sa réaction en déposant le sac de tomates dans son panier.

— Et comment appelle-t-on un joueur de basse qui possède une moitié de cerveau ?

— Un petit veinard, grogna Phil. Te fatigue pas, on se les raconte régulièrement dans le groupe.

— Celle-là, tu ne la connais pas, je viens de l'inventer : quelle est la différence entre un porc et un joueur de basse ?

Tracie leva un sourcil en signe d'avertissement, mais

140

Jon n'allait pas s'arrêter en si bon chemin. Il s'était tourné vers Phil.

— Il n'y en a pas. Les deux font de belles andouilles.

Phil donna une pichenette sur le torse de Jon.

— Je vais fumer ma clope avant de mourir de rire.

— D'accord, acquiesça Tracie en le regardant s'éloigner dans l'allée.

Elle se tourna vers Jon.

— S'il te plaît, ne le braque pas.

Elle garda le silence un moment.

— Tu sais, je voulais te parler d'un projet que Marcus m'a refusé. J'ai bien envie de l'écrire à mon compte et de le proposer à des magazines.

— Excellente idée, approuva Jon. Je peux faire quelque chose pour t'aider ? Relire tes épreuves, les corriger, ou...

— Ce n'est pas exactement ce que j'avais en tête. En fait, j'aimerais que... enfin, que tu sois le sujet de mon article. Voilà.

— Oh, encore un de tes portraits ? Je ne suis pas assez intéressant... à moins que le projet Parsifal ne voie le jour. Si c'est le cas, ma photo fera la couverture de tous les magazines spécialisés du pays. Mais ne t'inquiète pas : je t'accorderai l'exclusivité.

Autant regarder la réalité en face, même si cela n'avait rien d'agréable : son expédition tournait au désastre, reconnut Jon. Ses tentatives pour draguer une fille s'étaient soldées par trois échecs cuisants, on l'avait traité d'homme-sandwich, il avait dû regarder un pâle crétin réussir là où il avait échoué, et il avait froissé sa meilleure amie. Comme si cela ne suffisait pas à sa peine, une nouvelle humiliation se profilait à l'horizon. Jon contemplait l'allée des fruits et légumes avec une expression proche de l'horreur. Là, un panier rempli de provisions à la main, s'avançait la grande brune qu'il avait accostée devant le magasin de bougies. Celle-la même qui l'avait gratifié d'un regard lubrique. En cet instant, elle lui souriait avec une telle chaleur qu'elle en était vraiment jolie. Jon réalisa tout à coup que son sourire ne s'adressait pas à lui, mais à *Tracie*. Nom d'une pipe ! Une lesbienne ! Voilà qui expliquait son...

— Félicitations ! Tu as échangé Phil contre un modèle neuf ? demanda-t-elle à Tracie.

Jon les dévisagea avec stupeur. Tracie observait la fille avec attention, mais n'avait pas l'air autrement surprise. Elles devaient se connaître, en déduisit-il.

La brunette le toisa de la tête aux pieds.

— Votre tête ne m'est pas inconnue. Vous avez essayé de jouer à « Questions pour un champion » avec moi, exact ?

Elle lui sourit.

— Alors, comme ça, Tracie a gagné la cagnotte ? Bravo. C'est une très chic fille. Vous êtes allé jusqu'au meurtre pour vous débarrasser de Phil ? Ou vous lui avez juste filé un dollar ?

— Mais qu'est-ce que tu racontes ? demanda Tracie. Tu crois qu'il est... ?

— Je ne crois rien du tout, répondit la grande brune d'une voix douce. Tu sais bien que je ne pense jamais. Vous êtes mignons tout plein tous les deux. Mais il est muet ?

Jon était au-delà du mutisme. Foudroyé, atomisé par une horreur comme on en éprouve seulement dans un cauchemar, quand on est tout nu sur une scène et qu'on a oublié sa réplique. Parce qu'il était maintenant évident qu'il avait tenté de draguer la meilleure amie de Tracie.

— Laura, je te présente Jon. Jon, voici Laura, déclara Tracie par-dessus les cageots de légumes.

— Tiens, tiens... C'est donc vous le fameux Jon ? roucoula Laura, à deux doigts d'éclater de rire.

Tracie aurait pu jurer que Jon avait rougi. Seigneur, il était impossible ! Pas même capable de rencontrer une de ses amies sans se comporter comme un ahuri ! Elle essaya de se souvenir si Jon était aussi retardé à l'université.

— La non moins fameuse Laura, murmura-t-il, le visage toujours cramoisi. Vous êtes cuisinière à Sacramento, je crois ?

— Traiteur, rectifia précipitamment Tracie.

Il ne manquerait plus que ces deux-là ne s'entendent pas.

— J'ai l'impression d'avoir à nouveau interrompu quelque chose, déclara Laura dans le silence.

— Nous parlions du talent de Tracie. Et du succès qu'elle pourrait remporter comme journaliste.

— Ha ! *Pourrait* est le mot qui convient, soupira l'intéressée.

— Ce n'est quand même pas ta faute si tes textes sont scalpés à mort, protesta Jon.

— Non, mais je devrais avoir le courage de démissionner.

Tracie poussa son chariot dans l'allée suivante. Laura sourit à Phil qui les rejoignait, une nouvelle cigarette à la bouche.

— Tu serais une grande chroniqueuse, insista Jon. Meilleure encore qu'Anna Quindlen.

— Qui c'est cette Anna Quindlen ? Je la connais ? demanda Phil.

— Juste une petite journaliste qui a obtenu le prix Pulitzer, lui expliqua Laura. Maintenant, elle écrit des romans.

Phil haussa les épaules.

— Je ne lis pas ces cochonneries commerciales.

— Tracie, tu devrais vraiment écrire quelque chose

143

pour toi, quelque chose dont tu pourrais être fière, poursuivit Jon comme si l'échange entre Phil et Laura n'avait pas eu lieu. Ton père t'adresserait des lettres d'admirateur et tous les étudiants en journalisme t'enverraient leur CV.

Tracie le dévisagea fixement. Quel que soit le sujet, Jon trouvait toujours le moyen de chanter ses louanges.

— Bon, ça va bien comme ça ! siffla Phil. On peut parler d'autre chose ?

Sa réaction surprit Tracie, mais elle s'abstint de jeter de l'huile sur le feu. Phil était déprimé depuis qu'un magazine littéraire avait refusé de publier un de ses textes. Bien sûr, elle n'avait pas la prétention de comparer leur travail. Son œuvre à lui était dense et abstraite. Néanmoins, ce n'était pas utile de parler d'articles devant lui. Cela ne réussissait qu'à le mettre en rogne. Phil refusait de prendre sa prose au sérieux et, au fond, elle ne lui donnait pas tort : après tout, c'était ni plus ni moins que de la bibine commerciale.

— Tu mets des oignons rouges ou blancs dans ta sauce tomate ? demanda-t-elle à Laura pour changer de sujet.

— Je préfère les rouges.

Phil prit à nouveau ses distances. Tracie ne put retenir un soupir. Elle jeta un filet d'oignons dans son panier, puis s'engagea avec Laura dans une autre allée.

— Il faut que j'y aille. J'ai deux ou trois bricoles à acheter, déclara Jon. À plus tard.

Tracie fut stupéfaite. D'habitude, il la collait comme de la glu. Elle était même obligée de lui demander à mi-voix de rentrer chez lui pour pouvoir rester seule avec Phil.

— Heureux de t'avoir rencontrée, Laura.

— Moi de même, lança Laura par-dessus son épaule. J'espère que nous aurons à nouveau l'occasion de jouer aux devinettes.

144

— Si tu croises Phil, dis-lui que je suis prête à partir, cria Tracie dans son dos.

Laura et elle le regardèrent s'éloigner.

— Alors, voilà Jon. Il est assez craquant, dans le style R2D2.

— Jon, craquant ? Je suppose que oui, reconnut Tracie après réflexion. Mais l'est-il assez pour emballer une fille ?

— Il suffirait qu'il se décoince un peu. Où en es-tu de ton travail de rénovation ?

— Au tout début, avoua Tracie.

— Pourquoi a-t-il si peu d'assurance ? Il est mignon tout plein et il a de belles épaules.

— Jon est trop gentil. Tu sais, dans le genre « J'en prends plein la figure, mais je tends poliment l'autre joue ». Il n'a pas eu de père. Je crois que ça perturbe vraiment les garçons d'être élevés par leur mère.

Laura la dévisagea avec ironie, les sourcils levés.

— Autant que d'être élevées par leur père perturbe les filles ?

Tracie agita la tête comme à l'époque où elles étaient au lycée.

— D'accord, je ne devrais pas généraliser. Mais tu as compris l'idée générale.

— Moi, oui. Mais toi ?

Tracie haussa les épaules.

— Moi quoi ?

Laura éclata de rire.

— Tu es un mystère pour toi-même.

14

Tracie s'assit en face de Jon et le contempla comme un peintre contemple une toile vierge. En réalité, sa tâche aurait été plus facile s'il avait été une toile vierge. Sur le plan vestimentaire, son look s'était indéniablement amélioré – T-shirt noir Armani, jean Levi's 501s, plus la fameuse veste en cuir vintage –, mais la mayonnaise ne prenait pas. Sa coupe de cheveux impossible, ses lunettes, son attitude surtout étaient celles d'un plouc. Elle savait par avance ce qu'il allait commander, et cela n'avait rien d'excitant.

Phil a peut-être raison, songea-t-elle. Non seulement je vais perdre mon pari, mais je ne tirerai jamais un article de cette aventure.

Mais, bon, elle avait toujours aimé relever les défis. Cela n'avait pas été simple d'intégrer l'école de journalisme ni de se faire engager au *Seattle Times*. Et ce ne serait pas facile non plus d'aller jusqu'au bout de cette gageure.

Tracie exhala un soupir.

— Bon. Deux personnes qui sortent ensemble vont souvent au restaurant. Tu dois donc t'y préparer.

— Pas de problème : j'ai apporté ma carte American Express.

— Non, non. Je veux dire t'entraîner à acquérir les bons réflexes. Les femmes remarquent tout. Tu dois faire très attention à ce que tu manges.

Elle jeta une note à ce sujet sur un Post-it.

— Comment ça, ce que je mange ?

Tracie émit un nouveau soupir.

— Ne commande jamais des œufs pochés ou une salade fermière. Les œufs pochés ne sont *pas* sexy.

— Ça ne fait rien, je n'y tiens pas particulièrement.

Mais j'adore entendre Molly crier « Adam et Ève sur un radeau ». C'est tellement romantique...

— Pour toi, peut-être. Ce sont les invalides et les bébés qui se nourrissent d'œufs pochés, pas les hommes.

Jon contempla le plafond, comme si le doigt de Dieu y avait écrit la grande Loi des œufs pochés.

— Qu'est-ce que tu reproches à la salade fermière ? demanda-t-il d'une voix exaspérée. Je ne mange même pas le poulet. Et *j'aime* la salade fermière !

— Tu aimeras encore plus décrocher un deuxième rendez-vous, insinua Tracie en se penchant sur la table.

Il fut forcé d'acquiescer.

— Je n'ai pas d'objection à formuler sur ce point.

Tracie sourit. L'élève était motivé et docile. En brandissant tour à tour le bâton de sa désapprobation et la carotte du sexe, elle l'empêcherait peut-être de se comporter comme un âne bâté.

— Retiens bien ceci : ce que les femmes te voient manger est extrêmement important, surtout lors d'une première évaluation.

Elle s'adossa de nouveau à la banquette.

— S'alimenter c'est comme faire l'amour : tu dois leur donner à la fois une impression de puissance et de retenue. Tu peux t'accorder une certaine spontanéité, à condition qu'on sente bien que tu domines toujours ton corps.

Jon la regarda fixement. Cela lui semblait à la fois admirable et confus. Tracie s'interrompit. Elle s'impressionnait elle-même.

Elle nota cette pensée profonde sur un autre Post-it, puis se rappela brusquement à qui elle s'adressait et leva les yeux avec une expression horrifiée.

— Surtout, ne vas pas leur raconter que tu es végétalien !

— Mais je ne le suis pas, geignit Jon. Je te l'ai répété

147

cent fois. Les végétaliens ne mangent ni œufs ni produits laitiers. Je suis simplement *végétarien*.

Tracie leva les yeux au ciel.

— Peu importe. Ne l'avoue jamais, c'est tout.

Puis, parce qu'elle le connaissait aussi bien qu'elle-même, elle ajouta :

— Et ne t'avise pas de leur faire un cours. Tu n'es pas un prof, tu es une bête de sexe !

Elle approuva la sentence d'un hochement de tête et écrivit sur un nouveau Post-it : « Prof – non. Bête de sexe – oui. »

— Et alors, qu'est-ce qu'une bête de sexe commande à manger ? ricana Jon. De la viande crue ?

Molly, qui dînait à sa propre table, au fond de la salle, les aperçut et se dirigea vers eux. Tracie se prépara à encaisser sa dose habituelle d'hostilité.

— Doux Jésus ! s'exclama Molly en haussant les sourcils jusqu'à la racine de ses cheveux. Vous me faites chavirer.

Puis – Tracie sut que c'était uniquement pour l'embêter – elle se pencha et embrassa Jon sur la bouche. Il souriait aux anges. Et Tracie dut le reconnaître : quand il souriait il était assez craquant, même avec ces lunettes ridicules.

— Molly, vous voulez bien nous aider ? Je voudrais que vous fassiez semblant d'être une serveuse.

— Volontiers, trésor. Si, de votre côté, vous cessez de faire semblant de me donner des pourboires.

Molly se redressa de toute sa taille, rejeta les épaules en arrière et bomba sa généreuse poitrine.

— Mon nom est Molly, récita-t-elle d'une voix fluette. Je suis votre serveuse pour la soirée. Aujourd'hui, nous avons des lasagnes aux légumes et du veau à la parmesane. Souhaitez-vous un apéritif pour commencer ? Nos glaçons sont garantis à l'eau de robinet.

Jon s'esclaffa, au grand déplaisir de Tracie. Il s'agissait d'un exercice sérieux. Et puis d'abord, pourquoi Molly flirtait-elle constamment avec Jon ? Et pourquoi avait-il l'air de trouver cela si agréable ? Elle était beaucoup trop vieille pour lui et...

— Je vais prendre un mochaccino, s'il vous plaît, dit Jon.

Tracie pointa ses pouces vers le bas.

— Non. À partir de maintenant, tu ne bois plus que de la bière, du bourbon, ou du café – noir.

Les sourcils de Molly se soulevèrent à nouveau.

— Mais je déteste le café noir !

— Tu préfères vieillir seul ?

— Échec et mat.

Il se tourna vers Molly, haussa les épaules et fit la grimace.

— Je vais prendre une bière.

— Je peux voir votre carte d'identité ? demanda Molly.

À la stupéfaction de Tracie, Jon entreprit de sortir son portefeuille.

— Je plaisantais, précisa Molly.

Tracie faillit fondre en larmes. Ou éclater de rire. Jon tentant de prouver qu'il était majeur pendant un rendez-vous galant. Ce serait le bouquet ! Elle le regarda et secoua la tête en soupirant.

— Je vais prendre une bière, moi aussi. Besoin de ma carte d'identité ? demanda-t-elle à Molly.

— Ne rêvez pas, ma poule. Vos bières, elles sont réelles ou imaginaires ?

— Je ne paie pas pour de la marchandise virtuelle, lui dit Jon.

— Excellent principe.

Molly se dirigea vers le bar, au vif soulagement de Tracie.

— Étape suivante. Vous êtes à table, en train de consulter le menu.

Elle mima la scène.

— *Elle* décide de prendre le veau à la parmesane. Qu'est-ce que *tu* fais ?

— Je lui explique dans quelles conditions barbares on élève ces pauvres bêtes ?

— Non ! Je ne veux pas entendre un mot là-dessus, scanda Tracie.

— D'accord, d'accord. C'était un test et j'ai échoué, c'est ça ? Accorde-moi une autre chance.

Il marqua un temps, réfléchit, et prit une voix de basse profonde :

— Je lui dis : « Excellente idée. Je vais en faire autant. »

Tracie secoua la tête.

— Non ! Tu lui lances un regard dur, tu lèves les sourcils et tu dis : « Vous êtes sûre ? Ce n'est pas un peu trop... riche, pour vous ? »

Jon la dévisagea avec des yeux ronds pendant un long moment, comme s'il attendait qu'un gong retentisse.

— Pourquoi ? lâcha-t-il enfin.

— Pour donner le ton. Pour la mettre d'entrée de jeu en position d'infériorité. Pour lui laisser entendre que tu as déjà pensé à ses hanches. Et pour qu'elle commence à se demander si elles seront assez fermes pour toi.

— Il se passera tout ça quand je lui dirai que le veau est « trop riche » ? articula Jon d'une voix effarée.

— Absolument. Les femmes – toutes les femmes de ce pays en tout cas – sont persuadées d'avoir des kilos à perdre. Chaque bouchée qu'elles avalent s'accompagne d'un sentiment de culpabilité. À toi de t'en servir.

Molly se présenta avec deux bières et deux assiettes vides.

— J'ai tout entendu. Voyons si j'ai bien compris :
d'un côté, je suis une vraie serveuse qui vous apporte
de vraies bières, de l'autre, je suis une serveuse imaginaire qui vous sert un repas imaginaire, mais surtout
pas du veau à la parmesane.

Elle posa les assiettes vides devant eux et regarda
Tracie.

— Kafka était un enfant de chœur comparé à vous.

— Ignore-la, commanda Tracie. Maintenant, qu'est-
ce que tu dis à la serveuse ?

Jon hésita.

— Rien. Tu viens de me demander de l'ignorer.

— Je parlais de *Molly*, articula Tracie, totalement
frustrée.

Si cette maudite Molly daignait cesser ses mouvements de sourcils et débarrasser le plancher !

— Revenons à notre serveuse imaginaire. Tu lui
lances :

« Attendez une minute. Approchez... » Puis tu te
tournes vers ta conquête : « Vous ne trouverez pas
qu'elle a les plus beaux yeux du monde ? »

— Je pensais que vous ne vous en apercevriez
jamais, minauda Molly.

Jon regarda Tracie comme si elle venait de disjoncter.

— Tu veux que je demande à la serveuse d'admirer
les yeux de ma conquête ?

Tracie secoua la tête d'un mouvement impatient.

— Non ! Je te conseille de complimenter les yeux de
la *serveuse* devant ta *conquête*. De deux choses l'une :
soit elle sera folle de rage, soit elle sera fascinée.

Elle interrompit son cours et réfléchit quelques
instants à la question.

— De toute façon, les femmes font rarement la différence entre les deux.

— Moi si, intervint Molly.

Tracie se frappa le front.

— D'accord. Molly si. Mais tu ne sors pas avec Molly.

Tracie était plus à l'aise dans son rôle de professeur quand elle était seule avec Jon. Devant Molly, cela semblait absurde.

— Je te parle des femmes normales. Maintenant, nous allons travailler l'art subtil du compliment.

Tracie s'interrompit, le temps de griffonner « Compliments » sur son Post-it.

— Pourquoi je n'ai pas le droit de prendre des notes, moi ? se plaignit Jon.

— Parce que seuls les tocards le font, trancha-t-elle sèchement.

Elle aurait dû lui parler de son idée de portrait, mais... Plus tard, peut-être.

— Pourtant toi, tu en prends bien...

— Concentre-toi, tu veux ?

— Mais il y a trop de choses à mémoriser !

Tracie ne put lui donner tort. Oh, je ne gagnerai jamais mon pari, songea-t-elle en vidant d'un trait la moitié de sa bière.

— Bon, d'accord. Dans un premier temps, nous allons nous contenter de passer en revue les erreurs à ne pas commettre. Pour commencer, ne dis jamais à une fille qu'*elle* a de beaux yeux.

— Pourquoi ? s'insurgea Molly.

Et à la consternation totale de Tracie, elle s'installa dans le box voisin avec l'intention manifeste de s'y incruster.

— Parce que c'est d'une banalité à pleurer. Presque tout le monde a de beaux yeux, même les veaux !

— Tu ferais mieux d'y penser quand tu les manges, souligna Jon.

— Assez, avec les veaux ! fulmina Tracie. Le truc

152

consiste à choisir un petit détail, minuscule. C'est *ça* qui subjugue les femmes.

Jon réfléchit intensément. Tracie retint sa respiration. Pourvu qu'il s'en sorte. Mais son visage reflétait la plus totale confusion.

— Comme quoi ? demanda-t-il enfin.

Tracie relâcha son souffle avec exaspération.

— Sois créatif. Tu l'es vingt-quatre heures sur vingt-quatre au bureau. C'est ton domaine de prédilection !

— Vous n'aviez pas choisi l'option « Compliments créatifs », à l'université ? intervint Molly.

Heureusement, Jon ignora Molly et se concentra sur Tracie.

Elle le fixa droit dans les yeux – qui étaient en fait d'un très joli brun lumineux, avec des cils étonnamment longs pour un homme. Son petit ami, au collège, avait les mêmes. La première fois qu'ils s'étaient embrassés, il avait parsemé son visage de baisers papillons, avec ses cils. C'était étrange, elle n'avait pas pensé à Gregg depuis des années. Il était si gentil, pas du tout comme Phil.

— Aide-moi. Indique-moi juste une piste, insista Jon. Je ne peux quand même pas leur dire : « Oh, oh, vous avez une superbe paire d'incisives » ?

— C'est pour mieux te manger, mon enfant, susurra Molly.

— C'est l'idée générale, mais...

Tracie soupira.

— Suis ton inspiration du moment. Isole un détail, n'importe lequel : ses sourcils, ses cuticules...

— Ses *quoi* ?

Une expression rêveuse passa sur le visage de Tracie.

— Un jour, Gregg, mon petit ami au collège, m'a murmuré que j'avais de belles cuticules. Je n'avais pas la moindre idée de ce dont il parlait. Mais le seul fait qu'il l'ait remarqué était si... si délicat.

Elle secoua la tête, puis regarda Jon qui sirotait sa bière, l'œil incrédule.

— C'était torride.

Molly étendit ses mains devant elle, les étudia, puis examina celles de Tracie.

— Il m'en coûte d'avoir à le reconnaître, mais vous avez effectivement de belles cuticules.

Elle se tourna vers Jon.

— Elle est douée, admit-elle. Complètement cinglée, mais très douée.

Tracie sourit.

— Fin du chapitre. Maintenant, il est temps de passer à la séance vidéo.

— À cette heure-ci ? Tracie, je n'ai pas le temps de regarder des films. J'ai une montagne de travail qui m'attend !

— Elle attendra. Cela fait partie de ta formation, trancha Tracie.

Elle se leva et se dirigea vers la sortie, ne lui laissant pas d'autre choix que de payer l'addition et de la suivre, comme d'habitude.

15

À Seattle, la nuit s'enveloppait toujours de douceur passé minuit. L'air était saturé d'humidité, mais la température restait si agréable qu'elle faisait une peau de velours. C'était l'heure où l'on pouvait soit céder à la fatigue et rentrer se coucher, soit prendre un deuxième souffle et sortir faire la fête. Ce soir, toutefois, le programme tenait en un seul mot : boulot.

— Dépêchons-nous, lança Tracie en allongeant le pas.

— Dépêche-*toi*, rectifia Jon. Moi, je ne vais nulle part.

La lumière filtrant des grandes fenêtres de *Java, The Hut* éclairait sa silhouette. Tracie contempla son œuvre et ne put se défendre d'un sentiment de fierté. Il s'était vraiment amélioré. À en croire la Bible, Dieu avait mis six jours à créer le monde. Regardez un peu ce qu'une faible femme avait réussi à accomplir en l'espace de quelques soirées : Jon se tenait devant elle, les pieds largement écartés sur le trottoir mouillé, les bras ballant de part et d'autre de son corps. D'accord, il avait encore l'attitude d'un empoté, mais il n'en avait plus l'allure générale.

Tracie savait que Jon mesurait exactement un mètre soixante-dix-neuf (n'importe qui se serait octroyé le petit centimètre supplémentaire pour atteindre un mètre quatre-vingts, pas lui), mais il paraissait plus grand, subitement. Ses vêtements produisaient une impression de verticalité. Son jean, son T-shirt près du corps, la longueur de sa veste, tout contribuait à attirer le regard vers le haut, comme s'il était une longue colonne sombre. La seule ligne horizontale était celle de ses épaules. À part cela, il avait une belle carrure. Le discret rembourrage de la veste l'accentuait même un peu.

Seule ombre au tableau : la tête. Non qu'il soit laid, mais sa coupe de cheveux, ses lunettes, et cette façon ridicule de projeter son cou en avant, comme s'il voulait que son visage arrive à destination avant le reste de son corps, gâchaient tout son travail.

Il avait besoin de la mèche conquérante tout autant que du truc du pantalon. Mais, après tout, Rome ne s'était pas construite en un jour, songea Tracie en s'accordant un peu de répit. Jon n'avait même pas conscience de son admiration. Il faudrait qu'elle l'améliore aussi dans ce secteur. Apparemment, ses récepteurs sensoriels ne fonctionnaient plus du tout. À quoi la croyait-il occupée en ce moment ? À méditer ? À préparer mentalement une recette de quiche ?

— Je ne vais nulle part, répéta-t-il. Je rentre chez moi.

— Pas maintenant, rétorqua Tracie en élevant légèrement la voix. Il nous reste encore un détail à régler.

Jon secoua la tête.

— Tracie, j'apprécie tes efforts et je t'en suis infiniment reconnaissant, mais j'ai eu ma dose de critiques pour la journée. Je n'en supporterai pas une de plus.

Elle ne put s'empêcher de rire.

— Du calme. Nous allons juste faire une petite course, et ensuite je te donnerai tes devoirs du soir.

— Tu veux ma mort ?

La voix de Jon se brisa d'horreur.

— Tracie, j'ai quitté le bureau avant dix-neuf heures. Ça ne m'était jamais arrivé depuis que j'ai été engagé chez Micro/Connection. C'est considéré comme un mi-temps, là-bas. Et en général, j'abats deux heures de boulot une fois rentré chez moi. Ce que je n'ai pas fait ce soir, évidemment. Je vais donc devoir m'y mettre maintenant...

Il prit une profonde inspiration.

— En l'espace de quelques jours, et avec un tact exquis, toi et toutes les vendeuses de Seattle vous êtes tordues de rire à la vue de mes souliers, de ma coupe de cheveux, de mes lunettes et de mes sous-vêtements... J'ai dépensé plus d'argent en trois heures qu'au cours des trois dernières années, l'achat de mon appartement inclus. Et maintenant...

Tracie perçut dans sa voix une fêlure qu'elle ne réussit pas à analyser avec précision. Épuisement sincère ? Humiliation réelle ? Ou simulation convaincante ?

— Tu m'annonces que j'aurai des devoirs à faire à la maison ?

Tracie s'éloigna sans répondre. Le temps de compter jusqu'à dix, et il serait à ses côtés. Jon était merveilleusement fiable. Tout le contraire de Phil qui sautait sur la moindre occasion pour se défiler, et qui ne serait probablement même pas chez lui quand elle l'appellerait. En réalité, réfléchit-elle tandis que Jon réglait en boudant son pas sur le sien, on pouvait avoir totalement confiance dans le fait qu'on ne pouvait absolument pas avoir confiance en Phil !

Une bouffée d'affection pour Jon l'envahit, pour sa fidélité et sa dévotion de bon toutou. Elle posa la main sur la manche de sa veste en cuir, la pressa, et ils marchèrent en silence pendant quelques instants.

— Tu ne vas pas me faire percer, hein ? demanda-t-il d'une toute petite voix. S'il te plaît, dis-moi que non.

Tracie éclata de rire et le guida vers l'entrée du vidéoclub.

— Nous sommes arrivés. Ce sera sans douleur, juré.

— C'est aussi ce que prétendait mon dentiste quand j'étais gosse, juste avant de triturer un nerf...

Il regarda les rayonnages de cassettes d'un air perplexe.

— Je peux savoir ce que nous faisons ici ? Tu viens brusquement de te souvenir que Phil ne pouvait pas continuer à vivre sans revoir *Pulp Fiction* ?

Tracie rit de nouveau, passa dédaigneusement devant le présentoir réservé aux nouveautés, et se dirigea vers le secteur des films en noir et blanc.

Downtown Video ne faisait pas dans la superproduction. Ici, les classiques n'incluaient pas *Rocky* ni même *Piège de cristal*. La sélection était aussi fantasque que M. Bill, la légende vivante qui était aussi le propriétaire du club. Il pouvait très bien refuser de louer une cassette à quelqu'un qui, selon lui, ne l'avait pas méritée. À l'inverse, il lui arrivait de prescrire certains films comme un médicament ou – dans des cas extrêmes – comme une opération de la dernière chance.

— Ce sont de bons films, mais de mauvaises leçons de vie, avait-il déclaré un jour à Tracie. Dans le livre, Holly finit sa vie au milieu de l'Afrique. Et le personnage de George Peppard est homosexuel.

Il l'avait obligée à lire la nouvelle, puis l'avait avertie qu'elle aurait le droit de louer la cassette une fois par an, et pas davantage. Il l'avait également sevrée de son film préféré – *Une certaine rencontre*.

— Elle aurait dû se faire avorter. De toute façon, le personnage joué par Steve McQueen l'abandonnera au bout de huit mois et elle devra élever son enfant seule.

— Qu'est-ce que vous en savez ? avait rétorqué sèchement Tracie.

— Parce que le personnage que joue Steve McQueen, c'est moi ! lui avait répondu M. Bill avec une colère à laquelle Tracie n'avait pas été préparée. Regardez ce que je suis devenu : un vieil imbécile solitaire, sans famille, avec un fils que je n'ai jamais vu, et un magasin de vidéos.

Elle n'avait plus jamais loué le film.

— Je te préviens, si tu as l'intention d'emprunter *Tombe les filles et tais-toi !* je me tire une balle dans la tête, l'avertit Jon.

— Vantard : tu n'as même pas de revolver, ironisa Tracie.

Elle choisit rapidement trois vidéos, puis se dirigea vers le comptoir. Jon la suivit. Elle lui fit signe de sortir sa carte d'abonné. Cela risquait d'être une location très longue durée. Il la lui tendit docilement et elle la passa à l'employé.

M. Bill interrompit son travail de rangement et leva les yeux.

— Tiens, quelqu'un s'offre une rétrospective James Dean.

Il dévisagea Tracie et Jon.

— On dirait Natalie et Jim en personne.

Tracie lui sourit. Il ne lui déplaisait pas d'être comparée à Natalie Wood. M. Bill ouvrit les boîtiers d'un air soupçonneux.

— Ne vous inquiétez pas, *Une certaine rencontre* est toujours sur le rayon, le rassura Tracie.

— Vous n'allez pas vous repasser *Out of Africa*, au moins ? demanda M. Bill d'un air sinistre.

Il observa Jon.

— On dirait que vous avez trouvé votre propre version du type à problèmes, articula-t-il d'un ton désapprobateur.

Tracie regarda Jon et ne put s'empêcher de sourire jusqu'aux oreilles. Quel triomphe ! M. Bill – authentique mauvais garçon à la retraite, puits de sagesse, grand pourvoyeur de films, de vérités premières et de cosmologies pratiques – prenait Jon pour un bourreau des cœurs !

— Ne vous inquiétez pas, je contrôle la situation, affirma-t-elle à M. Bill tout en empoignant le sac d'une main et en tirant de l'autre Jon vers la sortie.

Comme ils regagnaient la voiture de Tracie et le vélo de Jon, elle fit tournoyer le sac à bout de bras. Elle était vraiment satisfaite de son œuvre.

— Qu'est-ce qu'il a voulu dire ? demanda Jon.

— Rien d'important.

Elle s'arrêta pour l'observer.

— Attends : place-toi sous le réverbère et incline-toi vers le banc. Je vais prendre une photo.

Elle sortit son petit appareil et regarda dans le viseur. Waouh ! Ce serait génial dans le journal. Était-ce prétentieux de sa part d'envisager la jaquette d'un livre ?

— Tu es splendide.

— C'est vrai ?

Tracie ne répondit pas. Elle disposait d'un matériel

plus qu'intéressant pour son article. Il faudrait qu'elle pense à recopier ses notes.

— D'accord. Maintenant prends une attitude inspirée.

— Quel genre ?

— Ce que tu as de mieux en rayon.

Jon posa un pied sur le banc. Tracie appuya sur le déclencheur, puis doubla la photo, par précaution. Il était encore plus réussi à travers l'objectif. On ne percevait pas le flottement incertain de son regard, ni l'ironie avec laquelle il portait ses vêtements neufs. Mais le projet n'était pas uniquement destiné à la servir, se rappela-t-elle. Il devait arriver à trouver une fille par ses propres moyens. Tout ce dont il avait besoin, c'était un peu de confiance en lui.

Elle rangea l'appareil photo dans son sac à dos et s'approcha.

— Bon. Maintenant, nous allons travailler le regard.

Tracie lui montra le banc. Jon s'y assit et elle s'installa à côté de lui. Elle l'étudia de près.

— Tu as de très beaux yeux.

— Vraiment ? Tu ne me l'avais jamais dit. C'est bon, pour moi ?

— Très bon. Mais tu dois apprendre à t'en servir.

Elle se concentra. Comment lui faire comprendre l'effet désiré sans se mettre dans l'embarras, mais en se montrant aussi efficace que possible ?

— Tu dois les rendre brûlants de passion. Tu as vu Al Pacino dans *Le Parrain* ?

— Je le confonds toujours avec De Niro, avoua Jon. Quand j'étais gosse, je regardais surtout *La Petite Maison dans la prairie* avec ma maman. Je n'ai jamais eu beaucoup de goût pour les films de gangsters. Al Pacino jouait Sonny ou Don Corleone jeune ?

— Il jouait Michael, celui qui fait assassiner son frère

Fredo. Seigneur ! Tu es impossible. N'importe quel mec sait ça !

Elle soupira.

— Roger regardait *Le Parrain* tous les soirs avant d'aller se coucher. C'est le « Bonne nuit les petits » des grands garçons.

Elle songea à ses soirées avec Roger, quand elle était allongée près de lui, solitaire et frustrée, parce qu'il s'intéressait davantage aux Corleone qu'à elle.

— Bref, tu te rappelles comment Al Pacino regarde la jeune fille sicilienne ?

Jon ne s'en souvenait probablement pas, mais il n'oserait pas le lui avouer.

— Il faut que tu arrives au même degré d'intensité, comme si ton désir, ton présent, ton avenir tout entier étaient concentrés dans tes yeux.

— Hou là. C'est compliqué, non ?

— C'est le point le plus important de ton apprentissage. Alors, vas-y.

— Quoi ? Maintenant ? Ici ?

— Ici et maintenant, oui. Sur ce banc. Concentre-toi et subjugue-moi.

Jon contempla le lampadaire. Tracie suivit son regard. Une brume d'humidité flottait dans son halo lumineux, dessinant un motif volatil dans l'air. Je vieillirai peut-être dans cette ville, mais je ne me riderai jamais, songea-t-elle. Jon continuait à fixer la lumière.

— C'est moi que tu es censé hypnotiser, lui rappela-t-elle au bout d'un moment.

— Je ne peux pas.

Tracie soupira et lui tendit le sac.

— Voilà pourquoi nous avons loué les films de James Dean. Étudie à fond la scène de la grande roue dans *À l'est d'Éden*. Observe ses mains. Et la façon dont il regarde Natalie Wood dans *La Fureur de vivre*, ou Liz Taylor dans *Géant*.

— Tracie, ces films ont quarante ans !

Jon ouvrit le sac et examina les boîtiers d'un air méfiant, comme s'il s'attendait à y trouver des traces de moisissure.

— Peut-être, mais le sexe est indémodable. James Dean est le prototype du mauvais garçon au cinéma, lui expliqua-t-elle. Maintenant, applique-toi et lance-moi ton regard le plus intense.

Jon exhala un long soupir, pivota vers elle et rassembla ses sourcils. On aurait dit Superman essayant de dissoudre un roc avec ses yeux laser. Tracie partit d'un fou rire. Il se leva d'un bond, vexé.

— Je ne peux pas te regarder comme ça.

— Excuse-moi, je suis désolée. Il faut que ça devienne un réflexe, tu comprends ? Tu dois être capable de décocher ce regard à volonté, avec n'importe qui – même un chauffeur de bus moustachu.

Jon fit un deuxième essai, tout aussi raté, mais cette fois ils éclatèrent de rire ensemble.

— On jurerait que tu vas pondre un œuf, s'esclaffa Tracie.

Il redressa les épaules, fit une nouvelle tentative. Ses yeux réussirent enfin à se fixer et l'incertitude les déserta peu à peu. Ils devinrent deux pôles sombres, veloutés et onctueux comme du chocolat liquide.

— Pas mal. Mais mets-y plus d'intensité. Projette cette chaleur vers moi, comme si tu me désirais depuis des années.

Bon, cela ne devrait pas être trop difficile, songea Jon. Et il lui lança un regard qui aurait fait fondre un iceberg à vingt mètres. Tracie écarquilla les yeux et eut brusquement du mal à respirer.

— Oui, euh... C'est assez... euh... convaincant. Je crois que... que ça suffira pour ce soir.

Elle se leva, légèrement vacillante. Jon lui ébouriffa les cheveux.

162

— En route, prof. Je te raccompagne jusqu'à ta voiture. Quel sera le thème de ma prochaine leçon ?

— Nous allons passer aux travaux pratiques. Tu as raté ton baptême du feu à Pike Place Market, je vais donc essayer de te trouver une fille.

16

Jon appuya sur la touche « Eject » de son magnétoscope. La cassette sauta de son logement comme une tartine grillée d'un toaster.

Il avait visionné *À l'est d'Éden* quatre fois, mais rien à faire : la dimension sexy du personnage de Cal – écorché vif solitaire et rebelle interprété par James Dean – lui échappait toujours. De son point de vue, ce pauvre Cal avait tous les stigmates du loser blessé, et rien de ce qu'il fallait pour plaire aux femmes. D'ailleurs, Julie Harris – alias Aber, dans le film – avait préféré son frère. Comment flasher sur un type pareil ? Il était névrosé et odieux. Tout ce qu'il réussissait à inspirer, c'était de la pitié. Et cette obstination ridicule à vouloir conquérir l'estime de son père ! Misère..., soupira Jon en rangeant la cassette dans son boîtier. L'épisode des salades congelées l'avait achevé. Pourquoi James Dean-Cal refusait-il d'admettre une fois pour toutes que son père était un illuminé doublé d'un tocard ? Jon aurait pu lui donner des cours sur le sujet. Mais il était vrai que Chuck Delano n'avait pas le talent du paternel en question.

Jon passa son sweater, enfila l'étrange veste élimée que Tracy l'avait obligé à acheter, et se posta devant la glace. Pour une fois, il n'eut pas besoin de se contorsionner pour contempler son reflet : les vêtements qui le gênaient d'ordinaire avaient complètement disparu de la penderie.

Une chose était sûre : le Jon nouveau ne ressemblait plus du tout à l'ancien. Et c'était là le hic. Il avait le look d'un tombeur, bon, mais il ne parvenait toujours pas à considérer les femmes comme de simples trophées ou des conquêtes d'une nuit. Pourtant, il lui faudrait bien en passer par là avant de trouver la compagne idéale. D'où son dilemme infernal. Il avait horreur de se faire jeter, mais l'idée de plaquer quelqu'un lui était plus insupportable encore. Il songea à sa mère et à toutes les victimes que Chuck avait séduites puis abandonnées. Dieu seul savait combien elles étaient : Jon ne connaissait que celles que son père avait épousées.

Enfin, grâce à Tracie sa vie allait changer du tout au tout. Il avait suivi ses directives à la lettre – même les plus aberrantes. Il ne s'était pas rasé, et ses pieds, enserrés dans ses boots, lui faisaient souffrir le martyre. Il aurait probablement des ampoules aussi grosses que des kumquats. Un jour, il avait lu un article sur un type mort des suites d'une ampoule infectée. Si telle était sa destinée, au moins qu'on lui accorde la grâce d'avoir eu le temps de coucher avec une jolie fille avant. Tracie serait sûrement très triste à son enterrement...

Bon, il avait indéniablement une certaine allure, mais il ne se reconnaissait plus du tout. Ce gus ricanant dans la glace avait l'air de se moquer de lui. Il essaya de ricaner en retour, mais le résultat fut pire encore. Bon sang, mais qu'est-ce qui me prend ? songea-t-il avec consternation. Je vais finir dans un asile psychiatrique, à demander partout si quelqu'un sait où je suis passé.

Jon secoua la tête. Ah çà, il n'avait plus rien d'un gentil labrador ! Il évoquait plutôt une belette ou une sorte de renard noir. C'était probablement l'effet recherché. Il sortit sa Samsonite de la penderie, celle avec la poignée cassée et les roulettes. Il s'apprêtait à l'ouvrir, quand les leçons de Tracie portèrent leurs fruits. Il crut voir son adorable petit nez se plisser de dédain : « Les roulettes sont à coup sûr un renvoi pour faute lourde. »

Pendant un moment, Jon se demanda quel genre de valise possédait James Dean. Mais, à sa connaissance, il ne trimballait jamais rien dans ses films, à part une couche de poisse impressionnante. Les types cool n'avaient peut-être pas de bagages. Ils voyageaient léger. Pff... tout était si compliqué.

Pour que son plan fonctionne, il lui fallait tout de même un sac. Après avoir fouillé de fond en comble son appartement pendant près d'un quart d'heure, il arrêta son choix sur le vieux fourre-tout noir qui lui servait à porter son linge à la laverie quand il était étudiant. Il glissa une paire de baskets dans le fond pour le lester, puis combla le vide avec des pages du *Seattle Times* roulées en boule – en veillant à mettre soigneusement de côté les articles de Tracie. Il tira la fermeture à glissière, espérant qu'il ne se donnait pas tout ce mal pour rien.

En dépit de son pessimisme viscéral, Jon était bien forcé de reconnaître qu'il était en train de se passer *quelque chose* dans sa vie. Le mérite en revenait peut-être à ses nouveaux vêtements. Ou alors, les conseils au vitriol de Tracie avaient fini par déteindre sur lui. Quoi qu'il en soit, le regard des femmes avait changé, notamment au bureau. Désormais, les secrétaires, les analystes, voire certaines huiles le saluaient quand il les croisait. Samantha elle-même l'avait gratifié d'un « hello ». Et ce n'était pas tout. Il y avait une sorte de frémissement dans leur voix. Sans aller jusqu'à parler d'un encouragement, Jon avait néanmoins découvert avec stupéfaction que deux syllabes neutres, comme

« hell-loo », pouvaient devenir étonnamment musicales.

Mais le plus bizarre dans l'affaire, ce n'était pas tant l'intérêt que les femmes semblaient subitement lui porter. Après tout, c'était le but de la manœuvre. Non, le plus étrange, c'était sa propre réaction face au phénomène. Comme dans un travail de deuil, il avait traversé des phases émotionnelles successives : étonnement, ravissement et, pour finir, colère. Il lui avait fallu un certain temps pour y voir clair en lui-même. Bien sûr, il aurait dû être éperdu de reconnaissance vis-à-vis des affolantes minettes qui lui accordaient ne fût-ce qu'une miette d'attention. Et il l'avait été – au début. Puis une sorte de revirement s'était opéré en lui, et il était passé de l'enthousiasme le plus délirant à l'amertume la plus saumâtre lorsque Cindy Biraling, l'exquise secrétaire blonde qui travaillait à la direction Marketing, s'était brusquement mise à lui dire bonjour. Pendant des années, chaque fois qu'il avait eu recours aux services de la belle, elle lui avait demandé quel était son numéro de poste et s'il voulait bien épeler son nom. Maintenant, cette même Cindy lui donnait du « Helllooo, Jonathan ». Cela l'avait mis en rage. Pourquoi avoir tant attendu ? Et comment connaissait-elle son prénom, d'abord ?

En tout cas, magie ou non, sa soudaine cote de popularité ne lui avait pas permis d'obtenir un rendez-vous avec Cindy – ni avec qui que ce soit au bureau. Il était toujours aussi muet et stupide avec les femmes. Tracie lui avait conseillé de tenter sa chance dans un autre environnement, où personne ne le connaissait, mais il n'avait pas trouvé le courage d'entrer dans un bar. Il avait essayé, deux nuits de suite, sans réussir à franchir la porte. Le spectre de ses humiliations successives, des rebuffades passées et à venir se dressait devant lui tel l'Ange de Feu montant la garde à l'orée du paradis.

Et s'il n'y avait eu que cela ! L'intérêt soudain que lui portait la gent féminine avait réveillé en lui de vieux traumatismes. La seule idée d'accoster une inconnue pour, comme aurait dit Molly, la « baratiner » le congelait. À la rigueur, il aurait pu se jeter à l'eau si les bars n'avaient été peuplés de Phils goguenards, observant avec mépris sa technique balbutiante, ses entrées en matière pathétiques, et ses tentatives pitoyables pour faire de l'humour. C'était comme si tous les Phils du monde le voyaient tel qu'il était sans son sweater noir, son jean 501s et ses boots neuves. Et il restait planté là tel un figurant, les oreilles brûlantes et rougissantes comme de la braise.

Pour échapper à cette fatalité, Jon avait donc résolu de tenter sa chance sur un terrain neutre, où on ne le connaissait pas, et où il n'aurait pas à affronter la compétition d'une armée de Phils narquois.

D'où le fourre-tout.

Jon le souleva. Les journaux donnaient l'illusion qu'il était plein, mais il pesait une plume : il allait passer pour un hercule. Il haussa les épaules, se souhaita mentalement bonne chance, et enfila la veste en agneau choisie par Tracie tout en luttant contre un sentiment de culpabilité. Les pauvres bêtes avaient déjà été conduites à l'abattoir, de toute façon. À présent, à son tour. Oui, c'était le prix à payer pour avoir laissé Tracie le convaincre d'acheter cette veste. Il avait les pieds glacés ! Et il y aurait plein de courants d'air à l'aéroport. Il aurait voulu pouvoir enfiler une grosse paire de chaussettes en laine, mais, si Dieu était dans les détails, ses orteils n'avaient pas d'autre choix que de geler.

L'Interphone retentit, lui indiquant que son taxi était arrivé. *Alea jacta est*. Jon attrapa son distributeur de Pez à tête de Mickey pour se porter chance, empoigna le

167

fourre-tout, verrouilla l'appartement derrière lui, et dégringola l'escalier.

L'aéroport ne connaissait pas l'affluence des grands jours, ce qui était plutôt une bonne chose, estima Jon. Mieux : personne ne l'accosta et, pour une fois, il n'y avait pas de chanteurs Krishna. Il voulut y voir un signe favorable et emprunta aussitôt l'escalator menant à la réception des bagages. Il vérifia les vols affichés à l'arrivée, même s'il avait déjà repéré le sien. Bien sûr, au lieu de ruser, il aurait pu acheter tout bonnement un billet, se placer dans la file à côté d'une jolie voyageuse et engager la conversation. Mais la plupart des passagers étaient pressés avant un vol. Non, mieux valait essayer d'aborder une mignonne à la descente de son avion. Même si l'entreprise comportait certains risques.

Pour mettre toutes les chances de son côté, il avait bien demandé au chauffeur de taxi de le déposer au niveau des arrivées, mais l'autre n'avait rien voulu entendre :

— Impossible. Vous devez d'abord vous présenter à l'enregistrement et passer le contrôle de sécurité à l'étage.

Jon avait envisagé un instant de lui expliquer son plan, mais un coup d'œil à la nuque du bonhomme et ce qu'il voyait de son visage dans le rétroviseur l'en avaient dissuadé. Sans être à proprement parler un Phil, il en avait peut-être été un au temps naguère – du moins, avant de commencer à perdre ses dents. Mieux valait ne rien dire du tout.

Tout en traversant la vaste salle de réception des bagages, Jon observa donc discrètement les passagers fraîchement débarqués du vol 611 en provenance de Tacoma. Une très jolie ville, Tacoma. Son oncle et sa tante y habitaient. Une femme revenant d'un voyage d'affaires ou d'un séjour à Tacoma serait forcément charmante. Évidemment, si elle habitait à Tacoma avec son mari et se rendait à Seattle pour rendre visite à sa mère, il y aurait comme un problème. Il scruta intensément la foule. Comment savoir ? Le DC10 pouvait transporter deux cent quatre-vingts passagers, au bas mot. Ce serait bien le diable s'il n'y avait pas au moins une femme séduisante et seule dans le lot. Mais de là à déterminer au premier coup d'œil si elle était libre...

Son regard s'arrêta sur une blonde – mince, grande, ravissante. Beaucoup trop. Elle avait une façon de rejeter la tête en arrière qui faisait onduler ses cheveux comme des milliers de fils de soie. Un geste calculé, conçu pour attirer l'attention sur elle, devina Jon. Elle envisageait probablement de s'installer à L.A. Inaccessible, dans tous les sens du terme.

Son attention se porta sur une rousse dont la crinière bouclée semblait avoir été soigneusement emmêlée par un professionnel. Peut-être était-ce le cas, d'ailleurs. Mais elle était mignonne, et il n'en demandait pas davantage. C'est décidé, je me lance, songea-t-il.

Il jeta son fourre-tout sur le carrousel, le contourna d'un pas aussi nonchalant que possible, et essaya de réfléchir à ce qu'il allait bien pouvoir dire à une parfaite inconnue.

Ce fut seulement en parvenant à sa hauteur et en la voyant de profil qu'il réalisa qu'elle était très, très enceinte. De toute évidence, quelqu'un avait remarqué avant lui qu'elle était mignonne. Son beau plan tombait à l'eau.

Entre la blonde inaccessible et la rousse sur le point d'accoucher... le choix s'amenuisait. Jon scruta désespérément la foule. Les mères de famille débordées par une nuée de rejetons déchaînés ne l'inspiraient pas – *a fortiori* les habituelles grand-mères avec un jouet sous le bras. Tous les autres passagers semblaient être des mâles, à l'exception d'une grande chose indéterminée, en pantalon de soie et chemise à jabot de dentelle, qui ne semblait pas elle-même tout à fait fixée sur son identité sexuelle. Jon sentit qu'il perdait pied.

Ses épaules ployaient déjà sous le poids de la défaite quand, tout à coup, il aperçut une splendide créature, immobile devant l'autre carrousel. Il retint son souffle. Finalement, il ne repartirait peut-être pas bredouille. Un rayon de soleil – phénomène rarissime à Seattle – nimbait d'un halo doré l'affriolante silhouette de l'inconnue. On aurait dit l'enluminure d'un manuscrit médiéval. Elle était... parfaite ! En fait, elle lui rappelait quelqu'un. Ce n'était pas tant ses cheveux châtain clair coupés au carré, ni même son profil ciselé qui aurait fait les délices d'un fabricant de camées. Non, c'était plutôt un je-ne-sais-quoi dans son port de tête et son allure générale qui l'attira instantanément. Tracie aurait eu exactement la même attitude si elle avait attendu son bagage. Le cœur de Jon décolla, puis atterrit brutalement.

À l'évidence, l'Enluminée arrivait de San Francisco. Ce qui la plaçait dans une catégorie à part. Si elle était *de* San Francisco et venait à Seattle en touriste, elle était probablement beaucoup trop cool pour lui. En revanche, si elle était de Seattle et rentrait d'un séjour à San Francisco, il aurait une chance. D'un autre côté, si elle s'était installée à Seattle *après* avoir vécu à San Francisco et qu'elle se soit rendue là-bas pour embrasser sa famille, elle...

Halte. Jon s'obligea à arrêter ce délire et se concentra sur les appas de ce croustillant petit lot.

— Cette fois, c'est la bonne, s'encouragea-t-il à mi-voix. Fonce !

En s'efforçant de reproduire la démarche de James Dean, il s'approcha nonchalamment du Petit Lot. Totalement inconsciente de sa présence, elle appuyait le

170

poids de son corps sur sa hanche gauche, tandis que son pied droit tapait en rythme sur le sol. Ce n'était pas exactement un mouvement d'impatience, plutôt un exercice d'étirement qu'elle exécutait avec son petit pied croquignolet. Il l'observa de plus près. Décidément, tout en elle était adorable, depuis ses orteils itinérants jusqu'au sommet de son crâne. Jon sentit simultanément une pulsion de désir monter de ses entrailles et une angoisse atroce lui tordre l'estomac. Dragueur était un métier à haut risque, songea-t-il, et il se plaça derrière le Petit Lot avant de tremper de sueur son T-shirt Armani. Recourant à toute sa volonté, il s'appliqua à contempler benoîtement le tapis roulant, comme tous les autres passagers.

Son intention était de compter lentement jusqu'à cent avant d'engager la conversation, mais il s'interrompit à soixante-sept, saisi par une brusque inquiétude. Et si sa valise arrivait avant qu'il soit passé à l'action ? Il s'éclaircit la gorge.

— Est-ce juste une impression, ou ça prend-il plus de temps de récupérer ses bagages que d'aller de San Francisco à Seattle ? claironna-t-il d'une voix pénétrée.

Bon, d'accord, ce n'était pas génial comme approche. Mais au moins il ne lui avait pas demandé l'heure. Le Petit Lot tourna la tête et il eut un aperçu de son exquis profil. Son teint était d'une pâleur lumineuse, son joli nez droit et légèrement irrégulier, ce qui, de son point de vue, la rendait encore plus irrésistible. Jon était si près qu'il distinguait toutes les minuscules taches de rousseur qui saupoudraient ses pommettes. Cette microscopique constellation avait quelque chose d'attendrissant.

Elle regarda dans sa direction pendant un moment, puis sourit.

— C'est lent, en effet, acquiesça-t-elle.

Son timbre lui rappela le murmure d'une source

serpentant entre des colchiques ou le tintement cristallin de deux flûtes à champagne. Jon s'autorisa un bref coup d'œil dans sa direction, puis détourna les yeux en se rappelant de ne pas sourire. Il pensa à se redresser, rentrer le ventre, basculer le bassin en avant et croiser les bras sur sa poitrine. Merci, Tracie ! À part ça, il n'avait toujours pas la moindre idée de ce qu'il allait faire ou dire. La pose à la James Dean était un début, mais le Petit Lot l'avait regardé, le regardait toujours, avec un demi-sourire où se lisait l'attente – voire l'encouragement –, et chaque seconde écoulée amenuisait ses chances.

Quelle était l'étape suivante ? Il aurait pu lui offrir de la conduire en ville. Si seulement il avait eu une moto... Tracie avait raison, comme toujours. Il se creusa les méninges. Que dire ? Que dire ?

Une sonnerie retentit. Le tapis roulant se mit à tourner et avec lui un petit garçon, âgé de trois ou quatre ans. Il avait rampé sur le sol crasseux avant de se hisser sur le carrousel. Voyant s'éloigner sa maman, le gamin perdit subitement son humeur aventureuse. Un rugissement de détresse incroyablement puissant s'échappa de la petite bouche béante d'angoisse. Pauvre gosse.

— Il était dans l'avion, dit le Petit Lot.

Au moment où le gamin passait devant eux en hurlant de plus belle, Jon passa à l'offensive. Il se pencha, le souleva et le déposa aux pieds de sa maman. Malheureusement, ce retour sur la terre ferme n'arrêta pas ses hurlements pour autant. Ils gagnèrent même en intensité tandis que son visage virait au rouge cramoisi. Le Petit Lot, ainsi que tous les passagers, battirent prudemment en retraite. Jon ne savait plus que faire. Évidemment, il aurait pu reprendre le gosse dans ses bras, mais il était tout poisseux et...

— Arrête ton cinéma, Josh ! articula la maman du petit garçon.

Elle prit la main gauche du pauvre gamin, le hissa à la verticale et – sans un regard à Jon – l'emmena.

Les passagers revinrent vers le tapis roulant comme la marée montante. Le Petit Lot aussi. Elle avait des yeux gris, nota Jon. Sa couleur préférée. Un peu trop enfoncés pour être parfaits, mais néanmoins ravissants. Malheureusement, Tracie avait rayé l'option « beaux yeux » de la liste des compliments, de sorte qu'il n'était pas plus avancé.

— Elle ne vous a même pas remercié, commenta le Petit Lot.

Son joli minois exprimait plus de surprise que de désapprobation.

— Bah, plus tard elle me nominera pour la médaille du sauvetage, plaisanta Jon, en espérant qu'il n'aurait pas droit au regard consterné qui saluait généralement ses tentatives d'humour.

Mais contre toute attente, elle éclata de rire. Jon n'en crut pas ses oreilles. Ce n'était peut-être pas si difficile, finalement. Il suffisait de se pointer au bon endroit, avec la veste adéquate sur les épaules.

Des bagages de toutes sortes avaient commencé à tomber du sas sur le tapis roulant. Ce fut seulement à ce moment que Jon se souvint que son propre sac était sur le mauvais tapis. Tant pis, il ferait comme si son bagage s'était perdu. Cela arrivait tout le temps. Et puis, avec un peu de chance, le Petit Lot serait ému par ce coup du sort. À moins qu'il ne passe pour une andouille.

Jon essaya d'imaginer ce que James Dean aurait fait dans sa situation, mais sa filmographie ne lui fournit pas le plus petit indice sur la question. Pendant un moment, il ne fut plus qu'un puits d'amertume. C'était bien la peine de se donner tant de mal !

Vainement, il chercha quelque chose à dire au Petit Lot. Il était certainement trop tôt pour lui demander son prénom. Que faire, alors ? La lumière vint : l'aider à récupérer son bagage, bien sûr ! Tout ragaillardi, il observa le Petit Lot à la dérobée en tentant d'imaginer à quoi ressemblait ledit bagage. Sûrement pas à cette valise vert avocat avec une garniture rose fluo. Il secoua la tête en regardant passer l'horrible chose devant eux, puis un miracle se produisit : *Elle* parla.

— N'est-ce pas hideux ? Je veux dire ce que les gens achètent comme bagages.

Jon fut tellement stupéfait qu'il en oublia de lui répondre. Il était trop occupé à imaginer qu'elle pouvait avoir « des vues sur lui », comme aurait dit Molly. Donc, elle avait parlé. Mieux : elle avait exprimé une pensée pour la lui faire partager... Allons, tout n'était peut-être pas perdu.

— Leurs sacs sont aussi laids que leur garde-robe, déclara-t-il.

Damnation. Il avait vraiment dit « garde-robe » ? Qui employait ce mot, à part des petits snobinards foulards au cou et fume-cigarette au bec ? Il aurait mieux fait de...

— Oh, je sais. Les personnes qui prennent l'avion veulent à tout prix donner une image glamour. Avez-vous vu ce que portait la mère du petit monstre ? demanda-t-elle. Oh, je suppose que non. Vous étiez dans le feu de l'action, n'est-ce pas ?

Incroyable ! Non seulement cet ange du ciel le prenait pour un héros, mais elle l'encourageait à poursuivre la conversation. Ce n'était pas si facile quand il ignorait les subtilités du flirt et ses règles ! Était-il possible qu'une veste en cuir et des boots fassent la différence ? Il en aurait béni ses ampoules.

Sa confiance retrouvée, Jon changea de position pour adopter une attitude encore plus cool.

— Je ne l'ai pas vue, mais j'ai senti une odeur de renfermé, répondit-il.

Et il plongea la main dans sa poche pour en sortir son distributeur à tête de Mickey.

— Vous accepterez bien un Pez ?

Le Petit Lot s'esclaffa, mais secoua la tête.

— Vous êtes drôle. Vous vivez à Seattle ou vous êtes ici pour affaires ?

Son rêve devenait réalité, mais que répondre à ça ? Fallait-il mentir et se faire passer pour un touriste ? Ou avouer qu'il habitait ici ? Et que faire de son sac qui prenait racine sur l'autre carrousel ?

— Je suis chasseur de têtes, inventa-t-il, une seconde avant de se mordre la langue.

Comment pouvait-on être aussi stupide ? C'était affligeant.

Pourtant le bel ange n'eut pas l'air de trouver sa réponse bizarre, ou même de soupçonner une fraude.

— C'est vrai ? Je suis justement ici pour réaliser un reportage photo pour Micro/Connection. Ils veulent que leur nouvelle carte mère ressemble à un top model, si vous voyez ce que je veux dire.

Sainte Vierge ! Ils étaient prédestinés à se rencontrer.

— Vous... avez un press-book à me montrer ? Je pourrais peut-être vous aider.

— Laissez-moi vos coordonnées. Dès que j'aurai défait mes bagages, je vous ferai parvenir un portfolio.

— Entendu.

Jon ne parvenait pas à croire à sa chance. Elle voulait son numéro ! Déjà ! Sous un faux prétexte, d'accord, mais quelle importance ?

— Vous avez un stylo et du papier ?

Le Petit Lot fouilla dans son sac, mais ne réussit à dénicher qu'un feutre.

— Inscrivez-le ici, déclara-t-elle en lui présentant sa main gauche, paume ouverte.

175

Waouh ! C'était torride. Jon frissonna en lui prenant la main. Du calme. Il écrivit son numéro et referma doucement ses doigts sur sa paume.

— Ne le perdez pas, plaisanta-t-il en la lâchant à regret.

— Ce n'est pas trop tôt, soupira-t-elle.

Aïe, aïe, aïe... Elle le trouvait trop lourd ou trop lent ? Puis le Petit Lot s'avança vers lui. Seigneur, c'est une rapide ! songea-t-il. Mais elle le dépassa en tendant la main : elle voulait simplement attraper sa valise.

— Laissez. Je m'en charge, dit-il, grandiose, en sautant sur l'occasion.

Merveilleux. Elle allait récupérer ses affaires, partir avec son numéro de téléphone, et elle ne remarquerait jamais que son fourre-tout était sur le mauvais carrousel.

Il attrapa la valise, et la soulevait du tapis quand il réalisa tout à coup qu'il allait à l'encontre des règles. Qu'est-ce que lui avait dit Tracie, déjà ? *Prendre et ne jamais rien donner.* Jouer les bagagistes était une attitude de l'ancien Jon. Pas de ça, coco ! Il lâcha le sac comme si la poignée l'avait brûlé.

Le Petit Lot, Carole Revere s'il en croyait l'étiquette, le dévisagea avec étonnement.

— Désolé, Carole. J'ai une crampe dans les doigts, improvisa-t-il lamentablement.

La valise était retombée à moitié sur le tapis roulant, à moitié dans le vide. Elle continua à s'éloigner. Le Petit Lot lui décocha un regard étrange tout en s'avançant pour récupérer elle-même son bien.

Puis elle resta là, sa valise à la main. Qu'attendait-elle ? Il s'était déjà excusé. Qu'était-il censé faire d'autre ?

Il devait lui aussi avoir une expression bizarre parce que le Petit Lot précisa :

— J'ai deux bagages.

— Ah bon ? bafouilla Jon, et il lui sourit. Je commence à penser que mon propre sac n'arrivera jamais.

Elle avait remarqué qu'il n'avait rien dans les mains. Quelle explication lui fournir ? Les passagers en provenance de Tacoma se dispersaient. Il se força à rire.

— Ce serait une étrange coïncidence si nos bagages s'étaient perdus tous les deux. Une sorte de signe du destin.

Hou là, songea Jon. Je me suis peut-être montré trop entreprenant avec cette remarque. Tracie ne lui avait-elle pas expliqué qu'il était censé inspirer la convoitise des dames, et non montrer qu'il les désirait ?

Mais l'expression du Petit Lot semblait indiquer qu'il s'en tirait plutôt bien. Ne t'angoisse pas, se répéta-t-il pour la énième fois, sans autre effet que de se sentir encore plus nerveux. Il la regarda de nouveau. Oups. Elle était *vraiment* adorable.

— Nos bagages ont peut-être été confisqués, reprit-il. Si ça se trouve, le FBI cherche des armes à l'intérieur.

Seigneur, c'était nul. Elle ne devait même pas comprendre de quoi il parlait vu qu'il cherchait seulement à être drôle.

— Comme Ted Kaczynski ou un zigoto comme ça.

Elle n'esquissa pas l'ombre d'un sourire. Peut-être ignorait-elle de qui il s'agissait.

— Vous savez bien : la Bombe humaine.

Elle hocha la tête. Il rit avec soulagement.

— Pourquoi fouillerait-on nos bagages ? demanda-t-elle d'une voix raisonnable.

En effet, pourquoi ? C'était ridicule. Vite, la rassurer. Il paniqua.

— En tout cas, ils ne trouveront pas une machine à écrire s'ils fouillent le mien. La Bombe humaine ne voyagerait pas sans sa panoplie.

Il enchaîna sur un ton qui se voulait enjoué :

— Mon sac est garanti sans machine à écrire. En fait, il est si léger qu'on le croirait rempli de papier journal.

Oh non ! C'était de pis en pis. Jon en aurait pleuré de dépit mais il s'appliqua néanmoins à conserver un visage parfaitement neutre. Du coin de l'œil, il vit son fourre-tout, noir et sinistre, qui continuait à tourner tout seul sur le tapis voisin. Un filet de sueur lui coula dans le dos. Il était une erreur ambulante.

Jon lança un bref regard au Petit Lot. Son visage s'était froissé dans le milieu, comme si ses sourcils, son nez, ses yeux et sa bouche s'étaient rassemblés pour se protéger.

— Non que mon sac soit rempli de journaux, la rassura Jon. Son poids est tout à fait normal. Je veux dire, il est même plus lourd que la normale. Impossible de le confondre avec celui de la Bombe humaine. D'autant que ce type est sous les verrous. Mon sac n'est pas lourd simplement parce qu'il ne contient pas d'armes.

Il rit à nouveau, parce qu'il était en train de mourir. Une plaisanterie réussirait peut-être à l'empêcher de s'enfoncer davantage.

— Pour ce voyage, j'ai décidé de laisser mon armement à la maison. Mais c'est bien la première fois.

Le Petit Lot tourna la tête vers le carrousel. Elle s'éloigna et Jon comprit qu'il avait tout gâché. Puis il la vit empoigner sa deuxième valise et revenir vers lui. Miracle des miracles ! Il y avait un dieu pour les erreurs ambulantes !

Mais le visage du Petit Lot avait une fois de plus changé. Maintenant c'était celui d'une étrangère – fermé, distant. Ses yeux le transperçaient – une étrangère nerveuse, méfiante. Cette fois, plus de doute : il avait tout gâché.

— Je dois y aller, articula-t-elle froidement. Je vous contacterai quand je serai installé. J'espère que vous retrouverez votre bagage.

17

Des larmes roulèrent sur les joues de Tracie, mais elle n'esquissa pas un geste pour les essuyer. Elle cligna des yeux pour essayer d'y voir clair, puis sentit une goutte couler le long du pli de son nez, la chatouillant au passage. Elle la recueillit délicatement du bout de sa langue. Elle avait un petit goût iodé.

— Je mets du sel ? cria-t-elle à Laura, dont le postérieur pointait en l'air tandis qu'elle s'affairait dans le placard situé sous le comptoir.

Laura émit un grognement et leva la tête.

— Tss. Les tomates sont suffisamment riches en sodium.

Tracie acquiesça, et une larme dégoulina le long de son menton, puis tomba sur la planche à découper, mouillant une rondelle d'oignon. Elle aurait dû les transvaser au fur et à mesure dans le saladier pour éviter de pleurer, mais elle voulait d'abord obtenir l'approbation de Laura.

— Tu sais, déclara Laura en se redressant, si on passe les oignons au congélateur quelques minutes avant de les couper en tranches, on ne pleure pas.

— Si j'étais capable de me rappeler ce genre de trucs, je serais du genre à fourrer mes collants au congélateur pour les empêcher de filer.

— Pourquoi, ça marche ?

Tracie haussa les épaules.

— Comment le saurais-je ? J'ai oublié d'essayer.

179

— Encore heureux, commenta Phil depuis le canapé. Les collants sont déjà un tue-l'amour en temps normal, alors les affronter sous une forme congelée, merci bien !

Tracie empoigna la planche à découper et la transporta jusqu'à la poêle à frire où le beurre fondait déjà.

— Je les verse dedans ? demanda-t-elle.

Puis elle vit du sang sur la planche et réalisa qu'elle n'avait pas seulement coupé les oignons en rondelles mais sérieusement entaillé son pouce.

— Oh mon Dieu !

Laura fut à ses côtés dans la seconde. Tracie maintint son doigt en l'air tandis que le sang dégoulinait le long de sa main. Un vers de Sylvia Plath, appris au collège avec Laura, lui revint à l'esprit.

— *Ancien combattant trépané...*, récita-t-elle à voix haute.

— Ne déclame pas quand tu saignes dans le cassoulet ! riposta Laura.

Elle plaça aussitôt le pouce de Tracie sous le robinet, tamponna la plaie avec de l'eau oxygénée, puis la recouvrit d'un pansement. Elle venait de terminer ses soins quand Phil daigna émerger du canapé pour s'approcher du comptoir.

— Pourquoi ne jettes-tu pas l'éponge ? fit-il à l'adresse de Tracie.

Il pinça les cordes de sa guitare.

— J'avais des projets plus excitants, ajouta-t-il d'une voix suggestive.

— Dis, tu pourrais être un peu enthousiaste. C'est pour toi que je me décarcasse.

Sur ce, au lieu de l'éponge, elle jeta les oignons dans le beurre grésillant. Une odeur succulente envahit l'appartement. Tracie eut l'impression grisante d'être un grand chef.

— Et un oignon qui marche, un !

Laura hocha la tête, puis regarda la poêle.

— Remue-les de temps en temps. Ils doivent être dorés, pas carbonisés.

Elle jeta un coup d'œil à Phil, puis s'approcha de Tracie.

— Occupe-toi un peu de ton poète, chuchota-t-elle. Il est en manque d'affection

— Et pour qui je cuisine en ce moment ? protesta Tracie. Je me suis entaillé le pouce jusqu'à l'os pour lui !

Phil haussa les épaules, le visage boudeur. Laura se tourna vers lui.

— Tu te souviens de la série *La Famille Partridge* ?

— Évidemment. Je ne pouvais pas blairer cet abruti de Keith.

— Jalousie, quand tu nous tiens, susurra Laura.

Tracie faillit s'esclaffer.

— Quoi qu'il en soit, poursuivit Laura, Danny tirait des sons extatiques de sa guitare. Il avait des doigts de fée, lui.

— *Vade retro, Satanas !*

Tracie se demanda si son imprécation était à prendre au sens littéral. Entre le temps qu'elle passait avec Jon et celui qu'elle consacrait à Laura, sans parler de ses séances de gym avec Beth et consorts, Phil devait se sentir négligé. Mais après tout, ce n'était qu'un juste retour des choses. D'habitude, c'était lui qui la reléguait en bout de liste de ses priorités – loin derrière ses répétitions, son grand œuvre, et ses autres activités moins clairement définies.

Elle regarda les tomates pelées et coupées en morceaux qui mijotaient sur l'autre feu.

— Tu vas adorer cette sauce quand elle sera terminée, déclara-t-elle.

— Ouais, grogna-t-il. Je serai vraiment content quand ce sera terminé.

Tracie se tourna vers Laura.

181

— À quel moment dois-je verser les oignons dans les tomates ?

— Quand ils auront pris une jolie couleur ambrée.

Laura marqua un temps, avant d'ajouter, le front soucieux :

— Il est de mon devoir de t'informer que certaines écoles préconisent de faire cuire les oignons avec les tomates. Personnellement, je suis une puriste : une sauce tomate est avant tout une sauce tomate et tout élément étranger doit y être incorporé, et non l'inverse. C'est ma théorie. En plus, je trouve que les oignons rissolés sont meilleurs au goût.

Les seuls moments où Laura était sérieuse comme un pape, c'était quand elle parlait de cuisine ou de Peter. Par chance, ces deux derniers jours, elle avait beaucoup disserté sur le premier sujet et pas même abordé le second.

— Je suis de ton école, affirma Tracie. J'espère qu'un jour je figurerai en photo dans ton livre de Mémoires et que je porterai fièrement une toque aux initiales de ton restaurant quatre étoiles.

— Et quelles lettres ce sera ? demanda Phil d'une voix hargneuse. G. C. pour Givrée du Ciboulot ?

— G. C. pour Génie de la Casserole, riposta Tracie.

— G. C. pour Grand Chef, renchérit Laura.

Elles se tordirent de rire.

— G. pour Grande Gueule, gronda Phil. Et C. pour Casse-pieds !

Il posa sa guitare, écœuré.

— Bon sang, vous êtes à mourir d'ennui, toutes les deux.

— C'est celui qui le dit qui l'est, fredonna Tracie.

C'était ce que Laura et elle répondaient quand on se moquait d'elles au collège. Elles avaient eu droit aux sobriquets les plus désobligeants : la Saucisse et le

Squelette, Laurel et Hardy, et même les deux lesbiennes. Elle n'y avait pas pensé depuis des années.

Elle dansa jusqu'au canapé et enroula ses bras autour du pauvre Phil.

— Songe à la chance que tu as : tu pourras déguster de la sauce spaghetti maison aussi souvent que tu le voudras.

Elle se pencha pour l'embrasser, mais il recula avec une grimace de dégoût.

— Merci pour le fumet.

Tracie renifla ses doigts parfumés à l'ail et à l'oignon. Ses yeux se remirent aussitôt à larmoyer.

— Pouah.

Elle se précipita vers l'évier pour se laver les mains.

— Ça ne servira à rien, intervint Laura.

Elle prit un citron et le guillotina aussi sec.

— Tiens. Essaie ça.

Tracie pressa le jus sur ses doigts puis les lava avec du produit vaisselle. Après avoir jeté un coup d'œil à sa casserole fumante, elle retourna vers le canapé et s'assit à côté de son petit ami tout aussi fumant.

— Viens là, toi, murmura-t-elle en attirant sa tête contre sa poitrine.

Il esquissa un mouvement pour lui échapper, mais elle coinça sa tête avec son menton.

— Oublie ta guitare un instant, et promène tes doigts magiques de ce côté, chuchota-t-elle.

Il se tourna pour la regarder et s'apprêtait à dire quelque chose quand le téléphone sonna.

— Garde ta pensée en mémoire, je suis à toi tout de suite, lui glissa-t-elle en décrochant.

La voix de Jon explosa dans son oreille.

— On annule tout ! C'était un plan débile et une idée débile.

De toute façon, ça ne marchera pas. Je suis absolument incapable de...

— Bonjour, Jon, l'interrompit-elle calmement.

Phil se renfrogna et se redressa. Bravo ! Maintenant, tout était à refaire. La journée d'une femme ne finissait jamais.

— Ça ne fonctionne pas, poursuivit Jon. Je suis irrécupérable.

— Nous avons à peine commencé et tu parles déjà d'abandonner ? protesta Tracie.

— Je ne sais pas ce que tu as commencé avec lui, siffla Phil. Mais pendant ce temps, moi, je fais tintin !

Jon parla au même instant, de sorte qu'elle n'entendit pas sa réponse. Elle caressa le genou de Phil d'un geste apaisant. Sage, bon garçon.

— Excuse-moi, Jon, tu disais ?

Jon s'était lancé dans un récit confus où il était question d'un aéroport, d'un fourre-tout, d'un tapis roulant, d'une femme enceinte et...

À cet instant, Phil se leva et se drapa dans sa veste, si bien qu'elle dut le rattraper au vol, le ramener sur le canapé et l'embrasser avant qu'il parte pour de bon. Quand elle revint au téléphone, Jon était arrivé au terme de son récit.

— ... un fou furieux. Elle m'a pris pour une sorte de terroriste !

— C'est plutôt encourageant, affirma-t-elle.

Apparemment, il avait essayé de draguer une fille.

— Il vaut mieux passer pour un vrai dur que pour un pied tendre. C'est beaucoup plus sexy.

— Non. Il vaut mieux ressembler à ce que j'étais avant plutôt qu'à un Ted Kaczynski d'opérette !

— Je croyais que Ted Kaczynski avait quitté la scène, commenta Tracie tout en caressant le bras de Phil. Je veux dire, il s'est fait coffrer, non ?

Phil commença à s'intéresser à la conversation.

— La sauce est en coma dépassé ! cria Laura. Qui est le mitron, ici ? Toi ou moi ?

184

Tracie lui adressa un geste pour lui indiquer qu'elle venait tout de suite.

— Je n'ai pas envie de rire ! gémit Jon. Tu n'étais pas là, tu n'as pas idée du regard qu'elle m'a lancé !

— Tu as remarqué que Ted est un prénom de loser ? demanda Phil. Ted Kennedy, Ted Kaczynski, Ted Bundy...

— J'ai pour règle de ne jamais sortir avec un Ted, acquiesça Laura. Avec les Ed, je me décide au cas par cas.

Jon continuait à parler, mais Tracie n'avait quasi rien entendu. Elle murmurait des « mmm » et des « ah ? » pour essayer de le réconforter. Quand il se tut, elle attendit un instant, puis tenta de se montrer optimiste.

— Elle va peut-être t'appeler, qui sait ?

— *M'appeler* ? J'aurai de la chance si elle ne donne pas mon numéro à la police ! Tu ne comprends pas...

Il avait beau être à l'autre bout de la ville, Tracie perçut son soupir.

— Tu aurais dû être là. Je suis nul. Je me suis comporté comme un malade mental.

— Les femmes n'ont rien contre un grain de folie, répondit Tracie d'une voix aussi rassurante que possible.

Phil lui mordilla l'oreille, et Laura posa les poings sur ses hanches pour marquer l'avis de décès de sa sauce tomate.

— Pas ce genre de folie, rétorqua Jon d'un ton lugubre.

— Écoute, tu as essayé, c'est ce qui compte. Mais tu as mis la barre trop haut. Il est difficile de draguer quelqu'un à froid, quand on n'a pas de point en commun.

Elle repoussa Phil et se leva.

— Cette sauce... cette sauce, se désolait Laura.

Tracie se dirigea vers la cuisinière et, ce faisant, n'entendit pas la réponse de Jon.

— Calme-toi, ce n'est pas si grave, l'admonesta-t-elle.

Elle n'avait pas réussi à le rassurer. Au timbre angoissé de sa voix, elle réalisa qu'elle n'avait pas pris l'affaire assez au sérieux. À l'évidence, il était bouleversé.

— ... j'avais longuement mûri mon plan, pourtant. Je le croyais parfait, mais en réalité il est impossible de contrôler les événements. La preuve : rien ne s'est déroulé comme prévu.

Quand je suis arrivé à l'aéroport et que j'ai vu qu'il n'y avait pas une seule candidate exploitable sur ce fameux vol... enfin si, il y en avait deux, mais la première était trop bien, et l'autre était enceinte, alors...

— Quelle autre ? demanda Tracie en saisissant la cuillère pour remuer la sauce.

Elle était écartelée dans trop de directions à la fois. Comment diable s'y prenaient les femmes qui avaient deux ou trois gosses à gérer ?

— Danny avait vraiment des doigts de fée ? demanda Phil à Laura.

— Absolument, acquiesça celle-ci. Au fait, tu savais que Laurie était anorexique ?

— Tu délires ! J'étais raide dingue de Laurie !

Tracie essaya de les faire taire d'un signe de la main. Jon continuait à s'épancher.

— ... Je me suis dirigé vers l'autre carrousel et j'ai commencé à parler à Carole, mais mon sac était sur le mauvais tapis roulant, alors je crois que j'ai paniqué et j'ai dit quelque chose de stupide, et elle a commencé à me regarder comme si j'étais fou, et...

— Qui est Carole ? L'interrompit Tracie pendant que Laura lui tendait une poignée de feuilles dont l'usage lui échappa.

— La fille que j'ai abordée à l'aéroport, évidemment, répondit Jon d'une voix exaspérée.

— Excuse-moi, son nom m'avait échappé.

Ouh là, qu'est-ce qui lui avait échappé d'autre ? se demanda-t-elle avec un peu d'inquiétude.

— Où allais-tu ?

— Moi ? Nulle part.

— Alors où as-tu rencontré ta Carole ?

— À l'aéroport.

— Pourquoi te trouvais-tu à l'aéroport si tu n'allais nulle part ? Tu avais rendez-vous avec cette Carole ?

Tracie ne se souvenait pas d'une Carole dans la vie de Jon. Au même instant, Laura lui prit deux feuilles des mains et les jeta dans la sauce.

Phil fit le geste de se trancher la gorge avec un doigt pour lui signifier de mettre un terme à la conversation, mais c'était impossible.

Laura lui arracha la cuillère des mains. Tracie lui adressa un signe d'excuse.

— Je ne comprends pas, déclara-t-elle à Jon. Qu'est-ce que tu fichais à l'aéroport ?

Tout en remuant la sauce d'une main et en maintenant le combiné contre son oreille de l'autre, elle l'écouta débiter une histoire interminable et insensée, comme seul Jon pouvait en raconter. Elle éclata de rire à plusieurs reprises, jusqu'à ce qu'elle réalise qu'elle risquait de le blesser. Elle s'appliqua donc à garder son sérieux pendant toute la suite de son récit effarant. Jon était vraiment spécial.

— ... et pour finir, j'ai noté mon nom et mon numéro de téléphone sur sa main. Tu imagines combien c'est embarrassant ?

— Ne t'inquiète pas, tu ne la reverras jamais.

— Rien n'est moins sûr ! Figure-toi qu'elle est en relation avec Micro/Connection. Je suis maudit...

Puis il partit en plein délire :

— Dis, si j'essaie de retrouver sa trace et que je l'appelle dans un jour ou deux, tu crois qu'elle acceptera de sortir avec moi ?

— Elle te fera interner, répondit Tracie. Écoute, tu as essayé, c'est l'essentiel. Oublie cette histoire. Tu auras des douzaines d'occasions de te racheter. Ne te mets pas martel en tête pour si peu. Tu mérites un A pour ton originalité, et même quelques points de bonus pour l'ingéniosité de ton plan. Mais c'était une fausse bonne idée.

— Pourquoi ? Parce que j'ai paniqué ? Je pourrais peut-être faire une deuxième tentative ?

— Non. Ce n'est pas ça.

Elle soupira et regarda la sauce, qui ressuscitait sous une forme appétissante.

— Le problème vient de ce que vous n'aviez rien en commun, en dehors du fait que vous étiez tous les deux à l'aéroport. Vous n'étiez même pas sur le même vol. Il faut au moins un petit *quelque chose* en commun pour que la mayonnaise prenne, lui expliqua-t-elle. Dans ce cas précis, tu travaillais contre toi-même.

En fait, son idée était réellement ingénieuse, admit-elle. Complètement cinglée, d'accord, mais c'était lui tout craché. Qu'il ait été capable de monter un tel scénario la fit sourire. Il n'avait pas réussi à le mener à bien uniquement parce qu'il était Jon. Il était fou, mais d'une façon adorable. Un jour, il ferait vraiment un mari formidable. Mais avant d'en arriver là, elle devait lui concocter un rendez-vous. Elle pensa à baisser le gaz sous sa sauce, et Laura hocha la tête en signe d'approbation.

Tracie essaya de réfléchir à un lieu propice pour une rencontre. Pas dans un bar ou un club – Jon ne s'y sentirait pas à l'aise. Mais... la solution lui apparut avec la force d'une avalanche et l'image la fit sourire. Bien sûr ! Ce serait idéal ! Bien mieux qu'un aéroport.

— J'ai une idée. Que dirais-tu si je t'emmenais dans un endroit où tu n'aurais aucune difficulté à draguer une fille ?

— C'est à moi que tu t'adresses ? demanda Phil en haussant les sourcils. Parce que ça m'intéresse.

Tracie lui lança un regard impatient.

— Où ça ? demanda Jon au même instant sur un ton plein de suspicion.

— Tu verras bien.

— Que personne ne bouge : l'heure est grave ! intervint Laura. Il est temps de procéder à l'assaisonnement.

Tracie hocha la tête et lui adressa un petit signe pour la faire patienter une minute.

— Aie confiance, déclara-t-elle à Jon.

Elle se demanda si elle pourrait raconter la scène de l'aéroport dans son article. Ce serait un morceau d'anthologie, mais Jon risquait de ne pas apprécier. Elle aurait dû lui parler de son projet, songea-t-elle avec remords. Mais impossible en ce moment. Pas après son humiliation, et pas avec Laura et Phil collés à elle.

— Ne te laisse pas démonter. Tu as fait preuve de courage en prenant l'initiative. Rome ne s'est pas construite en un jour, et les voyages les plus longs commencent par un premier pas...

— Et une cuisinière désinvolte est la mort d'une pauvre sauce, lui rappela Laura avec un regard insistant.

— Et un point à temps fait gagner du temps, ajouta sentencieusement Phil.

— N'importe quoi, rétorqua Laura en se tournant vers lui.

— Je crois que j'ai saisi l'idée, acquiesça Jon.

— C'est neuf, poursuivit Laura.

— Ça n'a rien de neuf, contre-attaqua Phil. C'est un dicton vieux comme le monde.

Laura le dévisagea avec apitoiement.

— Le dicton, c'est : un point à temps en fait gagner neuf.

— Neuf quoi ? demanda Phil.

— Bien, déclara Tracie à Jon. Donc, j'ai un plan. Tu marches ?

— Je ne sais pas trop.

— Tu m'avais promis que je serais reçue en maths. Je te promets que tu auras un rendez-vous, lui assura Tracie.

— D'accord, murmura-t-il d'une voix démoralisée.

— Neuf *points* ! s'énerva Laura.

— Il faut que je te laisse. Nous discuterons de tout ça demain, dit Tracie à Jon.

— Voui.

Il marqua une pause.

— Tracie ? Merci.

— *De nada*, répondit-elle.

Tracie coupa la communication avec soulagement et posa le combiné sur le bord de la cuisinière.

— Il était temps : il faut mettre l'origan et le reste des herbes illico presto, l'informa Laura. Mais avant, je veux que tu rajoutes un peu d'ail.

— Encore ? demanda Tracie, dépitée.

Elle en avait haché plusieurs gousses avant de s'attaquer aux oignons. Jamais elle ne réussirait à retrouver une odeur sexy, à moins que Phil ne soit attiré par les pizzaiolos.

Laura lui tendit sans pitié l'ail et la planche à découper. Tracie haussa les épaules et obéit aux instructions jusqu'à ce que la sonnerie du téléphone l'interrompe à nouveau. Elle écarta les bras pour bien montrer à Laura que ce n'était pas sa faute, puis décrocha.

— Tant pis, je l'appelle, larmoya Beth dans le combiné. Je suis trop malheureuse. Marcus est tout seul

190

chez lui, et moi toute seule chez moi, et... et il n'y a aucune raison pour que je ne l'appelle pas !

— Tu ne vas *pas* faire ça, trancha Tracie. D'abord, il n'est probablement pas seul. Ensuite, il t'a clairement signifié qu'il ne voulait pas d'une relation avec toi. Et pour finir, je te rappelle qu'il est ton patron. Si tu joues les crampons, tu vas perdre non seulement son respect, mais aussi ton boulot.

— Ça m'est égal, sanglota Beth. C'est une torture de le voir tous les jours, et de ne pas pouvoir l'aimer au grand jour !

Tracie secoua la tête. Ses cheveux lui tombèrent dans les yeux. Il fallait *absolument* qu'elle prenne rendez-vous avec Stefan pour une coupe.

Un long gémissement emplit la ligne. Que Beth puisse se mettre dans un état pareil pour un type d'âge mûr, légèrement bedonnant et pourri jusqu'à la moelle dépassait l'entendement. Une diversion, voilà ce dont cette malheureuse avait besoin.

— Écoute-moi bien : tu vas piquer une tête dans ton armoire, et chercher une jolie robe. D'accord ?

— À quoi bon ? renifla Beth. Je ne sors plus depuis des mois.

— Erreur. Tu as un rendez-vous vendredi soir. J'ai tout arrangé.

Laura vrilla un index sur sa tempe pour lui signaler qu'elle était cinglée, puis désigna la sauce.

— Avec qui ? demanda Beth après un silence.

Tracie perçut une note de curiosité dans sa voix même si elle s'appliquait à paraître indifférente.

— Pas avec un de tes musiciens débiles, j'espère. Je n'ai pas envie de passer la soirée à leur payer des bières, comme la dernière fois.

— Non, non. Il s'agit de quelqu'un de bien, et il n'est pas musicien.

Mieux valait entretenir un certain mystère, décida-t-elle.

— Je ne sais pas exactement ce qu'il fait, mais il est vraiment craquant.

— Comment s'appelle-t-il ?

— Jonny.

Laura avait maintenant les deux mains sur les hanches, ce qui n'était pas très bon signe, et Phil faisait carrément la tête.

— Il faut que je raccroche. Nous en parlerons demain, au journal.

Bon, au moins, cela lui occuperait l'esprit pendant quelques heures, supposa Tracie tout en coupant la communication.

— Tu organises un rendez-vous pour Jon ? demanda Laura.

— Eh bien, j'avais d'abord envisagé de l'emmener dans un endroit où il pourrait draguer une fille par lui-même. Mais il vaut mieux prévoir une solution de dépannage, juste au cas où.

— Moi je veux bien me dévouer pour sortir avec lui. Comme entraîneur, naturellement.

— Merci, mais ça ira, répondit Tracie aussi nonchalamment que possible. D'ailleurs, ce ne serait pas une bonne idée. Pas après ce qui s'est passé entre vous au marché.

Elle réfléchit un instant.

— Et puis, ce sera bénéfique pour Beth. Elle essaie d'oublier Marcus.

— Beth ? La fille de la gym ? C'est une gourde.

— D'accord, mais une gentille gourde. Et c'est juste un rendez-vous.

Laura pivota vers le canapé pour demander l'avis de Phil... mais il avait disparu.

— Allons bon, où est-il passé à présent ?

Tracie haussa les épaules. Il était probablement dans

la chambre, en train de bouder. Elle couvrit la casserole avec l'unique couvercle de la maison, celui qu'elle avait improvisé à l'aide d'une assiette et d'une feuille d'aluminium.

— Je peux m'éclipser maintenant ?

À nouveau cette sensation d'être écartelée dans une demi-douzaine de directions. Elle devait aller trouver Phil et faire la paix avec lui. Et il fallait aussi qu'elle travaille sur son article, ne serait-ce qu'en mettant ses notes à jour.

— Bien sûr, acquiesça Laura d'une voix acide. Qu'est-ce qu'une sauce tomate comparée au grand amour ?

Les mains de Tracie sentaient vraiment l'ail maintenant.

— Lâche-moi un peu, d'accord ? Et pendant que tu y es, donne-moi un autre citron.

— Désolée, il n'y en a plus, répondit Laura d'un ton aimable.

Elle montra la chambre d'un signe de la tête.

— Crâne vide devra t'accepter telle que tu es.

— Merci beaucoup, riposta Tracie d'une voix cassante. Ton Peter est la crème des hommes, n'est-ce pas ?

— Mon Peter n'est pas en train de trépigner dans la pièce à côté, souligna Laura. Je n'ai pas besoin d'aller le rejoindre pour lui expliquer combien il est viril, spirituel et irrésistible.

Phil gisait sur le lit défait, sa guitare près de lui. Il respirait profondément, le visage enfoui dans l'un des oreillers. Mais Tracie aurait pu jurer que c'était de la comédie. Elle faisait pareil quand elle était petite et que son père venait jeter un coup d'œil dans sa chambre.

Elle s'assit au pied du lit et posa doucement la main sur sa cheville.

— Tu dors ?

Il leva la tête d'un mouvement brusque, comme si elle venait de le réveiller en sursaut.

— Non, répondit-il au bout d'un moment, en se frottant un œil du plat de la main. J'allais travailler une ou deux improvisations.

Quel mensonge maladroit... Phil ressemblait à un gosse jouant à faire semblant. Il était tellement enfant, par certains côtés. Tracie en fut tout attendrie.

— Écoute, j'ai à finir mon article sur les steaks et je dois également couvrir la soirée d'inauguration du PEM pour le *Times*. Je t'en avais parlé, tu te souviens ? Ça te dirait de m'accompagner ?

— Tu n'as rien de mieux à me proposer ? Ton PEM est un endroit merdique !

Il mentait à nouveau, cette fois pour masquer sa déconvenue, devina Tracie. Bob avait soi-disant obtenu l'assurance que les Glandes en Feu se produiraient au Projet d'expérience musicale grâce à l'intervention de l'ami d'un ami. Mais l'accord – s'il avait réellement existé – ne s'était jamais concrétisé. Depuis, Phil n'avait pas de critiques assez dures pour cette institution. À certains moments, son tempérament iconoclaste et farouchement indépendant transportait Tracie d'admiration, mais à d'autres – comme en cet instant –, elle se demandait s'il ne claquait pas la porte le premier simplement pour éviter de se faire jeter.

— Frank Gehry sera là, insista-t-elle pour l'appâter.

Gehry était le génie qui avait créé l'Expérience musicale.

— Et après ? ricana Phil. Ils ont raqué deux cent cinquante millions de dollars pour construire une horreur qui ressemble à l'épave du bus de la famille Partridge.

— Je vais essayer de lui arracher une interview. Mon père l'a rencontré à L.A.

194

— C'est ça. Sers-toi de tes relations pour te faire pistonner. Si c'est ta conception de la réussite, grand bien te fasse. Mais ne compte pas sur moi pour t'assister.

Tracie secoua la tête. Pourquoi était-il aussi méchant ? Chaque fois qu'ils se rapprochaient un peu. Phil semblait prendre un malin plaisir à tout gâcher, en se comportant comme ce que Laura appelait un Salaud Obsessionnel Compulsif.

Elle haussa les épaules. Pas question de le supplier. D'ailleurs, après la façon dont il venait de se conduire, elle n'avait plus aucune envie d'aller où que ce soit à son bras. Par acquit de conscience, elle fit une dernière tentative.

— Tu es sûr ? Ce serait amusant, pourtant. Nous pourrions danser, comme autrefois...

À l'époque de leur rencontre, ils dansaient tout le temps. Elle avait été subjuguée par ses mouvements bizarres. Ils étaient... uniques. Phil n'avait rien d'un danseur de salon, mais il ne se livrait pas non plus à une pathétique imitation d'un rappeur. Il bougeait comme une étoile de ballet robotisée. Tracie avait l'impression qu'ils n'avaient pas dansé ensemble depuis très, très longtemps.

— Oh, viens, je t'en prie.

Phil se laissa retomber sur le matelas.

— Non. Je suis impliqué à fond dans le groupe.

Sale gosse ! songea Tracie. Elle était furieuse et blessée, mais s'appliqua à ne pas le montrer.

— Comme tu voudras. Je m'étais dit que tu aurais peut-être envie de rencontrer Bob Quinto, le directeur. Il cherche justement quelqu'un pour s'occuper des réservations, et...

— Halte ! Une minute : tu n'aurais pas dans l'idée de me pousser à prendre un boulot ? demanda Phil en s'asseyant sur le lit.

195

— Oh non. Pas cette discussion ce soir.

— Non. J'ai simplement pensé que...

— Tu veux le fond de ma pensée ? Je crois que tu n'as pas grande confiance en moi. Et ça ne me plaît pas du tout !

Phil balança ses longues jambes par-dessus le matelas et enfonça un pied dans une boots.

— D'accord, je suis désolée. Il me semblait que ce serait un contact intéressant pour toi. Ensuite, tu aurais pu revenir ici et...

— N'y compte pas, Tracie. J'ai une répétition.

Il enfila sa deuxième boots.

— Super, répéta Phil. Donc, nous sommes pris tous les deux. Dommage que je ne l'aie pas su avant. Ça m'aurait évité de perdre mon temps ici à t'attendre.

Il se leva et rangea sa guitare dans sa housse.

— Je te souhaite bien du plaisir avec ton ours en peluche.

— Ce n'est pas très gentil.

— Oh mais si, ça l'est. Pour toi. Pour ton ego.

Il se tut, puis pencha la tête sur le côté.

— Tu pourrais devenir la nouvelle Emma Quindlen, susurra-t-il en imitant Jon presque à la perfection.

— Anna, pas Emma ! siffla Tracie tandis qu'il sortait en claquant la porte.

18

Tracie roulait en direction de *Chez Mom*, un petit restaurant à l'autre bout de Seattle où on servait des gratins de macaronis et des tourtes au poulet dans les règles de la tradition. On avait jugé insipide son histoire de transformation, mais élire le meilleur steak de la ville, quelle idée géniale ! Elle soupira.

Après avoir mûrement réfléchi à la question, elle avait fini par trouver un angle intéressant : les héros des films noirs semblaient tous partager la même passion pour le steak saignant, aussi avait-elle décidé de mettre M. Bill à contribution. Il lui chercherait des scènes de repas dans des films des années trente, et elle testerait tous les steaks de la ville, à la manière de James Cagney ou de Humphrey Bogart. Naturellement, Jon avait insisté pour qu'elle inclue *Java, The Hut* à sa liste, encore qu'elle ne vît pas très bien pourquoi elle aurait dû faire de la publicité à cet établissement. Pour ce que le service y était agréable...

Après son excursion *Chez Mom*, Tracie rejoindrait Jon à *Java*, et, tout en ingurgitant un autre steak, elle lui dispenserait une nouvelle leçon. En dépit de son échec cuisant à l'aéroport (elle ne pouvait pas s'empêcher de rire chaque fois qu'elle y repensait), il était manifestement en bonne voie de décrocher le pompon – ou le gros lot sous la forme d'un petit lot. Le seul fait qu'il ait tenté sa chance de sa propre initiative était tout simplement incroyable quand on songeait à ce qu'il était avant qu'elle le prenne en main. Mais maintenant qu'il était en passe de concrétiser, elle se devait de compléter sa formation dans un domaine bien précis. Tracie avait longuement réfléchi à la façon dont elle s'y prendrait pour évoquer les subtilités du rituel amoureux avec Jon. Mais elle avait beau s'y être préparée, elle avait quand même le trac.

Ils étaient les meilleurs amis du monde et, bien qu'ils n'aient aucun secret l'un pour l'autre, elle n'avait encore jamais parlé de sexe avec lui. C'était drôle. Elle n'hésitait pas à échanger les confidences les plus intimes avec Laura, ou même avec Beth, mais la seule idée d'aborder le sujet avec Jon lui donnait des sueurs froides. Bien sûr, elle n'aurait pas besoin d'entrer dans les détails. Après tout, Jon était un grand garçon et il savait comment ces choses-là fonctionnaient. Mais son expérience personnelle et celle de ses amies lui avaient prouvé que la plupart des hommes ne s'étaient jamais donné la peine de lire le mode d'emploi du corps féminin. Elle avait réussi à rendre Jon présentable et à peu près convaincant, d'accord. Mais ce serait loin d'être suffisant s'il se révélait incompétent sur le terrain. Surtout, éviter de se montrer trop exigeante, songea-t-elle. Et ne pas oublier qu'il n'avait guère de pratique en la matière.

Freud s'était livré à de grandes théories sur le désir féminin, mais il ne devait pas avoir questionné son épouse ou ses patientes sur le sujet, parce que, si elle s'en référait à sa propre vie sexuelle et aux confidences de ses copines, les femmes n'aimaient rien tant que les préliminaires. Elle devrait enseigner à Jon l'art délicat du toucher, de la patience et de la hardiesse confondues. Comment alterner savamment les caresses les plus audacieuses et la retenue la plus enivrante, jusqu'à ce que sa partenaire soit pantelante de désir...

Tracie faillit se rabattre sur la file de droite sans remarquer la présence d'un cabriolet bleu et écrasa la pédale de frein. Elle donna un coup de volant, mit son clignotant et emprunta la rampe de sortie tout en s'intimant l'ordre de garder les yeux sur la route, même si son esprit voguait « dans les eaux saumâtres du péché », comme aurait dit sa belle-mère.

Tout en s'arrêtant au feu, elle se représenta Jon en ours en peluche et frémit à l'idée de le lâcher dans la nature sans la moindre préparation. Ce ne serait pas chic, ni pour lui ni pour ses partenaires. Il y avait tant de détails stratégiques à mettre au point ! Seigneur, pourvu qu'il ne fût pas complètement ignare dans ce domaine ! Elle se voyait d'ici l'accompagnant dans une pharmacie pour demander une boîte de préservatifs.

Tracie bifurqua dans l'artère principale et ne put réprimer un sourire en se remémorant le bon vieux temps. À Encino, elle n'osait même pas demander une boîte de tampons périodiques s'il y avait un homme à cinq mètres du comptoir. Elle préférait se rendre dans un supermarché et acheter pêle-mêle des mouchoirs en papier, des biscuits de régime, un carton de lait écrémé, des galettes de soja, des plats allégés, du pain complet *et* une boîte de tampons qui, par un étrange hasard, se retrouvait toujours prise en sandwich entre deux articles au moment de passer à la caisse.

Cette époque était révolue depuis belle lurette. Aujourd'hui, elle n'hésitait pas à entrer dans le premier magasin venu pour demander une douzaine de préservatifs lubrifiés taille maxi, avec réservoir et parfum à la fraise. Et si par hasard le vendeur haussait un sourcil, elle était capable de lui adresser son plus charmant sourire en disant : « Mettez-m'en deux douzaines. C'est pour un viol collectif. »

Tout en se garant au parking de *Chez Mom*, Tracie ne put s'empêcher de rire à cette pensée.

Un estomac bien rempli plus tard, Tracie contemplait avec résignation son deuxième steak de la journée. Elle leva les yeux vers Jon.

— Il ne vaut pas celui de *Chez Mom*, déclara-t-elle en désignant de sa fourchette la tranche de viande livide.

— Pff ! Il est meilleur, affirma Jon.

Quel menteur !

— Tu as déjà commandé un steak *Chez Mom* ? demanda-t-elle à voix basse pour que Molly n'entende pas.

— Non. Mais il est forcément moins bon.

— Bah, de toute façon, tu n'y connais rien : tu es végétalien.

— Mais non ! Tu as déjà oublié ? Les végétaliens ne mangent...

— Perdu ! le coupa-t-elle sans pitié. Qu'est-ce que je t'ai dit ? Interdiction de parler de tes lois diététiques devant une femme !

— Je ne savais pas que ça comptait, protesta-t-il.

— *Tout* compte. C'est la base même de ce que j'essaie de t'enseigner.

Elle se força à avaler une deuxième bouchée de viande avant d'entamer le laïus qu'elle avait préparé sur la vie sexuelle des oiseaux et des abeilles. Le tout était de trouver une phrase de transition, malheureusement rien ne lui venait à l'esprit.

— Bon, euh... aujourd'hui nous allons parler de... séduction, commença-t-elle, et elle déglutit péniblement.

Molly choisit cet instant pour s'approcher de leur table.

— Tout se passe bien ? demanda-t-elle d'une voix sucrée.

Tracie leva les yeux de son assiette.

— Oui, pourquoi ?

— Pour rien. Je fais juste mon travail, répondit Molly en remplissant leurs verres d'eau.

Tracie regarda Jon pour voir s'il comprenait quelque chose à ce comportement étrange, mais son visage était impénétrable. Malédiction. Maintenant, Molly allait s'incruster, et elle ne pourrait jamais se résoudre à discuter sexe devant elle.

— Si vous avez besoin de quoi que ce soit, n'hésitez pas à m'appeler, susurra Molly en s'éloignant.

Cette fois, c'en était trop.

— Tu lui as dit, lança Tracie d'un ton accusateur.

— Dit quoi ? demanda Jon.

— Tu lui as parlé de mon article sur les steaks ! Depuis que nous venons ici, c'est la première fois qu'elle remplit mon verre. Tu es un traître !

Jon s'étrangla avec son café noir.

— Moi ?

— Il y a des règles à respecter, figure-toi ! Je suis censée être une cliente comme une autre et ne bénéficier d'aucun traitement de faveur !

— Et après ? Molly est odieuse avec toi, d'habitude. Regarde le bon côté des choses : pour une fois, elle est charmante.

— Jon, tu n'avais pas le droit de...

— Du calme. Ce n'est quand même pas un secret d'État. Il s'agit d'une vulgaire histoire de steaks. Revenons plutôt à nos moutons. Qu'entends-tu par séduction ?

— Eh bien... Il y a certaines manières de faire... les choses. Et certaines... choses que tu dois éviter de faire.

— Les choses ? Quelles *choses* ?

Grands dieux. C'était pire que ce qu'elle avait imaginé.

— Quelles *choses* ? répéta-t-elle en le singeant. Tu dois amener les femmes à se consumer de désir pour toi. Et pour y parvenir, il faut que tu...

Non. Elle n'arriverait jamais à aborder le sujet de front. Il fallait qu'elle trouve un biais. Une image poétique.

— Écoute, le sexe est comme une danse. Tu as vu les films de Fred Astaire ?

— Tracie, je n'ai plus le temps de visionner des vidéos ! Je suis en train de prendre un retard irrécupérable dans mon travail, et...

— Inutile, je t'explique le principe : à la base, ce type n'est rien d'autre qu'un sac d'os avec un crâne déplumé, et pourtant il dégage un sex-appeal incroyable. Et tu sais pourquoi ? Parce que, dans chacun de ses films, il y a cette danse avec Ginger Rogers. Ou avec une autre, mais c'est toujours mieux avec Ginger. Bref, elle est furieuse contre lui, et ils commencent à danser. Elle le repousse, mais il la ramène à lui. Puis il la lâche, et elle le repousse à nouveau...

Tracie mima la scène avec ses bras et ses épaules.

— Alors Fred Astaire lui saisit la main ou le poignet, et il la ramène encore vers lui. Et à la fin, son obstination et sa grâce la font succomber. Elle s'abandonne, et tu as vraiment l'impression que son corps va se fondre dans le sien. C'est une conquête, plus sensuelle que sexuelle.

Tracie sentit une bouffée de chaleur l'envahir. Elle s'interrompit, le temps de retrouver ses esprits.

— Tout le secret de la séduction est là. Tu dois être suffisamment fort, suffisamment magnétique pour attirer la femme vers toi. Mais ensuite, tu dois la laisser s'échapper afin de la séduire à nouveau. C'est cette stratégie de conquête qui rend les femmes *folles de toi*.

— Elles veulent être conquises ? demanda Jon. Je croyais ces méthodes périmées depuis l'époque de Tarzan. D'ailleurs, ce n'est pas du tout ce que fait James Dean.

— Exact. Les personnages de James Dean sont obliques. Ils n'avouent jamais leur désir, quoi qu'il leur en coûte. Tu devras aussi recourir à ce procédé. Te comporter comme si tu n'étais pas intéressé, tout en les laissant *imaginer* que tu as envie d'elles. Mais attention : si tu laisses transparaître ton désir et qu'elles s'en aperçoivent, c'est le flop assuré.

— Tracie, c'est beaucoup trop compliqué pour moi, gémit Jon en reposant sa fourchette. Je n'y arriverai jamais !

— Tu plaisantes ? L'homme qui a conçu le projet Parsifal est capable de tout !

Elle prit une profonde inspiration.

— Fais-toi passer pour un héros tragique, marqué par un destin cruel. C'est infaillible. Et si elles ont le sentiment de pouvoir te consoler et t'aider à guérir, alors la partie est gagnée.

— Mais ma vie n'a tout de même rien d'une tragédie, protesta Jon.

— Tu as raison, c'est une farce. Le problème vient justement de là.

Elle marqua un temps. Comment lui faire comprendre ?

— Fais-leur croire que tu es le détenteur d'un lourd secret, dont tu n'as jamais parlé à quiconque avant elles. Donne-leur l'impression qu'elles sont les seules à t'avoir réellement compris parce que tu es si complexe et qu'elles sont si intuitives... Forcément, elles seront persuadées d'être uniques, importantes. Tu me suis ?

— Mais quel genre de secret ? Je n'ai jamais confié à personne que j'ai fait pipi au lit jusqu'à l'âge de douze ans... mais je suppose que ce n'est pas ce que tu as en tête.

— Puissamment raisonné, Sherlock.

Tracie ne chercha même pas à savoir s'il plaisantait ou non. Elle s'adossait à la banquette pour réfléchir quand Molly se matérialisa devant leur table, enleva silencieusement l'assiette de Jon, épousseta les miettes, puis lui apporta une serviette propre et la liste des desserts.

— Voulez-vous que je débarrasse ? demanda-t-elle gentiment.

Tracie ne supportait pas la flagornerie. Maintenant, elle serait obligée d'écrire quelque chose de gentil sur le steak de Molly. Elle aurait voulu qu'on lui enlève ce plat des yeux. Elle était incapable d'avaler une bouchée de plus. Non qu'il ne soit pas bon, mais elle avait une overdose de bœuf.

— Non merci, je n'ai pas fini, déclara-t-elle à la perfide serveuse.

Elle attendit que l'hypocrite ait disparu avec son plateau, puis continua :

— Invente quelque chose. Raconte-leur que tu as vu ton père tuer ta mère. Ou ta mère assassiner ton père, c'est pareil. Ou mieux : qu'ils se sont trucidés mutuellement devant tes yeux et que tu as hérité d'une énorme fortune, mais que tu n'as jamais touché à cet argent couvert de sang.

— Et ça les rendra folles de moi ?

— Si elles te croient, oui. Et si tu leur avoues que tu n'avais encore jamais eu assez confiance en quelqu'un pour partager ce lourd secret, elles t'ouvriront leur cœur et leur lit.

Jon secoua la tête d'un air effaré.

— Maintenant, écoute bien, reprit Tracie. Quand tu seras passé à l'acte, de grâce, ne te rendors pas. Peu importe si tu es épuisé ou si c'est le milieu de la nuit, lève-toi et rentre chez toi. C'est la règle numéro cinq, et la plus importante : ne jamais se rendormir après l'acte.

— Mais Phil passe son temps à dormir, protesta-t-il.

— Maintenant, oui, mais pas les premiers temps, avoua Tracie.

Tu dois laisser tes conquêtes sur leur faim. L'idéal, c'est de filer avant qu'elles se réveillent.

— Quoi ! Sans même leur dire au revoir ?

— Laisse-leur une note elliptique.

— Par exemple ?

— Euh... « Tu m'as fait décoller » – et n'ajoute pas « Tendresses » à la fin. Ni surtout ton numéro de téléphone !

Jon était bouche bée d'incrédulité.

— Elles me font venir chez elles, et ensuite je leur

écris un mot pour leur dire qu'elles m'ont fait fuir ? Tu te fiches de moi ? Je suis censé séduire exclusivement des masochistes ?

— Pour l'instant, il s'agit seulement de les faire mordre à l'hameçon. Plus tard, tu pourras agir à ta guise. Mais au début, elles doivent avoir l'impression que tu es spécial, et qu'elles le sont aussi pour avoir réussi à te plaire. Voilà pourquoi tu ne les rappelleras pas.

Jon en eut les yeux qui lui sortirent de la tête.

— Alors que je viens enfin de trouver une fille qui veut bien de moi dans son lit ? Qu'est-ce que tu racontes ? Si je ne la rappelle pas, comment je coucherai à nouveau avec elle ?

— Tu n'as pas besoin de coucher à nouveau avec elle. Tu passes à une autre. Pour l'instant, il s'agit d'une expérience à grande échelle.

— Alors, je suis supposé me comporter en salaud ? C'est ça que vous aimez ? Des salauds revêtus du bon pantalon ?

— Évidemment non. Tu nous prends pour des idiotes ? Nous sommes complexes. Ce que nous voulons, c'est un dur au cœur tendre, que nous pouvons apprivoiser – ou que nous croyons pouvoir apprivoiser. Un fauve qui obéit à nos ordres. Comme dans ces romans d'autrefois, remplis de grands sentiments et de...

— De quoi ? De malades mentaux ?

— Non. Tu sais, ceux où les hommes ne veulent pas des filles trop faciles parce que leur conquête n'aurait aucune valeur.

Elle marqua une pause.

— Un jour, je suis tombée amoureuse d'un garçon qui s'appelait Earl, et...

Molly se rematérialisa devant elle.

— Vous voulez du thé Earl Grey ? demanda-t-elle aimablement. Je viens juste d'en faire infuser.

Qu'est-ce qui n'allait pas chez cette femme ? Tracie la préférait de loin dans son rôle de harpie.

— Non, merci, articula Tracie en agrippant le rebord de la table pour s'empêcher de gifler Molly. Si j'ai besoin de quelque chose, je vous le ferai savoir.

Molly hocha la tête et s'éloigna. Jon lança à Tracie un regard de reproche.

— Laisse-la tranquille. Elle veut juste que tu glisses un mot gentil sur cet établissement. Maintenant, explique-moi qui est cet Earl. Je ne me souviens pas de ce type.

— Normal, c'était avant notre rencontre. Et cela n'a pas duré très longtemps. Earl était charmant, très beau gosse. Il n'arrêtait pas de me répéter combien j'étais ravissante. Presque autant que son ex-fiancée. La merveille faite femme qui lui avait brisé le cœur.

— Bon, et alors ?

— Alors, après avoir entendu parler d'elle tous les jours au point d'être dévorée de jalousie, je me décide à aller chez lui. Et là, sur une étagère, je vois la photo d'une fille obèse, hideuse. Je lui demande s'il s'agit de sa sœur ou de sa cousine, et il m'apprend que ce laideron n'est autre que Jennifer, son ex-fiancée. S'il la trouvait belle, alors tout ce qu'il me disait n'avait aucune valeur. J'ai rompu illico.

— Tracie, tu es cinglée. Je le soupçonnais depuis longtemps, mais à présent je n'ai plus aucun doute.

— Jon, je te dévoile des secrets que certains hommes seraient prêts à payer des centaines de milliers de dollars ! Ce sont des choses dont les femmes discutent uniquement dans les toilettes des dames, quand elles sont entre elles. Des choses qui te permettront de séduire et d'abandonner des filles superbes à travers le pays tout entier. Peut-être même à travers le monde !

— Si je comprends bien, tu me demandes de blesser des femmes intentionnellement.

— Oh Jon, ce n'est qu'un apect du tableau. C'est ce qu'elles recherchent au début. Et puis, elles mûrissent et réalisent qu'elles veulent un homme qui les respecte.

Tracie se demanda quand ce moment viendrait pour elle. Puis elle songea à ce qu'elle avait prévu de lui dire sur le sexe et le désir des femmes, mais ne put se résoudre à aborder le sujet. Elle était allée aussi loin que possible. Et puis, qui sait ? Jon était peut-être un partenaire acceptable. Au moins, il était gentil. Le problème, c'était qu'il n'avait probablement perdu sa virginité que depuis quelques années. Elle ferait peut-être bien de lui poser la question.

Elle coupa un ultime morceau de viande.

— Euh... j'ai un truc à te demander.

Elle s'interrompit, mastiqua, et avala une dernière fois.

— Qui a été ta première petite amie ?

— Tu veux dire la première fille dont je suis tombé amoureux ou ma vraie première partenaire ?

— Partenaire.

— Myra Fisher.

Tracie ouvrit de grands yeux.

— Myra Fisher ? Je ne me rappelle aucune Myra Fisher.

— Normal, tu ne me connaissais pas, à l'époque. Nous étions ensemble en classe de sixième.

Elle en resta bouche bée.

— En sixième ?

Il n'avait pas dû comprendre.

— Non, je veux parler de la première fille avec laquelle tu as passé la nuit.

— Eh bien, nous avons attendu d'être en cinquième pour passer la nuit ensemble, mais nous avons fait

207

l'amour chez elle pendant toute notre sixième. Et aussi pendant l'été qui a précédé notre entrée en cinquième.

— *Quoi* ? Tu ne me l'avais jamais dit !

— Je n'aime pas parler de ce que tu pourrais appeler « mes conquêtes ». C'est très personnel. Je n'aborde jamais le sujet.

— Avec personne ?

— Non. Toi non plus, d'ailleurs.

— Euh... non.

Tracie espéra que son nez n'était pas en train de s'allonger. Elle regarda Jon et commença à le considérer différemment.

— Attends une minute ! Cette fille, à l'université, la grande asperge avec des cheveux très longs...

— Hazel, répondit-il. Hazel Flagler.

— C'est ça. Est-ce que... Elle et toi... ?

— Évidemment.

— Quoi ? Tu ne me l'avais jamais dit !

Cette fois, Tracie était vraiment choquée.

— Mais qu'est-ce que tu croyais que je faisais avec elle ? Elle ne savait même pas jouer aux échecs.

— Tu ne me l'avais jamais dit, répéta stupidement Tracie.

Elle se demanda combien d'autres filles il avait eues dans sa vie, dont elle ignorait tout.

— Tracie, j'ai passé mon enfance à entendre des femmes raconter que les hommes étaient tous des salauds. J'ai vu mon père en faire la démonstration jour après jour. Tu pensais vraiment qu'après tout cela j'allais me comporter comme un goujat en me vantant de mes aventures ?

— Un goujat ? Jon, ce n'est pas un roman victorien. Nous sommes au vingt et unième siècle ! Tu ne regardes pas *Friends*, ou les rediffusions de *Seinfeld* ? Les invitées de Jerry Springer racontent en direct leurs galipettes incestueuses avec leur frère !

— Je n'ai jamais participé au *Jerry Springer Show*, rétorqua dignement Jon.

Tracie le dévisagea fixement et, pour la première fois, songea qu'il pouvait y avoir des abysses insoupçonnés sous la quiétude de ses yeux bruns.

19

La semaine suivante, un mercredi, Jon rejoignit Tracie pour la redoutée coupe de cheveux. Comme ils poussaient la porte du salon, une musique tonitruante fondit sur eux et Jon recula d'un mouvement instinctif.

— Du cran, l'encouragea Tracie. Les soins capillaires avant-gardistes ne sont pas pour les petites natures.

Elle lui prit la main et le tira d'autorité à l'intérieur.

— Tu n'as rien à craindre, poursuivit-elle avec insouciance. Stefan va s'occuper de toi.

Pour la première fois de sa vie, Jon se surprit à douter d'elle.

Son « Stefan va s'occuper de toi » ne lui disait rien qui vaille.

À moins qu'il ne faille donner un sens maffieux à cette expression. Mais au point où il en était, quelle importance ? Il était déjà à moitié mort.

Était-il réellement indispensable de passer par toutes ces épreuves pour séduire une fille ? Quel effroyable gaspillage de temps et d'énergie... L'essentiel n'était-il pas de privilégier l'aspect relationnel plutôt que de se préoccuper de sa garde-robe ou de sa coupe de cheveux ?

Tandis qu'on le traînait dans le hall d'accueil – une pièce où régnaient des lumières aveuglantes, une musique techno totalement assourdissante et un décor sorti tout droit d'un affreux show télévisé –, Jon sentit sa résolution vaciller. Tout homme avait ses limites, et il était en train de se dire qu'il venait d'atteindre les siennes... quand son regard perdu intercepta une paire de jambes interminables et un flot de cheveux blond platine. L'apparition adressa un signe de tête à Tracie et lui décocha un sourire – *à lui*. C'était tout simplement la plus belle créature qu'il lui ait jamais été donné de contempler.

— Salut, Ellen, lança nonchalamment Tracie, comme si la déesse de l'Amour ne venait pas de quitter l'Olympe pour descendre parmi eux.

— Tu la connais ? chuchota Jon, en état de choc.

— Quoi ? cria Tracie tout en continuant à l'entraîner.

— Qui est cette beauté ? s'égosilla-t-il.

Il était amoureux. Elle était divine. Sans cette musique infernale, il se serait cru au paradis.

— Qui ? hurla-t-il.

— Ellen ? C'est Ellen, affirma Tracie comme si cela expliquait tout.

Ils avaient traversé le hall d'accueil, puis une pièce bourdonnante d'activité, peuplée de fauteuils et de miroirs, et maintenant il suivait Tracie dans un couloir beaucoup plus calme, même si le délire musical continuait à s'en donner à cœur joie. Chaque foulée l'éloignait de sa déesse. Deux jeunes femmes venaient en sens contraire. Elles n'atteignaient pas la perfection d'Ellen, mais étaient néanmoins d'une beauté époustouflante. Waouh ! Elles esquissèrent un petit signe de tête et, pour le cas où il aurait été inclus dans leur salut, Jon leur rendit à tout hasard la politesse. Elles ne se tordirent pas de rire en le montrant du doigt. Apparemment, le signe de tête lui était bel et bien destiné. Tracie n'était peut-être pas complètement cinglée, en fin de compte. Mais il n'était pas dit qu'il renoncerait à l'élue de son cœur pour autant.

— Qui est Ellen ? répéta-t-il dès que les deux nymphes se furent éloignées.

— La femme de Stefan.

Jon en frémit d'horreur. Tracie avait lâché ça avec désinvolture, comme si son univers ne venait pas de s'écrouler en mille morceaux.

Ils longèrent une douzaine de portes, puis Tracie ouvrit ce qui devait être l'accès au saint des saints de ce temple de la Beauté.

— Ton Stefan ne serait pas un peu gay, par hasard ? hurla Jon pour se faire entendre malgré le déluge techno.

La porte se referma derrière lui au même moment, et le vacarme s'interrompit net. Il se retrouva dans une petite pièce carrée, peinte en blanc, et parfaitement insonorisée, où le mobilier se réduisait en tout et pour tout à un fauteuil de barbier intergalactique, posé au centre. À côté se dressait un homme immense, immobile, le regard rivé sur lui.

Le type devait mesurer un mètre quatre-vingt-dix au bas mot, cheveux blonds coupés très court, une méchante cicatrice barrant l'un de ses sourcils clairs. Le genre gros dur – et pas gay pour un sou.

Jon rompit le silence.

— Euh, salut, lança-t-il d'une voix anormalement aiguë. Vous devez être Stefan.

— Tu ne te rends pas compte du sacrifice que je fais pour toi, déclara Tracie tout en l'installant de force dans le fauteuil. C'est moi qui aurais besoin d'une bonne coupe. J'espère que tu me revaudras ça un de ces jours.

Elle recula et s'appuya au comptoir pour assister à l'opération. Alors Stefan s'avança vers Jon, telle la réincarnation d'Edward aux mains d'argent croisé avec Riverdance. Il coupait sans répit tout en sautillant et en gigotant dans tous les sens. Jon se demanda s'il était bien raisonnable de bouger de la sorte en agitant des ciseaux à la hauteur de ses yeux, mais Stefan devait savoir ce qu'il faisait. Après tout, Tracie ne paraissait pas affolée par cette danse du scalp, pas plus qu'elle ne semblait avoir remarqué qu'il n'y avait pas de miroir, pas de bruit, et pas âme qui vive dans la pièce. Juste Stefan, sa respiration pesante et ses gesticulations de cinglé. C'était la coupe de cheveux la plus bizarre qu'il ait jamais expérimentée.

Jon resta près d'une heure entre les mains de son tortionnaire. Pendant tout ce temps, Tracie, décidément inconsciente du terrible danger qu'il encourait, papotait tranquillement, assise à ses pieds sur un minuscule tabouret. Jon n'aspirait qu'à une seule chose : jaillir de ce siège périlleux, fuir hors de cette pièce, courir loin de la fatale Ellen-la-mal-mariée, et peut-être quitter Seattle pour toujours. Mais il avait peur de bouger à cause de ces maudits ciseaux affûtés comme des rasoirs qui continuaient à voltiger autour de son crâne.

— ... et le vélo, entendit-il Tracie déclarer.

Mais de quoi parlait-elle ?

N'osant pas remuer la nuque, il exécuta une rotation latérale des deux yeux. Un exercice pénible et douloureux, dans la durée.

— Qu'est-ce qui ne va pas avec mon vélo ?

Il aurait voulu pouvoir toucher sa tête, mais il était sûr que Stefan lui décapiterait un doigt s'il passait à l'acte. Ses pauvres cheveux pleuvaient dans la pièce depuis si longtemps.

— Je disais que nous devions chercher une solution de remplacement pour ton sac à dos et ton vélo, répéta calmement Tracie.

— Allons bon ! Qu'est-ce qui ne va pas encore ?

— La bicyclette est un moyen de transport ringard.

Et inadapté. Comment veux-tu emmener une fille chez toi ? En la posant sur le guidon ?

— Je croyais que je n'étais pas censé les amener chez moi !

— D'accord. D'accord. Alors comment vas-tu les emmener *chez elles* ?

Étaient-ils obligés de parler de ça maintenant ? Et devant Stefan ?

— Dans leur voiture ? suggéra-t-il avec espoir.

— Et après, gros malin ? Comment rentreras-tu chez toi ? Crois-moi : draguer sans voiture relève de l'impossible.

Il reconnut qu'il y avait un problème, mais refusa de céder.

— Je pourrais appeler un taxi ? proposa-t-il sans conviction, sachant que c'était une piètre solution.

Il perçut un petit ricanement de dérision derrière lui et regretta de ne pas être celui qui maniait les ciseaux, rien qu'une minute.

— Tracie, tu connais mon opinion. Le vélo est un moyen de locomotion sûr, pratique, et respectueux de l'environnement. Je peux aller où je veux sans gaspiller une énergie non renouvelable.

— Le zentil écoloziste n'ira nulle part. Pas avec une zolie fille, s'entend, déclara Stefan, prenant la parole pour la première fois.

Jon se retint de grincer des dents. Il avait remarqué que James Dean serrait toujours les mâchoires quand il était en colère. Mais il n'avait aucune envie que le Barbier démoniaque de Fleet Street prenne la mouche. Stefan n'hésiterait pas à lui cisailler la carotide. Jon résolut donc de l'ignorer.

— Tu n'es quand même pas en train de me dire que je dois acheter une voiture simplement pour draguer des filles ? demanda-t-il, outragé.

Elle savait pourtant combien il détestait ces engins

de malheur qui massacraient la côte nord-ouest du Pacifique et détruisaient l'environnement. Comment pouvait-elle seulement oser émettre une telle idée ?

— Et si tu reconsidérais l'achat d'une moto ? suggéra-t-elle joyeusement.

— Je te l'ai déjà dit : je serais un fléau pour moi-même et pour autrui !

— Mais c'est tellement cool ! affirma-t-elle en se trémoussant d'enthousiasme sur son tabouret. Et puis les femmes adorent les hommes qui font de la moto !

— Ah oui ? Et que pensent-elles des types qui ont laissé la moitié de leur visage sur le bitume ?

— Saze, pas bouzer, l'avertit Stefan.

— Nous en reparlerons plus tard, dit Tracie.

— Pas question, pas question, trancha Jon avec hargne.

Son fauteuil effectua une rotation complète et il se retrouva face à Stefan. Un éclair jaillit du couteau de barbier. Pendant un instant, Jon crut que Stefan allait l'égorger, tel Mackie le Surineur, mais ce débile lui présentait simplement un miroir.

Jon jeta un coup d'œil à son reflet. Horreur ! Il avait la tête de Woody Woodpecker. Ses cheveux – enfin, ce qu'il en restait – étaient dressés comme des fils de fer. Le Barbier démoniaque aurait aussi bien pu me tuer, songea-t-il, et il porta les mains à son crâne d'un geste défensif. L'Edward aux mains d'argent albinos scalpa deux ultimes petites mèches sur la tête refaite à neuf de sa victime.

— In-cro-yable ! souffla Tracie.

— Oui, ze suis assez content, acquiesça Stefan d'une voix satisfaite. Finition impeccable.

C'était Jon qui était fini. Il avait conscience d'avoir été métamorphosé – mais en quoi ?

Effaré, il continua à scruter son reflet. Derrière lui, il vit Tracie sauter au cou de Stefan. Puis elle se mit à danser joyeusement autour du fauteuil de Jon. Bon, après tout, elle était son amie. Elle devait aimer Woody Woodpecker.

— Fantastique ! lâcha-t-elle dans un trémolo extatique – et elle le tira hors du fauteuil.

Ce n'était peut-être pas aussi affreux qu'il le pensait. Puis elle prit son portefeuille dans sa poche revolver et tendit sa carte bancaire à Stefan.

— Franchement, deux cents dollars pour un résultat aussi génial, ce n'est pas cher payé ! lui dit-elle.

Jon faillit se trouver mal.

— *Deux cents dollars* ?

Il regarda Stefan, son couteau de barbier, et avala sa salive.

C'était probablement moins grave que de se faire détrousser par un bandit de grand chemin, mais tout aussi coûteux.

20

Tracie se faufila dans le parking situé juste en face de l'entrée du REI. Jon l'avait bombardée de questions pendant tout le trajet, mais elle avait refusé de lâcher le moindre indice sur leur destination.

Ignorant son compagnon, elle tourna à droite, oublia de mettre son clignotant et faillit emboutir une Saab en reculant. À ce détail près, il n'y eut aucun incident à déplorer.

— Nous y sommes.

Jon descendit de voiture et trébucha contre le trottoir tandis qu'il déchiffrait la pancarte sur la porte.

— Oh ! mon Dieu, non ! Pas ça !

Situé dans la banlieue de Seattle, à proximité de

l'Interstate 5, le REI était probablement le plus gigantesque magasin d'articles de sport du monde. Le paradis des amoureux de la nature et des sports extrêmes. Son architecture remarquable et ses vastes fenêtres attiraient les regards. Depuis l'entrée, il pouvait voir en enfilade des allées et des allées de matériel d'escalade étincelant, au milieu desquelles se pressaient des centaines de jeunes gens avides d'acheter leur équipement.

— Choisis une fille normale, lui rappela Tracie. Une de celles-ci.

Elle pointa un doigt vers un ravissant bouquet de jeunes femmes, minces comme des lianes, parfaites, avec des dents et un teint éclatants. Jon se sentit devenir de plus en plus terne et incongru, comme une verrue dans le paysage. Tracie l'encouragea d'un petit coup de coude.

— Tu t'approches, mais tu ne les abordes pas directement. N'oublie pas, tu dois donner l'impression d'être difficile à conquérir. C'est à elles de te désirer.

Ils étaient arrivés au bout d'une allée. Devant eux se dressait un immense mur d'escalade – au moins l'équivalent d'un immeuble de quatre étages – entouré de vitres. Quelques poignées de fous grimpaient à la paroi presque verticale.

— Doux Jésus, articula Jon.

Il ne supportait pas l'altitude. Il avait avoué un jour à Tracie qu'il ne pouvait même pas se pencher à une fenêtre au-delà du deuxième étage.

— Travaux pratiques : tu as maintenant le look d'un conquérant, mais tu dois apprendre à te comporter en conquérant.

— Comment ? En me suspendant à un rocher ? Ne compte pas sur moi !

Elle savait qu'il regimberait, mais elle s'y était préparée.

— Allez, Jon. L'escalade est le must absolu. Un authentique sport de solitaire. Et les femmes raffolent des solitaires. Pense à James Dean. Pense à *La Solitude du coureur de fond*.

— Je ne vois pas le rapport ! Ce type se contente d'entrer dans un magasin et de voler la caisse. Ensuite, il part à Londres avec une fille. Je peux le faire, moi aussi. C'est l'altitude que je ne supporte pas.

— Jon, il y a un million de filles ici qui meurent d'envie de rencontrer un homme capable d'affronter un roc à mains nues !

— Je croyais qu'elles aimaient les chanteurs de rock, avec un « k » ! gémit-il. Toi-même, tu es tombée amoureuse d'un joueur de rock, non ? Alors ne me raconte pas d'histoires !

Tracie résolut de l'ignorer. Elle saisit un rouleau de corde sur une étagère et le lui tendit, avec un harnais.

— Tiens, prends ça. Essaie *au moins* de ressembler à un grimpeur.

— Tracie, j'ai regardé tous ces films. James Dean ne fait rien d'autre que broyer du noir et raser les murs. Je peux très bien tirer une tête de six pieds de long, moi aussi. Et même me frotter contre les murs. Mais je n'ai jamais vu James Dean escalader le moindre caillou !

— Ne sois pas aussi terre à terre. Ni aussi négatif. Il faut suivre son époque. Je ne te demande pas d'affronter l'Everest. Je veux seulement que tu fasses comme si.

Elle lui donna un petit coup de coude. Une ravissante blondinette passait à côté d'eux et Tracie eut l'impression qu'elle gratifiait Jon du fameux regard en zigzag. Bon signe.

— Tu n'as pas besoin d'escalader quoi que ce soit. Contente-toi de te balader avec un piton d'un air hardi et d'engager la conversation avec une brochette de jolies filles.

Jon leva les yeux au ciel.

— Mais de quoi veux-tu que je leur parle ?

Il contempla la paroi abrupte.

— Je n'y connais strictement rien !

— Pense positif. Elles n'y connaissent probablement rien non plus. Si elles te demandent un conseil, réponds-leur que tu utilises toujours le matériel Black Diamond. C'est ce qui se fait de mieux.

— Comment le sais-tu ?

— J'ai écrit un article sur le sujet.

C'était un mensonge, mais à quoi bon lui parler de Dan ? Tracie dessina un diamant noir sur un Post-it jaune, l'arracha et le colla sur son menton. Même avec ce bouc en papier, il restait craquant.

Jon l'enleva d'un geste absent, tout en contemplant l'immense paroi rocheuse où s'agrippaient une douzaine de grimpeurs, et le froissa entre ses doigts. Tracie jugea que c'était le moment où jamais de laisser son petit canard couler ou nager, aussi s'éloigna-t-elle sans bruit.

— Pourquoi cela me fait-il penser à Vil Coyote ? Tu sais, l'épisode où il arme un lance-roquettes afin...

Jon se tourna vers Tracie, mais elle avait disparu. À sa place, une ravissante brunette aux longues jambes l'écoutait avec attention.

— Un Roc Aitafin ? demanda-t-elle.

Sa voix était aussi lisse et douce que la paroi rocheuse, devant eux.

— Je n'en ai jamais utilisé. C'est nouveau ?

Jon essaya de se ressaisir. Le papier froissé dans sa main lui rappela le conseil de Tracie. Et la petite était vraiment mignonne.

— Oui. De chez Black Diamond. Mais je reste fidèle à l'outillage classique. Pas vous ?

— Absolument. Vous pratiquez souvent l'escalade ?

— Oh ! la la ! oui. Depuis que je suis gosse.

Grands dieux ! Les hommes étaient vraiment capables de tout pour séduire une donzelle ! Un jour, son père lui avait demandé de boiter un après-midi entier devant une fille qu'il essayait d'embobiner. Il avait été aux petits soins pour lui, et à la fin de la journée, comme ils le raccompagnaient chez lui, la dame l'avait complimenté : « Tu es un petit garçon très courageux. » Plus tard, Jon avait demandé à Chuck ce qu'elle avait voulu dire par là. Son père avait éclaté de rire. « Je lui ai raconté que tu avais perdu une jambe à la suite d'un cancer. » Il y avait aussi ce garçon avec lequel Tracie était sortie durant sa première année à la fac et qui...

Jon s'obligea à revenir au présent et à l'opportunité qui marchait devant lui sur deux jambes vraiment affriolantes. Elle avait de longs cheveux rassemblés sur le sommet de sa tête dans une sorte de natte un peu floue, laquelle se transformait un étage plus bas en une queue-de-cheval qui la suivait partout. Derrière la queue-de-cheval, Tracie lui adressa un signe d'approbation, les pouces en l'air.

— Moi, je ne pratique que depuis un an, mais l'escalade est une sorte... de philosophie de vie, déclara la brunette, interrompant son dilemme moral.

— Tout à fait d'accord, acquiesça-t-il, aussi enjôleur que son père dans ses grands jours. Personnellement, j'en ai autant besoin que... que d'oxygène. J'aime me mesurer à moi-même, savoir que ma survie dépend de moi et de moi seul. C'est dans le sport que l'homme prend toute sa dimension. Ah, n'être qu'une silhouette noire sur une paroi de schiste blanc !

Ils étaient parvenus à l'angle de l'allée. Il prit une pose à la James Dean, en espérant de tout son cœur qu'elle n'avait pas regardé *À l'est d'Éden* la veille.

Apparemment, non.

— Je vois ce que vous voulez dire, approuva-t-elle avec un enthousiasme grandissant.

Puis, comme si elle avait soudain un scrupule, elle cilla et se détourna. Jon sentit un nœud se former dans son estomac. Quelle erreur avait-il commise ? Allait-il gâcher cette opportunité comme il avait anéanti ses chances avec le Petit Lot de l'aéroport ?

— Enfin, pas tout à fait, rectifia-t-elle en pivotant à nouveau vers lui. Je n'ai jamais tenté d'ascension en solitaire. Mais j'en ai très envie. Vous pratiquez l'escalade artificielle ?

Il ne savait même pas ce que c'était.

— Pouf ! Tout le temps, affirma-t-il crânement.

Après tout, ça ne l'engageait à rien.

Elle s'arrêta devant un étalage de pitons.

— Un bon équipement coûte si cher. J'ai besoin d'express et d'anneaux, et aussi de quelques chocs coinceurs. Vous en utilisez, vous ?

— Bien sûr. Je ne saurais m'en passer, fanfaronna-t-il.

Terrifiant. Plus il mentait, plus cela lui apparaissait facile. Son père avait-il connu ça, lui aussi ?

Mais il n'était pas comme Chuck ! Plus il regardait cette fille et plus elle lui plaisait. D'accord, il pouvait difficilement passer pour le dieu de la varappe, mais il adorait les sports de plein air. La preuve : il se déplaçait exclusivement à vélo. Il était prêt à parier qu'elle était concernée autant que lui par le respect de l'environnement. Bon, elle n'était peut-être pas végétarienne – il fallait probablement engranger pas mal de protéines animales pour escalader une montagne –, mais elle était le genre de fille qu'il avait envie de connaître mieux. Et avec qui il avait envie de faire des choses.

— Quelle est la marque que vous préférez ?

— Black Diamond. Il n'y a que ça de vrai, répondit Jon – et il appuya son bras contre l'étagère, derrière lui, dans une attitude qui se voulait décontractée.

Au lieu de ça, il faillit tomber, mais par chance la queue-de-cheval ne le vit pas perdre l'équilibre parce qu'elle était occupée à attraper un drôle de truc sur une étagère du bas. Jon n'avait pas la moindre idée de ce que c'était. Exactement le genre d'instrument qu'un hérétique n'aurait pas aimé rencontrer à l'époque de l'Inquisition.

— Et que pensez-vous des Pika toucans ? demanda-t-elle.

Il se souvint des directives de Tracie et, de toute façon, il mourait d'envie de toucher cette fille. Sa peau avait une couleur appétissante – une sorte de blanc crémeux, avec juste un soupçon de rose. Ses lèvres étaient incarnates comme une fraise et... Il s'aperçut qu'elle attendait sa réponse.

— Pas mal. Évidemment, ils ne valent pas les Black Diamond, mais...

C'est maintenant ou jamais, se dit-il. Tu *dois* la toucher. Il lui prit la main comme pour regarder le Pika machin de plus près.

— Waouh. Vous avez de splendides cuticules.

La brunette en fut tout émue. Elle contempla ses mains, emprisonnées dans la sienne, et il crut la voir rougir.

— Merci. Je m'appelle Ruth, à propos.

— Aproppo ? Très original. Vous êtes d'origine italienne, sans doute ?

Ruth se dirigea vers une file d'attente et se plaça en bout de queue. Jon se glissa derrière elle afin de poursuivre la conversation.

— Vous savez, j'ai seulement un atténuateur de chocs, lui expliqua-t-elle.

Pendant un instant, Jon pensa que c'était une blague ou un sketch monté de toutes pièces par Tracie à son intention. Toucans, express, chocs coinceurs... S'agissait-il d'un sport ou d'un numéro de cirque ?

Mais s'il avait perdu Tracie de vue, il n'avait pas perdu l'esprit. Cette fille était enthousiaste, mignonne à croquer, et il était bien décidé à tenter sa chance – mieux : à la forcer !

— J'espère que ça ira, poursuivit-elle. Ça m'embêterait d'être obligée d'en acheter un autre.

Jon scruta la file d'attente. Apparemment, il allait devoir payer la corde et la ceinture que Tracie lui avait flanquées dans les bras. Tant pis, il considérerait ces achats comme des accessoires de sa garde-robe. Mais au bout d'une autre minute, il constata qu'il n'y avait pas de caisse au début de la file. Bizarre. Qu'est-ce que... ? En proie à une horreur grandissante, il vit l'un des types situé en début de file lancer une corde et commencer à escalader la paroi rocheuse pendant que d'autres descendaient en rappel depuis le sommet.

— Ce n'est pas la file pour payer ?

— Non, c'est celle pour tester. J'essaie toujours mon matériel avant de l'acheter. Pas vous ? demanda Ruth.

— Si, si. Chaque fois que je suis venu ici, j'ai fait comme ça, acquiesça Jon d'une voix blanche.

Sa mère l'avait toujours mis en garde contre les mensonges. Comment cela peut-il m'arriver ? se demanda-t-il tout en regardant avec épouvante les gens devant lui. Les uns après les autres, ils se balançaient contre la paroi rocheuse comme s'il ne s'agissait pas d'un acte suicidaire. Il se tourna vers Ruth, dont les lèvres semblaient remuer.

— Pardon ? demanda-t-il.

Deux autres personnes lancèrent leur corde à l'assaut du rocher. Jon entendit son cœur cogner à toute volée dans sa poitrine. Il chercha Tracie du regard. C'est forcément une blague, songea-t-il tandis que Ruth et lui progressaient inexorablement vers le comptoir. La panique l'envahit. Il avait une peur bleue du vide.

— Je n'ai pas besoin de tester cette corde, déclara-t-il avec toute la décontraction dont il était capable.

— Non, mais je suis bien sûre que vous avez hâte d'essayer le harnais.

Un moniteur du REI s'approcha de Jon.

— Vous êtes expérimenté ?

Avant qu'il ait pu se défiler, Ruth intervint.

— Il pratique l'escalade artificielle, affirma-t-elle.

— Parfait. En ce cas, vous pouvez faire votre nœud vous-même.

Oui, autour de mon cou, songea Jon. Ou autour de celui de Tracie. Jon jeta un regard traqué à droite et à gauche, à la recherche d'une issue de secours. La foule agglutinée devant les vitres ressemblait à des partisans de Marie-Antoinette devant la guillotine. En proie à une nausée grandissante, il aperçut Tracie parmi eux et lui lança un appel au secours silencieux. Elle haussa les épaules d'un geste fataliste. Il regarda Ruth, songea à sa peau crémeuse, puis prit une profonde inspiration et lança sa corde au petit bonheur sur le rocher.

— Oh..., souffla Ruth. Vous êtes sûr de vouloir prendre une voie aussi difficile ?

Jon secoua la tête, agrippa la corde, ferma les yeux et commença à monter. Tous les autres se déplaçaient sur la paroi comme des singes-araignées, mais lui pédalait dans le vide comme un damné, sans avancer d'un pouce.

— Ne vous inquiétez pas. J'arrive, lui cria Ruth.

Jon la détesta subitement de toute son âme. Il ne s'était pas rendu compte qu'il avait affaire à une sadique, déterminée à le tuer.

— Je ne m'inquiète pas, croassa-t-il en essayant de puiser la force de se hisser jusqu'à la première saillie.

Il était maintenant à près de deux mètres du sol. Il jeta un coup d'œil par-dessus son épaule, et fut saisi d'une telle terreur que ses mains se mirent à trembler et qu'il faillit tomber. Pour éviter cela, il se rua à l'assaut de la paroi à grand renfort de mouvements désordonnés, s'agrippant frénétiquement à la roche tandis qu'il montait à la corde. Il n'y avait aucun endroit où se percher, aucune surface qui ne soit pas verticale. Finalement, il réussit à atteindre une saillie à environ six mètres au-dessus de la foule attroupée sous lui, et s'y agrippa désespérément. Il se colla au rocher comme une ventouse.

Le moniteur du REI empoigna un mégaphone et s'adressa à lui.

— Êtes-vous en difficulté ?

Toutes les personnes présentes à l'intérieur du gigantesque magasin s'arrêtèrent pour regarder. La foule avide de sensations fortes grossit. Les rapaces ! Alors c'était à cela que ressemblait le genre humain depuis le plafond de la chapelle Sixtine ? Jon vit Tracie se frayer un passage jusqu'au premier rang. Mais au lieu de lui crier des encouragements, de lui annoncer l'arrivée des secours, elle se mit à prendre des photos ! Comme quoi on avait beau connaître quelqu'un depuis des années, on ne pouvait jamais prévoir sa réaction face à une situation critique, songea-t-il avec philosophie. Mais cela n'avait pas vraiment d'importance, puisqu'il allait mourir.

— Répondez, cria l'homme au mégaphone. Êtes-vous en difficulté ?

Jon savait qu'il lui était impossible de hocher la tête ou même de remuer les lèvres.

— Urgence ! Nous avons une urgence ! Tous les autres grimpeurs peuvent-ils avoir l'obligeance de redescendre ? cria l'homme au mégaphone.

Une sirène d'alarme retentit. Des hordes de prédateurs surgirent de tous côtés pour se repaître du spectacle. Tracie disparut dans la foule. Jon tourna les yeux vers le ciel et essaya de ne plus faire qu'un avec le roc.

Après l'arrivée humiliante des secours, Tracie regagna sa voiture au côté d'un Jon livide et titubant. On les suivait des yeux dans le parking, le doigt pointé sur la loque humaine.

Irrécupérable, songea-t-elle avec abattement tout en ouvrant sa portière. Non seulement elle allait perdre son pari avec Phil, mais son article ne verrait jamais le jour. Elle ne réussirait pas à transformer Jon. Cet homme était une cause perdue. Le plus tragique, c'était l'avenir qu'il se préparait : il resterait un canard boiteux jusqu'à la fin de ses jours et finirait dans la peau du vieux « tonton » célibataire de ses futurs enfants à elle. Seigneur, gémit-elle *in petto*, ce sera encore pour leur donner des conseils ringards.

Le silence perdura sur l'autoroute et se prolongea jusqu'à ce qu'ils soient à mi-chemin de l'appartement de Jon.

— Dis, tu n'aurais pas vu où est passée Ruth ? lâcha-t-il enfin. J'ai risqué ma vie pour elle, et elle a disparu.

À deux doigts d'exploser, Tracie préféra ne pas répondre.

— Je lui ai laissé mon numéro de téléphone. Tu crois qu'elle m'appellera ?

Non, ce n'est pas possible, décida Tracie. Il ne peut pas être « vrai », il joue forcément un rôle !

— Après l'épisode du masque à oxygène, ce n'est pas gagné d'avance.

— Ça, ils auraient pu s'abstenir. J'étais juste en hyperventilation. J'avais simplement besoin d'un sac en papier.

— Oui. Pour te cacher dessous.

Le plus sidérant, c'était son inconscience. Se rendait-il seulement compte de l'ampleur du désastre ? C'était pire encore que son fiasco à l'aéroport ! À supposer qu'elle ne décide pas de tout laisser tomber, elle devait impérativement lui donner un cours intensif avant son rendez-vous avec Beth.

— Il va falloir réviser, mon vieux.

— Pitié, gémit Jon. Plus de leçons !

Tracie quitta la route des yeux pour lui lancer un regard noir.

— À ta place, après une telle débâcle, je me ferais petit, petit, petit !

Jon se recroquevilla contre sa portière.

— Je peux y arriver... Je le sais. Ce n'était pas comme à l'aéroport... Ruth me parlait. Ruth m'appréciait.

Il la regarda, en quête d'un soutien. Tracie essaya de ne pas sourire.

— Ne m'abandonne pas, Tracie, la supplia-t-il. Je sais que tu en meurs d'envie, mais ne le fais pas. S'il te plaît...

Elle quitta de nouveau la route des yeux, et ce fut plus fort qu'elle, elle ne put s'empêcher de fondre.

— Idiot, tu sais bien que je ne t'abandonnerai jamais. En fait, j'ai une bonne nouvelle. Tu vas être tout excité.

— Écoute, je crois que j'ai eu mon compte d'excitation pour la journée...

— Ne t'inquiète pas, ce n'est pas pour aujourd'hui. Je t'ai arrangé un rendez-vous vendredi soir.

Jon se redressa sur son siège. Il ne se souvenait même pas à quand remontait son dernier vrai rendez-vous.

— C'est sérieux ? Avec qui ?

— Une collègue de bureau. Tu verras, elle est a-do-rable. Elle s'appelle Beth.

Hou là. Encore une des laissées-pour-compte que fréquentait Tracie. Elle lui racontait régulièrement leurs déboires sentimentaux, mais il avait du mal à se rappeler leurs noms.

— Ce n'est pas elle qui était amoureuse d'un pilote de stock-car ? s'enquit-il d'un ton soupçonneux.

— C'était l'année dernière, éluda Tracie comme s'il y avait un siècle de cela. Depuis, il y a eu un videur de boîte de nuit. Et quelqu'un du *Seattle Times*.

Allons bon. Une mante religieuse.

— Elle ne voudra pas de moi.

— Mais si. Nous devrons juste faire un peu de bachotage d'ici vendredi. Tu peux me retrouver demain ?

— J'ai une réunion à préparer.

Il avait fait preuve d'un laxisme coupable ces derniers temps.

Au lieu de travailler vingt heures par jour, comme à son habitude, il n'avait cessé de remettre au lendemain, encore et encore. Sa vie privée allait finir par avoir raison de sa vie professionnelle s'il continuait à déserter son bureau.

— Qu'est-ce qui est le plus important ? Ta carrière ou ta vie amoureuse ? demanda traîtreusement Tracie.

Elle avait une façon déconcertante de répondre aux questions qu'il osait à peine se poser et encore moins formuler à voix haute. En temps ordinaire, cela lui plaisait parce qu'il avait l'impression d'être compris. Mais aujourd'hui, il se sentait mis à nu.

— Personne n'est mort en regrettant de ne pas avoir passé plus de temps au bureau, insinua-t-elle.

C'est sûr, songea-t-il. Et personne ne devenait directeur du Développement en privilégiant sa vie privée.

— D'accord, d'accord, soupira-t-il. Où est le rendez-vous ?

— En face du *Seattle Times*. Devant Starbucks. Ou à l'intérieur, si jamais il pleut.

— Et où devrai-je l'emmener ?

Cette seule perspective le rendait nerveux.

— Dans un restaurant chic. Mais pas trop. Tu te souviens des règles ?

— Oui, oui, grommela-t-il d'un air sinistre. Pas de salade fermière.

21

Tracie gravit les deux étages crasseux qui conduisaient à l'appartement de Phil. Sa porte était ouverte. Il ne la fermait jamais, ce qui avait le don de l'agacer. Ce n'était pas qu'elle soit maniaque, le genre je-tourne-trois-fois-la-clé-dans-la-serrure-et-je-tire-tous-les-verroux, mais une telle désinvolture était dangereuse. Le quartier de Phil – près d'Occidental Park – ne passait pas pour le plus sûr de Seattle. Elle hésitait même à s'y garer. Une fois on avait esquinté son pare-chocs, et une autre on lui avait guillotiné son antenne.

Elle aimait que Phil vienne chez elle, mais ne tenait pas à ce que cela devienne une habitude. Il y passait déjà les trois quarts de son temps. Voilà pourquoi, après avoir garé sa voiture dans un secteur dangereux, elle gravissait son escalier crasseux pour se rendre dans un taudis plus répugnant encore, et cela à seule fin d'être avec lui et de sacrifier au sain principe de l'alternance. Elle secoua la tête. Les hommes étaient si compliqués. Il aurait bien mieux valu qu'il s'installe carrément chez elle plutôt que de continuer à vivre comme ça, mais il ne l'admettrait jamais. Il ne lui restait plus qu'à espérer qu'elle gagnerait son pari.

Tracie entra dans la grande salle (Phil refusait le terme « living-room », trop bourgeois à son goût), où régnait comme d'habitude un épouvantable capharnaüm, et enjamba soigneusement les obstacles.

Le cliquetis d'une machine à écrire lui parvint de la chambre à coucher et elle comprit que Phil écrivait. En temps normal, elle évitait toujours de l'interrompre en pleine inspiration. Mais aujourd'hui c'était encore plus délicat, car elle avait une faveur à lui demander.

Après le récit que Jon lui avait fait de son échec à l'aéroport et le reportage photo qu'elle avait réalisé de sa prestation désastreuse au REI, Tracie avait absolument besoin d'inclure un épisode un peu positif dans son article. D'où la nécessité de l'observer dans le feu de l'action. Le mieux serait de l'accompagner à son rendez-vous et de lui prodiguer des conseils en direct. Voire d'immortaliser la scène par quelques clichés. Elle griffonna une note sur un Post-it pour se souvenir d'emporter son appareil avec téléobjectif. Le problème, c'était que Phil avait horreur de sortir – sauf pour aller au cinéma, ou évidemment pour se produire avec son groupe. Jamais il n'accepterait de jouer le prince consort à ses côtés.

Tracie soupira. Elle progressait avec Jon. Ruth, ou quel que soit son nom, avait paru sous le charme jusqu'à ce qu'il se momifie sur sa paroi rocheuse. Hélas, Phil se moquait éperdument de ses efforts, tout comme il se fichait de son article. Il lui répondrait qu'elle n'avait qu'à ne pas écrire de textes débiles pour des lecteurs débiles. Il avait sans doute raison sur le fond, mais quand même, ce n'était pas juste. C'était avec l'argent que lui rapportaient ces débilités qu'elle achetait à manger.

Elle songea à leur pari. Si elle gagnait, il viendrait habiter avec elle de façon permanente. Mais était-ce réellement souhaitable ? Si elle adorait partager ses nuits, vivre avec lui serait beaucoup plus problématique. Et si elle respectait son besoin de liberté, elle aurait aimé qu'il se montre plus mature, qu'il cherche du travail et qu'il se comporte de façon plus... responsable. Cela lui était bien égal de ne pas arborer un diamant à l'annulaire, et elle n'avait aucune envie de devenir comme ces riches épouses d'Encino, mais les traditions n'avaient pas que de mauvais côtés. Se marier, fonder une famille, habiter un joli appartement et manger de bons petits plats n'avait rien de honteux. Phil n'y trouvait rien à redire, d'ailleurs. Et pour cause : c'était bien pour ça qu'il passait la majeure partie de son temps chez elle !

En s'approchant de la chambre, elle écrasa le couvercle d'une boîte de pizza aux peperoni.

— C'est toi, Tracie ? demanda Phil sans lever les yeux.

— Ouais, répondit-elle en essayant de l'imiter. La répète a duré plus longtemps que prévu.

Phil se détourna de l'écran de son ordinateur et se frotta les paupières comme s'il jouait du clavier depuis très longtemps.

— Qu'est-ce que tu racontes ? Tu n'as pas de répétitions.

— Bravo. Tu as gagné le gros lot.

Elle se glissa derrière lui et posa les mains sur ses épaules. Elles étaient si larges.

— J'ai besoin de ton aide.

— Tu veux que je te gratte là où ça te démange ? demanda-t-il en s'étirant.

— Pas dans l'immédiat. Il s'agit de mon projet avec Jonny.

— *Jonny* ? Tu veux dire ton technocrétin de Jon ? Le fameux « génie asexué » ?

Il avait lu ses notes ! Tracie rougit de colère et recula. Jamais elle ne se serait permis de fouiller dans ses affaires. Or il avait manifestement épluché ses Post-it. Bon, d'accord, il n'avait pas eu grand mal, elle en avait collé partout. Mais quand même, l'idée qu'il ait mis son nez dans ses papiers ne lui plaisait pas. Il allait le regretter. Elle attrapa une bouteille d'Évian à moitié pleine.

— Il n'a plus rien d'un technocrétin. Il est même très présentable.

— Pff.

— Tu veux t'en assurer par toi-même ?

Phil retourna à son écran d'ordinateur.

— Non.

Elle savait que ça ne marcherait pas.

— Je lui ai organisé un rendez-vous galant.

— Pas possible ? Chelsea Clinton est désespérée à ce point ? ironisa Phil. Et comment ce grand couillon à lunettes compte-t-il s'y prendre avec tous les agents des services secrets à l'affût de ses moindres faits et gestes ? Note qu'ils ne seront pas sur les dents : je suis sûr qu'il ne sait même pas par quel bout attraper une fille.

— Il sait très bien comment s'y prendre. Je lui ai appris.

Tracie espérait que, en dépit de son cours d'éducation sexuelle avorté, Jon avait deux ou trois trucs bien à lui. Elle marqua un temps. Elle allait devoir la jouer très fine.

— J'ai tout arrangé. Il sort avec Beth. Tu sais, ma copine de travail.

Et si elle lui présentait la chose de façon amusante ?

— La rencontre a lieu vendredi soir. Ça va être tordant. Et nous serons aux premières loges. En somme, ce sera comme un double rendez-vous.

— Un double ?

Phil lui lança un regard effaré.

— Maintenant, je sais que je rêve. À moins que ce soit un cauchemar ? Tracie, je ne fixe jamais de rendez-vous. Encore moins un double rendez-vous. Et si je le faisais, ce ne serait sûrement pas avec ce tocard ! Ni avec ta copine Beth !

Bon. Il ne lui laissait pas d'autre choix que de le supplier.

— Oh, je t'en prie, viens. Nous n'aurons pas besoin d'être à côté d'eux. Je dois juste l'observer. Comme un entraîneur. Il faut que je puisse l'aider si jamais ça ne se passe pas bien. C'est sa première fois, tu comprends.

Elle laissa glisser une poignée de secondes.

— Je dois être présente, pour mon article.

— C'est ton problème, pas le mien.

Parfois, il était tellement égoïste et prévisible qu'elle avait envie de le tuer.

— Phil, si tu ne me rends pas ce service, je te jure devant Dieu que...

— Je ne veux plus que tu t'occupes de ce tocard, l'interrompit Phil.

Il lui saisit la main, posa la bouteille d'eau sur le sol, l'attira à lui et emprisonna ses jambes entre ses cuisses.

— Tu lui consacres beaucoup trop de temps, murmura-t-il en lui mordillant le lobe de l'oreille. Tu t'es absentée presque toute la nuit. Et en plus, si jamais tu gagnes...

Un frisson voluptueux parcourut le dos de Tracie.

— Nous partagerons la corvée de lessive, termina-t-elle à sa place. Tu seras très mignon, un paquet de Paic à la main.

Commotionné par cette image, il repoussa l'insensée et se leva d'un mouvement brusque.

— Tu vois. Tu vois ? Je te l'avais dit ! Ce n'est pas ce que je veux. Et toi non plus ! Tu m'aimes comme je suis. C'est pour ça que tu m'as choisi. Tu n'as aucune envie de me voir épousseter les meubles, un tablier noué à la taille. Domestiquer un rebelle, c'est... c'est un crime contre la nature !

Il se jeta sur le lit, révulsé.

— Je veux que tu laisses tomber ce projet débile, un point c'est tout.

Tracie s'assit au bord du matelas et entoura le Rebelle de ses bras.

— Mon père a peut-être envie de te prendre pour gendre, plaisanta-t-elle, mais ce n'est pas *moi* qui te passerai la corde au cou. En revanche, je tiens énormément à écrire cet article.

Si la psychologie pour enfant ne marchait pas, peut-être aurait-elle plus de chance avec de la psychologie pour ado.

— Tu as peur que je remporte notre pari, c'est ça ? Et d'être obligé de reconnaître que tu t'es trompé sur Jonny ?

— Arrête de l'appeler Jonny. Et ce n'est pas vrai : je ne me suis pas trompé sur lui. Tu ne peux pas métamorphoser ce nullard.

— En ce cas, viens assister à ma défaite.

Il la fit rouler sur le dos et l'embrassa fougueusement.

— Tu viendras ? chuchota-t-elle.

Il hocha la tête dans une promesse silencieuse.

Le vendredi matin, Tracie travaillait d'arrache-pied sur son PC quand le téléphone sonna. Elle décrocha d'une main, tout en continuant à taper de l'autre.

— Tracie Higgins à l'appareil.

— J'espère bien, j'ai composé ton numéro, répondit Laura.

— Tu t'es décidée à chercher du travail ? lui demanda Tracie.

Elle adorait partager son appartement avec Laura, et n'avait aucune envie de la voir retourner dans les bras de Peter, mais ce n'était pas une solution.

— J'ai un entretien à quinze heures, répondit fièrement Laura. Je me suis dit qu'on pourrait aller boire un verre ensemble, quand j'en aurais terminé.

— Génial. Je suis très contente pour toi.

Puis elle se souvint que Beth sortait avec Jon, ce soir, et qu'elle devrait assurer son rôle de coach.

— D'accord pour le verre, répondit-elle néanmoins pour ne pas laisser tomber Laura après son entretien.

— Super.

— Mais je n'aurai pas beaucoup de temps à te consacrer. Je suis de sortie, ce soir.

Il y eut un silence.

— Si je comprends bien, je vais encore devoir jouer les babysitters avec Phil ?

— Non. Il vient avec moi.

— Waouh ! Félicitations ! Qu'est-ce que vous fêtez ?

— Le premier vrai rendez-vous de Jon. Il emmène Beth au restaurant.

— Intéressant. La rencontre d'un petit génie avec une cruche authentique. Je regrette de ne pas assister à ça !

Tracie s'apprêtait à prendre la défense de ses deux amis quand sa deuxième ligne se mit à clignoter.

— Il faut que je raccroche. On se retrouve à dix-sept heures.

Elle appuya sur la touche.

— Tracie Higgins, j'écoute !

— Ça tient toujours pour ce soir ? demanda Jon.

Elle leva les yeux au ciel.

— Naturellement. Pourquoi veux-tu qu'il y ait un changement ?

— L'habitude. En général, on me décommande toujours à la dernière minute. Et puis, je dois vraiment travailler. Je veux dire... j'ai accumulé un retard épouvantable dans mon boulot, et...

Il était impossible. Il avait turbiné vingt-quatre heures sur vingt-quatre pendant des années. En réalité, son travail n'était qu'un prétexte destiné à masquer son manque de confiance en lui. La preuve : Beth ne l'avait même pas encore rencontré, et il s'imaginait déjà que c'était raté.

— Oublie tout ça. Tu es un homme neuf. Tu ressembles à un mauvais garçon, tu te comportes comme un mauvais garçon et tu penses comme un mauvais garçon. Tu es un champ magnétique qui attire les filles, un vrai aimant. Pense à Beth comme à un très joli morceau de limaille. D'accord ?

— Oh, tu jouais aussi à ça quand tu étais petite ? Tu sais, le petit bonhomme chauve rempli de petits morceaux de fer. On se servait d'un aimant pour lui faire pousser de la barbe ou des cheveux, ou...

Tracie quitta son écran des yeux et contempla fixement le téléphone.

— Sois gentil, Jonny, abstiens-toi de poser ce type de questions ce soir. Aucune facétie du genre Monsieur Patate, aucune allusion au *Manège enchanté* ou à *La Petite Maison dans la prairie*... et, par pitié, ne lui chante pas le générique de *L'Île aux enfants*. Si tu es en proie au doute, tais-toi. Compris ?

— Compris. Mais tu es vraiment obligée de m'appeler Jonny ? C'est tellement... ridicule.

Elle perçut une note de souffrance dans sa voix mais se dit que c'était pour son bien.

— Absolument. Autant t'y habituer dès maintenant.

Elle essaya de réfléchir à un moyen de piquer l'intérêt de Beth. La meilleure des garanties était de rendre Jon inaccessible, mais comment ? Elle se souvint brusquement de l'une de ses disputes avec Phil et esquissa un sourire triomphal. Bien sûr !

— Écoute-moi, Jonny. Ce soir, quand tu auras fait ton compliment à la serveuse, je veux que tu te lèves, que tu te diriges vers le bar et que tu bavardes avec une fille. N'importe laquelle.

— Hein ? Mais je...

L'autre ligne de Tracie clignota.

— Excuse-moi une seconde, Jonny.

Décidément, elle aimait vraiment son nouveau prénom, songea-t-elle tout en enfonçant la touche.

— Tracie Higgins à l'appareil. Vous désirez ?

— Toi, grogna la voix de Phil.

— Ne bouge pas, je te prends tout de suite.

Tracie enfonça le bouton de la ligne un, et reprit sa conversation avec Jon – enfin... Jonny.

— Où en étions-nous ? Ah oui, tu es au bar en train de bavarder avec une fille...

— Tracie, j'ai déjà un rendez-vous ce soir. Je ne m'en sors pas avec une seule partenaire, alors comment veux-tu que je flirte simultanément avec deux femmes ?

— Il n'est pas question de ça. Il s'agit d'un simple tour de magie. Un numéro d'illusion, si tu préfères.

Elle se souvint de Phil qui continuait à attendre sur l'autre ligne, et enfonça rapidement la touche deux.

— Je suis à toi tout de suite, déclara-t-elle avant d'enfoncer à nouveau la touche un.

— Demande-lui n'importe quoi : l'heure qu'il est, le tabac le plus proche, son apéritif préféré... Puis écris un numéro de téléphone au stylo sur la paume de ta main.

— Celui de qui ? demanda Jon.

— N'importe lequel ! siffla-t-elle d'un ton exaspéré. Ensuite, reviens t'asseoir et ne dis rien. Assure-toi simplement que Beth voit ta main.

— Tu veux qu'elle repère le numéro ? gémit-il. Tracie, tu me tues. C'est cruel et indigne. Il vaut mieux tout annuler. Je suis abominablement en retard dans mon travail, et... et je ne me sens pas bien, brusquement.

— N'essaie pas de tomber malade, l'avertit-elle. Sinon, tu seras condamné à hanter les aéroports jusqu'à la fin de tes jours. Et puis, le truc du numéro de téléphone la rendra folle de toi. Tu passeras pour un conquérant. Tu peux avoir qui tu veux, mais c'est elle que tu as choisie.

— Je ne l'ai même pas choisie, geignit-il. C'est toi qui...

Il n'avait rien compris. Tracie roula des yeux.

— Jonny, la drague au troisième millénaire est un exercice cruel et sans pitié. La fin justifie les moyens, tu saisis ?

— Je crois. Donc, je la retrouve à dix-sept heures trente devant l'immeuble du journal.

— C'est ça. Mais fais en sorte de ne pas arriver avant dix-sept heures quarante-cinq.

— Mais... Ah, euh... d'accord.

— À plus !

Ce fut seulement après avoir raccroché et s'être remise au travail que Tracie s'aperçut que la lumière de la deuxième ligne s'était éteinte. Phil ! Elle haussa les épaules. Elle ne savait pas où le rappeler, mais il s'en chargerait.

Beth se faisait belle pendant que Tracie, Laura et Sara surveillaient les opérations.

— Tu devrais brosser tes cheveux, suggéra Sara.

Tracie lui tendit une brosse et redressa le col de son chemisier.

— Merci, Sara, mais c'est déjà fait, répondit Beth. Seigneur, je vais probablement transpirer comme un putois. J'aurais dû apporter mon parfum !

— Tu veux que je te prête mon *Anaïs* ? demanda Laura en farfouillant dans son sac.

— Non, merci. Je me suis déjà aspergée d'*Eau de Rochas* ce matin. Si je mélange, je vais cocotter. Il est vraiment craquant, Tracie ?

— Absolument. Il a un charme fou, un peu... à la manière de James Dean.

Tracie estimait que ce ne serait pas mal d'implanter cette image dans le cerveau de Beth.

— Qui est James Dean ? demanda-t-elle.

— Un type mort, répondit Sara. Tu as une chance folle, tu sais. Moi, je n'ai pas eu un seul rendez-vous depuis quatre mois. Tracie, pourquoi tu ne m'arranges jamais un rancard ? Jonny n'a pas un copain ?

— Tracie ne connaît personne qui vaille le coup, affirma Beth. Laura, toi tu sais où elle a trouvé cet oiseau rare ? Je n'ai jamais entendu parler de lui, souligna-t-elle tout en appliquant une bonne couche de mascara sur ses cils.

— Elle l'a fabriqué, répondit Laura, puis elle adressa un sourire malicieux à Tracie par-dessus la tête des deux filles.

Tracie lui lança un regard noir, et jeta un coup d'œil à sa montre.

— Tu vas être en retard.

Beth paniqua.

— Tu plaisantes ? Je dois encore épiler mon sourcil gauche ! Qui a une pince à épiler ? Je ressemble à Chita la guenon !

Laura lui tendit l'instrument pendant que Tracie glissait un regard vers la fenêtre. Quelle que soit l'heure à laquelle Beth arriverait à son rendez-vous, Jon devrait être légèrement en retard. Seigneur, pourvu que Beth ne soit pas trop déçue, et qu'elle ne l'envoie pas promener trop brutalement.

— Il est six heures moins vingt, annonça-t-elle. Tu devrais être en bas depuis dix minutes.

— Qu'il attende, décréta Sara. Les hommes ne se gênent pas pour nous faire poireauter.

Beth arracha deux poils invisibles de son sourcil, rendit la pince à épiler, et attrapa son sac, prête à s'élancer vers son destin.

— Hé, les filles, si on se poste près de l'ascenseur,

on assistera à leur rencontre, de l'autre côté de la rue ! déclara Sara.

— Allons-y, approuva Laura.

Laura, Tracie, Beth et Sara slalomèrent entre les retardataires qui traversaient le hall, atteignirent l'ascenseur. Beth appuya sur le bouton d'appel.

— Souhaitez-moi bonne chance ! s'écria-t-elle.

Avant qu'elles puissent répondre, les portes s'ouvrirent et elle entra dans la cabine. Au même instant, Allison apparut dans le hall, plus resplendissante que jamais.

— Retenez l'ascenseur ! cria-t-elle. Je suis en retard !

— Qu'est-ce que ça peut nous faire ? grogna Sara.

Naturellement, l'un des passagers s'empressa de bloquer la fermeture des portes pour avoir le bonheur d'effectuer la descente avec la belle blonde et de respirer son aura. Le rayonnement de Beth s'éteignit au contact de celui d'Allison, mais Tracie refusa d'en convenir.

— Amuse-toi bien, lança-t-elle. C'est un garçon génial !

Les trois jeunes femmes regardèrent les portes se refermer sur son visage plein d'espoir. Sara, puis Laura et finalement Tracie se précipitèrent vers la fenêtre. Elles guettèrent quelques instants, les yeux rivés sur la rue. Beth apparut. Elle traversa et prit place sur le trottoir d'en face, seule dans le crépuscule.

— Si jamais ce salaud ne vient pas..., murmura Sara entre ses dents. Tu sais, cette pauvre Beth en a vu de toutes les couleurs.

— Il va venir, affirma Tracie, en priant pour que ce soit vrai.

— Elle est très mignonne, commenta Laura avec un peu d'envie, son nez presque collé à la vitre. Et si mince...

— Espérons seulement qu'il l'abordera de face et qu'il ne verra pas ses fesses en premier, dit Sara.

— Sara ! protestèrent Laura et Tracie d'une même voix.

— Je plaisante.

À leurs pieds, Beth attendait toujours, faisant passer le poids de son corps sur une jambe puis sur l'autre, s'adossant à un réverbère d'un air faussement nonchalant. Les trois jeunes femmes continuèrent à la regarder en silence pendant plusieurs minutes. En dépit de sa nervosité – ou à cause d'elle –, son visage reflétait cette luminosité particulière du premier rendez-vous qui se transforme en rayonnement quand une femme est amoureuse.

— Je te préviens, Tracie : si jamais il ne vient pas, je te trucide, promit Laura.

— S'il vient et qu'il est beau gosse, je te trucide pour avoir donné la priorité à Beth, grommela Sara.

— Du calme. Ne vous excitez pas comme ça. Vous n'aimerez probablement pas du tout son genre.

Au même instant, Tracie vit Jon attacher son vélo à une grille, juste à l'angle. Oh non ! Pourvu que ses copines ne l'aient pas vu. Cet idiot avait installé son casque de moto sur le porte-bagages ! Elle devait vraiment tout lui dire. C'était incroyable qu'on ne l'ait pas encore arrêté pour stupidité sur la voie publique.

Tracie le regarda empoigner le casque, remonter la rue en courant, puis ralentir en atteignant l'angle et vérifier son reflet dans la vitrine du drugstore. Heureusement, Sara et Laura ne l'avaient toujours pas repéré. Lorsqu'il tourna enfin le coin de la rue et traversa, plus rien ne le reliait à la bicyclette.

— Le voilà ! s'écria Laura.

À leurs pieds, Jonny traversait la chaussée et s'approchait de Beth. De toute évidence, ils s'étaient reconnus mutuellement et effectuaient les présentations. Tracie recula et observa la réaction de ses camarades.

— Mais il est superbe ! s'exclama Sara.

Elle rapprocha son visage de la vitre et mit ses mains en visière pour réduire les reflets.

— Joli sweater, approuva Laura.

— Jolie veste, renchérit Sara. On dirait que ce beau gosse a de l'argent. Sans parler d'une très jolie paire de biceps.

— Il porte un casque ! cria Laura. Il a une moto ?

Tracie se souvint que Peter en possédait une.

— Où l'a-t-il garée ? demanda Sara.

— Probablement à l'angle, répondit Tracie avec sincérité.

Puis, pour détourner leur attention, elle ajouta :

— Vous savez, il a rompu avec une femme il n'y a pas longtemps.

À travers la fenêtre, elles regardèrent Jonny et Beth bavarder. Jon plongea la main dans la poche de sa veste et en sortit quelque chose, qu'il brandit sous le nez de Beth.

— Qu'est-ce que c'est ? Un briquet ? demanda Sara. Mais Beth ne fume pas.

Tracie grinça des dents tandis que Jon rangeait le distributeur de Pez dans sa poche. Plus tard, elle devrait se rappeler de le tuer. Il toucha les cheveux de Beth du bout des doigts. Pour une raison inconnue, ils se mirent à rire tous les deux. Un sentiment de solitude envahit peu à peu les trois spectatrices immobiles devant leur fenêtre. Tracie revécut malgré elle l'excitation de son premier rendez-vous avec Phil, le soin avec lequel elle avait choisi sa tenue, sa joie à la seule idée de la soirée à venir. À ce propos...

— Laura, il faut y aller. Il me reste vingt minutes pour boire un verre avant de rejoindre Phil.

— Et moi, j'ai un article à boucler, déclara Sara.

— Et moi, mon CV à peaufiner, ajouta Laura. Et les petites annonces à éplucher.

Les trois jeunes femmes tournèrent le dos à la fenêtre en soupirant et s'éloignèrent à regret.

22

La serveuse attendait devant la table, les yeux fixés sur Jon et Beth. On lui aurait donné facilement cent dix ans. Le genre de vieux cheval à travailler jusqu'à son dernier souffle.

Ils étaient installés au *Merchants Café*, le plus ancien restaurant de Seattle. Jon était nerveux, mais, jusqu'ici, il avait réussi à ne pas tout gâcher. Avant de quitter le bureau, il avait appelé Tracie pour une révision de dernière minute. Elle devait passer dans la soirée et l'observer de loin afin de l'assister en cas d'urgence. Cette fois, il était déterminé à jouer son rôle à la perfection : se souvenir de son texte, faire le compliment adéquat, et éviter toute allusion à ses habitudes culinaires. Au moins, il n'aurait pas à porter de bagage, ni à se frotter à un à-pic.

Mais tandis qu'il contemplait le joli minois de Beth, tout se brouilla dans sa tête et il se demanda avec amertume à quoi rimait cette comédie. Elle ne faisait qu'accroître le fossé entre eux. Cela dit, Beth était vraiment avenante et elle lui témoignait une attention qu'il n'avait pas décelée chez une femme depuis... oh, très, très longtemps. Pourvu qu'il tienne la distance ! Il devait absolument réussir sa prestation.

Le vieux cheval commençait à s'impatienter, et martelait le sol de son sabot, attendant qu'ils se décident à passer leur commande. Jon se rappela brusquement qu'il était censé dire quelque chose pendant que Beth consultait le menu, mais quoi ? Il essaya de rassembler ses souvenirs. Une histoire de veau ? Non.

Pendant un moment, il paniqua. Puis cela lui revint. Il devait attendre que sa compagne ait arrêté son choix.

— Je vais prendre la sole grillée, annonça-t-elle à la serveuse.

— Vous êtes sûre ? demanda Jon, très fier de s'être souvenu à temps de sa réplique.

— Pourquoi ? Le poisson n'est pas frais ici ? l'interrogea Beth.

Stop. Ce n'était pas ce qui était prévu. Trop tard, il se rappela que dans le scénario de Tracie sa conquête commandait un plat très riche en calories.

— Tous nos poissons sont pêchés du jour, se rebiffa la centenaire, comme si mettre en doute son poisson jetait l'opprobre sur son honneur.

— J'en suis certain, affirma Jon d'une voix contrite.

Il n'avait pas l'intention d'insulter le *Merchants Café*. Comment justifier sa remarque ? Réfléchissant à toute allure, il déclara :

— Euh... je vais prendre la sole, moi aussi.

Il n'aimait pas particulièrement ça, mais c'était un geste d'apaisement. Du moins, il l'espérait.

— Vous voulez des pommes de terre ou du riz en accompagnement ?

La serveuse nota le reste de leur commande sans faire de commentaire, puis s'éloigna en secouant la tête.

Beth regarda Jon, un demi-sourire aux lèvres.

— Vous êtes bizarre. Vous me déconseillez la sole, et ensuite vous commandez le même plat ?

Jon haussa les épaules. D'accord. Il s'était planté sur ce coup-là, mais il réussirait l'épreuve suivante. Il essaya de réfléchir à ce qu'aurait fait James Dean dans sa situation. Pas évident parce qu'il n'aurait sûrement pas demandé de la sole. Que lui avait enseigné Tracie, déjà ? Il observa Beth. Elle avait de très jolies mirettes, sombres, frangées de cils encore plus sombres – seulement voilà : il n'avait pas le droit d'en parler. Aussi, quand la serveuse réapparut et posa les salades composées devant eux, Jon lui saisit-il la main au vol pour la retenir.

— N'a-t-elle pas les plus beaux yeux du monde ? demanda-t-il à Beth.

Ces mots avaient à peine franchi ses lèvres qu'il s'aperçut avec un sentiment d'horreur que les yeux de leur serveuse étaient tout sauf beaux. En fait, on les voyait à peine tant ils étaient enfouis dans les plis de son visage ridé.

— C'est vrai, acquiesça Beth, sûrement pour mettre la serveuse à l'aise – ou parce que dans son esprit Jonny essayait d'être aimable.

— Merci, répondit l'ancêtre.

Bon, il n'avait pas rendu Beth jalouse, mais au moins il avait effacé sa remarque désobligeante sur le poisson. Et maintenant ? Tout était si compliqué. Il soupira. Lorsque la serveuse s'éloigna, il commença à chipoter sa salade. Il avait peur de parler, et peur du silence.

— C'était très attentionné, déclara Beth avec cette voix qu'il avait entendue toute sa vie. Vous êtes un gentil garçon.

— Ah non, absolument pas ! rétorqua Jon avec un peu trop de véhémence.

Beth écarquilla ses jolis yeux qu'il n'avait pas le droit de complimenter. De pis en pis. Si ça continuait, il allait bafouiller quelque chose au sujet de la Bombe humaine et elle s'enfuirait du restaurant en hurlant. Ressaisis-toi, s'admonesta-t-il.

— Vous êtes originaire de Seattle ? fut tout ce qu'il parvint à articuler.

244

Ce n'était pas fort, mais apparemment, il avait appuyé sur le bon bouton : elle se mit à évoquer dans l'ordre tous les endroits où elle avait vécu. Jon fut néanmoins incapable de se concentrer car, au même instant, il vit du coin de l'œil Tracie entrer avec Phil et s'installer à une table à l'autre bout de la salle. Oh non. Elle lui avait dit qu'elle serait là pour le soutenir, mais il n'avait pas imaginé que sa Glande en Feu l'accompagnerait.

Évidemment, il aurait dû se douter qu'elle ne viendrait pas seule et, à tout prendre, il valait encore mieux la Glande que Laura. Si jamais la soirée tournait au désastre, il ne tenait pas à ce que la fille qu'il avait malencontreusement essayé de draguer soit témoin de sa déconfiture finale.

Tracie parcourut le restaurant des yeux, croisa son regard, et lui adressa un signe discret de la main. Puis elle se glissa sur une chaise, en leur tournant le dos. Jon se rendit compte tout à coup que Beth lui avait posé une question.

— Hein ? fit-il comme un abruti.

— Quel genre de moto pilotez-vous ?

— Une Eddie Merckx... euh... Vous voulez bien m'excuser une minute ? bafouilla-t-il, et elle rit.

— Bien sûr, Jonny.

Il se crispa à l'audition de ce prénom ridicule, se leva et se dirigea vers la table de Tracie, mais Beth l'arrêta.

— Je crois que les toilettes sont de ce côté.

— Oh, merci, exact.

Il suivit la direction que lui indiquait Beth, se cacha un instant dans le hall et revint sur ses pas. Il se baissa, puis fonça vers la table de Tracie et piqua une tête entre le couple. Il rayerait Phil de son esprit et se focaliserait sur Tracie, décida-t-il.

Mais cela lui fut impossible parce qu'au moment où sa tête émergea au niveau de celle de Phil, ce dernier eut un sursaut. Si sa bouche avait été pleine, il aurait probablement avalé de travers. Bien qu'il ne soit pas d'humeur à supporter la moindre plaisanterie, Jon se prépara au pire.

— Salut petit homme ! Ou dois-je t'appeler Jonny ?

Jon s'abstint de répondre, mais Phil continua :

— Il est assez réussi. Pour lui, je veux dire.

Plus que jamais résolu à l'ignorer, Jon se tourna vers Tracie.

— Tout va de travers !

— Comment est-ce possible ? grinça-t-elle. N'aurait-elle pas apprécié la façon dont tu lui as agité un briquet Bic sous le nez ?

— Meuh non, c'était un distributeur de bonbons Pez.

— Oh, excuse-moi. Tu as raison, ça change tout !

— D'accord, d'accord. J'ai tout raté. Mais comment puis-je redresser la situation ?

— Qu'est-ce qui te fait croire que c'est fichu ?

— Elle me trouve sympa.

Phil s'esclaffa.

— Wouaf wouaf. Couillon tu es né, couillon tu mourras.

— Merci, Yoda, siffla Jon.

— Quels ont été ses mots exacts ? s'inquiéta Tracie.

— Elle a dit que j'étais « un gentil garçon ».

Phil se gondola derechef.

— C'est une catastrophe ! commenta Tracie.

Elle se laissait rarement aller à céder au défaitisme, de sorte que Jon comprit que c'était grave. Pourtant, ce n'était pas sa faute. Il avait suivi toutes ses directives à la lettre : la coupe de cheveux, les vêtements, le restaurant, ce qu'il était censé dire, ne pas dire, mais ça ne marchait toujours pas. Peut-être devait-il envisager de faire carrière dans un monastère.

Il avait conscience de parler comme un moulin, mais ne pouvait pas s'en empêcher.

— ... Et elle n'a pas commandé du veau à la parmesane, et la serveuse est plus âgée que ma grand-mère, et quand j'ai glissé le compliment sur ses yeux, elle m'a dit que j'étais gentil.

Il frappa la table du poing.

— Pourquoi pensent-elles toutes que je suis gentil ?

Tracie s'efforça de se rattraper.

— Calme-toi. Ce n'est pas grave. Elles finiront par comprendre que tu es un dur. C'est seulement un coup d'essai. Un simple exercice d'entraînement. Tu ne lui as pas encore fait le truc du numéro de téléphone ?

— Quel truc ?

Tracie lança un bref regard à Phil puis ramena les yeux sur Jon.

— Celui dont je t'ai parlé.

Elle retourna son poignet et fit semblant d'écrire quelque chose à l'intérieur de sa paume.

— Ah, oui, ce truc-là, répondit Jon. Je veux dire, non, pas encore. Mais je vais le faire.

Malgré lui, il tourna la tête vers Phil. Quitte à être le témoin de son humiliation, ce sauvage pourrait peut-être lui être utile.

— Au fait, Phil, tu pilotes une Yamaha ?

Phil le toisa avec mépris.

— Non, banane. Je *joue* sur un Yamaha. Je pilote une Suzuki.

— C'est noté.

Ce fut tout ce qu'il prit le temps de dire avant de regagner le hall au pas de course, toujours cassé en deux.

Il s'arrêta, se déplia, chercha des yeux une femme à qui parler, mais il n'y avait pas la moindre créature à l'horizon, et même s'il y en avait eu une, Beth n'aurait pas pu le voir. Il devait pourtant faire quelque chose. En désespoir de cause, il prit un stylo, et griffonna lui-même un numéro de téléphone sur sa paume. Puis, imitant de son mieux la démarche de James Dean dans *Géant*, il retourna vers leur table, où on leur avait déjà apporté leur poisson.

— J'ai commencé sans vous, s'excusa Beth. J'espère que vous ne m'en voulez pas.

— Non. Pas du tout.

Il voulut prendre la saucière de beurre blanc et faillit la renverser. Beth la rattrapa au vol et garda sa main dans la sienne pendant un instant.

— Oh merci, murmura-t-il.

Beth rougit et baissa les yeux. Elle remarqua les chiffres inscrits dans sa paume.

— Tiens ! Ce n'est pas le numéro de téléphone de Tracie ?

Malédiction !

— Ah... euh... oui. Il m'arrive de l'oublier, répondit-il aussi nonchalamment que possible. Au fait, pour répondre à votre question, je pilote une Suzuki, ajouta-t-il pour changer de sujet.

— Quelle puissance ? demanda-t-elle tout en portant un morceau d'endive à ses lèvres.

Elle avait une bouche très sexy. Très... mutine, ou quel que soit le terme consacré par les magazines féminins pour décrire des lèvres pulpeuses. Très rouge, également, et pour une raison inexplicable, Jon ressentit une brusque bouffée de désir.

— Euh... 750, lâcha-t-il à tout hasard.

— Je ne savais pas que Suzuki avait sorti une 750. Mon frère pilotait une Harley.

Jon baissa les yeux sur sa sole. Elle était froide, et de toute façon, il n'en avait jamais eu envie.

— Vous ne goûtez pas votre plat, Jonny ?

La barbe ! Chaque fois qu'elle prononçait ce prénom, il avait l'impression qu'elle s'adressait à quelqu'un d'autre.

— Euh... si. Enfin... non. Pas vraiment, admit-il. Je

l'ai commandé uniquement pour faire comme vous. Mais je ne suis pas végétarien pour autant, affirma-t-il.

Le silence retomba. Il devait absolument dire *quelque chose*.

— Vous avez de très jolis lobes d'oreilles, déclarat-il enfin. Très ciselés.

Beth éclata de rire.

— Vous êtes trop mignon.

Elle rit à nouveau. Ils bavardèrent pendant un moment.

— J'aime votre veste. Où l'avez-vous achetée ?

— Mon amie... je veux dire, une bonne amie à moi... enfin, une copine – a pensé qu'elle me...

Elle l'interrompit.

— Vous fréquentez quelqu'un ? De façon sérieuse, j'entends.

Tracie lui avait-elle indiqué la marche à suivre dans ce cas de figure ? Si oui, il ne s'en souvenait pas.

— Non. Non. Je...

— Mais vous n'habitez pas ensemble ? insista Beth.

Cette fois, il savait que répondre.

— Non. Je vis seul. Mais vous ne pouvez pas venir chez moi.

— En ce cas, allons chez moi.

Jon en lâcha sa fourchette. Avait-il bien entendu ? Il faillit demander à Beth de bien vouloir répéter, mais il eut peur de laisser passer sa chance. Il agita la main pour réclamer l'addition et régla la note en liquide dans la seconde. (Tracie lui avait recommandé de ne pas utiliser sa carte bancaire et, de toute façon, il voulait faire vite, juste pour le cas où Beth changerait d'avis.) Il ne lui restait plus qu'à l'embarquer avant qu'elle n'aperçoive Tracie et Phil.

Rongé par l'anxiété, il glissa un bras autour de ses épaules et la poussa gentiment, mais fermement, vers la sortie, en veillant à passer par le bar et non par la salle.

Beth lui lança un regard par-dessus son épaule.

— C'est très sexy.

Jon ne parvenait pas à y croire. Comme il ouvrait la porte pour sortir avec sa conquête, il eut juste le temps de lancer un coup d'œil à Tracie. Elle tordait le cou dans sa direction et, bien qu'il n'eût pas le temps de s'en assurer, il lui sembla que son visage reflétait une stupeur incommensurable.

23

Tracie était allongée dans le noir, les yeux au plafond, son dîner et le bras de Phil pesant lourdement sur son estomac. Elle essaya de dégager sa jambe coincée sous la sienne sans le réveiller, mais c'était impossible.

Après le départ précipité de Jon et de Beth du *Merchants Café*, Phil et elle avaient terminé leur dîner. Phil avait également vidé la panière entière de pain, ainsi que la plus grande partie de la deuxième – à l'exception du morceau auquel elle n'avait pas pu résister –, et tous deux étaient venus à bout d'une énorme salade verte au roquefort et aux noix, suivie d'un dessert hypercalorique. Il avait achevé son festin par un verre de cognac et deux doubles espressos. Histoire de lui tenir compagnie, elle en avait pris un. C'était probablement pour ça qu'elle ne parvenait pas à trouver le sommeil, songea-t-elle.

À peine rentrés, ils s'étaient affalés sur le lit. Depuis, Tracie tentait vainement de s'endormir. Elle n'était pas habituée à faire un repas aussi riche à cette heure de la nuit, et elle ne mangeait jamais de pain ni de tiramisu.

Mais elle avait éprouvé le besoin de compenser sa nervosité, s'attendant à chaque seconde à recevoir un appel d'urgence sur son portable lui expliquant les circonstances du désastre.

À l'évidence, ça ne s'était pas bien passé au restaurant. Les questions fébriles de Jon et les commentaires de Beth parlaient d'eux-mêmes. Si une de ses copines ne pouvait pas s'entendre avec un gentil garçon, c'était bien elle. Qu'est-ce qui avait cloché ? Peut-être était-il impossible de transformer Jon, tout simplement. Sa vraie nature finissait toujours par reprendre le dessus, en dépit du camouflage savamment mis au point. Bon, tant pis pour Beth. Mais pourvu que Jon n'en ressorte pas trop démoralisé ! Elle avait accepté de l'aider pour lui donner confiance en lui et, apparemment, elle obtenait l'effet inverse.

Elle se souleva légèrement. La longue jambe de Phil coinçait toujours la sienne. Son pied droit était en train de s'engourdir. Elle allait devoir le secouer pour se dégager. Il était tellement envahissant dans un lit qu'elle se demandait bien pourquoi elle voulait tellement gagner ce pari. Il avait été insupportable au restaurant, singeant Jon et les tournant tous les deux en ridicule. Avec ça, il s'empiffrait comme un porc, il n'avait jamais un sou en poche, et en plus, il matait les filles. Question sexe, il était indéniablement très doué, mais dormir avec lui n'était pas le nirvana.

Quoi qu'il en fût, son insomnie avait une autre cause. Elle aurait bien aimé comprendre pourquoi Jon et Beth avaient quitté le restaurant comme des voleurs, pourquoi il ne l'avait pas contactée, et pourquoi il ne répondait pas à ses appels. Bien sûr, elle lui avait recommandé de se rendre injoignable, mais cette mesure ne s'appliquait pas à elle. Tel qu'elle le connaissait, il ne voulait tout simplement pas l'accabler

251

avec le récit de son nouveau fiasco. Elle avait néanmoins essayé de le joindre à quatre reprises déjà, en laissant sonner longtemps, dans l'espoir qu'il n'avait pas débranché la prise et qu'il finirait par décrocher pour qu'elle puisse le consoler.

Décidant de faire une nouvelle tentative, elle poussa la hanche de Phil aussi doucement que possible. Elle avait réussi à libérer son genou quand un grognement monta de l'oreiller.

— Quelle heure est-il ?

— L'heure de faire dodo. Roule sur le côté.

Il obéit. Tracie se redressa et jeta un coup d'œil au réveil par-dessus son épaule. Elle décrocha le téléphone, composa le numéro de Jon, puis, comme il n'y avait toujours pas de réponse, résolut d'appeler Beth. Au diable les convenances. Si jamais Beth l'agonissait d'injures, furieuse d'être réveillée au milieu de la nuit, elle pourrait toujours prétexter que Phil la tracassait. Après tout, Beth l'avait appelée assez souvent pour se plaindre de Marcus. C'était bien son tour.

Mais chez Beth non plus il n'y eut pas de réponse.

— Il est presque deux heures du matin. Où sont-ils ? se murmura-t-elle à elle-même.

Son inquiétude se mêlait maintenant de curiosité. Et si...

— Est-ce qu'on va pouvoir dormir ? gronda Phil.

Il était visiblement de très méchante humeur. Comme toujours quand on le réveillait.

— Tu n'es pas sa mère, que je sache. Qu'est-ce que tu en as à faire ?

— Je voudrais seulement être sûre que tout va bien, répondit Tracie en se rallongeant sur sa portion de matelas.

Elle imagina Jon, se pendant par désespoir dans son placard à vêtements aux deux tiers vide. Ou mordant Beth comme une fouine en proie à une crise de libido.

Phil se retourna, mais Tracie continua à fixer le plafond. Au bout d'un moment, elle entendit monter des ronflements.

Elle s'installait à tâtons sur le canapé pour essayer de réfléchir à la conduite à suivre, quand Laura sortit de son sac de couchage, s'approcha en catimini de la table basse et décrocha le téléphone.

— Qu'est-ce que tu fabriques ? lui demanda Tracie.

Laura fit un bond et poussa un cri étranglé.

— Oh mon Dieu ! Tracie ! Je ne savais pas que tu étais là !

— Je vois ça. Qui allais-tu appeler ? s'enquit-elle d'un ton accusateur.

— Personne.

— Mais bien sûr, acquiesça Tracie d'une voix sarcastique. Tu t'es levée au beau milieu de la nuit, poussée par le besoin irrésistible d'épousseter le téléphone.

Tracie plissa les yeux, mais dans l'obscurité c'était à peine si elle distinguait la silhouette fantomatique de Laura. Se livrait-elle à ce petit manège depuis le premier jour, alors que je la croyais guérie ? se demanda-t-elle.

— Tu as repris contact avec Peter, n'est-ce pas ? soupira-t-elle.

— Non. Je te jure que non ! C'est la première fois. Brusquement, je me suis sentie...

Elle s'assit à côté de Tracie, saisit un coussin et le plaqua contre sa poitrine. Comme elles restaient immobiles dans le noir, serrées l'une contre l'autre dans leur chemise de nuit, Tracie fut soudain submergée par une bouffée d'affection. Ce n'était pas facile d'être Laura. Qui réussirait à apprécier la femme adorable, drôle, tendre, moqueuse qui se cachait sous ses airs de bonne grosse fille obsédée de cuisine ? Qui aurait envie de partager sa vie et de l'aimer comme elle le méritait ?

253

Les hommes qui passaient à côté de ce trésor ne se doutaient pas de ce qu'ils perdaient. Et pas uniquement sur le plan culinaire.

— J'ai vu Beth se préparer pour son rendez-vous. Et puis tu es partie rejoindre Phil, et... j'ai eu brusquement l'impression que tout le monde avait quelqu'un dans sa vie, sauf moi. Alors, j'ai pensé à Peter. Je sais que je ne devrais pas, admit Laura d'une voix douloureuse. Mais...

— Je comprends, acquiesça Tracie en passant un bras autour de ses épaules. C'est dur d'être seule dans un univers de couples. J'espère que Phil et moi ne t'avons pas donné le sentiment d'être rejetée. Cela me ferait beaucoup de peine.

— Non. Non ! Je me sens bien avec vous. Vous avez été si gentils de m'accueillir.

Elle marqua un temps.

— J'allais vraiment très mal à Sacramento.

Elle laissa échapper un sanglot.

— Je n'ai pas l'intention de retourner vers Peter, tu sais. C'est juste qu'en entendant Phil ronfler, je me suis sentie si...

Elle s'interrompit, et Tracie distingua une larme qui roulait le long de sa joue.

— Je voudrais avoir mon ronfleur à moi, balbutia-t-elle en reniflant. Gronde-moi si tu veux, mais c'est comme ça.

— Je n'ai pas envie de te gronder. Pas ce soir, en tout cas. Mais si tu veux mon avis, tu devrais arrêter de regarder les rediffusions de *Matlock*. Andy Griffith a manifestement une très mauvaise influence sur toi. Et ce n'est pas en restant scotchée devant la télé que tu rencontreras quelqu'un.

— Tu as peut-être raison...

Tracie saisit les mains de son amie et les serra dans

les siennes. Elles étaient larges, chaudes, compétentes – à l'image de leur propriétaire.

— Bien sûr que j'ai raison. Tu ne crois pas que le moment est venu de t'installer pour de bon dans cette ville, de chercher du travail ?

— J'ai déjà passé un entretien, rappela Laura avec espoir.

— C'est un début. Tu sais quoi ? Je vais te prendre rendez-vous chez Stefan pour qu'il te fasse des mèches. Ce sera amusant.

— Et si on faisait une grosse fournée de gâteaux au fromage blanc, juste pour une fois ? Tu les adores.

Malgré l'obscurité, elle repéra une petite lueur dans le regard de Tracie, et fit marche arrière.

— Bon, bon. Une poignée de brownies, alors.

— Ensuite, on se pelotonnera sur le canapé et on regardera un épisode de *Madame est servie*, ou un autre truc bien fendant, déclara Tracie en se levant pour passer dans la cuisine.

— Pour de vrai ? demanda Laura, sa voix à nouveau vibrante d'enthousiasme.

— Absolument. Tu devrais te faire une petite cure de Tony Danza pour oublier Andy Griffith. Un peu comme un patch. Au fait, je t'ai dit que Jon rêvait de s'appeler Jerry ? ajouta Tracie, et elle se demanda pendant une minute ce que Jon pouvait bien faire en ce moment précis.

— Jerry ? Comme dans *Tom et Jerry* ? Tu plaisantes ? s'étrangla Laura.

Et elles s'esclaffèrent comme des folles dans le noir.

255

Jon était assis dans un de ses fauteuils poires, avec son casque sur les genoux et un air passablement niais. Il en était conscient, mais ne parvenait pas à effacer le demi-sourire qui flottait sur ses lèvres, en dépit de la grande réunion prévue cet après-midi même pour discuter du projet Parsifal – une première pour un samedi – et à laquelle il ne s'était absolument pas préparé. Au lieu de se concentrer sur la teneur des futurs débats, il revoyait chaque détail de la nuit passée, encore et encore.

Beth s'était révélée une partenaire enthousiaste, mais un peu trop athlétique et frénétique à son goût. Il avait dû la ralentir par des gestes apaisants, comme un jeune poulain trop nerveux. Dès qu'elle voulait sauter dans une nouvelle position, il l'avait incitée à prendre son temps. Il voulait qu'elle savoure chaque caresse, chaque baiser, chaque frisson.

Finalement, Beth s'était détendue et avait semblé apprécier le rythme tranquille et majestueux qu'il lui imposait. À l'évidence, elle était expérimentée, mais probablement plus habituée à satisfaire les hommes qu'à penser à son propre plaisir. La première fois qu'ils avaient fait l'amour, tout s'était passé si vite qu'il n'avait pas eu le temps de se contrôler. Mais cela lui avait donné l'avantage la seconde fois, où il avait eu tout loisir d'amener sa partenaire au summum du plaisir.

Du moins, c'était l'impression qu'il avait eue. Jon soupira. Les événements de la nuit lui avaient ouvert de nouvelles perspectives.

Étrangement, cela ne l'avait pas gêné de coucher avec une femme qu'il ne connaissait pas, ou si peu, et pour laquelle il n'éprouvait pas l'ombre d'un sentiment. Le problème, avec une quasi-inconnue, c'était qu'on ne pouvait jamais être certain qu'elle ne simulait pas. Il espérait que Beth n'avait pas joué la comédie.

Jon promena son regard autour du bureau, imaginant les membres de son équipe qui, d'ici une trentaine de minutes, prendraient place autour de la table, les yeux fixés sur lui. Pas un seul d'entre eux ne serait aussi merveilleusement détendu que lui en ce moment. Ni aussi peu motivé. Ni aussi mal préparé.

Des flashs de la nuit passée continuèrent à l'assaillir : sa main descendant lentement le long du dos de Beth pour venir se nicher au creux de ses reins ; le frémissement de ses cils tandis qu'il traçait les contours de ses seins... Beth était charmante, mais un peu sotte. S'il n'appliquait pas à la lettre les préceptes traciens, il ne savait pas du tout de quoi ils pourraient bien discuter. Son regard se posa malgré lui sur le téléphone. Et s'il l'appelait ? Non, il n'avait aucune envie de lui parler. Il voulait juste la rejoindre quelque part et s'offrir une deuxième séance.

Il commençait enfin à comprendre qu'en amour, comme à la guerre, tous les coups étaient permis. Ce n'était pas que son père ou que ce ravagé de Phil n'aiment pas les femmes qu'ils séduisaient. Ils ne les aimaient pas assez pour envisager avec elles une relation durable, voilà tout. Faire l'amour avec une inconnue était amusant dans l'instant, mais après, il n'y avait plus grand-chose à en dire.

Son téléphone sonna. Fidèle aux consignes de Tracie, il ne répondit pas. Il était vraiment en train de saborder sa vie professionnelle, mais, à la lumière de la nuit dernière, cela commençait à en valoir la peine. Jon esquissa un sourire réjoui et songea aux femmes qui seraient présentes à la réunion : Elizabeth, Cindy, Susan... Il était hors de question d'avoir une aventure avec l'une de ses collègues de travail, bien sûr – sauf avec Samantha. Mais Samantha était un cas à part. Comment trouverait-elle son nouveau look ?

La sonnerie du téléphone retentit encore une fois. Son assistante devait battre le rappel des troupes avant la réunion. Elle insistait. Irrité, Jon se leva pour vérifier d'où venait l'appel et identifia le numéro de Tracie.

Son premier réflexe fut de décrocher, puis il se ravisa. Il la connaissait. Elle n'était pas journaliste pour rien. Elle voudrait connaître tous les détails de la soirée, et il se voyait mal lui avouer qu'il avait passé un excellent moment avec sa copine Beth. Ce serait très gênant. D'un autre côté, il ne pouvait pas non plus prétendre que ça ne lui avait pas plu. Il retomba dans le fauteuil poire avec un soupir. Dans un sens, c'était à Tracie qu'il devait cette nuit et toutes les nuits à venir. Seulement voilà : il ne souhaitait pas en parler avec elle.

Conformément aux ordres, il avait quitté l'appartement de Beth avant l'aube. Mais était-il vraiment interdit de l'appeler ? Tracie se montrait beaucoup trop intransigeante sur ce point. Cela dit, elle avait eu raison sur tout le reste. Et s'il était honnête envers lui-même, il devait admettre qu'il n'avait aucune envie de nouer une relation avec Beth.

Que faire ? Expliquer à Beth qu'il voulait la revoir juste pour coucher avec elle ? Mentir à Tracie en prétendant qu'il ne s'était rien passé ? Trahir Beth en révélant à un tiers qu'ils avaient fait l'amour ?

Lauren, son assistante, passa la tête dans le bureau.

— George dit qu'il n'a pas le calendrier du projet.

Jon jaillit de sa poire dans la seconde.

— Quoi ? Sans ce calendrier, on ne pourra rien planifier. Qu'est-ce qui s'est passé ?

Lauren haussa les épaules.

— Il prétend qu'il a essayé de vous appeler sans jamais réussir à vous joindre.

— Il ne m'a pas laissé de message, en tout cas.

Ce qu'il s'abstint de préciser, c'est qu'il avait trafiqué sa boîte vocale pour qu'elle affiche complet. Lauren haussa de nouveau les épaules et disparut. Zut, songea Jon. Alors que sa cote d'amour grimpait, Parsifal était en train de faire le grand plongeon.

Il devait éplucher ses e-mails, obtenir une copie du rapport sur les bases de données, et interroger sa boîte vocale. Tracie lui avait demandé de se déconnecter, mais c'était inenvisageable. Au bureau, en tout cas. Supprimer celle de son domicile, alors qu'il recevait une bonne demi-douzaine de messages par jour de Micro/Connection, l'avait déjà traumatisé. Et utiliser le truc de la boîte saturée était dangereux. À preuve ce qui s'était passé avec George et le calendrier.

Jon s'installa devant le téléphone et se prépara à prendre des notes, un stylo à la main.

— Vous avez vingt-sept nouveaux messages.

Un gémissement lui échappa. Il en avait au moins jusqu'à la réunion pour les écouter tous !

Le premier était de Tracie :

— Je t'ai appelé chez toi, mais tu n'as pas répondu. Comment te sens-tu ? Déprimé ? Appelle-moi.

Le deuxième était également de Tracie :

— Je t'ai appelé quatre fois chez toi. Je meurs d'envie de savoir comment ça s'est passé. Écoute, ça ne sert à rien de broyer du noir. Tu auras d'autres occasions.

Jon ne put s'empêcher de sourire, même s'il se sentait vaguement coupable de ne pas l'avoir appelée. Le troisième appel était de sa mère.

— Bonjour, Jonathan. Je sais que tu travailles très dur, mais j'aimerais te parler. Ce n'est pas très important, mais si tu as un moment, rappelle-moi.

Oups. Il ne l'avait pas vue ni contactée depuis la fête des Mères. Évidemment, elle le croyait débordé, comme d'habitude. Il se promit de lui donner signe de vie dans la matinée.

Le quatrième appel était encore de Tracie, mais il datait de ce matin.

— Où es-tu ? Appelle-moi. Je suis au journal. Je n'ai pas encore vu Beth. J'espère que tu ne l'as pas assassinée.

L'appel suivant commença par une respiration bruyante. Pendant un instant, Jon pensa que Tracie lui faisait une blague. Puis il comprit.

— Bonjour, chuchota Beth. La nuit dernière a été... enfin, tu le sais aussi bien que moi. Où t'es-tu envolé ? Merci de m'avoir laissé ton numéro. Appelle-moi.

Jon ploya les épaules d'un air coupable. Tracie lui avait formellement interdit de révéler où il travaillait et de communiquer ses coordonnées. Mais en quittant la chambre de Beth comme un voleur, il s'était senti si fautif qu'il lui avait laissé son numéro au bureau. Ensuite, il avait trafiqué son message d'annonce pour qu'on ne fasse pas le lien avec Micro/Connection. Il soupira. Tout était si compliqué.

Jon réprima une grimace et écouta le reste de ses messages. Il y en avait quatre autres de Tracie et encore deux de Beth. Apparemment, il n'était pas le seul à relancer encore et encore, quitte à saturer la ligne et la patience de l'abonné. Les femmes en faisaient autant. En tout cas, c'était la première fois que ça lui arrivait à lui.

Les autres appels provenaient de George et de plusieurs membres de son équipe. Les nouvelles étaient toutes mauvaises. Jon était presque arrivé au bout de la série quand une voix de femme résonna dans l'appareil.

— Salut, c'est Ruth. Nous nous sommes rencontrés au REI. Vous vous souvenez ?

Jon contempla le téléphone, les yeux écarquillés. Comment pourrais-je avoir oublié ? songea-t-il.

— J'espère que vous allez bien, disait-elle. Vous

savez, il m'est arrivé de paniquer moi aussi sur une paroi rocheuse. Enfin, bon, si vous avez envie qu'on se retrouve quelque part pour boire un café ou autre chose, j'aimerais bien vous revoir. Ne m'en veuillez pas de ne pas vous laisser mon numéro, je préfère vous rappeler plus tard.

Miracle des miracles ! Jon était trop secoué pour écouter le reste de ses messages. Il ne parvenait pas à y croire. Tracie n'était pas seulement une amie ; elle était la grande prêtresse de l'Amour. Il devait absolument l'appeler, en dépit de sa gêne, pour la bénir et lui demander la marche à suivre pour Ruth et Beth. Peut-être n'aurait-il pas besoin de revoir la seconde, finalement. Il pourrait entreprendre la première. Après tout, elle l'avait relancé. Cela rendrait les choses encore plus faciles. Il n'avait pas envie de faire de la peine à Beth, mais franchement, il fallait bien reconnaître qu'il n'avait pas grand-chose en commun avec une fille qui avait un petit pois en guise de cervelle. Non qu'il soit sur la même longueur d'onde qu'une championne de varappe, mais qui sait ?

Jon composa le numéro de Tracie, hélas sa ligne était occupée. Laisser un message ? Mais lequel ? « Mission accomplie » ? « La Fayette, me voici » ? Non, mieux valait lui parler de vive voix. Lorsque le bip retentit, cependant, il paniqua et bafouilla :

— Tracie, je suis obligé d'annuler notre brunch de dimanche. Je suis débordé au bureau, mais je dois absolument te faire un rapport circonstancié. On peut se voir, lundi, après le travail ?

Il raccrocha et retourna devant son ordinateur pour tenter de remettre un peu d'ordre dans la pagaille du projet Parsifal. Il envoyait des e-mails à tout va quand Samantha se matérialisa sur le seuil, derrière lui. Son reflet se dessina sur son écran.

— Jon, vous avez une minute à me consacrer ?

Jon s'autorisa à lever les yeux, mais seulement pendant quelques secondes.

— Pas vraiment, non. Je suis très occupé.

Il baissa la tête en s'efforçant de ne pas sourire. Le destin d'un homme pouvait-il changer du tout au tout en l'espace d'une nuit ? Non. Quoique...

— Je... je voulais juste m'excuser à nouveau pour ce regrettable malentendu.

— Mmm ? De quel malentendu s'agit-il ?

Son téléphone sonna. Fabuleux.

— Pardonnez-moi un instant, Sam.

Il décrocha, et n'en crut pas ses oreilles en reconnaissant la voix qui s'adressait à lui.

— Oh ! bonjour Ruth. Bien sûr, je me souviens de vous.

Incroyable ! C'était presque trop beau pour être vrai. Il bavardait avec Ruth en présence de Sam. Il y avait vraiment un Dieu.

— Non, je n'ai pas eu l'occasion de faire de l'escalade depuis l'autre jour, répondit-il tout en observant le reflet de Sam dans son écran. Bien sûr, que ça me plairait. Avec vous ? Encore mieux. Entendu, Ruth. À ce soir.

Il raccrocha.

— Désolé, déclara-t-il en se tournant vers Sam.

Il se rappela trop tard qu'il n'était pas supposé s'excuser de quoi que ce soit.

— Où en étions-nous ?

— Je... Je vous parlais de ce samedi où nous devions sortir ensemble, murmura-t-elle en s'avançant timidement dans la pièce. Vous vous souvenez ?

— Vraiment ? Quand était-ce ? demanda-t-il tout en se remémorant avec netteté cette fameuse nuit où il l'avait attendue sous la pluie.

— Oh, ce n'est pas important.

Il aurait pu jurer qu'elle avait rougi. Était-ce

possible ? Il avait réussi à troubler la belle Samantha, la future reine du département Marketing, *lui* ?

— J'avais pensé que nous pourrions peut-être sortir ensemble ce soir, reprit-elle d'un ton hésitant.

Jon leva les yeux avec enthousiasme, puis fronça les sourcils.

— J'en aurais été ravi, malheureusement je viens de m'engager pour un exercice de varappe.

Il marqua un temps. Il adorait ça.

— Vous ne pratiquez pas l'escalade, n'est-ce pas ?

— Non. Pas vraiment.

Ce fut au tour de Samantha de marquer une pause.

— Mais j'aimerais beaucoup essayer.

— À l'occasion, peut-être, répondit-il d'un ton vague.

— Entendu, Jon. Vous irez déjeuner à la cafétéria ce midi ?

— Je suppose, oui.

Puis il ne dit plus rien. Absolument plus rien. Finalement, comme elle esquissait un mouvement pour partir, il parla à nouveau :

— Au fait, Sam : mes amis m'appellent Jonny.

— Très bien, Jonny. Euh... vous avez toujours mon numéro de téléphone ?

Il hocha la tête, mais de façon presque imperceptible, et regarda Samantha s'éloigner dans le couloir. Puis il se leva, ferma posément la porte, et entama victorieusement autour de son bureau la danse du scalp des petites taches de rousseur.

Ce fut seulement en fin d'après-midi – après la réunion de travail sur le projet Parsifal et une interminable liste de coups de téléphone – que Jon trouva le temps d'avaler un sandwich, de laisser un message à sa mère, et de se rendre aux toilettes. Il était dans l'une des cabines, prêt à sortir, quand Ron et Donald entrèrent.

— Je ne sais pas, déclarait Ron. On aurait dit qu'il nageait dans le brouillard.

— Dans le brouillard ? rétorqua Donald. Tu rigoles. À ce niveau, c'était carrément colin-maillard !

Ron et Donald comptaient sans aucun doute parmi les éléments les plus doués de son équipe, mais Ron était victime d'une malédiction capillaire – ses cheveux roux tiraient sur le rose et donnaient tous les signes d'une calvitie précoce. Quant à Donald, il atteignait péniblement un mètre cinquante-cinq de haut, et encore, quand il se tenait droit. Tous deux menaient une vie professionnelle brillante, mais ni l'un ni l'autre ne pouvait se flatter de connaître ce que l'on appelle communément une « réussite sociale ». Ils se soutenaient mutuellement, de sorte que tout le monde à Micro/Connection les avait rebaptisés « Rondon ». Mais pour l'instant, Jon avait surtout l'impression désagréable qu'ils parlaient de lui.

— Hé, George, lança Donald.

Apparemment, un troisième homme s'était joint à eux.

— Selon toi, qu'est-ce qui est arrivé à Jon pendant la réunion ?

— Aucune idée, mais à l'évidence il n'avait pas branché ses turbos. Il ignorait tout du projet de bases de données, répondit George. Et ce n'était pas ma faute pour le calendrier.

L'intéressé avala sa salive. Exact. Il avait manqué tous les appels de George.

Il y eut un bruit de chasse d'eau, et Jon commençait à croire qu'ils étaient partis quand la conversation reprit :

— Jon a drôlement changé, déclara Ron – ou Don.

— Tu veux dire qu'il ne soutient plus le projet Parsifal ? s'alarma George.

— Non. Il ne s'agit pas du boulot, rectifia Don – ou Ron. Ça m'a frappé, moi aussi. Il est... différent.

— Ouais. Et je crois que les filles ne sont pas les dernières à s'en être rendu compte, renchérit Ron – ou Don. Figure-toi que Jennifer lui a souri, pas plus tard que ce matin, en lui apportant ce mémo.

— Quoi ? La sublime Jenny aurait souri à un humble mortel ? s'exclama George. Tu plaisantes !

Jennifer travaillait dans la salle du courrier. Elle était mignonne à croquer, et quand elle procédait à la distribution, toute activité s'arrêtait comme par enchantement.

— Il n'y a pas que ça, renchérit Don – ou Ron. Quand Jon a quitté la réunion pour aller chercher les données marketing, les femmes l'ont toutes suivi des yeux !

— Tu veux dire comme dans ces hologrammes de *Jésus Superstar* ? croassa George.

— En quelque sorte, mais avec quelque chose de sexuel en plus.

Le silence retomba et pendant un instant Jon put croire qu'ils étaient enfin partis. Puis Don reprit la parole. Il avait dû réfléchir entre-temps, parce qu'il s'exprima lentement, comme s'il avait pesé chaque mot :

— Je trouve que Jon est... torride.

— Hou la folle ! chantèrent les deux autres.

Dans sa cabine, Jon secoua la tête. Affligeant. À eux trois, ils avaient tout juste l'âge mental d'un gosse de huit ans.

— Taisez-vous, s'agaça Don. Vous ne voyez pas ce que cela implique pour nous ?

— Comment ça ? émit George.

— Jon a trouvé la recette pour se métamorphoser. Une recette qui marche avec les petits lots...

— Oui, et alors ? demande George.

— Alors, si Jon l'a fait, nous pouvons le faire aussi ! conclut triomphalement Don.

À ce moment, quelqu'un entra dans la cabine d'à côté, de l'eau ruissela dans les lavabos, et Jon estima qu'il était temps pour lui de se faufiler dehors.

25

Quand Tracie tomba finalement dans les bras de Morphée, elle fit des rêves troublants. À six heures vingt-deux, l'un d'eux la réveilla, baignée de sueur. Elle se trouvait chez elle avec son vieux chien, Tippy, surprise et ravie de le voir ressuscité. Puis, pour une raison absurde, elle se mettait à le peindre en bleu. Le petit cocker spaniel attendait patiemment tandis qu'elle le recouvrait d'outremer avec un rouleau, encore et encore, jusqu'à ce qu'il ne reste plus que ses yeux, levés vers elle avec une expression triste et incrédule. Sa tâche achevée, elle raclait la peinture restée au fond du pot et la versait sur sa tête, couvrant également ses yeux. Tippy se mettait alors à tournoyer sur lui-même en jappant, puis il se jetait sur elle et lui attaquait les chevilles. Il la mordait goulûment, et son sang rouge se mêlait à l'outremer quand elle se réveilla en hurlant.

Ce cauchemar était tellement affreux qu'elle n'osa pas se rendormir. Peut-être était-ce l'anxiété de ne pas avoir vu Jon dimanche soir. L'attente de son rapport circonstancié, comme il l'appelait, la rendait folle. Elle profita de son réveil matinal pour prendre une longue douche puis se sécha soigneusement les cheveux – qui avaient plus que jamais besoin d'une coupe. Avant de sortir, elle puisa deux brownies dans la fournée que Laura et elle avaient préparée pendant le week-end, en mangea un, et mit l'autre dans son sac pour plus tard. Après tout, c'était un lundi.

Le lundi, c'était toujours l'horreur, parce que Marcus affrontait les huiles dans la matinée et passait sa mauvaise humeur sur son équipe pendant la réunion éditoriale de l'après-midi. Mais, pour une fois, Tracie n'avait pas l'estomac noué. Elle était trop impatiente d'apprendre le scoop de la bouche même de Beth. La vie sociale de Jon avait des répercussions aussi béné-fiques qu'inattendues sur sa carrière, constata-t-elle comme Marcus entrait dans son bureau et haussait les sourcils de surprise en la voyant déjà à son poste. Elle lui adressa son sourire le plus insolent et fredonna :

— Good morning !

Après s'être assurée qu'il était loin, elle sortit son brownie, le gobelet de café qu'elle avait acheté en chemin, et les posa sur son bureau. Au moins, ce n'était pas un gâteau au fromage blanc. Entre la cuisine de Laura et la vie amoureuse de Jon, son régime en prenait un coup. Les séances de gym ne réussiraient jamais à brûler toutes ces calories. Mais quoi ? Elle avait une faim de loup.

Et cette attente la tuait à petit feu. Que fabriquait Beth ? Elle monta sur sa chaise et scruta les alentours pour vérifier si elle se trouvait dans les parages. Elle n'était nulle part, aussi Tracie sauta-t-elle en vitesse de son perchoir pour éviter de se faire épingler par Marcus, qui revenait sur ses pas. Cette fois, elle eut soin de se faire toute petite. Inutile d'aggraver son cas avant la réunion éditoriale.

Beth restant introuvable, elle essaya de joindre Jon au bureau. Sans résultat. Elle essaya alors d'appeler le poste de Beth. Pas de réponse. Elle grignota son brownie d'un air coupable jusqu'à ce que son café refroidi soit imbuvable et qu'il ne reste plus que des

267

miettes sur son bureau. Ce fut alors qu'elle vit les boucles de Beth voleter au fond du couloir.

Tracie bondit de sa chaise dans la seconde et atterrit dans le bureau de sa copine avant même que celle-ci ait eu le temps de s'asseoir.

— Alors ? demanda-t-elle tout à trac, tandis que cette gourde la regardait en souriant bêtement.

Au juste, elle ne savait pas si c'était à Beth d'être furieuse contre elle à cause du rendez-vous, ou si c'était à elle d'être furieuse contre Beth parce qu'elle avait envoyé Jon sur les roses.

— J'étais sûre que tu dirais ça, soupira Beth. Je n'ai pas cessé d'y penser ce matin, en prenant ma douche. Bon, d'accord, admit-elle.

Sur ce, elle s'assit et passa une brosse dans ses cheveux.

— D'accord quoi ? demanda Tracie.

— D'accord, tu avais raison. Sur tous les points.

Tracie cilla, complètement perdue, cette fois.

— De quels « points » s'agit-il ?

— Marcus. Il est ennuyeux, bedonnant et beaucoup trop vieux pour moi. En plus, il est très passable au lit. Tu avais raison depuis le début.

Le cœur de Tracie sombra corps et biens.

— Tu as passé la nuit avec Marcus ? Je ne parviens pas à le croire !

— Pas avec *Marcus*. Avec *Jonny*.

Beth sortit un poudrier de son sac et se contempla dans le miroir.

— Avec Jonny ? répéta Tracie. Tu as couché avec Jon – avec Jonny ?

— Il est fabuleux. Et si doué. Je veux dire... au début, il ne me plaisait pas particulièrement. Enfin, si, il me plaisait, mais pas plus que ça. Et puis j'ai pensé que ça m'aiderait peut-être à oublier Marcus. Jon était si gentil, tu sais. Un vrai chou ! Mais ensuite, il m'a embrassée,

268

et... oh mon Dieu ! Il a des mains... incroyables. Un vrai virtuose...

— Attends... Nous parlons bien de Jonny ? demanda Tracie, stupéfaite. Jon Delano ? Tu as passé la nuit avec *lui* ?

Elle éprouvait une sensation bizarre. La seule idée que Jon et Beth aient pu... Non, elle préférait ne pas y penser. En fait, elle n'avait jamais regardé Jon comme un partenaire sexuel potentiel. Elle n'avait même pas réussi à aborder le sujet avec lui. Elle n'éprouvait aucune gêne à échanger des confidences intimes avec Sara, Laura ou Beth, mais cette fois c'était différent. Beaucoup trop personnel.

Beth suspendait sa veste au portemanteau.

— Je suppose que je m'étais habituée à Marcus. Il est attirant et tout mais...

Elle marqua un temps et Tracie s'aperçut qu'elle n'avait aucune idée de ce qui allait suivre.

— ... je crois qu'il est fatigué. Ou alors il est tellement rodé qu'il n'est plus vraiment à ce qu'il fait, tu vois ce que je veux dire ?

— Égoïste est peut-être le mot que tu cherches, suggéra Tracie. Et l'espace d'une seconde, elle pensa à Phil.

— C'est ça, acquiesça Beth. Égoïste.

Tracie n'avait pas besoin qu'on lui dise que Jon était tout le contraire d'un égoïste. Simplement, elle n'avait jamais pensé que cet aspect de sa personnalité se reflétait aussi dans sa sexualité. Quelle sotte ! Bien sûr, il était forcément attentif, doux et prévenant au lit – comme dans tous ses actes.

— Tout d'abord, j'ai eu un peu de mal à le cerner, poursuivit Beth. Au début, il avait l'air d'un garçon secret et replié sur lui-même – tu sais, comme Matt Damon dans *Will Hunting*. Mais ensuite, il m'est apparu plus original, comme Johnny Depp dans *Gilbert*

269

Grape. Et puis nous avons commencé à discuter, et je me suis rendu compte qu'il avait une grande sensibilité, comme Leonardo DiCaprio dans *Titanic*...

— Y a-t-il un seul acteur de cinéma auquel il ne ressemble pas ? l'interrompit Tracie d'un ton hargneux.

— Il n'a rien de Robin Williams, répondit Beth, impavide. Je n'ai pas couché avec lui pour satisfaire mes pulsions masochistes, mais parce qu'il était différent. Il aime vraiment les femmes.

Puis elle posa son sac à l'écart, ouvrit un tiroir, et en sortit un flacon de parfum.

— En tout cas, je ne te remercierai jamais assez de me l'avoir présenté. Il est merveilleux. Et alors, au lit, il est carrément...

— Stop, trancha Tracie en levant les mains. J'ai compris, pas besoin de me faire un dessin !

Beth la dévisagea tout en s'aspergeant de parfum.

— Tu n'as pas l'air contente. Dis, tu m'en veux parce que j'ai passé la nuit avec lui ? Nous avons pris nos précautions, si c'est ce qui t'inquiète.

Elle marqua une pause.

— Toi, tu as déjà couché avec lui ?

Tracie secoua la tête.

— Dommage, tu ne sais pas ce que tu perds. Il est tout simplement... inouï.

La réunion éditoriale avait été éprouvante. Mais ce n'était rien comparé à la bombe que Beth avait lâchée aux pieds de Tracie. Et au coup de grâce que lui avait porté Jon quand elle avait enfin réussi à le joindre.

— Ça s'est très bien passé, Tracie ! Très sympa. Beth est vraiment une chic fille. Tes conseils ont fonctionné à merveille. Je t'en serai éternellement reconnaissant, tu sais. Je me fais l'effet d'Ali Baba devant la caverne aux trésors. C'est comme si tu m'avais transmis la formule magique : *Sésame ouvre-toi.*

Et il avait continué à babiller de la sorte avec une allègre vélocité.

— Formidable, Aladin, avait-elle sifflé. Mais ne t'attends pas à mille et une nuits.

— Et pourquoi pas ? Je crois que je suis dans une phase favorable. Tu ne sais pas la meilleure ?

Tracie avait secoué la tête, dépassée par la tournure que prenaient les événements.

— Ruth m'a téléphoné ce week-end. Tu sais, la fille du REI. Elle m'a rappelé ce matin et nous avons rendez-vous. Je t'en dirai plus quand on se verra.

Tracie en était restée sans voix. Elle s'était rendue à la réunion éditoriale dans un état second. Pendant toute la séance, elle n'avait pu s'empêcher de regarder Beth, l'imaginant au lit avec Jon. Elle aurait été incapable de dire si elle était écœurée par Beth, furieuse contre Jon, ou folle de rage contre elle-même. Sa fureur était telle qu'elle n'avait pas réagi quand Marcus avait insulté Tim et tourné Sara en ridicule. Elle n'avait même pas pensé à s'enfoncer dans son siège. Elle ne les avait pas dévisagés en se demandant pourquoi ils supportaient d'être traités de cette façon. S'ils avaient eu un tant soit peu d'amour-propre, ils auraient démissionné. Mais en ce cas, elle n'aurait pas non plus été là depuis belle lurette. Allison était la seule à s'en être sortie indemne, ce qui, du point de vue de Tracie, ne pouvait signifier qu'une seule chose : Marcus avait finalement réussi à coucher avec elle. Encore que... À l'époque de leurs « amours », ce pauvre type ne s'était jamais gêné pour hacher menu Beth quand il lui en prenait la fantaisie.

Cette référence à de la viande hachée rappela à Tracie le reportage qu'elle venait de terminer. L'élection du meilleur steak de Seattle. Quelle débilité. Elle secoua la tête.

— J'ai été agréablement surpris, susurra Marcus, par

l'excellent travail réalisé par notre championne toute catégorie du mâcher de bœuf, j'ai nommé Tracie Higgins. On a pris un peu de poids ces derniers temps, Miss Higgins ? Je rends hommage à votre abnégation et à votre coup de fourchette.

Il montra ses dents à la table.

— Donc, toujours plus haut, toujours plus fort. Je me suis laissé dire que les petits-fours sucrés étaient en plein essor. Finis les gâteaux blêmes saupoudrés à la va-vite d'une poignée de vermicelles colorés. La mode est aux nappages glacés, aux tortillons artistiques et aux décorations inspirées. Fidèle à son souci d'information, le *Times* se doit de couvrir l'événement.

Il regarda Tracie droit dans les yeux.

— En selle pour de nouvelles aventures culinaires, Miss Higgins. Je veux un reportage complet sur les petits-fours du troisième millénaire. Avec le nom de toutes les pâtisseries qui font passer une annonce dans nos feuilles.

— C'est une plaisanterie ?

— J'ai bien peur que non. Nous le publierons dans la rubrique gastronomie du mercredi.

Puis il s'était tourné vers Beth, qui avait réussi l'exploit de passer entre les mailles du filet pendant toute la réunion.

— Vous écoutez ce que je dis ?

— Non, répondit-elle. C'est mon tour ?

Tim pouffa derrière sa main et feignit d'être pris d'une quinte de toux. Allison secoua ses magnifiques cheveux, et Tracie décida une fois pour toutes qu'elle écrirait son article pour un autre journal.

Il y avait des photos et des Post-it plein son bureau. Elle avait consigné par écrit toutes ses idées sur le profil type du petit génie et du voyou de charme, et stigmatisé leurs différences à l'aide de cartes et de graphiques. Le Jon d'hier et le Jonny d'aujourd'hui étaient immortalisés en photos. Chaque étape de sa métamorphose était minutieusement détaillée. Mais, d'une certaine façon, son aventure avec Beth avait changé les paramètres.

Tracie avait battu le rappel de tous ses contacts dans le milieu du journalisme, expliqué le sujet de son article à deux d'entre eux, et tapé plusieurs lettres de présentation qu'elle avait faxées avec un zèle donnant à penser qu'elle était totalement dévouée au *Seattle Times* et à Marcus. Dommage pour le *Times* que son énergie soit seulement motivée par son désir de le quitter. Il était encore trop tôt pour crier victoire, bien sûr, mais elle avait l'impression que le *Seattle Magazine* et une revue informatique d'Olympia pourraient lui acheter son projet.

Qu'allait-elle faire maintenant ? Coller un autre Post-it disant « Jonny a conclu avec Beth » ? Il y avait déjà tellement de mémos sur son mur qu'on l'aurait cru repeint en jaune. Elle soupira. Des tonnes de notes, mais pas une seule ligne d'écrite.

La sonnerie du téléphone lui apporta une bouffée d'oxygène. Mais, avant même qu'elle ait pu répondre, Beth bondit dans le bureau et se précipita sur le combiné.

— Je peux répondre à ta place ?

— Pas question. Tu n'avais qu'à décrocher ce week-end !

D'ailleurs, depuis quand t'intéresses-tu à mes appels ? Depuis que tu es sortie avec Jonny ?

— Oui, et alors ?

Beth s'assit.

— Tu lui as parlé ? Qu'est-ce qu'il t'a dit ? Comment m'a-t-il trouvée ?

— Si tu m'autorises à décrocher, j'aurai peut-être une chance de l'apprendre.

Tracie empoigna le combiné d'un geste brusque.

— Allô ! aboya-t-elle.

Beth l'observait comme si elle était en train de réaliser une opération chirurgicale à cœur ouvert.

— Non, je ne peux pas. J'ai un reportage débile à effectuer sur des petits-fours. Eh bien, peut-être ce que je fais est-il aussi important pour moi que ce que tu fais l'est pour toi. Non, je te dis. Demain ? Je ne sais pas. Possible.

Et elle raccrocha.

— Ce n'était pas Jonny, devina Beth, et Tracie envisagea de lui décerner le Pulitzer pour ce scoop.

Les yeux de Beth s'écarquillèrent.

— Tu viens d'envoyer promener Phil ?

Tracie éprouva une irrésistible envie de la gifler, encore qu'elle ne sache pas vraiment pourquoi. Si, son visage. Elle n'avait jamais remarqué à quel point il était exaspérant.

— Il est tellement égocentrique. Il voulait que nous dînions ensemble.

— Dis, quand tu reverras Jonny, je pourrai venir aussi ? supplia Beth.

— Non !

Tracie s'aperçut qu'elle avait crié et fit un effort sur elle-même pour se contrôler.

— Écoute, articula-t-elle calmement, comme si elle s'adressait à une enfant. Jonny connaît ton nom et ton numéro de téléphone. Et réciproquement. Comme tu le dis si bien, vous êtes des adultes tous les deux.

Elle était aussi épuisée que si elle avait disputé un marathon ou escaladé la paroi rocheuse du REI une douzaine de fois. Elle aurait voulu pouvoir rentrer chez elle, se pelotonner sous sa couette et laisser Laura lui préparer quelque chose à manger – du moment que ce ne serait pas un steak. N'importe quoi plutôt que d'être obligée de contempler le visage rayonnant de Beth et d'écrire un article sur des petits-fours.

— Et puis tu n'as qu'à l'appeler si tu as tellement envie de le revoir.

— Je l'ai déjà fait trois fois, avoua Beth.

Tracie eut à nouveau envie de la gifler, et joignit les mains, juste au cas où.

— Il n'a pas de répondeur ni de boîte vocale chez lui, poursuivit Beth. C'est bizarre, non ?

Tracie se contenta de hausser les épaules.

— Il n'est pas marié, hein ? Tu es sûre ?

— Parce que, selon toi, je t'aurais présenté un homme marié ?

Tracie secoua la tête. Comment Laura avait-elle appelé Beth, déjà ? Une authentique cruche ?

— Tu crois qu'il a une petite amie attitrée ? insista Beth. Et qu'il vit avec elle ?

— Je *sais* qu'il n'a personne.

— Je vais essayer de le rappeler.

— Tu ne penses pas que ce serait une bonne idée de lui ficher la paix ? demanda Tracie.

Et elle réalisa, avec un petit choc désagréable, qu'elle n'était plus sûre du tout d'aimer Beth – ni Jon.

26

Phil et Laura jouaient aux cartes sur la table de la salle à manger de Tracie. Ils s'affrontaient pour des clopinettes, ou plus exactement pour des cacahouètes – Phil ayant découvert avec consternation que Tracie ne possédait pas de jetons.

Tracie examinait ses notes et ses photos, mais les rires dans la pièce voisine l'empêchaient de se concentrer. Étrange : son article stagnait, mais la métamorphose de Jon, elle, semblait progresser à la vitesse grand V. Bien sûr, elle n'avait pas encore eu l'occasion d'entendre sa version des faits, mais elle était déterminée à ne pas en faire une obsession. Après tout, la tournure qu'avaient prise les événements lui offrait une magnifique conclusion pour son papier. Mieux : elle le justifiait. Il ne lui restait plus qu'à savourer sa chance et s'atteler sans plus tarder à sa rédaction.

Le problème, c'était qu'elle ne parvenait pas à se mettre au travail. L'absence d'une date butoir la démobilisait. En ce moment, par exemple, elle avait envie de grignoter quelque chose, ou de téléphoner à Jon, ou d'allumer la télé, ou de s'étendre juste une minute et de fermer les yeux. Pour être tout à fait honnête, elle avait surtout envie de se joindre à Phil et Laura. Ils avaient l'air de bien s'amuser.

Tracie entendit Laura abattre ses cartes sur la table.

— Gin ! s'exclama-t-elle.

Tracie secoua la tête. Pauvre Phil. Les innombrables parties qu'elles avaient disputées durant leur adolescence lui avaient démontré que Laura était imbattable au gin-rami. Un jour, elle avait dépouillé toutes leurs copines scoutes de leur argent, leurs bijoux et poupées Barbie.

Tracie sourit au souvenir de ce haut fait d'armes, puis essaya de reporter son attention sur son article. Inutile, admit-elle bientôt avec un soupir. Elle n'arriverait à rien tant qu'elle n'aurait pas parlé avec Jon et découvert quelles étaient ses intentions concernant Beth.

Était-il à ce point injoignable ou bien cherchait-il à l'éviter ? Peut-être s'était-il naïvement amouraché de cette gourde, et... Non, impensable. Beth n'avait ni le profil, ni le cerveau, ni rien. Mais Jon vivait seul depuis si longtemps... assez pour confondre désir et amour. Si tel était le cas, il fallait qu'elle lui ouvre les yeux. C'était son devoir. En veillant toutefois à ce qu'il ne se montre tout de même pas trop brutal avec cette pauvre Beth quand il recouvrerait ses esprits.

À moins... À moins qu'il n'ait trouvé en elle la partenaire idéale, et qu'il n'ait pas envie qu'on se mêle de ses affaires. Après tout, il n'était pas rare que des amis se séparent quand l'un d'eux tombait amoureux et se mariait. C'était bien ce qui était arrivé aux Beatles, non ? Peut-être quand Paul avait épousé Linda. Ou alors quand John s'était marié avec Yoko...

Un mariage ! La seule idée de Jon épousant Beth était si grotesque que Tracie ne sut si elle devait en rire ou la chasser d'un haussement d'épaules. Comment pouvait-elle perdre son temps à imaginer une telle aberration ? Cette histoire n'était certainement qu'un feu de paille qui s'éteindrait tout seul d'ici à quelques semaines.

Pendant ce temps, Laura continuait à engranger les cacahouètes tandis que Phil battait les cartes.

— Tu n'aurais pas perdu un peu de poids ? l'entendit-elle demander à sa partenaire.

Ils s'entendaient mieux depuis quelque temps, mais quand même, c'était sympa de la part de Phil. Tracie sourit – il pouvait se montrer gentil quand il le voulait.

— Peut-être un peu, répondit Laura, visiblement concentrée sur son jeu.

Il y eut un très bref silence. Tracie rit tout bas. Si Phil espérait la déconcentrer, il en serait pour ses frais. Laura était la seule femme de sa connaissance qui ne se souciait pas de son tour de taille.

— Gin, annonça Laura.

— Quoi ? hurla Phil. C'est impossible ! On n'a tiré qu'une seule carte !

— Gin, répéta Laura, implacable.

— Maldonne ! s'étrangla Phil.

— C'est toi qui as distribué, rétorqua Laura.

Tracie entendit Phil rassembler les cartes en protestant. Ils continuèrent à se chamailler pendant que

Tracie tentait de faire le vide dans son esprit. Combien de temps encore avant l'arrivée de Jon ? Et quelles seraient les nouvelles ? Elle s'allongea de tout son long sur le lit, et sommeillait depuis quelques minutes quand elle entendit son nom flotter dans la chambre.

— Tu sais, j'ai suivi ton conseil, mais je ne crois pas que Tracie s'en soit aperçue.

— Je suis sûre que si, affirma Laura sur ce ton distrait qu'elle employait quand elle comptait ses cartes.

Tracie dressa l'oreille. Quel conseil ? Et pourquoi Laura ne lui avait-elle rien dit ? Était-ce Phil qui avait sollicité son aide, ou Laura qui en avait pris l'initiative ? Ni vu ni connu, elle se rapprocha du pied du lit.

— Je crois que tu as raison, reprit Phil. Je ne me suis peut-être pas occupé assez d'elle. Mais maintenant, j'ai l'impression que c'est l'inverse.

Laura murmura quelque chose que Tracie ne comprit pas. Phil avait dû se lever parce qu'elle entendit s'ouvrir la porte du réfrigérateur. Elle s'avança sur la pointe des pieds et glissa un œil dans la pièce voisine. Phil avait tiré le bac à légumes et en sortait un chou chinois. Comment diable avait-il atterri ici ? Elle n'avait pas fait de courses, et Laura détestait le chou chinois.

Phil le coupa en deux, puis en quartiers, et répartit les morceaux dans trois assiettes.

— Tu as faim ? demanda-t-il à Laura.

Il prit trois sets et trois assiettes en carton. Puis il alluma une bougie, mais quand ce fut fait il ne sut manifestement pas sur quoi la poser. Il chercha un bougeoir des yeux et, comme il n'en trouvait pas, il se contenta du goulot d'une bouteille de bière vide. À quoi rimait ce cirque ?

— Tu sais, les femmes ont des besoins différents à chaque époque de leur vie, déclara Laura tout en enlevant le paquet de cartes.

Elle rassembla ses gains et se tourna vers Phil.

— À Sacramento, je sortais avec cette andouille de Peter parce que je le trouvais excitant. Mais plus nous prenons de l'âge – j'aurai trente ans dans deux ans –, plus nous recherchons la stabilité. Quelqu'un avec un vrai travail, quelqu'un sur qui nous puissions compter. Tu comprends ?

Phil hocha la tête comme s'il recevait la Parole divine. Tracie en resta bouche bée. Sa stupeur ne connut plus de limites lorsqu'elle le vit empoigner une boîte de raviolis déjà ouverte et la renverser dans une casserole. Incroyable ! *Lui*, il préparait à dîner !

Bien sûr, sa tentative était comique, mais au moins il essayait. C'était tellement mignon. Un peu comme Peter Pan s'efforçant d'attacher son ombre à ses pieds avec du savon. Il allait allumer le gaz quand Tracie sortit de la chambre, incapable de résister plus longtemps. Laura était toujours assise devant la table et grignotait ses gains à belles dents, pendant que Phil, penché sur ses raviolis, les remuait avec une fourchette. Au même instant, la sonnerie de l'Interphone retentit. Jon, enfin ! Tracie courut appuyer sur le bouton pour lui ouvrir la porte d'entrée de l'immeuble.

— Nous attendons quelqu'un ? demanda Phil.

— Jon fait un saut en vitesse, lui expliqua Tracie.

— Si j'en crois Beth, Jon ne fait rien en vitesse, déclara Laura en haussant les sourcils.

— Quand as-tu parlé avec Beth ?

Inouï. À croire que Miss Trampoline se répandait en confidences dès qu'elle avait le dos tourné !

— Presque tout l'après-midi, avoua Laura en faisant tomber ses épluchures de cacahouètes dans la poubelle. Beth guettait un appel de Jon, apparemment sans résultat, et elle avait besoin de parler de lui avec quelqu'un.

Elle haussa les épaules.

— J'ai servi de réceptacle à son obsession.

Tracie secoua la tête.

— Évite de prononcer son nom devant Jon.

— Eh, je n'ai pas de quoi nourrir quatre personnes, annonça Phil comme Tracie se dirigeait vers la porte.

— Ne vous inquiétez pas, je vous cède ma part, intervint Laura.

— Ne soyez pas ridicules, protesta Tracie. Ça ne prendra que deux minutes. Ensuite, nous dînerons tous les trois.

Elle ouvrit à Jon et, comme à leur habitude, ils s'étreignirent. Tracie était curieuse d'observer la réaction de Phil devant le nouveau Jon, aussi resta-t-elle en retrait lorsqu'il entra dans le salon.

Le regard de Phil s'arrêta sur sa coupe de cheveux en hérisson puis dérapa en zigzag jusqu'à ses boots neuves tandis qu'une expression stupéfaite se peignait sur ses traits. Elle fut chassée presque instantanément par une vague de désarroi, puis tout aussi rapidement par une nonchalance de façade. On aurait cru un dessin animé, quand les saisons défilent sur l'écran dans un raccourci saisissant.

Tracie se tourna vers Laura. La réaction de son amie – quoique plus subtile – était peut-être plus intéressante encore. Elle fixait Jon sans ciller et, pendant un bref instant, ses yeux reflétèrent cette convoitise mêlée de regret qui brille dans le regard de certains hommes quand ils contemplent une voiture de sport trop rapide et trop chère pour eux.

— Salut, Jon, lança-t-elle avec sa voix des grandes occasions.

Phil posa la boîte de raviolis vide et marcha sur l'intrus.

— Ce n'est pas toi qui as acheté ces fringues, jeta-t-il d'un ton accusateur.

Il se tourna vers Tracie.

— Où lui as-tu trouvé cette veste ? J'en veux une comme ça !

— Nous l'avons achetée chez..., commença Jon.

— Ttt, ne révèle jamais tes sources, l'interrompit Tracie en lui touchant l'épaule.

Impossible de discuter devant Phil et Laura, décida-t-elle en enfilant sa veste.

— Nous sortons faire quelques pas.

— Et qu'est-ce que tu as fait à ses cheveux ? poursuivit Phil tandis qu'elle entraînait son protégé vers la porte.

Elle avait posé sa main entre ses omoplates et le poussa dehors avant qu'il ait pu répondre.

— Je serai de retour dans une demi-heure, annonça-t-elle par-dessus son épaule.

Ils descendirent l'escalier et se retrouvèrent dans la rue sans que Tracie ait prononcé un seul mot.

— Explique-moi, articula-t-elle enfin tandis qu'ils débouchaient sur le trottoir mouillé.

Jon régla son pas sur le sien.

— T'expliquer quoi ? demanda-t-il, mais elle aurait pu jurer qu'il était mal à l'aise.

— Je travaille avec toi nuit et jour depuis des semaines. Je t'arrange un rendez-vous. Je me rends sur les lieux pour te donner des conseils en direct. Et non seulement tu ne me tiens au courant de rien, mais en plus j'apprends de la bouche de ma copine que tu as couché avec elle ?

Jon grimaça, les yeux fixés sur le trottoir.

— Et qu'est-ce que tu voulais que je raconte ? C'était le but recherché, non ? De toute façon, maintenant, tu sais. Je ne vais pas te donner des détails ! Pour résumer, l'expérience est terminée. Succès sur toute la ligne.

— Ce n'était *pas* le but recherché ! s'écria Tracie. Pourquoi as-tu couché avec Beth ?

— Comment ça, pourquoi ? Ce n'était pas ce que tu

attendais de moi ? Les baratiner, les passer à la casserole, les plaquer. Ce n'est pas *moi* qui ai établi les règles.

— Je ne crois pas avoir défini les choses de cette façon !

— Bon, peut être pas. Mais si je me souviens bien, l'objectif consistait à mettre un terme à mon célibat.

Tracie plissa les paupières.

— Pas avec ma copine ! riposta-t-elle. Et évite de plastronner, s'il te plaît. Beth est désespérée.

— Parce que moi je ne l'étais pas, peut-être, après une année entière d'abstinence ?

Il hurla à la mort comme le loup de Tex Avery.

Tracie grinça des dents. Elle l'aurait giflé.

— Tu t'es comporté de façon totalement irresponsable. D'abord en passant à l'acte, et ensuite en le faisant avec Beth. Nous discutons de nos vies privées, figure-toi. Maintenant, je vais devoir l'écouter me raconter en détail ta vie sexuelle !

— Ah, parce que vous disséquez votre vie sexuelle ? Bravo. Et puis, si tu ne voulais pas que je conclue, pourquoi me l'as-tu présentée ? C'est toi qui as organisé ce rendez-vous.

Dieu qu'il était exaspérant !

— Pas pour que vous finissiez la soirée dans son lit ! C'était un... un rendez-vous d'entraînement !

— Autrement dit, j'étais censé repartir comme j'étais venu ? Tu m'avais mitonné un fiasco, c'est ça ? Une nouvelle humiliation pour le roi du tir au but manqué ?

— Tu n'es pas un joueur de foot et Beth n'est pas un ballon ! siffla Tracie. Elle en a vu de toutes les couleurs avec Marcus, et je n'avais pas l'intention de la...

— Marcus ? Ton patron ? Elle a eu une liaison avec ce porc ?

Jon roula des yeux et s'adossa à une boîte aux lettres jusqu'à ce qu'il s'aperçoive qu'elle était trempée.

— Tu connaissais ses goûts et malgré ça tu as pensé qu'elle pourrait me plaire ?

— Justement non. Tu était censé te comporter comme un mauvais garçon, tu te souviens ?

— Ha ! triompha Jon. Donc, tu voulais que je la baratine, que je la passe à la casserole et que je la plaque !

— Ne pense pas à ma place ! gronda Tracie.

Ils marchèrent en silence pendant l'équivalent d'un pâté de maisons, puis Jon s'arrêta, prit Tracie par les épaules et la tourna vers lui. Pendant un instant, elle crut qu'il s'apprêtait à l'embrasser.

— Tracie, tu es ma meilleure amie. Pourquoi nous disputons-nous ? Tu m'as dit ce que je devais faire, et avec qui. Je t'ai obéi. Alors pourquoi es-tu en colère ? Si tu ne veux pas que je revoie Beth, je ne la reverrai pas. Mais ne te fâche pas contre moi, s'il te plaît.

Tracie le regarda. En dépit de la transformation qu'elle avait opérée sur lui, il était toujours Jon. Ses yeux étaient chaleureux et suppliants. Elle aimait Jon.

— Je me suis sentie blessée, admit-elle. Je pensais que tu m'appellerais immédiatement.

— Il était très tard. J'étais gêné, en plus.

Il s'interrompit.

— Et je... je ne crois pas que les garçons parlent de sexe avec autant de facilité que les filles.

Elle poussa un long soupir.

— D'accord. Cette querelle est ridicule. Je ne sais même plus pourquoi je me suis énervée. C'est juste que Beth n'a parlé que de toi toute la journée, et que ça m'a rendue à moitié folle.

— C'est vrai ?

Jusqu'à quel point était-il confiant dans ses performances d'amant ? se demanda-t-elle. Et dans quelle mesure cette confiance était-elle justifiée ? Elle observa ses vêtements neufs, sa coupe de cheveux, ses joues ombrées de barbe, et prit conscience pour la première fois qu'il pourrait bien être très, très doué. Elle se détourna pour qu'il ne la voie pas rougir. Cela lui faisait drôle de penser à Jon comme à un partenaire sexuel – un peu comme si elle commettait un inceste. Quand il lui prit le bras, elle sursauta.

— Tu es toujours fâchée ?

— Non.

Il faudrait qu'elle lui parle de son article. Une fois qu'il serait au courant, elle aurait peut-être moins de mal à l'écrire.

Quand elle regagna son appartement, elle n'aspirait qu'à deux choses : une bière et un gros câlin. Mais, après avoir jeté un coup d'œil dans le réfrigérateur puis vers le visage boudeur de Phil, elle se rendit compte qu'elle n'aurait probablement droit ni à l'un ni à l'autre.

— Il n'y a plus de bière ?

— Non. J'essaie d'arrêter. Si je coupe le ravitaillement, je ne suis pas tenté, répondit Phil.

Ça, c'était bien de lui. Il ne pensait jamais aux autres.

— En parlant de coupe, je vais prendre rendez-vous chez le coiffeur. Tu veux venir, Laura ?

— Volontiers. Moi, j'ai surtout besoin d'un balayage.

— Stefan est le roi du balayage. Jon est allé chez lui.

— Ce type devrait te payer pour tes cours, grogna Phil.

— Et toi, tu devrais me payer un loyer, riposta Tracie en claquant la porte du réfrigérateur.

Imperturbable, Phil recommença à remuer ses raviolis, empoigna une bouteille de sauce vinaigrette toute prête, et la versa sur les quartiers de chou d'un geste théâtral.

— Le dîner est servi.

Elle regarda la casserole.

— Génial. Désolée, mais je n'ai pas faim.

— Mais... mais je l'ai préparé pour toi !

— Pourquoi ne dînes-tu pas avec Laura pendant que je prends un bain ? Je n'ai qu'une envie : me rouler en boule dans mon lit.

Tracie se dirigea vers la salle de bains. Phil lui emboîta le pas.

— Tracie, il faut que je te parle. Je voulais le faire pendant le repas. C'est important. On m'a proposé un travail...

Il s'interrompit. Elle fouillait sous le lavabo, à la recherche de son produit moussant.

— Tu as l'intention de jouer avec un autre groupe ? Tu quittes les Glandes ? demanda Tracie en secouant la tête.

— Non. Je te parle d'un vrai travail. Une sorte de stage. Tu m'imagines dans les semi-conducteurs ?

Elle cessa de fouiller sous le lavabo et le dévisagea.

— Je ne suis pas sûre d'avoir bien entendu. Tu veux conduire un semi-remorque ?

— Non ! Bon sang, si tu m'accordais la moitié de l'attention que tu consacres à ce débile et à ton article, tu saurais de quoi je te parle !

Il tourna les talons et quitta la pièce en claquant la porte.

Parfait. Qu'il rentre dans ses pénates. Tout ce qu'elle voulait, c'était se plonger dans un bain chaud.

27

Un brouhaha diffus régnait dans le restaurant malais. Les bras chargés de grands plateaux, serveurs et serveuses allaient et venaient entre la salle et la cuisine. Jon était installé à une table d'angle, en face de Samantha. Il avait adopté la « pose James Dean » extraite de *La Fureur de vivre*, et achevait un récit d'une intensité poignante.

— Je n'en avais encore jamais parlé à personne, avoua-t-il avant de marquer un silence.

Il joua nerveusement avec son distributeur de Pez à tête de Dingo. Les oreilles tournaient en formant des cercles. Et maintenant ? songea-t-il. Pour gagner du temps, il avait décidé de combiner deux consignes de Tracie : inventer une tragédie *et* la dévoiler comme un lourd secret dont l'élue du jour serait l'unique dépositaire.

La compassion, somme toute légitime, qu'il lisait dans les yeux de Samantha lui inspirait un vague dégoût. Qu'elle puisse avaler de telles sornettes le dépassait. D'accord, elle ignorait tout de lui, et s'il lui racontait qu'il était mormon, ou orphelin, ou que son anniversaire tombait le jour de l'Indépendance – alors qu'il était né le 3 décembre –, il n'y avait aucune raison qu'elle ne le croie pas. Duper Samantha était donc un jeu d'enfant. Alors pourquoi éprouvait-il un tel sentiment de supériorité ? Une autre constatation ajoutait encore à son trouble : sa facilité à inventer des histoires. Il en arrivait à se demander s'il y avait une seule personne sur terre dont les propos reflétaient la vérité. Qu'en était-il de son père ? Lui avait-il menti pendant toutes ces années comme il avait menti à sa mère ? Il interrompit le fil de ses pensées, et baissa les yeux sur la table.

— Je ne comprends pas comment j'ai pu me tromper à ce point sur votre compte, disait Samantha. Je veux dire... Je vous avais remarqué, bien sûr, mais je vous prenais pour...

Elle laissa sa phrase en suspens et Jon se demanda sur quel synonyme du mot « crétin » elle était en train de buter.

— Bref, je vous imaginais très différent, conclut-elle.

Il hocha la tête, puis exécuta un haussement d'épaules digne de James Dean dans ses meilleurs moments.

— Je sais. La plupart des gens passent à côté de mon vrai moi.

Il exhala un soupir et contempla le distributeur de Pez.

— Mon frère adorait les Pez...

Il avait constaté que la meilleure stratégie consistait à en dire le moins possible. Dans le cas contraire, soit il s'embrouillait, soit il était obligé d'en rajouter et de se rappeler ensuite ce qu'il avait raconté. Peut-être était-ce ce qui avait poussé son père à partir : ses mensonges étant trop difficiles à gérer, il avait choisi la fuite.

Samantha l'entendit soupirer à fendre l'âme et redoubla d'attention.

— À quoi pensez-vous ? Vous pouvez tout me confier, vous savez.

Ses yeux le suppliaient. Mentez-moi ! criaient-ils. Racontez-moi quelque chose d'horrible, quelque chose qui fera de moi le témoin privilégié d'un drame.

— Que s'est-il passé ensuite ? demanda-t-elle en se penchant vers lui.

— Il était assis à l'arrière de ma moto... et un de mes pneus à éclaté. Je m'en suis tiré sans une égratignure, mais lui...

Jon marqua un temps pour ménager son effet.

— Tué sur le coup.

Il laissa le silence s'installer à nouveau, tourna les yeux vers la cuisine et serra les dents aussi ostensiblement que possible. Par Hercule, si ça continue, je vais avoir une mâchoire en béton armé, songea-t-il.

— Je me suis toujours tenu pour responsable de sa mort, reprit-il enfin. En tout cas, depuis ce jour, je ne connais plus la peur.

Sam hocha la tête, l'œil humide.

— Je comprends, murmura-t-elle.

Cela tenait du miracle parce que Jon, lui, n'y comprenait rien du tout. Incroyable... Les femmes étaient vraiment prêtes à gober n'importe quoi.

Leur adorable petite serveuse asiatique s'approcha de leur table. Jon s'arracha bravement à ses souvenirs et, feignant la surprise, posa la main sur son bras.

— N'a-t-elle pas les plus beaux yeux du monde ? demanda-t-il à Sam.

Quand il la vit rougir de dépit, il sut qu'il était béni des dieux.

Jon était assez content de lui lorsqu'il pénétra le lendemain matin dans le hall de Micro/Connection. S'il n'avait pas transformé son essai, il avait marqué des points décisifs. Il ne faisait aucun doute à ses yeux que les faveurs accordées par Samantha n'étaient qu'un prélude à une complète reddition. Elle avait simplement tenu à lui montrer qu'elle n'était pas du genre à céder dès le premier soir.

Quoi qu'il en soit, Sam s'était montrée charmante et – à la réflexion – étonnamment docile pour une battante menant sa carrière avec autant de brio et d'aisance. Mais le comportement d'une femme dans l'intimité ne reflétait pas toujours l'image qu'elle donnait en public. Jon méditait sur cette vérité profonde quand son regard accrocha au loin une silhouette familière. Il cherchait à analyser cette impression de déjà-vu quand le déclic se produisit.

— Carole ! tonna-t-il.

Le Petit Lot de l'aéroport ! C'est vrai qu'elle avait fait allusion à une mission chez Micro/Connection quand il l'avait rencontrée.

Elle se retourna, et Jon fit de son mieux pour rester impavide. Il avait commis une erreur en criant son prénom. Maintenant, il s'agissait de ne pas en commettre une deuxième en se précipitant vers elle. Si elle l'attendait, il pourrait peut-être faire quelques pas en sa compagnie, mais sans y mettre d'intention particulière. Ne jamais inciter une fille à se retourner sur vous. C'était une faute stratégique grave.

Parfois il se disait qu'il était indécrottable. Mais le Petit Lot s'approchait lentement et il lut dans ses yeux qu'elle cherchait à mettre un nom sur son visage. Entre-temps, il avait adopté une autre de ses « poses James Dean » – celle du rebelle d'*À l'est d'Éden*. Il lui était pénible de penser qu'elle risquait de se souvenir de lui comme d'un débile profond, mais il voulait assouvir son besoin de conquête. Et puis, qui sait ? Sa prestation désastreuse à l'aéroport lui permettrait peut-être d'endosser le profil d'un tueur en série sans que son ADN travaille contre lui. Voyou, mais suffisamment respectable pour travailler ici. Oui, il avait peut-être une carte à jouer.

Carole le toisa de la tête aux pieds.

— Nous nous sommes rencontrés dans l'avion, c'est ça ?

Jon resta impassible. S'était-il inquiété pour rien ? Non, car elle cilla brusquement.

— Oh, les bagages !

Bon. L'attaque était peut-être le meilleur système de défense. Il réussit à rire.

— Gagné. J'ai perdu mon sac et vous votre sens de l'humour.

Il marqua un temps.

— Vous avez vraiment pris au sérieux mon petit numéro de déjanté ? ironisa-t-il avec un sourire laissant entendre qu'elle s'était couverte de ridicule.

À sa vive surprise, elle piqua un fard.

— Désolée. Je devais être un peu tendue. Les vols en

avion me font toujours cet effet-là. Vous avez l'air...
différent.

Il haussa les épaules, très grand seigneur.

— Ce sont peut-être les boots, répondit-il, et elle
regarda ses pieds.

— Vous travaillez ici ? Je n'avais pas compris.

Elle se détendit, visiblement rassurée. À l'évidence,
elle avait décidé qu'il n'était pas un dangereux
maniaque vivant dans les bois et guettant sa prochaine victime.

— Ça m'arrive, avoua-t-il.

Pour une fois, son image de travailleur salarié ne le
desservait pas, au contraire. Il sourit. Il commençait à
comprendre le mode d'emploi. Il suffisait d'anticiper
les pensées d'une femme.

— Mais vous, qu'est-ce qu'une belle fille comme
vous fait dans un endroit pareil ?

Carole lui rendit son sourire.

— Je ne peux pas vous le dire.

Il haussa les épaules. Cette question lui avait fait
perdre plusieurs points, mais il ne s'en souciait pas
vraiment. Après tout, il avait un rendez-vous avec Ruth
le lendemain, un autre avec Samantha ce week-end, et
Beth n'arrêtait pas de lui téléphoner. Si elle ne cessait
pas bientôt, il serait probablement obligé de coucher
avec elle juste pour libérer sa ligne. Il réprima un
sourire à cette pensée et revint à Carole. Elle n'était pas
simplement jolie, elle était adorable. Et elle travaillait
chez Micro/Connection. Jon se demanda quel effet cela
lui ferait de sortir avec une femme qui comprendrait
son travail et ses implications. Même Tracie n'y parvenait pas.

Son sourire s'élargit.

— Pouvez-vous me dire au moins si vous mangez ?
demanda-t-il.

— Si je... ? Bien sûr.

— Pouvez-vous me dire si vous mangerez avec moi ?

Elle lui rendit son sourire.

— Avec plaisir.

Et après vous m'embrasserez et avec un peu de chance nous passerons la nuit ensemble, songea rêveusement Jon. C'était beaucoup plus excitant que le projet Parsifal.

— Où ? s'enquit-elle.

— Je ne peux pas vous le dire, répondit-il – et elle éclata de rire. Si je vous le dis, ils me repéreront et ils me tueront.

— C'est affreux quand ce genre de chose vous arrive, n'est-ce pas ? déclara-t-elle – et il comprit qu'elle flirtait avec lui.

Ah, le flirt... Quel exercice passionnant. Il observa Carole avec intérêt. Elle était plus amusante que Sam, et probablement plus que Ruth ne devait l'être. Et elle était vraiment ravissante. Enfin, pas autant que dans son souvenir.

Jon était installé à une table d'angle, en face de Ruth la varappeuse. La salle du restaurant *Chez Vito* baignait dans une lumière tamisée. Des bougies brûlaient dans des petites lampes en verre, posées devant chaque convive. Il venait juste d'aborder le-drame-de-sa-vie-dont-il-n'avait-jamais-parlé-à-personne-avant-elle.

— Que s'est-il passé ? demanda Ruth en retenant son souffle.

— J'avais un frère jumeau. Et il s'est suicidé. Le malheureux. J'étais meilleur que lui dans tous les domaines – dans nos études, en sport, même avec les filles... Pour moi, il était hors de question d'instaurer une compétition entre nous, mais je suppose qu'il n'a pas pu supporter... la comparaison. C'est peut-être ridicule, mais que voulez-vous ? Je me suis toujours tenu pour responsable de sa mort.

Il marqua un temps, tout étonné de se sentir peiné par la disparition de ce frère imaginaire, mort dans la fleur de l'âge. Il haussa tragiquement les épaules.

— En tout cas, depuis ce jour maudit, je ne connais plus la peur.

— C'est vrai ? chuchota Ruth — et il vit la compassion fleurir sur son visage.

Quand la petite serveuse blonde et grassouillette s'approcha pour enlever leurs assiettes, Jon posa la main sur son coude.

— N'a-t-elle pas les plus beaux yeux du monde ? demanda-t-il à Ruth.

Jon s'adossa à la banquette. Il s'était installé dans un box en angle de *Java*, *The Hut*, mais, pour une fois, il n'était pas seul, et il n'attendait pas Tracie. Il était en compagnie de Doris, la jolie serveuse d'origine asiatique qu'il avait rencontrée lors de son rendez-vous avec Samantha.

— Oh... Que s'est-il passé ? souffla-t-elle, comme si sa vie tout entière était suspendue à sa réponse.

— Nous nous amusions à tirer sur des cibles — je suis un excellent tireur —, et mon père m'a mis au défi de faire sauter une cigarette fichée entre ses lèvres. J'avais quatorze ans et j'étais terrifié. J'ai refusé, mais il s'est mis en colère.

Jon sortit de sa poche son distributeur de Pez à l'effigie de Casper le Gentil Fantôme, et le lui tendit comme s'il s'agissait de la Légion d'honneur.

— Alors, il a demandé aux personnes présentes de s'approcher. Il leur a expliqué ce que j'allais faire et il a lancé les paris. Au final, ça représentait un énorme paquet d'argent. Ensuite, il a glissé la cigarette entre ses lèvres, s'est mis de profil et... j'ai tiré. Je lui ai explosé la bouche. Littéralement. Bien sûr, il s'agissait d'un accident, mais...

Il poussa un profond soupir.

— Je me suis toujours senti coupable. Depuis ce jour maudit, je ne connais plus la peur.

Il soupira de nouveau puis tourna la tête vers la fenêtre, comme si la silhouette de son père mutilé se dressait dans le parking sombre.

Molly s'approcha de leur table avec leur dîner. Comme elle posait une assiette devant eux, Jon lui attrapa la main.

— N'a-t-elle pas les plus beaux yeux du monde ? demanda-t-il à sa conquête.

28

Tracie était assise à son bureau, furieuse et amère. Elle aurait dû être en train de travailler, mais depuis la dernière réunion éditoriale elle avait perdu toute motivation. Au lieu de plancher sur son nouveau pensum, elle décrocha donc le téléphone et composa le numéro de Jon. Elle n'avait pas eu de ses nouvelles depuis des jours et mourait d'envie de savoir ce qu'il devenait, mais surtout elle avait besoin de s'épancher.

Personne ne savait écouter ni compatir comme Jon. Laura essayait de plaisanter pour lui remonter le moral, Phil tentait de la distraire, mais Jon, lui, avait un véritable don d'empathie.

Bien avant que Tom Brokaw ait écrit *The Greatest Generation*, Tracie avait été fascinée par Pearl Harbor et la Seconde Guerre mondiale. Son grand-père maternel était mort dans le Pacifique, et son grand-père paternel avait participé au Débarquement. Les quelques rares bons souvenirs qu'elle gardait d'Encino, c'étaient les visites de son papy. À chaque fois, elle lui demandait de lui raconter le jour le plus long. Elle avait donc eu un électrochoc quand, lors de la réunion de ce matin, Marcus avait confié à Allison un reportage complet sur les vétérans de la Seconde Guerre mondiale.

— Marcus, je suis fin prête pour couvrir ce sujet ! était intervenue Tracie. Je dispose de témoignages de première main, inédits et très intéressants, que je n'ai pas utilisés dans mon article sur le Memorial Day.

— Je prends bonne note de votre sens du volontariat et de la coopération, mais je suis certain qu'Allison sera de taille à relever le défi, avait tranché Marcus.

Ce n'était pas juste. On lui confiait les chiens écrasés et autres sujets lamentables depuis presque un an, et pour une fois qu'un article digne de ce nom se profilait à l'horizon il lui passait sous le nez ! À quelles bassesses s'était livrée Allison pour obtenir le feu vert de Marcus ?

Cette sainte nitouche avait eu l'aplomb de lui lancer un regard faussement navré, assorti d'une moue hypocrite, comme pour lui dire « Désolée mais qu'y puis-je ? ». Tracie aurait aimé effacer ce sourire de son joli visage avec de la paille de fer et un peu d'acide sulfurique. Comble de l'humiliation, Marcus avait ajouté l'insulte à l'offense en lui confiant un article sur la fête des Pères. Comme si elle n'avait pas eu suffisamment de problèmes relationnels avec l'auteur de ses jours !

— Puis-je au moins parler des pères indignes ? avait-elle demandé, mais Marcus s'était contenté d'un ricanement dissuasif.

Tracie décrocha son téléphone et composa à nouveau le numéro de Micro/Connection. Non seulement Jon n'était toujours pas disponible, mais sa boîte vocale était saturée et elle ne put même pas lui laisser un message.

— Tu as des nouvelles de Jonny ?

Tracie sursauta et leva les yeux. Beth se tenait sur le seuil de son bureau, le visage inquisiteur.

— Non ! Et même si j'en avais, je ne te le dirais pas !

— Oooh, couina Beth en reculant. Toi, tu es de mauvais poil.

Tracie la suivit d'un regard perplexe tandis qu'elle s'éloignait sans insister. Incroyable. En temps normal, sa rebuffade lui aurait valu une bonne demi-heure de grommellements rancuniers. Tracie en avait tellement assez de son harcèlement qu'elle se mordait les doigts de lui avoir présenté Jon. Mais comment aurait-elle pu deviner que ça prendrait de telles proportions ? Avec un peu de chance, heureusement, ce serait bientôt de l'histoire ancienne.

Seul point positif : son véritable article avançait. Bien sûr, il lui restait encore à polir le style et à trouver une chute, mais il était drôle et percutant. Même les photos étaient réussies. Aurait-elle le courage de l'envoyer au *Seattle Magazine* ? Ils avaient eu l'air intéressés par l'idée. Et pourquoi ne pas voir plus grand et tenter sa chance auprès d'*Esquire* – ou d'un autre canard tout aussi prestigieux ? Elle devait absolument contacter un maximum de journaux et prendre rendez-vous avec leur rédacteur en chef.

À propos de rendez-vous : elle était parvenue à convaincre Stefan de s'occuper d'elle, mais si elle ne se mettait pas en route dès maintenant, elle pourrait dire adieu à sa coupe de cheveux.

Au diable Beth, Marcus, Allison et tout le *Times* ! Aujourd'hui, elle s'accorderait une très longue pause déjeuner.

De la musique braillait en fond sonore dans le salon de coiffure. Laura, les cheveux emmaillotés dans une centaine de papillotes en aluminium, attendait que ses mèches soient à point tandis que Tracie livrait enfin son cuir chevelu aux mains expertes de son coiffeur préféré.

— Surtout pas trop court, lui rappela-t-elle.

Stefan avait exceptionnellement dérogé à la règle et autorisé Laura à assister à l'opération.

— Ze sais. Zamais trop court.

Il poussa un soupir désabusé, comme s'il était excédé par chaque cheveu poussant sur chaque tête de Seattle.

Pourvu qu'il ne soit pas de mauvaise humeur, songea Tracie. Il était dangereux de confier sa tête à Stefan quand il était mal luné.

— Au zuste, où en êtes-vous de votre petite expérience ? s'enquit-il – et pendant un instant elle n'eut aucune idée de ce qu'il voulait dire.

— C'est un garçon zentil tout plein, ajouta-t-il.

Tracie comprit brusquement qu'il parlait de Jon.

— Il est venu il y a deux zours. Ze me suis occupé personnellement de lui.

— Jon est revenu ici ? demanda Tracie, ahurie. De sa propre initiative ?

— Voui. Il y a deux zours, confirma Stefan.

Tracie ne parvenait pas à y croire. *Primo*, Jon s'était fait couper les cheveux tout récemment, et *secundo*...

— Comment a-t-il réussi à obtenir un rendez-vous avant moi ?

Stefan sourit, non à elle, mais à lui-même. Il haussa les épaules d'un geste coquet. Tracie capta le mouvement du coin de l'œil.

— C'est un tel chou, ze ne peux pas lui résister. Un vrai sucre candi.

Laura pouffa.

— Sucre candi ? C'est toi qui lui as donné ce surnom ?

— Non, trancha sèchement Tracie. Le seul nom que je lui ai donné dernièrement, c'est Sale Ingrat.

Elle n'en revenait pas qu'il ait pris rendez-vous avec

Stefan sans la consulter. Ni qu'il ait trouvé le temps de se faire bichonner alors qu'il n'avait soi-disant pas une minute pour l'appeler !

La porte s'ouvrit au même instant, et Beth, les cheveux plaqués sur le crâne par une sorte de magma coloré, passa la tête dans le sanctuaire blanc.

— Les visites sont interdites ! s'agaça Stefan en levant ses ciseaux d'un geste outré. Allez, zou !

— Pas trop court, lui rappela Tracie. Beth, que fais-tu ici ?

Combien de personnes à la fois pouvaient déserter leur poste sans que le *Times* coule par le fond, et se pouvait-il qu'elles se retrouvent toutes ici ? En ce moment même, Allison s'offrait peut-être un massage facial, Sara une séance de pédicure et Marcus une permanente...

Beth ignora l'interdit de Stefan et entra.

— À l'évidence, je ne me fais pas plomber une dent.

Elle souriait d'un air enjoué. Tracie se prépara à l'iné-vitable question sur Jon, mais Beth se contenta de prendre place sur un siège, au ras du sol.

— Pas de spectateurs, ze vous prie ! vitupéra Stefan en brandissant ses ciseaux puis en scalpant une nouvelle mèche sur le dessus.

Tracie lança un regard inquiet à Laura et à Beth. Sûrement, s'il taillait trop court, elles la préviendraient. Du moins, elle l'espérait. Du calme, Stefan est le seul homme à Seattle en qui tu peux avoir entièrement confiance, s'admonesta-t-elle. C'est bien pour cette raison que tu es ici, malgré son défaut de prononciation et ses tarifs exorbitants. Mais elle aurait quand même aimé avoir un miroir.

— Beth, tu ferais mieux de partir, déclara-t-elle nerveusement.

— Pas de problème, répondit le pot de colle. Stefan n'y voit aucun inconvénient.

— Alors, comment ça marche avec notre zentil sucre candi ? s'informa Stefan.

— Super bien, admit Tracie. Jon...ny avait besoin d'un bon dépoussiérage, mais le résultat est assez... irrésistible.

— Beaucoup trop irrésistible, acquiesça Beth.

— On peut être trop riche ou trop maigre, mais on n'est zamais trop irrésistible, philosopha Stefan.

— Comme c'est vrai, soupira la même Beth.

— Je croyais que tu le détestais, attaqua Tracie. Nous parlons bien du monstre qui ne t'a jamais redonné signe de vie ?

— C'est-à-dire... Il m'a téléphoné juste après notre conversation, révéla Beth avec un sourire triomphant quoique teinté de culpabilité. C'est pour ça que je suis ici. Il y avait urgence.

— Tu l'as envoyé promener, j'espère ? articula Tracie.

Mais son cœur se serra d'appréhension, car si Jon l'avait appelée, et s'il avait manifesté le souhait de la revoir, Beth le rejoindrait probablement ventre à terre.

— Je lui ai dit que j'adorerais le voir ce soir, exulta Beth.

— Il t'a laissé tomber pendant des jours et des jours, il te demande de sortir avec lui ce soir et tu dis oui ? Tu es désespérante ! s'indigna Tracie.

— Je crois que je l'ai percé à jour. Jonny est un garçon très sensible et il a peur d'éprouver des sentiments trop forts pour moi.

Tracie et Laura échangèrent un regard apitoyé.

— C'est forcément pour ça qu'il ne m'a pas rappelée plus tôt. Il était terrifié.

— Beth, ma douce, murmura gentiment Tracie. Tu nages en plein délire.

— La convention de psycholozie pourrait-elle organiser son colloque à l'université ? Ou dans un asile psychiatrique ? Mais pas ici. On ne parle pas ici, zeunes évaporées ! scanda Stefan.

Beth ne lui prêta aucune attention.

— En fait, le pauvre est traumatisé par la mort de son frère, confia-t-elle à Tracie.

— *Quel* frère ? Jon... Jonny est fils unique.

Beth secoua la tête.

— C'est ce que tu crois. C'est un sujet dont il n'a jamais parlé à personne. Sauf à moi.

— Oh, Seigneur ! gémit Tracie.

Elle ne parvenait pas à y croire. C'était elle qui lui avait appris ce truc – inventer un événement tragique susceptible d'impressionner sa dulcinée en cours –, mais qu'il l'ait tenté, et avec succès encore ? Beth n'avait rien d'un détecteur de mensonges, mais quand même !

— Qu'est-ce qu'il y a ? demanda Beth en écarquillant les yeux. Oh, c'est parce que mon Jonny s'est confié à moi ? Ne le prends pas mal. Il y a un tas de garçons qui me choisissent pour confidente, tu sais.

Elle agita la main.

— Il faut que j'y aille. Je ne veux pas arriver en retard à notre rendez-vous !

— De l'air, gronda Stefan, sans que Tracie puisse savoir si cela s'adressait à Beth ou s'il essayait de garder un contrôle créatif.

L'évaporée s'éclipsa et, après avoir émis un son qui tenait à la fois du soupir et du râle, Stefan fit cliqueter ses ciseaux à deux reprises.

Laura loucha, et pointa sans un mot un doigt vers le crâne de Tracie. Une onde de terreur traversa cette dernière.

— Vous vous souvenez ? Pas trop court, d'accord ? Que penses-tu de l'attitude de Beth ? ajouta-t-elle à l'intention de Laura.

— Elle est repartie pour trois nouveaux mois d'obsession. Au fait, je crois que je suis guérie de Peter.

— Eh, c'est génial ! s'écria Tracie.

— Et je vais m'installer définitivement à Seattle.

Elle marqua une pause.

— Je cherche un appartement.

— Formidable !

— Je me doutais que la nouvelle te ferait plaisir. J'ai dû te soûler avec mes pleurnicheries. Et puis, je n'ai pas simplifié ta relation avec Phil.

Tracie fit non avec la tête, entendit Stefan pousser un cri étranglé, et devina qu'elle avait bougé à un moment critique.

— Désolée, s'excusa-t-elle.

— Je me doute que tu ne t'attendais pas à ce que je m'incruste aussi longtemps...

— Ne dis pas de bêtises. Tu sais bien que tu peux rester autant que tu veux.

— Dans mon pays, on dit que les invités sont comme le poisson : ils sentent mauvais au bout de trois zours, commenta Stefan en décapitant une nouvelle mèche.

— Quoi qu'il en soit, je ne peux pas payer un loyer tant que je n'ai pas de boulot, ni m'installer comme traiteur sans apporter un capital. Mais il y a un petit restaurant qui cherchait un chef et...

— Tu as trouvé du travail ? s'exclama Tracie, à la fois stupéfaite et ravie.

— J'ai parlé à la propriétaire, elle est d'accord.

— Génial !

Tracie tenta de toucher ses oreilles pour voir si elles n'étaient pas trop dégagées, mais Stefan siffla et écarta sa main d'une tape.

— Toutes mes félicitations, Laura.

Le silence retomba, troublé par le cliquetis de plus en plus inquiétant des ciseaux du coiffeur fou.

— Je ne parviens vraiment pas à comprendre Beth,

reprit Tracie au bout de quelques instants. Comment a-
t-elle pu accepter de sortir avec Jon après la façon dont
il l'a traitée ?

— Et comment aurait-elle refusé : elle est folle de lui,
répondit Laura en haussant les épaules.

— Mais il sort déjà avec Ruth, la fille du REI. Et il
voit probablement un tas d'autres filles bizarres !

— Qu'est-ce que ça peut te faire ? Tu veux que je te
dise : tu fais une fixation sur lui.

— Ça, c'est pas vrai ! protesta farouchement Tracie.
Je dois me tenir au courant pour mon article, c'est tout.

Elle entendit Stefan renifler. Il en mettait du temps.
Ce n'était jamais aussi long d'habitude.

— Tu crois vraiment que je vais avaler ça ? ironisa
Laura. Tu es amoureuse de Jon. Ça se voit comme le
nez au milieu de la figure.

— Quoi ?

Tracie tourna la tête d'un mouvement indigné, et les
ciseaux de Stefan manquèrent de peu son oreille.

— Stop ! Y en a marre ! Arrêtez de bouzer, ça me
zêne ! Ze décline toute responsabilité si vous continuez
à vous aziter ainsi ! cria-t-il. Débrouillez-vous comme
vous voulez avec vos histoires de cœur, mais laissez
ma tête tranquille !

— *Ma* tête, rectifia Tracie. Et mon cœur n'a rien à
voir dans l'affaire. Je suis amoureuse de Phil. Jon est
simplement un ami. Il a toujours été un ami.

Laura fredonna, comme si les protestations de Tracie
ne lui faisaient ni chaud ni froid.

— Enfin, Laura, tu le sais bien, quand même. Je lui
rends service, un point c'est tout. Je ne fais aucune
fixation !

— C'est ce que tu crois. On refuse toujours l'évidence, au début – c'est classique.

Stefan émit un bruit inquiétant, tenant du gargouillis
d'un radiateur en surchauffe et du sifflement d'un

301

serpent sur le point de mordre. Il s'avança vers Laura d'un pas menaçant, et pendant un instant Tracie crut qu'il allait la frapper. Puis il déplia une papillote d'aluminium.

— C'est bien ce que ze pensais. C'est fini pour vous.

Tracie ne peut déterminer s'il voulait dire par là que les mèches de Laura étaient prêtes, ou qu'elle s'était fourrée dans une impasse sentimentale. Quoi qu'il en soit, il revint vers elle et fit cliqueter à nouveau ses ciseaux, cette fois en direction de sa frange.

— Pas trop court, geignit-elle pour la énième fois, et je te le répète : je ne suis pas du tout obsédée par Jon, affirma-t-elle à Laura.

— C'est ça. Et Marcus est un séraphin. Écoute, je vis boulevard de l'Obsession depuis des mois. J'y ai une maison à demeure. Toi, tu es une simple locataire. Et je suis au regret de t'informer que tu es absolument obsédée.

— Ce n'est pas vrai ! Je suis... ennuyée. Je suis... bourrée de remords, protesta-t-elle. Mon article se présente bien, d'accord, mais Jon, lui, a changé. Je ne reconnais plus mon ami. Il a blessé Beth et il est probablement en train de blesser d'autres femmes à cause de moi et de mes conseils. Cela me rend malade.

Laura haussa les épaules dans un mouvement théâtral.

— Tu as voulu modifier les lois de l'Univers. Prépare-toi à subir les conséquences de ta faute originelle, énonça-t-elle en pointant un index apocalyptique.

Tracie lâcha un gémissement.

— Oh Dieu ! Je dois terrasser la suffisance de cet homme !

— Oui, acquiesça Laura, visionnaire. Rétablir l'équilibre de l'Univers.

— Laissez-le tranquille, bougonna Stefan. Il est comme un coq dans une boutique de bonbons.

— Un coq et des bonbons ? s'étonna Laura.

Tracie haussa un sourcil en signe d'avertissement. Ne jamais contrarier un coiffeur fou armé d'une paire de ciseaux était l'une des lois fondamentales de l'Univers.

— Il faut que je le fasse réduire en boulettes par une vraie mangeuse d'hommes, déclara Tracie. Que le chasseur devienne proie !

— C'est beau. Dommage que tu ne connaisses pas de mangeuse d'hommes, répondit Laura. À part moi, bien sûr. Mais maintenant j'ai du travail. Qui sait ? Sharon Stone sera peut-être disponible.

— Laura, tu es un génie !

— Je sais, mais tu crois que ma nouvelle couleur m'ira ?

Stefan guillotina une ultime mèche sur la tête de Tracie et fit pivoter son fauteuil.

— Terminé ! annonça-t-il en lui présentant un miroir.

— Oh mon Dieu ! cria Tracie en découvrant son reflet.

Il lui avait fait la coupe du légionnaire !

Tracie était allongée sur le canapé, son crâne tondu enveloppé d'une serviette en turban, pendant que Phil et Laura se chamaillaient pour ne pas changer.

— Oh, lâche-moi ! grognait Phil, campé devant l'évier. Bientôt, tu vas me raconter qu'il y a un ordre à respecter pour laver la vaisselle !

— Ben oui, il y a un ordre. Tu ne le savais pas ?

— Tout ce que je sais, c'est que tu me cours sur le haricot.

— Tu te fais des illusions. Je ne toucherais pas ton haricot, même avec des gants en caoutchouc, ricana Laura en secouant sa splendide crinière aux reflets éclaircis. Mais je ne peux pas croire que tu ignores l'ordre dans lequel tu es censé faire la vaisselle.

— Foutaises. Il n'y a pas d'ordre. On la nettoie

quand on n'a plus d'assiettes propres. Pas vrai, crâne d'œuf ?

Tracie marmonna quelque chose du fin fond de son deuil capillaire. Mais de toute façon, ces deux-là n'attendaient pas vraiment de réponse.

— L'ordre obéit à une logique imparable, professait Laura. Tout repose sur la loi du contact buccal.

— Qu'est-ce que tu racontes ? Encore une blague salace ? demanda Phil.

— Très chère andouille, apprends que l'on doit toujours commencer par les couverts, parce qu'ils entrent directement en contact avec notre bouche. Tu les nettoies en premier, quand l'eau est la plus propre. Pas vrai, Tracie ?

Tracie marmonna à nouveau.

— Tu vois ! Ensuite, tu les mets de côté et tu attaques les verres, parce que tu portes aussi ton verre à la bouche.

— Non, sans blague ? s'extasia Phil.

Son visage reflétait une sorte de stupeur émerveillée, comme si elle lui dévoilait la clé des mystères du monde.

— Je vais composer une ode sur ce sujet, annonça-t-il. Ce sera une œuvre majeure. Hé, Yul Brynner, tu viens jouer dans l'eau avec moi ?

Tracie se tourna sur le côté en couinant. Laura secoua la tête.

— Laisse-la tranquille et écoute donc, ce n'est pas fini. Tu continues ensuite avec les assiettes, parce qu'elles n'entrent pas en contact avec ta bouche.

— Ça dépend : si c'est toi qui cuisines, je lèche mon assiette.

— C'est ça, fayote dans l'espoir de me pousser à te mitonner des petits plats, ironisa-t-elle.

Mais elle avait légèrement rougi.

— Tu termines par les plats et les casseroles, parce que même toi, tu ne les lèches pas. Voilà !

Elle lui tendit une éponge abrasive.

Tracie aurait voulu qu'ils disparaissent. Que Phil rentre chez lui et la laisse tranquillement mariner dans son désespoir. Il fallait reconnaître que Laura faisait de réels efforts pour le tenir occupé. Tracie était prostrée sur le canapé depuis plusieurs jours. Elle s'était même fait porter pâle au journal. Elle avait bien essayé de travailler sur son prochain article pour Marcus, mais son esprit était occupé par une idée fixe : trouver un moyen pour qu'Allison rabatte le caquet de Jon. Mais comment s'y prendre pour convaincre cette pimbêche d'accepter un rendez-vous avec un inconnu ?

— Je ne lèche peut-être pas les plats, mais mes colocataires le font couramment, déclara Phil en commençant à récurer la poêle sans protester.

— Tu n'es pas trop vieux pour avoir des colocataires ?

— Venant de toi, c'est comique. Hou ! hou ! Tracie, tu émerges de tes couvertures ?

Tracie répondit par un grognement.

— Justement : je cherche un endroit où m'installer, enchaîna Laura.

— Pas possible ? Tu vas te remettre en ménage avec ton connard de Sacramento ?

— Non.

Elle enleva ses gants en caoutchouc et se passa de la crème sur les mains, en insistant sur les jointures et les cuticules.

— Pourquoi fais-tu ça ? demanda Phil.

— Pour avoir des mains douces, pardi.

Il les prit dans les siennes.

— Ouais. Elles sont douces.

Il marqua un temps d'arrêt, puis retourna à sa poêle

et la récura avec une énergie décuplée, sans regarder Laura.

— Alors, tu vas partir ? Tu as trouvé un appart et tout ?

— Tu sais, Tracie ferait peut-être plus attention à toi si elle pouvait te prendre un peu plus au sérieux. Si tu avais un appartement à toi, un vrai travail et quelque chose qui ressemble à un projet.

— Mais j'en ai un, de projet.

— Et il consiste en quoi ? À vivre des six dollars par an que te rapportent tes poèmes ? À boire des bières jusqu'au petit matin dans l'espoir hypothétique qu'un producteur te demanda de jouer de la basse ?

— Ça ne te regarda pas ! gronda Phil.

Laura haussa les épaules.

— C'est sûr ! Mais on ne peut pas rester toute sa vie un adolescent. Sauf quand on s'appelle Warren Beatty.

— Qui c'est ? demanda Phil.

— Laisse tomber. Sa place est prise. Quoi qu'il en soit, il y a plein de boulots à Seattle. De toutes sortes. Et aucune raison que tu t'en trouves pas un qui te convienne. Qui sait ? Tu pourrais même y prendre goût.

Phil reposa brutalement la poêle.

— Je suis un intello, pas un manuel ! grinça-t-il comme un enfant têtu. Et il me faut impérativement du temps libre pour composer !

— Te fatigue pas, mon vieux. Tracie avale peut-être ces salades, mais pas moi. Mon père était écrivain. Et tu sais ce qu'il faisait de ses journées ?

Phil secoua la tête.

— Eh bien, il écrivait, lui ! C'est ce que font les écrivains.

Elle se tut quelques instants, puis lui tapota le bras d'un geste fraternel.

— Ne le prends pas mal. Je n'ai pas voulu te vexer.

Mais c'est juste que... je pense que tu n'es pas vraiment heureux.

— Et depuis quand est-on censé être heureux ? cria Phil en enfilant sa veste. Qui prétend que la vie consiste à être heureux ?

— À Encino, personne, acquiesça Laura. C'est bien pour ça que je suis partie. Il n'est pas question bien sûr de trouver le bonheur absolu, mais au moins un compromis acceptable. Ce n'est pas grand-chose, mais c'est déjà ça. Et je n'arrive pas à croire que tu aimes rester assis toute la journée à te sentir ainsi inutile. Tu ne peux pas trouver ton compte à te faire taper sur les doigts par des éditeurs pontifiants ou des imbéciles comme Bob.

Elle haussa ses larges épaules.

— Il serait temps que tu deviennes adulte. Mais je dois probablement être une incurable optimiste.

Pendant un moment aussi terrifiant qu'interminable, un silence de mort plana dans la pièce. Dans son coin, Tracie se prépara au pire, persuadée que Phil allait se mettre à hurler d'une seconde à l'autre. Elle l'entendit se racler la gorge, puis le silence retomba. Peut-être se préparait-il à assommer Laura ou à casser quelque chose avant de quitter l'appartement comme une tornade.

Il s'éclaircit à nouveau la gorge.

— Tu sais quoi ? murmura-t-il d'une voix très douce. Je vais peut-être t'étonner mais... je commence à penser exactement comme toi.

29

Installée à leur table habituelle de *Java*, *The Hut*, Tracie attendait Jon avec impatience tout en tripotant nerveusement ce qu'il lui restait de cheveux. De sa vie on ne lui avait fait une coupe aussi courte. Elle la détestait, et haïssait Stefan qui en était l'auteur ; et Phil, qui prenait un malin plaisir à la tourmenter avec ça ; et Laura, qui venait encore de lui répéter de ne pas s'en faire, que ses cheveux finiraient par repousser. Heureusement, elle pouvait compter sur Jon pour lui remonter le moral.

Elle regarda sa montre. Elle était arrivée elle-même avec près de vingt minutes de retard, et il n'était toujours pas là. Cela ne lui ressemblait pas.

Elle vit Molly approcher, et se prépara au pire.

— Doux Jésus ! Vous êtes entrée dans les ordres ? Je ne savais pas que vous étiez croyante. En plus, vous êtes à l'heure, et c'est lui qui est en retard. C'est la fin du monde !

— Je ne suis quand même pas toujours en retard.

Molly s'appuya à la chaise.

— Uniquement si vous considérez que cinquante et une semaines par an durant trois ans ne signifie pas « toujours », chérie.

Elle sortit son carnet de commandes.

— Vais-je avoir droit à votre petit numéro habituel avant que vous vous décidiez pour les sempiternels œufs brouillés ? À moins que vous préfériez continuer à tirer sur vos cheveux dans l'espoir de les faire repousser plus vite ?

Tracie posa les mains sur ses genoux.

— Molly, en dehors du fait que la rosserie chez vous est naturelle, vous ne pouvez vraiment pas me voir en peinture, avouez.

— Vraiment pas, non, acquiesça la serveuse d'un ton enjoué.

Tracie en fut ébranlée. Elle ne s'attendait pas à ce que Molly lui confirme qu'elle ne la supportait pas. Pendant une minute elle ne sut que dire, puis elle balbutia :

— Mais... pourquoi ?

— Les imbéciles me rendent malades. Mon père en était un, et mon ex-mari aussi. Je suis peut-être hypersensible, mais ça m'a rendue allergique.

Elle croisa les bras.

— Je ne suis pas une imbécile, protesta Tracie.

— Ben voyons ! Et moi, je ne suis pas serveuse.

Elle pointa un doigt sur le badge en plastique épinglé sur sa poitrine.

— Il y a marqué « Molly ».

Puis elle pointa son doigt sur Tracie.

— Le vôtre dit « Tracie Higgins, journaliste à temps partiel, crétine à temps plein ».

— Non mais, au nom de quoi ? Qu'est-ce que j'ai fait ? demanda Tracie, et pour une raison inconnue, elle pensa au cauchemar où elle peignait son cocker en bleu.

— Qu'est-ce que vous n'avez *pas* fait, plutôt ? rétorqua Molly avec colère. Vous ne fréquentez que des tocards, tous plus affligeants les uns que les autres, et vous n'êtes même pas capable d'en tirer la leçon !

Elle se laissa glisser sur la banquette, en face de Tracie.

— Et s'il n'y avait que ça. Le pire, c'est que vous avez trouvé le moyen de transformer le garçon le plus gentil de la côte Nord-Ouest en un beau salaud.

— Jon ? Ce n'est pas un salaud. Il est juste un peu... relooké, répondit Tracie. Et il a pris de l'assurance.

— Au détriment des autres ? Je l'ai vu opérer. Il amène ses conquêtes ici avant d'aller terminer le travail chez elles. On dirait ma chatte Moggy, quand elle m'apporte ses souris avant de leur asséner le coup de grâce. Trois victimes différentes la semaine dernière ! Et il s'est vanté devant moi d'avoir *deux* rendez-vous samedi !

Molly se pencha vers Tracie.

— Vous avez pris un garçon adorable, sensible, chaleureux, un garçon qui savait écouter les femmes, qui se mettait en quatre pour leur faire plaisir, et vous lui avez appris tous les coups tordus que les voyous de la pire espèce utilisent contre nous. Grâce à vous, il fait partie du clan des Pourris. Vous savez ce que vous avez fait ?

Tracie cessa de protester, et réfléchit en silence.

— Quelque chose de très, très mal ? murmura-t-elle d'un ton hésitant.

Molly la dévisagea fixement et tout s'emboîta brusquement dans le cerveaux de Tracie : ce qu'on venait de lui expliquer, son rêve, la jalousie de Phil, les avertissements de Laura... Il lui faudrait un petit coup de main et un minimum de chance, mais elle devait pouvoir réparer les dégâts qu'elle avait causés.

— Molly, vous avez raison.

La serveuse hocha la tête. Tracie ravala sa fierté.

— Vous voulez bien m'aider à le remettre dans le droit chemin ?

— Mais comment ?

— Obtenez-moi deux billets pour le concert des Radiohead. Vous avez les relations.

Molly avait cessé de bourlinguer tous azimuts avec des groupes de rock'n'roll, mais ils continuaient à venir la voir quand ils se produisaient à Seattle. Elle connaissait à peu près tout le monde dans le show-business – des techniciens aux guitaristes.

Molly esquissa une grimace dubitative.

— Et qu'est-ce que j'y gagnerai ?

— Le retour du garçon le plus gentil de la côte Nord-Ouest.

— On va voir, grommela la serveuse ; à son expression Tracie sut que c'était gagné.

— Merci, Molly.

— Doucement, pas si vite ! Je n'ai rien promis. Et ne le ramenez quand même pas à la case départ. J'aimais bien ce que vous aviez fait pour améliorer son look. Il faut être franches : il avait besoin d'un bon toilettage.

Aussi loin que Tracie se souvienne, c'était la première fois que Molly lui faisait un compliment.

— Mais il fallait s'en tenir là et ne pas chercher à modifier sa personnalité. Il y a une grande différence entre l'*être* et le *paraître*. Vous la voyez ?

— Je suppose, oui.

— Vous avez trahi toutes les femmes de la planète, siffla Molly. Avant, il se comportait comme un prince. Maintenant, il se prend pour le roi du monde.

Elle lui montra un point derrière son épaule d'un petit signe du menton.

— Tenez, regardez-le.

Tracie se retourna. Jon entrait dans le coffee-shop. Il avait une nouvelle démarche, une nouvelle attitude.

— J'ai commis une erreur, acquiesça Tracie.

Molly hocha à nouveau la tête et disparut dans la cuisine.

— Salut, prof, déclara Jon en se glissant sur la banquette, à la place qu'occupait Molly l'instant d'avant.

Tracie l'observa en silence. À l'évidence, il était très content de lui. Elle se demanda si ce sentiment était partagé par Beth en ce moment précis.

— Mince, qu'est-ce que tu as fait à tes cheveux ?

— Mmm..., marmonna Tracie, en s'interdisant de les couvrir avec ses mains.

311

Elle ne parvenait pas à croire que Jon puisse porter un jugement critique sur elle.

— Tu devrais essayer un autre coiffeur. *Moi*, c'est Stefan qui m'a fait ma coupe.

— Ah oui ? Eh bien il a également fait la mienne.

— Oh, bien. C'est très joli.

Il ferma quasi les yeux, comme s'il réprimait une grimace.

— Non mais... ça te va bien.

— Et comment se passe ta nouvelle vie ? lui demanda froidement Tracie. Tu es venu prendre quelques leçons supplémentaires ?

Elle s'apprêtait à lui dire qu'il avait besoin de cours en courtoisie, en délicatesse et en respect de ses vieux amis, mais il acquiesça avant qu'elle ait eu le temps de commencer.

— Absolument. Même si je crois avoir atteint le niveau supérieur, maintenant.

— Oh, vraiment ? articula-t-elle en s'efforçant de ne pas montrer son exaspération. Et quel sera le thème du jour ? Les orgies ? Les ménages à trois ?

Il éclata de rire, comme si tout ça n'était qu'une énorme plaisanterie, et Tracie comprit que Molly avait raison de bout en bout.

Puis son visage redevint sérieux. Peut-être souhaitait-il faire marche arrière, lui aussi, se prit-elle à espérer.

— J'ai besoin de ton aide, Tracie.

Il avait retrouvé son regard d'antan, incertain et suppliant.

— Ça me gêne de te demander ça, mais... comment je dois m'y prendre pour me débarrasser d'elles ?

— Te débarrasser de qui ?

— Eh bien, disons...

Il marqua un temps, comme s'il essayait de trouver un exemple.

— Beth. Elle me téléphone au moins quatre fois par jour. J'ai accepté de la revoir, uniquement pour lui dire que c'était fini, mais ça ne sert à rien. Elle ne veut pas comprendre. C'est ton amie, et je ne voudrais pas être blessant, mais je crois qu'elle n'a aucune fierté. Bref, je ne sais vraiment plus comment m'en sortir.

Tracie prit une profonde inspiration. C'était de nouveau le Jon qu'elle connaissait. Après tout, peut-être n'était-il pas devenu un salaud sans cœur. Peut-être était-il simplement un peu maladroit, un peu stupide, et... très, très doué au lit. Elle s'empourpra.

— Je t'en prie, ne te fâche pas, murmura-t-il en se méprenant du tout au tout sur les causes de sa rougeur. Ta copine est très gentille, mais...

Elle n'avait jamais imaginé que Jon et Beth puissent avoir le moindre avenir ensemble, se dit Tracie. Elle avait même cru que Beth rembarrerait Jon au bout d'une heure. Grosse erreur de jugement de sa part ; elle portait toute la responsabilité dans cette histoire, pas Jon. Et de toute façon, que ce soit Marcus ou Jon l'indifférent, ça ne changerait pas grand-chose pour Beth. En fait, il valait même mieux que ce soit Jon, car au moins il ne pouvait pas la virer, professionnellement parlant.

Elle respira un grand coup.

— Bon, pour te débarrasser de quelqu'un, recours toujours au CNPTCM.

— Eh ?

Tracie dessina les initiales sur la table humide, entre eux.

— CNPTCM. « Ce N'est Pas Toi, C'est Moi. »

— Oui, oui ! J'ai entendu des femmes l'utiliser ! s'écria Jon.

— Exact, acquiesça-t-elle. Nous nous en servons tout le temps, nous aussi. Mais c'est plus sexy, en quelque sorte, si ça vient d'un homme. Tu sais : « Je ne suis pas du genre à me fixer. Je suis un vagabond de la vie... »

— Comme James Dean dans *Géant* !

— C'est ça. Le solitaire qui va de ville en ville, son sac sur l'épaule, et qui murmure : « J'aurais pu t'aimer, mais... »

— Je tiens le personnage, je le tiens ! s'écria Jon, redevenu excité et enthousiaste.

Puis il se pencha en avant, si près qu'elle aurait pu compter les poils de barbe sur son menton et ses joues.

— Au fait, je ne t'ai pas dit : j'ai sauté Samantha.

Tracie recula comme s'il l'avait mordue.

— Non mais ça ne va pas ! Tu vas la fermer ? sifflat-elle en se levant.

— Quoi ? Je croyais que tu serais contente de mes progrès.

— Tes *progrès* ? Tu ne m'as pas donné signe de vie. Tu es sorti avec Carole et Ruth, et tu n'as pas rappelé Beth, sauf pour rompre avec elle ! Et au lieu de lui annoncer que c'était fini, tu as couché avec elle histoire de bien la ferrer !

Elle dut s'interrompre pour reprendre son souffle.

— Et maintenant, tu m'annonces que tu as sauté Sam. Sauté ? C'est ta façon élégante de me dire que vous avez eu une relation sexuelle ?

— Du calme. C'était un rapport protégé, protestat-il.

C'en était trop. Tracie jaillit du box, empoigna sa veste et se dirigea vers la sortie.

Jon se précipita pour la rattraper et lui saisit la main.

— Mais enfin quoi ? Ce n'est pas ce que tu m'as appris ? Je pensais que tu serais impressionnée par mes prouesses. Je t'assure que Beth, Sam et Ruth ont adoré.

— Ruth ? Tu as dormi aussi avec Ruth ?

— On ne peut pas dire qu'on a beaucoup dormi.

Jon lui décocha un clin d'œil appuyé. Tracie en resta sans voix. Elle avait dépassé le stade de la colère. Elle suffoquait tout bonnement d'indignation. Sa nature première se révélait-elle au grand jour ? N'avait-il été qu'un prédateur déguisé en agneau ?

Il contempla son visage effaré.

— Tu devrais être contente : tes leçons ont porté leurs fruits, Yoda. Tu te rends compte, j'ai même réussi à draguer Enid ! Tu sais, la fille qui habite dans mon immeuble. Celle qui donne des cours de gym à domicile.

— Enid ?

La voix de Tracie partit dans l'aigu. La plupart des clients du restaurant se retournèrent.

— Enid ? Elle... elle...

Tracie avait conscience de bégayer, mais il y avait des moments où les mots étaient impuissants.

— Elle a dix ans de plus que toi ! Et c'est une alcoolique ! Et une traînée !

— Je ne vais pas l'épouser, Tracie, répondit Jon en baissant le ton. C'était juste une relation occasionnelle, histoire de...

— Je ne peux pas croire que tu aies couché avec cette nymphomane ! Tu devrais avoir honte !

Molly les rejoignit.

— Nous ne faisons pas dîner-spectacle, déclara-t-elle en les reconduisant à leur table.

Elle posa ses deux mains sur leurs épaules, les força à s'asseoir, sortit son calepin et se tint prête à noter leur commande.

— Vous avez à discuter. En attendant, je vous apporte votre menu habituel ?

— Non, déclara Jon d'un ton désinvolte. À nouvel homme, nouveau menu. Je vais prendre des crêpes.

— Au jambon ?

Tracie ne parvenait pas à le croire. Comme si elle allait festoyer avec lui ! Comme si tout était normal !

— Monsieur ne consomme pas de porc, ça ferait double emploi ! riposta-t-elle rageusement.

Molly sourit bêtement, ce qui rendit Tracie encore plus furieuse.

— Tu es absolument répugnant ! lança-t-elle à Jon en se levant de table. Je refuse de manger avec toi. Je refuse de m'asseoir en face de toi. Je ne veux même pas parler avec toi !

Elle se tourna vers Molly.

— On annule le brunch. Ce salaud est beaucoup trop occupé pour dîner avec moi.

Et elle quitta le restaurant comme une furie.

30

Tracie se sentait investie d'une mission, une amazone sur le sentier de la guerre. Malheureusement, les gens qu'elle croisait en chemin n'étaient pas sur la même longueur d'onde et s'écriaient : « Tu entres chez les marines ? », ou « Tes oreilles prennent l'air ? », ou simplement : « Tracie ? Je ne t'avais pas reconnue. » Ce n'était pas vraiment le look qu'elle aurait adopté pour pénétrer dans le camp ennemi, mais, tant pis, elle en profitait pour s'imaginer sous les traits de Jeanne d'Arc. Ses voix à elle lui disaient : « Jon doit être terrassé ! » Et peu lui importait si pour cela elle devait avoir recours à un ennemi de la gent féminine : la fin justifiait les moyens.

Elle s'arrêta devant le bureau d'Allison, qui travaillait sur un article, le visage incliné. Elle était vraiment superbe. Impossible de le nier ! Ses cheveux tombaient comme un voile de soie le long de ses joues diaphanes. Elle était tellement absorbée par sa lecture qu'elle ne remarqua pas la présence de Tracie, qui entra sans y avoir été invitée.

— Hello, Allison. Je me demandais si tu accepterais de me rendre un service ?

Allison leva la tête avec un air peu amène. L'azur parfait de ses yeux était aveuglant. Tracie porta machinalement la main à son crâne déplumé.

— Je sais. Ils sont trop courts, anticipa-t-elle pour lui épargner de décocher la remarque qui tue.

— Ah bon, tu as coupé tes cheveux ? demanda Allison, et Tracie se sentit encore plus insultée que quand Tim l'avait comparée à une pâle copie de Sinéad O'Connor.

Mais comme elle la regardait en se demandant si elle se payait sa tête, elle comprit qu'Allison ne prêtait pas la moindre attention au physique des autres femmes, tout simplement.

— Oui. Je voulais te dire : j'ai des billets gratuits pour le concert des Radiohead ce soir. Je devais y aller avec un ami, mais mon mec ne veut pas en entendre parler, alors je me demandais si... enfin, si cela te dirait de me remplacer ?

Pour la première fois de sa vie, le visage d'Allison exprima autre chose qu'un ennui profond.

— Tu plaisantes ? demanda-t-elle, et ses grands yeux s'élargirent plus que jamais. J'ai essayé pendant deux semaines d'obtenir des places. J'ai tout tenté, *tout* !

Tracie songea à la façon dont Allison fayotait avec Marcus et se demanda si ce « *tout* » incluait des faveurs sexuelles. Mais elle avait le sentiment que cette allumeuse était du genre à faire miroiter la marchandise sans jamais la livrer. Avec elle, les hommes devaient probablement se contenter de promesses.

— Je meurs d'envie d'assister à ce concert ! ajouta Allison.

— Qu'à cela ne tienne ! Donc, tu ne vois pas d'objection à y aller avec mon ami Jonny ?

Ses yeux d'un bleu parfait se réduisirent à deux fentes, comme ceux d'un chat siamois.

— Une minute ! Tu n'essaierais pas de me refiler un cousin raseur ou à moitié gâteux, par hasard ?

Tracie eut la conviction qu'Allison ne recherchait que des hommes qu'elle pouvait piquer à une autre femme.

Elle éclata de rire.

— Non, non. Aucun lien du sang. En fait, c'est le garçon pour lequel Beth a laissé tomber Marcus.

— Ah bon ? Je ne savais pas que Beth était sortie avec Marcus. Je croyais même que c'était lui qui l'avait plaquée, déclara Allison, se trahissant à la fois comme menteuse et comme idiote.

Tracie haussa les épaules.

— Je ne connais pas les détails, éluda-t-elle aussi nonchalamment que possible, en dépit d'une envie aussi subite qu'irrésistible de dégainer un bâton de dynamite et de faire exploser les boucles parfaites d'Allison. Tout ce que je sais, c'est que Jonny a eu une brève aventure avec Beth. Toutes les filles de la rédaction sont folles de lui, mais j'ai pris une option sur lui, sans que mon petit ami ait de soupçons. Donc, va avec lui au concert, mais garde ma place au chaud. Si tu veux, il t'emmènera dîner avant le spectacle.

Une minuscule lueur s'alluma au fond des prunelles bleu turquoise d'Allison. Puis son visage tout entier parut s'éclairer peu à peu de l'intérieur, comme une lanterne chinoise. Si son front avait été transparent, Tracie aurait probablement vu tourner les rouages de son cerveau tandis qu'elle mettait en balance la perspective alléchante de voler un flirt et celle, moins souriante, de se faire coincer par Marcus.

— D'accord. Ça marche.

Comme si le seul fait d'avoir pensé à lui avait suffi à le faire apparaître, Tracie entendit un raclement de gorge dans son dos. Marcus se tenait sur le seuil.

Depuis combien de temps ? se demanda-t-elle. Peut-être était-ce elle et non Allison qui risquait de perdre sa place dans cette histoire.

— Quand on parle de l'homme qui fait fantasmer la moitié des filles de la rédaction, tenta de plaisanter Tracie.

Il ne sourit pas. Tracie sentit son estomac se tire-bouchonner, et les deux femmes le regardèrent en silence.

— Tracie, je peux vous parler un moment ? aboya Marcus.

Puis il pivota sur ses talons après lui avoir fait signe de le suivre.

Avait-il surpris toute leur conversation ? Y compris son mensonge au sujet de Beth qui l'aurait laissé tomber ? En tout cas, s'il la virait, elle le poursuivrait en justice. Elle ne savait pas encore sous quel motif, mais elle trouverait bien : ce type était une crapule.

La traversée de la salle de rédaction lui parut interminable, et lorsqu'elle atteignit le bureau de Marcus elle tremblait littéralement. De nombreuses têtes se retournèrent sur son passage, mais personne ne souffla mot.

— Une rumeur est montée jusqu'à moi, attaqua-t-il en s'installant dans son fauteuil et en posant les pieds sur son bureau.

Tracie n'était pas certaine d'avoir l'autorisation de s'asseoir, mais elle la prit quand même. Oh, bon sang ! Il allait lui reprocher d'avoir jeté Beth dans les bras de Jon. Ou d'avoir essayé d'utiliser Allison comme appât. Ou alors, on lui avait rapporté ses propos quand l'article sur la Seconde Guerre mondiale lui était passé sous le nez, et sa théorie sur la façon dont Allison l'avait coiffée au poteau. Elle croisa les mains sur ses genoux et fit appel à toute sa concentration pour ne pas laisser l'une d'elles s'égarer dans ses cheveux et triturer ses mèches pathétiques.

— Il paraît que vous avez l'intention d'opérer en free-lance ? poursuivit-il.

— En free-lance ? répéta-t-elle bêtement.

Elle tombait des nues – ou de plus haut encore, si un tel lieu existait. Comment était-il au courant ? Quelqu'un du *Seattle Magazine* avait-il mouchardé ? Tous les rédacteurs en chef de Seattle se retrouvaient-ils en tribu dans les soirées les plus huppées ?

— Je vous rappelle qu'en tant qu'employée à plein temps du *Seattle Times* il vous est strictement interdit de proposer un papier à un autre journal.

Tracie n'en crut pas ses oreilles. Il revendiquait l'exclusivité sur un article qu'il avait refusé ? Pour la première fois de sa vie, loin d'être terrorisée par Marcus, elle décelait de la vulnérabilité derrière son arrogance. Nervosité ? Peur ? Mais de quoi ? Et comment était-il au courant ?

— Je ne tiens pas particulièrement à travailler en free-lance, répondit-elle aussi sincèrement et calmement que possible. En fait, je préférerais de beaucoup que mon article soit publié dans les pages de notre journal.

Elle marqua un temps et se força à sourire, en dépit d'une envie de mordre sa chaussure et de planter ses dents dans son gros orteil.

— Le seul texte sur lequel j'aie jamais travaillé – en dehors de mes articles pour vous, bien sûr –, c'est cette histoire de transformation dont vous n'avez pas voulu.

— Quelle histoire de transformation ? grogna Marcus – et il se leva.

Il se mit à arpenter la pièce. En le voyant de profil, Tracie put constater qu'il était toujours fort séduisant, en dépit du double menton qui commençait à empâter son visage par ailleurs énergique. Il se retourna brusquement, surprenant son regard appréciateur. Cette fois, ce fut à son tour de sourire et, sans doute pour la déstabiliser davantage, il passa de l'autre côté du bureau et se mit à marcher de long en large derrière elle.

— Oh, vous voulez parler du numéro d'illusionniste ? Le petit génie imbuvable qui se transforme en bête de sexe ?

Tracie tordit le cou, mais, chaque fois qu'il entrait dans son champ visuel, il tournait et repartait dans l'autre sens. Elle décida d'ignorer ses va-et-vient et de s'en tenir à regarder par la fenêtre.

— Peut-être me suis-je montré un peu hâtif dans mon jugement, reprit-il. J'aimerais y jeter à nouveau un coup d'œil.

Tracie savait qu'elle aurait dû refuser, qu'elle se porterait beaucoup mieux si elle vendait son article à un autre journal, sans se faire caviarder, mais elle n'était pas sûre d'avoir le cran de lui tenir tête.

— Ce n'est encore qu'une première ébauche, l'informa-t-elle tout en remarquant que le martèlement de ses pas venait de cesser.

— Aucune importance, répondit-il – et il posa doucement les mains sur ses épaules.

Elle fit un tel bond qu'il les retira.

— D'accord. Je vous l'apporte tout de suite.

Elle jaillit de sa chaise et du bureau comme une fusée.

— Tracie, je peux vous parler une minute ? lui redemanda Marcus dans l'après-midi.

Ai-je vraiment le choix ? s'interrogea-t-elle comme il entrait dans son box.

— J'ai lu ce que vous appelez un brouillon. Je dois dire que je suis agréablement surpris. C'est excellent.

Vous gâchez votre talent sur ces stupides articles de commande. J'aimerais que vous vous atteliez sans tarder à d'autres sujets, beaucoup plus dans vos cordes.

Il était sincère ? Qu'est-ce que cela cachait ?

— Suivez-moi.

Elle lui trouva un regard un peu trop appuyé, mais cela n'avait rien d'anormal : quoi qu'il dise ou fasse, Marcus était répugnant.

— Vous parlez sérieusement ? demanda-t-elle, et elle eut envie de se mordre la langue.

Quand apprendrait-elle à ne pas réagir, ni à ses compliments ni à ses critiques ? se gourmanda-t-elle en le suivant dans le couloir. Absorbée par ses pensées, elle ne remarqua pas que Marcus s'était immobilisé et faillit lui rentrer dedans. Il se tourna vers elle. Le hall était momentanément désert et il s'adossa au mur, croisant les bras dans cette attitude suffisante qu'elle avait appris à connaître et à détester.

— Avons-nous l'autorisation de ce type ? Le métamorphosé.

— Euh... En quelque sorte.

— Que voulez-vous dire ?

— Je ne l'ai pas encore, mais je l'obtiendrai. C'est un ami.

— Oh. Eh bien, il ne le sera plus quand l'article paraîtra !

Il éclata de rire, puis jeta un regard autour de lui. Tracie ne put s'empêcher de tourner la tête à son tour, comme si un ennemi les écoutait. C'est ainsi qu'elle fut totalement prise au dépourvu quand, ramenant son regard devant elle, elle découvrit Marcus à quelques centimètres d'elle. Il la poussa contre le mur et plaça ses mains de chaque côté de sa tête, de sorte qu'elle se retrouva coincée entre ses deux bras tendus, à quelques millimètres de son visage suffisant. Elle sentait son souffle sur son front.

— Et si nous y travaillions ce soir... tous les deux ?

Tracie n'en croyait pas ses oreilles. Il tentait de la séduire, *elle*. Pendant un court instant, elle envisagea de le refouler d'un coup de genou, mais elle ne pouvait pas se permettre de perdre son travail.

— Euh... Marcus..., commença-t-elle.

Comme il se penchait encore plus près, sa bouche à un cheveu de la sienne, elle se ratatina contre le mur.

— Je... je ne crois pas que ce soit une bonne idée.

— Allez... Ne jouez pas les effarouchées avec moi. J'ai vu comment vous me regardiez pendant les réunions éditoriales.

Il allait l'embrasser lorsque Tracie le repoussa violemment. Si violemment qu'il perdit l'équilibre. Il trébucha et, ce fut plus fort qu'elle, elle le poussa à nouveau. Puis elle vit Tim et Beth, juste derrière lui. Depuis combien de temps étaient-ils là ? Marcus s'étala par terre de tout son long. Figée sur place, Beth le regarda fixement. Tim se pencha sans enthousiasme et lui tendit la main pour l'aider à se relever. Marcus la repoussa d'un geste brusque et se redressa en époussetant son pantalon.

— Je veux votre article sur la fête des Pères pour ce soir, gronda-t-il.

— Mais... vous aviez dit...

— Pour ce soir.

Il tourna les talons et la planta dans le hall.

Plus tard dans l'après-midi, Tracie bouclait son papier sur la fête des Pères quand elle reçut les billets pour le concert des Radiohead. Génial ! Molly avait tenu parole. Il faudrait qu'elle pense à lui laisser des pourboires plus généreux. Grâce à son aide, elle pourrait mettre un point final à cette lamentable histoire. Elle avait appelé Jon à plusieurs reprises, sans résultat. Il fallait pourtant qu'elle réussisse à le joindre, sinon elle serait obligée de donner les billets à cette peste d'Allison pour rien !

Son téléphone sonna, et parce qu'elle éprouvait le besoin de se changer les idées elle décrocha.

— Tracie Higgins, j'écoute ? murmura-t-elle.

— Hello, mon alchimiste préférée. Tu me fais encore la tête ? lui demanda Jon.

— Tu tombes à pic ! Je t'ai trouvé une fille du tonnerre pour ce soir !

— Impossible. Je sors déjà avec Ruth.

— Annule. Crois-moi, tu ne le regretteras pas. Celle dont je te parle est une vraie bombe.

— Miam-miam... Je suppose que Ruth peut attendre un peu. C'est une passionnée de varappe : elle adore rester en suspens.

Il marqua une pause, puis éclata de rire.

— Si je la décommande, je serai libéré d'un crampon.

— Très drôle.

Tracie se força à rire. Patience. Ce monstre serait puni pour tout ça ce soir.

— Passe vers six heures trente. J'ai des billets pour le concert des Radiohead. Je te ferai un topo.

— Tu es un ange. À tout à l'heure.

31

Jon s'était senti si mal à l'aise après le départ fracassant de Tracie de *Java, The Hut* qu'il avait été incapable de se concentrer sur quoi que ce soit, et avait décidé d'aller voir sa mère. Il lui devait bien une petite visite, s'était-il dit, mais en réalité, c'était plus pour lui que pour elle qu'il s'y était rendu. Elle lui avait préparé son menu préféré – poulet rôti et nouilles au beurre – sans même qu'il ait eu besoin de le lui demander.

— Mon grand chéri, avait-elle dit en passant la main dans sa nouvelle coupe de cheveux. Tu as l'air si fatigué. Ton travail t'accapare ?

Il n'avait pas répondu « Quel travail ? », ce qui aurait pourtant été plus proche de la vérité, et s'était contenté de hocher la tête.

— Jonathan, pourquoi ne t'achètes-tu pas un chien ?

Il n'y avait qu'une maman pour avoir une idée pareille. Mais il y avait quelque chose de réconfortant, voire de tout à fait juste dans cette question. Jon avait brusquement ressenti le besoin de serrer contre lui un être sincère, loyal et affectueux. Il avait failli avouer à sa mère sa dispute avec Tracie, mais il avait trop honte du reste de sa conduite.

Convaincu qu'il n'aurait plus jamais de ses nouvelles, il avait pris sur lui de l'appeler pour faire le premier pas, et avait été agréablement surpris de constater qu'elle avait l'air ravie de l'entendre, et plus agréablement surpris encore du rendez-vous qu'elle lui avait arrangé. Dire qu'il la croyait fâchée à mort ! Il adorait le vent de folie amoureuse qui soufflait sur sa vie et n'avait aucune intention d'y mettre un terme, mais l'amitié de Tracie lui était indispensable. En fait, elle était sa seule véritable amie. Et la seule personne à le connaître réellement, désormais. La perspective de passer la soirée en compagnie de Miss Huitième Merveille du Monde – à supposer qu'elle n'ait pas usurpé son titre – ne l'émeuvait pas outre mesure. Les billets pour le concert étaient dans sa poche, il portait l'une de ses nouvelles chemises Armani, plus la fameuse veste magique – celle qui avait le pouvoir de lui ouvrir toutes les portes –, et il ne s'était pas rasé depuis le lundi précédent. Il avait conscience d'en jeter car, même s'il n'avait pas encore assez confiance en lui pour s'asseoir au bar, plusieurs femmes s'étaient retournées sur son passage.

Quoi qu'il en soit, avec Tracie à nouveau dans son camp, il se sentait invincible. Leur entrevue dans son bureau l'avait rassuré. Elle ne s'était pas excusée de son incompréhensible conduite chez *Java, The Hut*, mais ce rendez-vous était probablement sa façon de faire la paix. Tracie détestait avoir tort. Et il n'avait pas besoin de l'entendre dire : « Je suis désolée pour l'autre soir » ou « Je regrette d'avoir reporté sur toi ma colère contre Marcus » pour lui tendre la main. Elle s'était comportée normalement – non, même plus gentiment que la normale – quand il était passé prendre les billets. Elle avait même approuvé sa tenue et rajusté son col avant de le raccompagner jusqu'à la porte. Donc, tout allait pour le mieux.

Jon n'appréciait pas particulièrement les Radiohead – en fait, en dehors de *Karma Police*, il ne se souvenait pas d'avoir écouté un seul de leurs titres. Mais Tracie l'avait mis au courant de la passion de la Huitième Merveille du Monde pour Thom Yorke. Son seul regret était de ne pas avoir eu le temps de regarder MTV pour observer Yorke en action. S'il était capable de copier James Dean, il devait pouvoir imiter ce Thom Yorke. Cette fille... Pendant un moment terrifiant, Jon fut incapable de se rappeler si elle s'appelait Alexandra ou Allison. Tant pis, Ali ferait l'affaire. Ali, donc, devrait se contenter de la version James Dean, comme les autres. Il esquissa un sourire amusé et secoua la tête. Une chance qu'il n'ait pas su plus tôt que c'était aussi facile. Il se serait probablement fait virer de l'université.

Il s'installa à une table, commanda une bière, et la sirota pour passer le temps. Il n'avait pas de montre, mais il ne devait pas être en avance. Combien de retard aurait-elle sur lui ? Il se demanda un instant s'il ne s'était pas trompé de restaurant et si Tracie l'avait bien expédié à la bonne adresse. Mais non, il n'y avait pas d'erreur. Et puis, quelle importance ? Si Ali ne venait pas, il pourrait toujours appeler Ruth, ou Beth, leur expliquer qu'il avait des billets pour un concert fabuleux, et leur demander de l'accompagner. Et s'il ne parvenait pas à les joindre, il tenterait sa chance au bar. Du diable s'il n'y avait pas d'autres fans de Thom Yorke.

Désœuvré, il s'empara du menu et le parcourut des yeux. L'éternelle rengaine des bistrots : hamburgers variés, pommes frites, salade de poulet... Il reposait la carte sur la table quand il *la* vit, immobile près de l'entrée. Elle n'était pas la Huitième Merveille du Monde. Elle était plus que cela – la perfection incarnée, un ange descendu du ciel. Jon comprit dans la seconde que Tracie était l'instigatrice de ce miracle et lui adressa une bénédiction muette. Toutes les personnes présentes dans le restaurant – hommes et femmes confondus – s'étaient d'ailleurs arrêtés de parler pour contempler l'apparition. Puis, comme dans un rêve, elle s'avança lentement vers lui. Ses jambes commençaient certes au niveau du sol, mais montaient à l'infini. Ses cheveux étaient d'un blond cendré indéfinissable. Il aurait donné sa vie pour y enfouir ses mains.

Du calme, songea-t-il. Ni Thom Yorke ni James Dean n'auraient remué ne serait-ce qu'un cil dans une situation pareille. L'enseignement de Tracie défila en un éclair dans son esprit. Il resserra ses doigts autour de son verre et se força à avaler lentement une autre gorgée de bière pour retrouver son sang-froid.

— Vous devez être Ali, déclara-t-il comme elle s'arrêtait devant la table.

— Allison.

Ses yeux le parcoururent de haut en bas et il sentit qu'elle le jaugeait.

— Vous devez être Jonny.

Il hocha la tête, jugeant préférable d'attendre d'avoir retrouvé le contrôle de ses cordes vocales avant de rouvrir la bouche. Elle était vraiment d'une beauté à couper le souffle, avec un je-ne-sais-quoi de lumineux dans le teint qui lui rappela le doux halo de son nouvel ordinateur. Que disait-on à une déesse ? Il resta muet, comme naguère dans le couloir de Micro/Connection, face à Samantha. Oh, mon Dieu, non ! Il ne pouvait pas faire une rechute maintenant, pas alors que la Huitième Merveille du Monde était assise en face de lui !

Il allait commettre l'irrémédiable en lui demandant si son travail au *Times* lui plaisait, si elle avait obtenu son diplôme de journaliste avec mention, ou quel était son signe astrologique, quand il se souvint brusquement qu'il n'était pas censé faire la conversation. Il actionna les muscles de sa mâchoire, selon la méthode James Dean, et avala une gorgée de bière.

La technique n'était finalement pas mauvaise, car si Allison était sans aucun doute habituée à avoir des douzaines – non, des centaines – d'hommes à ses pieds, prêts à tout pour l'impressionner et la distraire, elle serait certainement déroutée par le silence de son cavalier. Ses doigts crispés étaient livides quand elle prit finalement la parole, mais sa respiration était plus calme et il se sentait prêt à reprendre la partie en cours.

— Qu'est-ce que vous faites ? demanda-t-elle.

— Tout dépend de la demande.

Ses cils eurent un frémissement et elle ébaucha l'ombre d'un sourire. Ses lèvres, déjà parfaites au repos, étaient encore plus désirables quand elles s'ouvraient. Et ses dents ! Des milliers d'orthodontistes devaient rêver d'en faire un moulage pour le montrer à leurs futurs clients !

Ils engagèrent la conversation, et elle l'interrogea sur son travail, sa famille, le genre de voiture qu'il conduisait, et sur un tas d'autres sujets, tous aussi décousus. Mais Jon connaissait par cœur les règles de ce petit jeu stupide, de sorte qu'il n'eut aucun mal à lui offrir les réponses qu'elle attendait. La perspective de sortir vainqueur de ce duel le stimulait. Il ne songeait qu'à une chose : établir un contact définitif et permanent avec Allison. Qu'avait-il besoin d'aller chercher ailleurs si la Perfection faite femme voulait bien consentir à nouer ses bras autour de son cou, à poser ses lèvres sublimes sur les siennes, et à le laisser toucher son corps de déesse ? Il ne parvenait pas à croire à tant de grâce. Elle était la plus belle prise qu'il ait ramenée dans ses filets.

Quand la serveuse s'approcha pour noter leur commande, le premier réflexe de Jon fut de l'ignorer. Elle n'arrivait pas à la cheville d'Allison. Mais une voix, venue de l'intérieur, parla à sa place. Ce n'était pas prémédité. Ça se produisit tout seul, sans qu'il l'ait voulu. Il était branché sur pilotage automatique ! Il contempla le visage de la serveuse et se tourna vers Allison :

— N'a-t-elle pas les plus beaux yeux du monde ?

32

Le lendemain matin, Tracie se surprit à fredonner tandis qu'elle remontait les couloirs du *Times*. Elle était à nouveau en avance, tout en ayant eu le temps de s'acheter un gobelet de café et un muffin.

Beth leva les yeux en la voyant passer devant son box.

— Salut !

Tracie continua son chemin, mais cessa de chantonner en constatant que Beth l'avait suivie jusque dans son bureau. Quel crampon... Dieu merci, l'épreuve touchait à sa fin. Beth serait bientôt obsédée par quelqu'un d'autre, elle-même récupérerait son meilleur ami et sa relation avec Phil reprendrait son cours normal.

— Alors ? Quelles sont les nouvelles ? la pressa Beth.

Tracie haussa les épaules, tout en sachant que cela ne l'arrêterait pas pour autant.

— Elle l'a jeté, c'est ça ? cria Beth. Cette fille n'est qu'une garce !

— Écoute, j'ai des choses autrement plus intéressantes à faire que de me tenir au courant des déboires sentimentaux de mes amis.

Tracie ôta sa veste, l'accrocha au portemanteau et s'assit. Sara entra comme un boulet de canon.

— Vous connaissez la nouvelle ?

— Laquelle ? fit Tracie.

— C'est au sujet d'Allison. Je suis sûre qu'il s'agit d'Allison ! souffla Beth.

Sara esquissa ce sourire supérieur des initiés qui ont eu vent d'un ragot une minute avant le commun des mortels.

— Devinez qui vient d'appeler pour dire qu'elle ne viendrait pas travailler ?

Tracie se détourna pour ouvrir son sac en papier.

— Allison ? s'étrangla Beth. Elle s'est fait porter pâle, un jour de réunion éditoriale ?

— Marcus va la tuer, jubila Sara.

— Elle n'a peur de personne. Elle a probablement laminé ce pauvre Jonny, émit Tracie sur le ton de la confidence.

Puis elle sourit et sortit son muffin et son café.

Beth l'observa, les sourcils froncés.

— Comment peux-tu manger dans un moment pareil ! Et puis, je croyais que tu avais définitivement renoncé à ce poison ? Méfie-toi, on devient vite accro.

— Je n'en ai pas mangé depuis des lustres ! Une petite entorse ne va quand même pas me...

— Ça cache quelque chose, analysa Sara.

— Absolument pas ! nia Tracie un peu trop vivement.

— Parfait, dans ce cas, raconte-nous ce que Jonny t'a confié au sujet d'Allison, insista Beth.

— Oui, on veut savoir, surenchérit Sara.

Tracie leur tourna le dos.

— Il ne m'a rien dit du tout. En fait, il ne m'a pas appelée, admit-elle du bout des lèvres.

— Pas appelée ? Oh mon Dieu ! Il t'appelle toujours. Oh mon Dieu ! Tracie, elle l'a eu ! se désespéra Beth. Elle l'a pris dans ses filets comme tous les autres. Il n'est qu'un poisson au bout de son hameçon, une truite frétillant dans son épuisette, un brochet empalé sur son harpon, un...

— Tu ne pourrais pas changer de registre ? Mon estomac vide se révulse.

— Pauvre Jonny, se lamenta Beth en secouant la tête. Il méritait mieux.

Tracie savait que dans l'esprit de Beth le mieux en question n'était autre qu'elle-même. Mais après tout, si ça pouvait la consoler. Au royaume des borgnes, les aveugles...

Son téléphone sonna.

— C'est Jonny ! Je suis sûre que c'est lui ! Je réponds ! glapit Beth en se jetant sur le combiné.

— Excuse-moi, mais il s'agit encore de mon téléphone et nous sommes dans mon bureau, trancha Tracie, catégorique.

— Il est indéniable que ce trou à rats est le tien, intervint Sara.

Le téléphone continuait à sonner.

— Je t'en prie, laisse-moi décrocher, supplia Beth. Je te donnerai cinquante dollars sur ma prochaine paie !

Le téléphone sonna une troisième fois. Tracie essaya de l'atteindre, mais Beth lui barrait obstinément le passage. Elle mourait d'impatience elle aussi d'apprendre ce qui s'était passé, mais ne l'aurait avoué pour rien au monde. Ni pour cinquante dollars, ni pour cent, ni même pour un muffin géant au chocolat. Combien de sonneries avant que son répondeur se mette en route ? Quatre, en général. Mais parfois cinq. Elle tenta de contourner Beth, mais cette gourde s'interposa, tel un gardien de but bloquant un penalty.

— Beth, ça suffit ! Un peu de tenue !

— Dieu ! C'est encore plus palpitant que *Les Feux de l'amour*, ironisa Sara.

Tracie feinta à droite, et empoigna le combiné sur la gauche avant que Beth ait pu s'interposer.

— Grandis un peu, grommela-t-elle tout en collant l'écouteur contre son oreille. Allô ?

— Tracie ? C'est Allison.

Ah ! Ah ! Maintenant, elle pourrait torturer Sara et Beth tout à loisir, et leur faire payer leur harcèlement. Mieux : elle allait apprendre comment Allison avait piétiné l'ego de Jon. Tracie en salivait d'avance. Ce n'était peut-être pas charitable, mais il l'avait bien mérité et, au final, il lui en serait reconnaissant.

— Oh, salut Allison, minauda-t-elle d'une voix sucrée.

Comme elle s'y attendait, ces mots galvanisèrent les deux commères. Les yeux de Sara semblèrent vouloir jaillir hors de leurs orbites, tandis que les boucles de Beth se dressaient en l'air, comme des fils de fer. La première se laissa glisser du bureau et se posta à droite de Tracie dans l'intention de s'emparer du combiné, pendant que la seconde exécutait le même mouvement de l'autre côté. Prise en sandwich, Tracie tenta de les refouler tout en essayant d'écouter ce que disait Allison.

— Tracie, j'ai un petit problème. Je suis clouée au lit.

Du moins, ce fut ce que Tracie crut comprendre. Allison s'exprimait d'une voix presque inaudible. Elle avait l'air très mal en point.

— Tu as la grippe ?

— Non. Je suis simplement incapable de me lever.

Beth gratifia Tracie d'un petit coup de coude dans les côtes, non parce qu'elle avait entendu, mais parce que – justement – elle n'avait rien entendu. Tracie plaquait le combiné contre son oreille.

— Il y a toutes sortes de virus qui traînent en ce moment. En tout cas, tu as sûrement une laryngite.

— Non. Je ne suis pas malade, répondit Allison dans un chuchotement où Tracie crut déceler un certain embarras.

Il y eut un bref silence.

— Je ne peux pas sortir de mon lit parce que je n'en ai pas *envie*. Je suis avec Jonny et...

Tracie tomba à la renverse dans son fauteuil, manquant de renverser Sara.

— Aïe aïe aïe, commenta Sara. Ça ne va pas plaire à Marcus !

Sara et Beth essayèrent encore d'entendre la conversation, non sans remarquer que l'expression de Tracie avait changé brusquement du tout au tout. Son sourire triomphant avait cédé la place à une grimace hébétée.

Tracie s'aperçut qu'elles la dévisageaient fixement et leur tourna le dos. Sa tête était cotonneuse. Et Allison qui continuait à parler...

— ... je suis tout simplement incapable de bouger. Je crois que je ne pourrai plus jamais me lever. Je suis sans forces.

— Mais... mais...

Que répondre ?

— Mais... mais la réunion éditoriale ? bafouilla-t-elle lamentablement.

— Au diable Marcus et la réunion ! Ce que je vis est tellement magique...

— Ah... ah bon ?

— C'est le meilleur ! Tu ne peux pas savoir, chuchota Allison sur un ton entendu.

Et nul doute qu'elle était experte en la matière ! songea Tracie avec amertume. Qu'est-ce qui avait cloché dans son plan ? Beth la poussait toujours d'un côté, Sara de l'autre, et pendant ce temps Allison poursuivait ses confidences d'une voix pâmée.

— ... Je te dois des excuses. J'ai toujours pensé que tu ne m'aimais pas mais, apparemment, je me suis trompée.

Non, songea Tracie. C'est maintenant que tu te trompes.

— Alors ? chuchota Beth, à l'agonie. Qu'est-ce qu'elle lui a fait ?

Tracie la refoula du coude et couvrit le récepteur avec sa main.

— Enfin, je voulais surtout te remercier, poursuivit Allison. Jonny m'a expliqué que vous étiez des amis très proches et... je te suis doublement reconnaissante de m'avoir offert la nuit la plus fantastique de toute mon existence.

Sa voix s'enroua et elle s'interrompit, comme si elle avait du mal à surmonter son émotion.

— **Merci,** ajouta-t-elle simplement.

— Il n'y a vraiment pas de quoi, parvint à articuler Tracie.

— Oh, il se réveille ! Il faut que je raccroche. Encore merci, Tracie.

La communication fut coupée.

Tracie raccrocha lentement et se résigna à se tourner vers ses amies.

— Elle a passé la nuit avec Jonny.

Beth bêla.

— Oh non. Ce n'est pas juste !

— En ce moment même, elle est encore au lit avec lui, murmura Tracie, choquée de sentir des larmes lui monter aux yeux.

Elle éprouvait tout à coup une effroyable impression de solitude.

— Je n'y comprends rien. Je veux dire... Il est vraiment... à ce point ?

— Vraiment à ce point, oui, acquiesça Beth.

Elle se leva lentement et se détourna pour partir.

— Je devrais peut-être me remettre avec Marcus, déclara-t-elle en quittant la pièce.

Sara dévisagea Tracie.

— Qu'est-ce que tu vas faire ?

Tracie se força à se redresser dans son siège, saisit son muffin et le mordit à pleines dents.

— Attends un peu dimanche soir, répondit-elle, la bouche pleine. Je vais le tuer !

33

Jon était étendu auprès d'Allison, ses cuisses effleurant son flanc. Sa peau satinée était une preuve de l'existence de Dieu. Il se lova contre elle, et sentit son désir renaître aussitôt. Pendant un instant, il songea au projet Parsifal. S'il existait un moyen de transposer *ça* dans un jeu de réalité virtuelle, il pourrait acheter toutes les actions Bill Gates en quelques mois.

Il esquissa un sourire. Cette nuit avec Allison, comme les deux précédentes d'ailleurs, avait été incroyable. Mais elles arrivaient après une série de nuits déjà triomphales. S'il avait dû comparer ses récentes performances sexuelles à des conquêtes militaires, alors Allison était Austerlitz et lui Napoléon.

Il ne vivrait probablement jamais un autre moment aussi parfait de toute son existence. Et cependant, il ne se sentait pas complètement satisfait. Pour une raison obscure, il songea à la Bible : non parce que Allison était un don de Dieu, même si elle avait toutes les apparences d'une créature céleste, mais à cause de la façon dont la sexualité y était évoquée. Dans la Genèse, on disait d'un homme qui avait couché avec une femme qu'il l'avait « connue ». Pas mal trouvée, cette expression, car contempler Allison, nue et offerte sous lui, était en soi un acte de connaissance. Et la faire sienne était aussi une façon de la re-connaître, à laquelle se mêlait le frisson de la possession et de l'interdit. Cela dit, il ne *connaissait* pas Allison pour autant. Pas dans sa réalité, tout au moins. Peut-être y parviendrait-il un jour, mais il n'avait pas la moindre idée de ce qu'il découvrirait alors. Tout ce qu'il savait pour l'instant, c'était qu'elle était merveilleuse et que faire l'amour avec elle était le plus érotique et le plus extraordinaire des pas de deux. Toutefois, il savait aussi qu'il était étendu à côté d'une inconnue. Et que lui-même était pire qu'un inconnu pour elle – un imposteur.

Les paupières de Jon frémirent. Il s'assit et s'étira. Allison roula sur le dos, exposant à ses regards non seulement son visage adorable et l'auréole de ses cheveux lumineux sur l'oreiller, mais aussi ses seins absolument parfaits. Incroyable. Il lui avait fait l'amour trois fois, et il se sentait d'attaque pour remettre ça.

Pour être tout à fait honnête, leur étreinte avait été exceptionnelle physiquement, mais sans fusion réelle. Allison était habituée à être satisfaite, et ne se donnait pas réellement : elle n'avait ni la générosité ni l'enthousiasme de... disons Beth. Sa beauté à elle seule, pourtant, avait suffi à électriser Jon et à lui faire oublier ce point faible. Il s'apprêtait donc à renouveler l'expérience quand son téléphone sonna.

Il avait emmené Allison chez lui – enfreignant la règle édictée par Tracie –, et sa désobéissance trouvait sa punition. Il envisagea un instant de ne pas répondre, mais Allison risquait d'imaginer qu'elle le tenait sous sa coupe et il ternirait ainsi son image. Aussi, à la deuxième sonnerie, étendit-il le bras pour décrocher en priant que ce ne soit pas Beth.

— Hello, Jon. Tu sais quel jour nous sommes ? demanda une voix d'homme, et il faillit lâcher le combiné de saisissement.

— *Papa ?*

Ce fut tout ce qu'il fut capable de dire. Il n'avait pas reçu de nouvelles de son père depuis au moins deux ans, à part une carte postale de Porto Rico et une lettre postée de San Francisco lui demandant d'investir cent mille dollars dans une affaire bidon qu'il essayait de monter avec deux autres minables. Jon n'avait strictement rien compris au prospectus, mais lui avait néanmoins envoyé un chèque de mille dollars, avec un mot pour lui souhaiter bonne chance. Depuis, Chuck n'avait plus donné signe de vie.

— Papa..., répéta-t-il bêtement.

Allison se retourna et appuya sa tête sur son bras pour le regarder. Mais il n'avait aucune envie d'être observé en ce moment. Il s'assit et bascula ses jambes de l'autre côté du lit, lui tournant le dos.

— Comme tu dis, fiston : « papa ». C'est la fête des Pères aujourd'hui. Et je suis ton père.

Il y avait dans sa voix une note défensive et en même temps suppliante qui mit Jon mal à l'aise. Que se passait-il ? Même s'il n'avait pas vu l'heure, il savait qu'il était tôt, beaucoup trop tôt en tout cas pour être

337

ivre. Évidemment, il ignorait dans quel fuseau horaire – ou quel hémisphère – se trouvait Chuck. Peut-être était-ce l'heure de l'apéritif à Singapour.

— Je me demandais si tu aurais le temps de me rencontrer, disait son père. J'ai fait un long voyage pour te voir, fils.

Jon esquissa une grimace. Pour que Chuck l'appelle « fils », il devait se passer quelque chose de grave. Son père avait bloqué le décompte de ses ans sur le chiffre trente-cinq, ce qui rendait tout à fait impossible l'existence d'un grand garçon comme Jon. S'il avait continué malgré lui à vieillir, l'âge de ses conquêtes, en revanche, n'avait pas changé, même si la qualité laissait de plus en plus à désirer.

Jon soupira, et espéra que son père ne l'avait pas entendu.

— Bien sûr. Où veux-tu qu'on se retrouve ?

— Merde ! Merde ! gronda Tracie en contemplant les pages du journal étalées sur le sol de son living-room.

— Allez, ce n'est pas mauvais à ce point, affirma Laura.

Elles avaient un petit-déjeuner tardif, mitonné – ô surprise – par Phil. L'omelette cuite et recuite avait pris une consistance brunâtre, et les pommes de terre, à moitié crues, résistaient désagréablement sous la dent, mais Tracie n'en avait cure. Elle ruminait le sabotage auquel Marcus s'était livré à propos de son article sur la fête des Pères.

Trouver un angle original n'avait pas été facile, mais elle était assez satisfaite du résultat, ayant choisi de traiter du problème des pères de substitution à travers trois exemples remarquables : un prêtre qui avait pris sous son aile une douzaine d'enfants orphelins, un yuppie qui avait adopté un gosse de neuf ans cloué sur

338

un fauteuil roulant, et deux grands-pères qui élevaient seuls leurs petits-fils.

À l'origine, son article faisait quatre colonnes. Au final, il avait été réduit en tout et pour tout à une demi-colonne. Seuls les deux grands-pères avaient échappé au massacre. Les autres avaient été liquidés en une phrase. Pis : une main étrangère avait ajouté la tartine habituelle sur les endroits où les enfants « normaux » pouvaient emmener leurs papas « normaux » pour fêter l'événement, avec une liste des restaurants servant des brunchs spéciaux pour l'occasion. Furieuse, Tracie jeta un coup d'œil à la signature. Si son nom figurait bien au bas de l'article, on pouvait également lire : « Avec le concours de notre envoyée spéciale Allison Atwood. »

— Qu'ils aillent au diable ! hurla-t-elle en envoyant promener le journal à travers le living-room.

Inconscient de son drame, Phil choisit cet instant pour demander :

— Comment trouves-tu mon omelette parmentière ?

Tracie entendit Laura étouffer un rire, mais réussit à dominer sa rage, le temps de se tourner vers Phil avec un sourire figé.

— Absolument délicieuse. Merci.

Elle lui avait préparé une centaine de petits-déjeuners sans sourciller et, en général, sans obtenir le moindre remerciement. Mais qu'un homme fasse frire – ou plutôt fasse brûler – de malheureux œufs, et il fallait lui décerner le prix Nobel.

— C'est vrai ? Tu aimes mon omelette ? insista Phil, estimant sans doute que le compliment n'avait pas été à la mesure de l'exploit.

Tracie songea, et ce n'était pas la première fois, qu'elle pourrait envisager de renoncer au sexe jusqu'à la fin de ses jours.

S'arracher aux bras d'Allison n'avait représenté aucune difficulté comparé à son appréhension de revoir Chuck Delano.

Jon n'éprouvait pas de haine envers son père. Hélas ! car en fait cela aurait été plus aisé. Il ressentait plutôt une sorte d'indignation mêlée de pitié. C'était cette pitié qui l'avait jeté hors de son lit, dans ses vêtements, et jusque dans ce taxi. Il se demanda à nouveau ce qui l'attendait.

Quand il était gosse, son père l'emmenait parfois avec lui dans ses petites expéditions. Chuck – il ne voulait pas être appelé « papa » – s'asseyait en face d'une jeune femme et le prenait à témoin.

— Je te présente ma nouvelle petite amie. N'est-ce pas qu'elle est chou ?

Il y avait eu un grand nombre de « choux » dans sa vie car, bien que Jon détestât l'admettre, son père était séduisant et se montrait parfois même tout à fait charmant. Mais Jon était alors tout juste adolescent, et Chuck au mieux de sa forme. Puis ses affaires avaient commencé à décliner, et son physique avec. Pour se réconforter, il avait plus puisé dans la bière Southern Comfort que les États confédérés réunis. De plus en plus souvent, Chuck s'était servi de lui comme d'un appât. Jon n'avait pas vraiment le choix – son père avait un droit de visite –, et une partie de lui-même avait besoin de lui. Quel gosse ne voudrait pas voir son père ? Tandis que Jon devenait peu à peu un adulte, Chuck, lui, *a contrario*, n'avait pas évolué. Juste avant de quitter Seattle pour une destination inconnue, il avait emmené son fils avec lui pour la dernière fois. Un autre de ses plans fumeux s'était soldé par un désastre, et après quelques verres et une bonne dose d'auto-apitoiement, Chuck était devenu sentimental.

— Je repars à zéro, sous de nouveaux horizons, lui

avait-il annoncé. J'ai tout planifié et je veux que tu participes à l'aventure. Tu es ma chair et mon sang.

À l'époque, Jon travaillait déjà chez Micro/Connection depuis quelque temps, mais son père avait voulu qu'il démissionne.

— Tu ne feras jamais fortune en travaillant pour un patron. Suis mon exemple. J'ai décidé de voler de mes propres ailes.

En fait de voler, il s'était crashé lamentablement.

Il lui avait alors montré une jeune fille qui les observait depuis le bar. Avant cette minute, Jon ne l'avait même pas remarquée. Elle avait l'air d'une lycéenne. Jon aurait parié que sa carte d'identité était fausse.

— Qu'est-ce que tu en penses ? Je lui demande ?

— Lui demander quoi ? Combien elle a obtenu à son certificat d'études ? avait riposté Jon.

— Tu n'y es pas. De m'épouser, avait répondu son père d'un ton nonchalant.

Jon demanda au taxi de le déposer à l'angle de la rue où il avait rendez-vous. Un quartier minable, non loin de la station de bus. Que diable allait-il acheter à son père pour sa fête ? Un pack de Southern Comfort ? Un aller simple pour l'Amérique du Sud ? Il entra dans un drugstore, au milieu du bloc.

Finalement, il se décida pour un banal flacon d'après-rasage. Pendant que la vendeuse lui faisait un paquet cadeau, il se souvint que Phil habitait dans le coin. Laura avait envisagé de louer un appartement dans le quartier, mais Tracie avait réussi à l'en dissuader. En dépit du vent qui lui fouettait le visage, il ne put réprimer un sourire. Il aurait une foule de choses à raconter à Tracie ce soir.

Son père lui avait donné une adresse, juste à quelques pâtés de maisons de là où il se trouvait, un restaurant appelé *Bon Appétit*. Jon ne tarda pas à l'apercevoir de loin – une sorte d'énorme brasserie bon marché et bruyante, où les voyageurs des cars mangeaient rapidement un morceau avant de reprendre la route.

Comme il poussait la porte, une voix enregistrée beugla : « Bon appétit ! » Mais le comité d'accueil s'arrêtait là. La salle, sinistre et caverneuse, se composait de tables en formica et de chaises en plastique moulé. Des présentoirs alignés le long de l'un des murs proposaient des plats chauds – steaks de la veille, macaronis au fromage, jardinière de carottes et de petits pois. Jon se sentit aussi déprimé que les bols de salade verte défraîchie qui attendaient en vain un amateur, disposés en rang d'oignons dans la section crudités. Il aperçut la tache fantomatique d'un visage blanc sous une casquette, et une main tout aussi livide qui lui faisait signe. Jon mit le cap sur son père.

Il prit sur lui pour ne pas sursauter quand il le vit de près, mais il aurait été tout aussi cruel de détourner les yeux. Chuck semblait avoir pris vingt ans depuis leur dernière rencontre. Il essaya maladroitement de se lever, mais Jon lui fit signe de ne pas bouger et s'assit en face de lui. Il ne l'embrassa pas, pas plus qu'il ne le serra dans ses bras : il lui tendit la main. Celle de son père était maigre et incroyablement desséchée. Jon était tellement effaré par son aspect physique qu'il fut incapable d'articuler un mot.

— Hello, Jon, lança Chuck. Tu as l'air en forme.

Quelle fâcheuse ouverture. Jon ne pouvait pas décemment lui retourner le compliment. Il fouilla dans sa poche et tendit silencieusement son présent à Chuck. Son père prit le paquet et le regarda fixement, comme s'il s'agissait d'une météorite ou d'une boule de mozzarella.

— Qu'est-ce que c'est ? demanda-t-il.

— C'est un... un cadeau. Tu sais, la fête des Pères...

Chuck contempla l'emballage mais n'esquissa pas un geste pour l'ouvrir. Puis il secoua la tête par deux fois.

— Tu es un bon garçon, Jonathan. Tu as hérité des qualités de ta mère.

Jon acquiesça involontairement.

— Tu es devenu un beau jeune homme. « Toujours aussi dingue après toutes ces années... »

C'était une chanson que ses parents entonnaient quand ils étaient de bonne humeur. Jon se souvenait d'un voyage à Vancouver où ils l'avaient chantée à l'avant pendant qu'il reprenait le refrain sur la banquette arrière.

— Toujours pas fichu de te payer une voiture ? reprit Chuck, et comme Jon s'apprêtait à protester, il leva sa main blanche et osseuse. Je plaisante. Je sais que tu gagnes très bien ta vie.

— Vraiment ?

— Ta mère me donne régulièrement de tes nouvelles. Sur Internet. Merci d'être venu me voir, fils.

Jon sentit son cœur se serrer. Le recours au « fils » annonçait toujours une requête financière. Mais, pour une fois, ce ne fut pas le cas. Chuck lui parla de l'endroit où il vivait au Nevada, de jardinage, de Donald Trump, des prochaines élections, et d'un épisode de *Frasier* dans lequel Niles et son père voulaient sortir tous les deux avec une dénommée Daphné. Cela ne débouchait sur rien de concret, et Jon attendait toujours qu'il en vienne au fait, quand son père ôta sa casquette et passa la main sur le duvet qui recouvrait son crâne chauve.

— Ça gratte comme l'enfer. Ils m'ont dit que c'était normal après la chimio.

Ce fut seulement à cet instant que toutes les pièces se mirent en place. Avant que Jon ait pu dire quoi que ce soit, Chuck se pencha en avant et le regarda dans les yeux pour la première fois.

— J'ai de la chance, il n'y a pas de métastases. On doit encore me faire des rayons, mais après, je serai comme neuf.

— C'est bien, réussit à balbutier Jon.

Il n'avait pas le courage de l'interroger sur la nature de son cancer, s'il était opérable, depuis quand il était sous traitement, ni quelles étaient ses chances de s'en sortir... Toutes ces questions passèrent en un éclair dans sa tête, mais il regarda la silhouette décharnée et ratatinée de son père et n'en posa aucune.

— Tu as l'air tout de même en forme, Chuck, murmura-t-il – et pour la première fois, son père rit.

— Là, tu en fais beaucoup, déclara-t-il en secouant sa tête de mort vivant.

Il avait toujours été si vaniteux. Jon se demanda s'il se souciait encore de son apparence ou s'il se préoccupait seulement de survivre. La question était trop personnelle pour qu'il osât la lui poser.

En fait, il n'avait pas grand-chose à lui dire.

— J'espère que ce ne sera bientôt qu'un mauvais souvenir, articula-t-il enfin. Si je peux faire quoi que ce soit...

— Eh bien, je me demandais si tu ne pourrais pas me faire profiter de ta couverture médicale. Ça m'aiderait beaucoup. Je ne bénéficie pas de ces avantages qui te donnent droit à un numéro prioritaire dans une salle d'attente.

— Ne t'inquiète pas. J'en parlerai dès demain à qui de droit.

Il n'obtiendrait certainement pas le rattachement de son père à sa propre assurance – un homme qui n'avait jamais cotisé et avec lequel il n'avait pas vécu pendant près de quinze ans –, mais rien ne lui interdisait d'offrir à Chuck un traitement susceptible de le guérir ou d'atténuer ses souffrances.

— À moins que ta mère accepte de se remettre avec

moi, reprit Chuck. J'avais envie de profiter de mon passage pour aller la voir. Elle a quelqu'un dans sa vie ?

— Oui, mentit Jon aussi aisément que s'il avait fait ça depuis qu'il était né.

La dernière chose dont sa pauvre mère avait besoin était de soigner son ex-mari mourant.

— Il te plairait, je crois. C'est un catcheur professionnel.

— Ah. Je n'aurais jamais dû la quitter, admit Chuck.

— Tu n'aurais jamais dû la tromper non plus, répondit Jon.

Il s'en voulut aussitôt d'avoir laissé échapper cette remarque, mais son père hocha la tête.

— Ne commets pas les mêmes erreurs que moi, Jon. Trouve-toi une bonne épouse. Et reste avec elle. Tu ne le regretteras jamais.

34

Molly discutait avec un client et, au grand soulagement de Tracie, ne la vit pas entrer. Phil avait été effroyablement bavard toute la soirée, et avait tout fait pour l'empêcher de sortir, mais elle était quand même à l'heure.

Elle se dirigea vers sa table habituelle et ôtait son imperméable quand Molly s'approcha avec deux tasses de café.

— Vous êtes la seule à blâmer de ce qui vous arrive, attaqua-t-elle en posant les deux tasses sur la table et en se glissant sur la banquette, en face de Tracie.

— Pardon ? Je ne me souviens pas de vous avoir invitée à vous joindre à moi.

— Si je ne me dévoue pas, vous resterez toute seule

cette fois, répondit Molly en poussant le distributeur de sucre devant Tracie. Nous préparons une fournée de beignets à la cuisine : vous pourrez toujours les tremper dans vos larmes. Manifestement, le coup des billets n'a rien donné. Quand je pense à ce que j'ai dû faire pour les obtenir ! Un sacré gâchis, si vous voulez mon avis.

— Je crois que vous dramatisez un peu, articula Tracie avec toute la dignité dont elle était capable. Et je ne vois pas pour quelle raison je devrais pleurer !

— Ah bon ? Cela vous est égal de vous faire jeter par votre ami, après toutes ces années de complicité ?

— Mais qu'est-ce que vous racontez ? Je suis en avance et Jon juste un peu en retard. Il n'y a vraiment pas de quoi...

— Non, trésor. Il était en retard la semaine dernière. Et *un peu* en retard la semaine précédente. Mais cette semaine, je vous parie ce que vous voudrez qu'il ne viendra pas du tout.

— Ne soyez pas ridicule ! Nous nous retrouvons ici tous les dimanches soir, quoi qu'il arrive. Sauf la fois où il a eu son appendicite, expliqua Tracie comme si Molly l'ignorait. Je suis sa meilleure amie.

— Vous êtes bien plus que ça.

Molly se redressa et regarda Tracie droit dans les yeux.

— Reconnaissez-le : vous êtes une fille qui adore les œufs brouillés mais qui se croit obligée de commander un autre menu. Vous n'avez toujours pas compris la nature de vos sentiments pour lui, pas vrai ? Il était à vos pieds et vous ne vous en êtes même pas rendu compte.

— Moi ?

— Oui, vous, docteur Higgins.

Molly se leva d'un air écœuré et regagna les cuisines. Tracie resta seule dans le box, les yeux fixés sur la rue. Déprimée par le calme plat qui régnait dehors, elle se mit à jouer avec les sachets de sucrettes. Il y en avait onze – un nombre très contrariant. Elle les disposa par rangées de quatre, mais la dernière, plus courte que les autres, l'agaça. Elle recommença, formant deux rangées – une de cinq et une de six –, mais elles ressemblaient à une pyramide sans sommet. Elle plaça un sachet en haut, suivi d'une rangée de deux, d'une rangée de trois, et d'une rangée de quatre. Il lui en restait toujours un en main. C'est une fatalité ! songea-t-elle. Elle le déchira pour lui donner la forme d'une étoile, et le posa au sommet du triangle qui se transforma en sapin de Noël. Puis elle saupoudra son contenu sur la table. On aurait dit de la neige. Dommage qu'on soit à la mi-juin et non en décembre, rumina-t-elle avec aigreur.

— Vous vous amusez bien ? demanda Molly en passant devant sa table pour servir un client.

Tracie se mordit la lèvre. Et si Molly avait raison, finalement ? Si elle était le genre de fille qui aimait les œufs brouillés, les dates butoirs, les articles de commande, et qui n'était même pas capable de comprendre qu'elle était amoureuse ? Après tout, Laura lui avait tenu exactement le même discours une semaine plus tôt.

Elle jeta un coup d'œil à sa montre – il s'était écoulé seulement neuf minutes. Que fabriquait Jon ? Sa ponctualité lui avait toujours semblé naturelle, mais en fait il était toujours à l'heure simplement parce que... parce qu'il tenait à elle plus qu'à quiconque. Des larmes lui montèrent aux yeux. D'une certaine façon, elle s'était habituée à occuper la première place dans son cœur. Qui l'avait remplacée, désormais ? Avec qui était-il en ce moment même ?

Dix autres longues minutes passèrent. Incapable de supporter plus longtemps cette attente, Tracie se leva et se dirigea vers la cabine téléphonique, au fond de la salle. Elle l'appela chez lui, mais il n'y eut pas de réponse.

— Ce n'est pas vrai...

Elle raccrocha, puis composa le numéro de son bureau. Qui sait ? Il s'était peut-être endormi devant son ordinateur. Mais tout ce qu'elle obtint, ce fut l'éternel message l'informant que sa boîte vocale était saturée.

— C'est un gag !

Elle regagna son box, contournant Molly qui, bien qu'occupée à noter la commande d'un client, la gratifia au passage d'un sourire exaspérant sous-entendant un Je-vous-l'avais-bien-dit. Tracie récupéra son imperméable et son sac, traversa la salle au pas de charge, poussa la porte et sortit comme une tornade.

Son sac sur la tête pour se protéger de la pluie, elle s'élança vers sa voiture, s'énerva sur ses clés pour ouvrir la portière et réussit finalement à se glisser à l'intérieur. Qu'est-ce qui m'a fait choisir une ville où il pleut tout le temps ? Qu'est-ce qui ne va pas chez moi ? songea-t-elle en conduisant à travers les rues ruisselantes et désertes. La pluie tombait si fort qu'on aurait dit un rideau glissant le long du pare-brise. Tracie jeta un coup d'œil à la pendule du tableau de bord : Jon – où qu'il soit – avait maintenant quarante-huit minutes de retard à leur rendez-vous.

Elle roula à un train d'enfer jusqu'à l'immeuble de Jon, se rangea n'importe comment devant l'entrée, alluma les feux de détresse et s'engouffra dans l'escalier conduisant à son loft. Ridicule ! Il payait un loyer exorbitant et n'avait même pas d'ascenseur. C'était tout Jon !

Ses cheveux – ou du moins ce qu'il en restait – étaient aplatis par la pluie. Elle y glissa la main pour tenter de les essorer. Quand elle atteignit le bon palier, elle était à bout de souffle, mais cela ne l'empêcha pas de frapper telle une furie. S'il dormait, elle l'arracherait à son lit, le traînerait sous la pluie et l'y maintiendrait jusqu'à ce qu'il ne soit plus lui-même qu'une flaque. Mais il n'y eut pas de réponse. Refusant d'admettre l'évidence, elle continua à s'acharner sur la sonnette. Elle ne pouvait pas repartir bredouille.

Elle fouilla dans son sac, trouva un stylo mais pas de papier. Tant pis, son bloc de petits Post-it ferait l'affaire. Elle commença à écrire : « Je ne peux pas croire qu' », arracha la feuille et la placarda sur la porte d'un coup de poing vengeur. Les mots était brouillés par l'eau de pluie, mais néanmoins lisibles. Elle prit un deuxième Post-it : « après toutes ces années tu aies ». Faute de place, elle arracha le feuillet, le colla à son tour et poursuivit : « complètement oublié notre » et elle le plaqua sur la porte, à côté des deux premiers. Elle avait beaucoup d'autres choses à dire. Par chance, elle avait deux blocs de Post-it. Elle écrivait, arrachait le petit carré de papier, et écrivait à nouveau : « Ingratitude inconcevable », « Désinvolture scandaleuse », « Honte sur toi »...

Les seuls bruits qui lui parvenaient étaient ceux de la pluie crépitant contre la fenêtre du palier, de sa respiration saccadée, et du crissement de son feutre sur le papier jaune.

Quand elle en eut fini, il y avait vingt-trois Post-it sur la porte de Jon, lui expliquant en résumé qu'il n'était qu'un sale porc et qu'elle ne voulait plus jamais le revoir.

Puis sa colère reflua, cédant la place à une profonde amertume. Elle regarda la porte. C'était grotesque, comme elle. Dénué de dignité, comme elle. Jon se tordrait probablement de rire en découvrant cette marée jaune. Allison serait peut-être à côté de lui lorsqu'il les lirait. Elle faillit les enlever, puis jeta le reste du bloc dans son sac et partit.

Une fois dans sa voiture, elle essaya de retrouver son chemin jusqu'à son appartement, en dépit des larmes qui l'aveuglaient. Quand elle arriva à la hauteur de North Street, elle sanglotait si violemment qu'elle était au bord de l'asphyxie. Elle se rangea sur le bas-côté, rabattit son sweater par-dessus sa tête et enfouit son visage dans ses mains.

Quand elle refit surface, elle eut la vision brouillée d'un vélo qui la frôlait en zigzaguant. Quelle ville ! De la pluie toute la sainte journée, et des cinglés pour se balader en dessous. Ses larmes continuaient à couler, et elle continuait à gémir et à avoir des hoquets. Puis, contrairement à la pluie, ses larmes finirent par se tarir. Elle essuya son visage défait, remit le contact et démarra. Elle dépassa la bicyclette qui l'avait doublée un instant plus tôt.

— Pauvre malade ! Tu n'as jamais entendu parler des transports en commun ? gronda-t-elle, les yeux fixés sur le cycliste qui s'éloignait dans son rétroviseur.

Les rues désertes lui laissaient la voie libre, et pourtant jamais le trajet ne lui avait paru aussi long. Elle était épuisée, comme si elle avait fait le chemin en courant. Une fois parvenue à destination, elle se gara vite fait, claqua la portière et s'élança vers son immeuble sous la pluie battante.

35

Jon avait regagné son appartement après avoir laissé son père devant la station de bus. C'était à peine s'il avait pu monter les étages tant ses jambes flageolaient. Il n'avait jamais aimé l'image de don Juan que renvoyait naguère son père, mais celle de ce vieil homme pathétique, miné par la maladie et les regrets, était pire encore.

Il avait néanmoins réussi à rentrer chez lui sans pleurer, uniquement pour tomber sur Allison, allongée sur son canapé. Elle regardait la télé, vêtue en tout et pour tout du seul T-shirt Micro/Connection qu'il avait conservé. Il en eut un choc : il avait complètement oublié qu'il la trouverait chez lui à son retour.

— Où étais-tu passé ? demanda-t-elle sans la moindre trace de reproche.

Et il dut l'écouter papoter, lui poser un flot de questions sur son travail – depuis quand il était employé chez Micro/Connection, à combien se montaient ses stock options, quelles relations il entretenait avec les membres fondateurs... Et lui n'était pas en état pas de mentir, et de poursuivre le petit jeu instauré par Tracie. Il fit seulement de son mieux pour se montrer poli jusqu'à ce qu'elle se dirige vers la chambre. Puis, comme elle se baissait pour ramasser une chaussure, un désir brutal l'envahit, et il chercha le seul réconfort qu'elle était capable de lui offrir.

— Je commençais à croire que tu ne te déciderais jamais, minauda-t-elle.

Juste une fois, pour la route, songea Jon. Il jeta un coup d'œil à son poignet, mais il ne portait toujours pas de montre et tourna son regard vers le réveil posé de l'autre côté du lit. Le visage décharné de son père disparut, honteusement balayé par l'enivrante beauté d'Allison. Il s'y noya avidement, cherchant l'oubli dans un corps à corps épuisant. Tout s'effaça de son esprit, et rien que pour ça il fut rempli de gratitude. Mais, lorsqu'il revint à lui après l'anéantissement de ses sens, l'image de son père ôtant sa casquette pour gratter son crâne chauve ressurgit devant lui. Quelle fête des Pères... Il se souvint qu'on était dimanche, et que le lendemain il avait une réunion avec son équipe pour faire le point sur le projet Parsif... Oh Seigneur ! Tracie !

Jon se redressa d'un bond, comme s'il avait été traversé par un courant de deux mille volts. Il avait déjà presque quarante minutes de retard !

Il sauta du lit et s'habilla fébrilement.

— Tu repars ? murmura Allison d'une voix endormie.

— Je... j'ai oublié... euh...

Que dire ? J'ai laissé tomber ma meilleure amie ? J'ai rendez-vous avec une autre femme ? Je n'ai plus aucune envie de faire l'amour avec toi ?

— Mes vêtements dans le séchoir, bafouilla-t-il tout en glissant son pied droit dans sa chaussure et en attrapant son sweater.

Il se rua vers la porte.

— Attends ! cria Allison. Quand...

Il était occupé à batailler avec la serrure et la chaîne de sécurité, de sorte qu'il n'entendit pas la fin de sa phrase. Tracie allait le tuer ! Il ne parvenait pas à le croire. En sept ans, il n'avait loupé aucun de leurs rendez-vous... Sauf quand il avait été opéré en urgence de l'appendicite. Il repoussa fiévreusement le verrou, tourna la poignée, et ouvrit enfin la porte.

— Je te revois quand ? lui demanda Allison depuis le seuil de la chambre.

Elle s'était enveloppée dans le drap. Un mamelon pointait à la lisière du tissu et ses cheveux ruisselaient sur ses épaules comme une cascade dorée.

— Tu es tellement fabuleux au lit...

Jon cilla, une fois, deux fois, puis une troisième fois tandis que le sens de ses paroles s'insinuait en lui.

— C'est vrai ? demanda-t-il d'une voix émerveillée.

Elle ressemblait à une déesse. Une déesse qu'il avait adorée de tout son corps. Jon secoua la tête. Incroyable ! Incroyable !

— Je te téléphone, promit-il.

Tracie l'attendait ; il devait vraiment y aller. Il franchit la porte, dégringola l'escalier et se précipita sous un déluge.

Coup de chance : un taxi passait dans la rue. Il le héla. Déjà trempé jusqu'aux os, il s'installa sur la banquette.

— *Java, The Hut*, sur Canal Street, lança-t-il au chauffeur. Vite !

Il y avait une horloge sur le tableau de bord. Il était encore plus tard qu'il ne le pensait. Et si Tracie était partie ? Il avait laissé son vélo dans la cour, derrière *Java, The Hut*. Il pédalerait comme un fou jusque chez elle, et si elle n'était pas là il sillonnerait les rues jusqu'à ce qu'il la trouve et lui demande pardon.

Mais il avait le pressentiment que cela ne servirait à rien. Non parce qu'il ne réussirait pas à la trouver, mais parce qu'elle n'accepterait pas ses excuses. La malheureuse avait probablement été soumise à quarante-six minutes non-stop de sarcasmes signés Molly, la Terreur de Manchester. Jon grinça des dents à l'idée de ce que Molly pouvait avoir raconté à Tracie si jamais elle était restée en tête à tête avec elle.

Tracie devait être dans un état indescriptible. Elle était capable d'avoir réduit en miettes *Java, The Hut*, et tout ce qui s'était trouvé en travers de son chemin. Quand le taxi ralentit aux abords du coffee-shop, Jon jeta de l'argent sur le siège avant, remercia le chauffeur et sauta du véhicule sans attendre son arrêt complet. Son premier regard fut pour la table où Tracie et lui avaient l'habitude de se retrouver. Vide. Comme il parcourait la salle des yeux, il aperçut Molly, installée dans un box, et Laura, près de la porte des cuisines.

Que faisait-elle ici ? Tracie était-elle fâchée au point d'avoir envoyé son amie à sa place à leur rendez-vous ?

Peut-être Tracie lui avait-elle posé un lapin. Ou alors... elle était aux toilettes. Ou alors... elle téléphonait à Phil.

Il s'approcha de Molly, qui picorait dans une assiette d'œufs brouillés, et posa la main sur son bras. Elle leva les yeux, le visage dénué d'expression, mais il comprit dans la seconde ce qui s'était passé.

— Elle est venue, exact ? demanda-t-il, la gorge nouée.

— Exact, répondit Molly, et elle se remit à manger.

Il ne parvenait pas à y croire. Il avait stupidement brisé des années de tradition. Il se sentait nauséeux et plus que fébrile.

— Molly, je suis un beau salaud et je le sais. Mais, par pitié, dites-moi si elle est partie chez moi ou chez elle ?

Molly haussa les épaules.

— Je n'en ai pas la moindre idée. Elle n'a pas pour habitude de me faire des confidences.

Laura s'approchait d'un pas paisible. Jon se tourna vers elle.

— Laura, pitié, murmura-t-il simplement.

— Je ne l'ai pas vue s'en aller, mais je pencherais plutôt pour ton appartement, suggéra-t-elle. Et elle a dérobé un couteau à viande.

Jon n'aurait su dire si elle plaisantait ou non, mais cela lui était égal.

Il bondit à travers le restaurant, sautant littéralement par-dessus les box vides. Il traversa les cuisines, manquant de renverser un plateau de scones, et se rua vers la porte de service. Son vélo était appuyé contre la grille, là où il l'avait laissé. Il lâcha la clé de l'antivol dans sa précipitation, s'énerva sur le cadenas, puis pédala sur les pavés mouillés de la cour, et de là dans la rue. La pluie le frappa de plein fouet tandis qu'il fonçait vers son appartement.

Ce fut une chevauchée longue et glaciale, et il fut

trempé jusqu'aux os bien avant d'arriver à destination. Mais il n'avait pas froid. En réalité, il transpirait sous l'effet de la peur et de l'épuisement. Il fallait absolument qu'il la rejoigne avant qu'elle ne parte.

Quand il s'arrêta devant son immeuble, il était à bout de souffle, mais il devait encore monter ces fichus étages. Il gravit les marches quatre à quatre pour grappiller quelques secondes. Il était hors d'haleine quand il poussa la porte pare-feu pour accéder à son palier, et son cœur semblait à deux doigts d'exploser. Mais il cessa brusquement de battre à la vue du couloir désert. Trop tard ! Tracie était repartie, et s'il ne réussissait pas à la retrouver séance tenante, elle serait encore plus enragée contre lui. Puis il s'approcha machinalement de sa porte, et comprit, en découvrant l'invasion de Post-it, que le mal était déjà fait. Sans même les lire, il pivota sur ses talons et dégringola l'escalier comme un fou.

Une fois en bas, il empoigna son vélo et, tout en se maudissant de ne pas posséder une voiture, s'élança à nouveau sous le déluge.

Il se haïssait, et il haïssait son existence. Quel besoin avait-il de vivre à Seattle, une ville où il pleuvait toute l'année ? Et pourquoi était-il aussi borné ? Tous les adultes possédaient une voiture ! Pourquoi pas lui ? Et surtout, surtout, comment avait-il pu oublier son rendez-vous avec Tracie ?

Il l'avait toujours considérée comme une orpheline. Sa mère était morte il y avait belle lurette, quant à son père, c'était tout comme. Jon était sa seule famille. Et elle l'avait attendu pendant qu'il couchait avec une inconnue ! Durant toutes ces années, et malgré ses innombrables petits amis, Tracie, elle, ne lui avait jamais fait faux bond. Et si elle n'était pas chez elle ? Ou si elle était allée chez Phil ? Connaissait-il seulement son adresse exacte ? S'il l'avait jamais sue, il l'avait oubliée.

La pluie avait redoublé de violence. Elle ruisselait sur son visage, dégoulinant de son menton jusque sur son torse. La visibilité était de plus en plus réduite. Il n'était plus qu'à un bloc de l'immeuble de Tracie. Il pédala encore plus vite, et aperçut subitement les feux arrière d'une voiture, à moins d'un mètre de lui. Il donna un coup de guidon pour l'éviter, comprenant qu'elle s'était rangée sur le bas-côté à cause du déluge. C'était moins une, songea-t-il en agitant inutilement sa sonnette. Il devait se montrer plus prudent, ce n'était pas le moment d'avoir un accident.

Juste comme il tournait l'angle de la rue, il aperçut la voiture de Tracie qui se garait et il la vit en descendre. Il laissa tomber son vélo qui atterrit dans une flaque, mais quelle importance ? Elle était là, à dix mètres de lui. Il se mit à courir.

— Tracie ! Tracie !

Mais soit elle ne l'entendait pas, soit elle ignorait délibérément ses appels.

36

Tracie avait couru comme une flèche jusqu'à son immeuble, mais cela ne l'avait pas empêchée d'être trempée. Maintenant, elle cherchait fébrilement ses clés tout en claquant des dents. Vite, vite ! Elle avait entendu Jon l'appeler et l'avait aperçu du coin de l'œil tandis qu'elle se précipitait dans le hall, mais pas question de le voir – ni ce soir ni jusqu'à la fin des siècles. Elle n'aspirait qu'à une chose : se réfugier dans son appartement, verrouiller derrière elle, et se mettre sous sa couette pour ne jamais en ressortir. Mais ses mains tremblaient, et Jon sortit de l'ascenseur avant qu'elle ait pu ouvrir la porte.

— Tracie...

Elle l'ignora et continua à s'acharner sur cette maudite serrure. Jon se rapprocha, faisant couiner ses chaussures pleines d'eau. Il était apparemment encore plus trempé qu'elle, mais elle refusa de se retourner, même lorsqu'elle le sentit derrière elle. Comme il esquissait un geste pour lui prendre la main, elle l'écarta d'une tape. Comment osait-il la toucher ?

Elle parvint enfin à ouvrir sa porte et voulut se faufiler à l'intérieur tout en le laissant dehors, mais il fut trop rapide pour elle et réussit à bloquer le battant avec son pied.

— Va-t'en, siffla-t-elle tout en détournant son visage inondé de larmes. Je t'interdis d'entrer !

— Tracie, tu as toutes les raisons d'être en colère, mais il faut...

— Rien du tout !

— Mais...

Elle lui fit face. Après tout, peu importait qu'il voie dans quel état pitoyable il l'avait mise. Il n'en avait rien à faire, de toute façon.

— Ton appendicite récidive ? lâcha-t-elle hargneusement.

Parce que ce serait la seule excuse acceptable à mes yeux.

— Tu exagères un peu, non ?

— Non !

Elle tenta de claquer le battant sur son épaule.

— Aïe !

Jon reprit son souffle, les dents serrées, et ouvrit la porte d'une poussée.

— Je te l'ai déjà dit, je crois : je ne veux pas que tu entres, l'avertit-elle. Tu n'as rien à faire ici.

Elle lança un regard anxieux derrière elle. Pourquoi Laura et Phil n'étaient-ils pas là quand elle avait besoin d'eux ?

— Tu m'as fait beaucoup de peine. Plus que tu ne penses.

— Je suis désolé. Je n'ai jamais voulu ça.

— Avec qui étais-tu cette fois ? Beth ? Elle avait besoin d'une nouvelle piqûre de rappel ? Ou était-ce Ruth ? Ou ta Carole, de San Francisco ?

Capitulant, elle lui tourna le dos, et se dirigea vers l'évier pour boire un verre d'eau. Affaire d'honneur. Elle avait toujours le hoquet et une femme qui hoquette n'a réellement aucune dignité.

— Ou peut-être t'offrais-tu une séance de jambes en l'air avec Enid ? Je suis sûre que c'était très acrobatique.

Elle hoqueta de nouveau. Elle s'apprêtait à boire quand la réponse de Jon lui parvint.

— Si tu veux la vérité, il s'agissait d'Allison. Mais j'ai vu mon...

Tracie lui lança le contenu de son verre à la figure sans même réfléchir. Jon s'étrangla et leva une main comme pour parer un coup. Ils restèrent figés face à face pendant un instant.

— D'accord, je l'ai mérité, admit-il. Je sais que j'ai mal agi. Mais ne te comporte pas comme si tu n'avais pas ta part de responsabilité.

— C'est ça, blâme-moi, riposta-t-elle. Ensuite, tu deviendras un violeur en série et tu iras me raconter qu'elles t'avaient aguiché !

Il la saisit aux épaules.

— Lâche-moi !

— Quand tu auras fini de piquer ta crise et que nous aurons pu parler.

— Adresse-toi à Allison ! lui hurla Tracie.

Elle essaya de le repousser mais il la tenait trop solidement. Elle n'en pouvait plus. Elle était tellement déçue, tellement en colère, tellement honteuse qu'elle détourna la tête, enfouit son visage dans ses mains et éclata en sanglots.

Jon lui lâcha alors les épaules, l'enveloppa dans ses bras et, comme s'il en avait rêvé toute sa vie, il l'embrassa. Tendrement d'abord, puis sauvagement, passionnément.

Sous le choc, Tracie se débattit un instant, puis lui rendit ses baisers. C'était le paradis. C'était... mieux encore – si cela existait. Elle se mit à trembler de tous ses membres. Jon abandonna sa bouche et embrassa son visage, puis recueillit délicatement du bout de la langue les larmes qui s'accrochaient à ses cils. Les siens étaient mouillés par la pluie, et elle les sentit, comme des papillons sous la rosée, effleurer ses lèvres et son front. Puis leurs lèvres s'unirent une nouvelle fois.

Elle trembla plus fort, sans savoir si c'était de froid ou de fièvre. Leurs vêtements trempés leur collaient à la peau, mais la chaleur de Jon traversait le tissu. Incapable de réfléchir, elle n'était plus qu'un bouillonnement de sensations. Ce qu'elle ressentait lui semblait à la fois étrangement naturel, et en même temps extraordinaire, inattendu... Puis toute logique disparut définitivement de son esprit.

— Tu es glacée, murmura-t-il en prenant son visage dans le creux de ses mains. On ne t'a jamais appris qu'il valait mieux éviter de sortir quand il pleut à verse ?

— Je ne sais plus ce que j'ai appris, lâcha-t-elle, déroutée – et elle nicha sa tête contre son torse.

Elle fut saisie à la fois d'étonnement et d'un doux bien-être quand il la souleva dans ses bras, l'emporta dans ses bras, l'emporta dans la chambre et lui ôta sa veste trempée et son sweater. Tendrement, il drapa le couvre-lit autour de ses épaules.

— Tu trembles, toi aussi, remarqua-t-elle.

— Ce n'est pas de froid.

— Viens ici, chuchota-t-elle, en se glissant dans le lit.

Il enleva ses vêtements, conservant uniquement son caleçon, et se blottit contre elle sous la couverture. Elle noua ses bras autour de sa taille et pendant un moment ils restèrent ainsi, immobiles. Tracie sentait sa hanche contre sa cuisse. Sa respiration était légère ; puis elle s'aperçut qu'elle faisait écho à la sienne. Comme s'ils répondaient à un signal, comme si cet instant était prévu de toute éternité, ils se tournèrent l'un vers l'autre. Le contact un peu rude de son corps contre le sien la fit frissonner.

— Tu as toujours froid ? chuchota-t-il.

Et en guise de réponse, elle l'embrassa.

Tracie se réveilla, encore tout émerveillée par cette nuit d'amour parfaite. Sa tête roula sur l'oreiller. Jon était étendu près d'elle, et contemplait son visage avec amour et ravissement.

— Tu es si belle, murmura-t-il.

— Ne te moque pas de moi. Je...

Il couvrit sa bouche de sa main.

— Tu es si belle, si belle, répéta-t-il et, bien qu'elle ait pensé avoir tari toutes les larmes de son corps, elles remplirent à nouveau ses yeux.

D'un geste admiratif, il caressa les courbes de sa taille, puis dessina les contours de sa hanche.

— Tu es si... belle. Tes seins sont parfaits, si doux, si vulnérables. Ils me font penser à des chiots nouveau-nés – fragiles, mais déjà si vivants et si palpitants...

— Des chiots ?

Elle éclata de rire.

— Où es-tu allé chercher une idée pareille ?

— Je ne sais pas. D'après ma mère, je devrais adopter un chien.

Ils s'esclaffèrent tous les deux. Puis il se remit à l'embrasser, longuement, passionnément. Elle se déroba.

— Jon, j'ai vraiment été stupide.

— Tu es adorable.

Il prononça ces mots sur un ton qu'elle avait rêvé d'entendre toute sa vie.

Mais elle devait lui dire. Elle devait s'excuser de s'être conduite comme une imbécile. Aveugle, idiote.

— Non, non. Je ne savais pas ce que je voulais. Molly m'a expliqué... pour les œufs brouillés...

Oh, comment lui faire comprendre ?

— Je n'ai pas vu ce qui me crevait les...

Jon l'embrassa. Ce baiser fut lui aussi parfait. Puis il la regarda.

— Tu as passé un diplôme dans l'art d'être irrésistible, à l'université ? Ou tu prends encore des cours ? Tu sais que j'adore les lobes de tes d'oreilles ? Je les ai toujours adorés.

Il en mordilla doucement un et elle frissonna.

— Ils sont à croquer.

Il s'étira voluptueusement.

— J'ai toujours eu le sentiment que nous étions seuls au monde, tous les deux. Comme Adam et Ève sur un radeau.

Il marqua un temps, puis se redressa sur un coude.

— J'aurai le droit de manger des œufs pochés, maintenant ?

— Tu veux dire là, tout de suite ?

Elle avait conscience de le taquiner, mais il était si craquant.

— Peut-être pas tout de suite, admit-il. J'ai d'autres appétits, beaucoup plus urgents.

— Encore ? chuchota-t-elle, et elle le serra contre elle.

Elle était si heureuse que son cœur lui faisait mal. Une pensée bizarre lui traversa l'esprit. Elle aurait voulu mourir, là, pour emporter ce bonheur à jamais avec elle.

— Tu peux manger tout ce que tu veux, répondit-elle.

Promets-moi seulement que tu ne me quitteras jamais.

Elle le regarda au fond des yeux.

Jon lui rendit son regard, le visage grave.

— Ben... il faut déjà que je te quitte. Je dois aller... aux toilettes.

Tracie éclata de rire, soulagée.

— C'est malin. D'accord, mais que cela ne se renouvelle pas. Et ne traîne pas en route.

Jon se leva et se dirigea vers la salle de bains. Mais chemin faisant, il aperçut les Polaroïds de lui punaisés sur le mur, classés par ordre chronologique, selon la technique de l'avant-après.

Tracie fut saisie d'horreur. Oh mon Dieu ! Avait-elle seulement commencé à lui dire... à lui demander... Son cerveau passa en revue toutes les notes qu'elle avait compilées – chaque observation stupide, chaque adjectif ridicule et, pis que tout, son pari avec Phil. Elle ferma les paupières et pria pour qu'il continue sa route vers la salle de bains. Mais il n'en fit rien. Il parcourut un certain nombre de Post-it, puis découvrit le brouillon de son article. À nouveau, Tracie pria pour qu'il ne le lise pas. Mais le cauchemar continuait. Elle vit son visage se décomposer.

Ce n'était pas possible. Tout n'allait pas être démoli en quelques secondes. Elle ne pouvait pas passer d'un bonheur aussi absolu à un désespoir aussi total, aussi vite et stupidement ! Elle aurait voulu hurler, crier à Jon de lâcher cet article, de ne pas y prêter attention. Elle s'en voulait tant ! Il y avait longtemps qu'elle aurait dû lui parler de son projet.

Jon était maintenant pâle comme la mort. Il reposa l'article sur le bureau, puis se dirigea vers ses vêtements, à côté du lit, et enfila son caleçon, puis son jean.

— Jon, non, articula-t-elle sottement.

— Je dois partir, répondit-il, d'une voix atone.

Il tourna les yeux vers elle, pour la première fois depuis qu'il avait vu les photos.

— Je ne reste jamais la nuit entière. J'aime dormir seul.

Tracie reconnut les mots qu'elle lui avait appris. Elle se redressa d'un bond, s'enveloppa dans le drap et se leva.

— Tu utilises ma méthode avec moi ?

Le déroulement de la soirée défila subitement dans sa tête – le rendez-vous manqué, la façon dont il l'avait suivie, puis séduite... Et s'il ne s'agissait que d'un plan minutieusement préparé ? Oh mon Dieu, non ! Tout n'aurait été qu'une comédie, un moyen de lui rendre la monnaie de sa pièce ? Elle se mit à trembler.

— Qu'est-ce que je suis ? demanda-t-elle. Un autre scalp à accrocher à ton tableau de chasse ?

Il boutonnait déjà sa chemise.

— Et moi, qu'est-ce que je suis ? siffla-t-il. Ta chance de devenir la nouvelle Anna Quindlen ?

Il enfila sa veste, saisit l'article, et le lança à ses pieds.

— Tu as fait ça pour voir ta signature s'étaler en grosses lettres dans le journal ?

— Bien sûr que non. C'est toi qui es venu me chercher.

Comment pouvait-il croire qu'elle ait agi pour le succès ? Et quand bien même – ce qu'ils venaient de vivre ne suffisait-il pas à transcender tout le passé ?

— J'ai écrit cet article parce que...

Jon tourna le dos à Tracie et sortit de la chambre. Elle courut derrière lui, serrant le drap contre sa poitrine.

— Jon ! Attends !

Il était à la porte, mais il se retourna.

— Je ne peux pas le croire. Je suis un pantin qu'on donne en spectacle sur un mur. Un sujet d'expérience.

Un « cerveau à binocles ». C'est comme ça que tu me voyais ? Un « éteignoir sexuel » ? Je suis vraiment très flatté.

— Jon, dès que j'ai commencé à écrire cet article, j'ai su que je ne pourrais jamais me résoudre à le publier.

— Mais c'était ainsi que tu me voyais, répéta Jon en regardant l'un des Polaroïds qu'il serrait dans sa main.

Il froissa la photo et la jeta sur le sol.

— J'avais peur que tu aies fait l'amour avec moi pour de mauvaises raisons. Mais je n'aurais jamais imaginé n'être qu'un tremplin pour ta carrière.

Il sourit avec un cynisme qu'elle ne lui connaissait pas.

— Comment comptais-tu exploiter notre nuit ? Comme le clou du reportage ?

— Jon, je...

Il secoua la tête.

— Tu prétends m'aimer, mais en fait tu m'as ridiculisé et tu t'es servie de moi. Vous avez dû vous tordre de rire, Marcus et toi. Et Beth, elle était dans le coup, elle aussi ? Laura également ? Je suppose que tu lisais ta prose à Phil quand vous étiez au lit ?

— Jon, au début, cet article m'a paru une bonne idée. J'y ai mis beaucoup de toi, et aussi beaucoup de mon amour pour toi. J'avais l'intention de t'en parler, et puis, peu à peu, le sujet est devenu trop sensible et...

— *Sensible* ? C'est une plaisanterie ! railla Jon. On sortira une édition spéciale le jour où tu éprouveras des sentiments humains ! C'est toi qui m'as appris à devenir un monstre. Toi qui m'as enseigné comment devenir Monsieur Je-te-raconte-des-bobards-pour-coucher-avec-toi-avant-de-t'expédier-aux-oubliettes. *Sensible* ! Je rêve !

— Oublie cet article.

— C'est toi que je vais oublier ! Nuance !

Il se détourna pour partir.

— Attends ! Cet article était une erreur, j'en ai été très vite consciente. Et je comptais le mettre à la poubelle, de toute façon. Mais tu as été mon ami pendant sept ans. Comment peux-tu me traiter ainsi, surtout après ce qui s'est passé entre nous ?

— Ça devrait te plaire, non ? C'est bien ce que tu m'as appris : les femmes adorent souffrir. Elles veulent être traitées comme des moins que rien. Tu vois, je suis un bon élève, même si moi je n'ai pas eu le droit de prendre des notes.

— Je t'en prie, Jon. Je t'aime.

— C'est quoi, ta définition de l'amour ? La trahison ? Allez, oublie donc ce qui vient de se passer. Ce n'était... rien. Absolument rien...

Il ouvrit la porte, puis se retourna une dernière fois.

— Ah, au fait, as-tu l'intention d'en parler à Phil ? Que je sois au courant.

— Lui parler de quoi ? répondit-elle lentement. Il ne s'est rien passé, n'est-ce pas ?

Jon sortit et referma la porte derrière lui. Tracie se contint le temps qu'il se soit éloigné puis éclata en sanglots.

37

Tracie n'avait pas fermé l'œil de la nuit, et elle avait la tête d'une personne qui n'a pas dormi depuis une semaine. Avec ça, elle s'était fait pincer en arrivant en retard au journal – vraiment en retard – et n'avait même pas eu le réflexe de baisser le nez en signe de repentir. Résultat, quand Marcus la convoqua dans son bureau, environ une heure plus tard, elle comprit que cela n'augurait rien de bon. Elle avait également appris de la bouche de Beth, qui le tenait de Sara, laquelle avait surpris une conversation entre les deux intéressés, que Marcus était fou de rage d'avoir été plaqué par Allison. Voilà qui n'allait pas le rendre de bonne humeur. C'était un tel crétin.

Mais elle pouvait difficilement se permettre de juger le ridicule de la vie amoureuse de Marcus ; la sienne était pire encore, et elle était mal placée pour s'ériger en juge. Molly ne s'était pas trompée : elle n'était qu'une sinistre imbécile. Quand elle songeait à la façon dont elle avait blessé Jon, perdant à la fois son meilleur ami et toutes ses chances de connaître le grand amour, il y avait de quoi déprimer.

Car elle aimait Jon. Non parce qu'il était devenu séduisant, ni parce qu'elle avait fini par découvrir en lui un amant attentif et merveilleux. Mais parce qu'elle l'avait toujours aimé. Simplement, elle avait été trop bête pour s'en rendre compte. Et elle risquait de payer cette erreur jusqu'à la fin de ses jours. Elle lui avait téléphoné plus d'une douzaine de fois, devenant ni plus ni moins une Beth numéro deux. L'ironie de la situation ne lui échappait pas, loin de là. Mais Jon ne l'avait pas rappelée, et elle sentait bien qu'il ne prendrait pas ses appels au bureau. Lui pardonnerait-il un jour ? Rien n'était moins sûr.

Pour l'instant, elle avait à affronter Marcus et probablement à hériter d'une nouvelle mission bidon. Il était assis derrière son bureau, ses manches roulées sur ses avant-bras, et se livrait apparemment à un gros travail de correction. Son stylo bleu avait déjà ouvert des veines et des artères dans le corps du texte qu'il était en train d'opérer. Il biffait avec une telle ardeur qu'il avait même une rature bleue au coin de la bouche, comme s'il s'était autocensuré, ce qui, naturellement, était impossible.

Tracie l'observa et eut brusquement le sentiment

qu'elle ne pourrait pas supporter une seule remarque malveillante, une seule insulte de plus.

— Vous souhaitiez me voir ? demanda-t-elle en avançant d'un pas dans la pièce.

— Votre article sur la fête des Pères était excellent, admit Marcus. Avec la collaboration d'Allison, s'entend.

Tracie n'esquissa pas un mouvement. C'était étrange. Quand il vous arrive quelque chose de vraiment horrible, tout ce qui vous terrifiait auparavant n'a plus le pouvoir de vous atteindre. Elle se souvenait d'avoir vécu une seule fois cette expérience, après le décès de sa mère. Les deux pestes à l'école qui se moquaient d'elle sans relâche, son professeur qui la terrorisait, même l'affreux rottweiler au bout de sa rue, à Encino, avaient subitement cessé de l'impressionner. D'une certaine façon, son désespoir lui avait apporté la paix, tout comme en cet instant. Elle dévisagea calmement Marcus. Quoi qu'il fasse, il n'avait désormais plus aucune prise sur elle.

— Exact. Je ne m'en serais pas tirée sans elle, répondit-elle d'un ton détaché. Dommage que vous ayez jugé bon de le réduire aux trois quarts. Peut-être aurai-je plus de chance la prochaine fois. Mais, par pitié, épargnez-moi les éternelles tartes à la crème

— Marché conclu, acquiesça-t-il aimablement.

Il rassembla les papiers sur lesquels il travaillait et les jeta sur le meuble à classeurs.

— Asseyez-vous.

— Non, merci, répondit-elle, et elle s'adossa au chambranle.

Il y avait une époque où elle aurait agi de la sorte par pure insolence, mais aujourd'hui, c'était par pure indifférence.

— J'ai décidé de publier l'article sur votre petit génie de la drague. Il est assez drôle. J'ai pensé que nous pourrions traiter en parallèle le cas de Steve Balmer, le nouveau directeur de Microsoft, et celui de Marc Grayson – vous savez, le roi du Net. Et peut-être aussi celui de Kevin Mitnick, le pirate informatique qui vient d'être libéré de prison. Ce pauvre couillon n'a plus d'autre choix que de se dégoter une fille pour l'entretenir, vu qu'il n'est pas près de retrouver du travail. Grillé par son ordinateur, triste fin, eh ?

Tracie pria de toutes ses forces pour que Marcus soit transformé en grillade par son ordinateur. Il était parvenu, par ses propos, à lui faire perdre son calme, son indifférence. Jon ne lui pardonnerait probablement jamais ce qu'elle avait fait, mais il la tuerait à coup sûr si l'article voyait le jour.

— Vous ne pouvez pas publier cet article, articula-t-elle.

— Oui, oui. Je suis au courant de vos petits accords secrets avec le *Seattle Magazine*. Mais nous avons un droit de préemption sur ce texte. D'ailleurs, je suis sûr que vous l'avez écrit sur votre temps de travail ici.

— Marcus, vous ne pouvez pas...

Comment lui expliquer ? Et pourquoi devait-elle se justifier devant cet imbécile ?

— Cet article fera... beaucoup de mal... à des gens qui...

— Pas possible, ironisa-t-il, comme c'est triste.

Tracie le dévisagea et sut qu'elle ne le supporterait pas une minute de plus. Il était égocentrique, suffisant, prétentieux, grossier, écœurant, et elle en avait assez de tout ça.

— Écoutez, si vous le publiez, je démissionne.

— Oh vraiment ? susurra Marcus. J'ai une meilleure idée : vous êtes virée.

— Parfait.

Le calme l'envahit à nouveau. Quand tout n'était plus que ruines, il valait mieux baisser le rideau.

— Je vais débarrasser mon bureau.

N'importe qui, en voyant le souk qu'était son lit, aurait compris que Tracie ne l'avait pas quitté depuis des jours et des jours. Les restes d'une pizza à emporter voisinaient avec des pots vides de crème glacée, des boîtes de céréales à moitié pleines, des magazines, des journaux froissés et des livres. Elle ne lisait guère. Elle passait la majeure partie de son temps à pleurer et à dormir. Parfois, elle regardait le *Jerry Springer Show*, mais ça accroissait encore son dégoût d'elle-même. Aujourd'hui, une fratrie au complet se vantait de ses relations incestueuses et voulait que le monde entier applaudisse leur amour. Cela venait peut-être du programme, ou de la glace boueuse qu'elle avait mangée avec des crackers Ritz, mais elle se sentait nauséeuse. Elle appuya donc sur la télécommande, se tourna sur le côté, et rabattit la couverture sur sa tête. Le téléphone sonna. À tout hasard, elle tendit l'oreille pour identifier l'auteur du message, mais comme ce n'était pas Jon, elle ne répondit pas.

Elle dut somnoler un moment, mais se réveilla en entendant une clé fouiller la serrure. Quand elle émergea de sa couverture, Laura était entrée dans la chambre et promenait dans la pièce un regard fasciné.

— Mmm... C'est encore pire que ce que j'imaginais. J'ai acheté tout ce que tu m'as demandé, sauf la glace avec des morceaux de cookie. C'était trop décadent.

Laura s'assit au pied du lit, se dressa pour enlever une assiette remplie de miettes de toasts, puis revint s'asseoir.

— Écoute, tu vas mal, d'accord. Tu as probablement tout bousillé avec Jon, même si à mon avis vous devriez en discuter calmement...

Tracie poussa un gémissement plaintif.

— ... mais tôt ou tard, il faudra bien que tu sortes de ta niche.

— Pourquoi ? Je n'ai pas de travail, je n'ai pas l'intention de remettre les pieds au club de gym, et j'ai deux bonnes années devant moi avant d'avoir besoin d'une nouvelle coupe de cheveux.

Laura regarda à l'intérieur du sac de provisions, en sortit un paquet de chips, l'ouvrit et en prit une grosse poignée avant de le tendre à Tracie.

— Et qu'est-ce que tu vas devenir ?

— Tant que j'aurai de quoi payer le livreur de pizzas, je ne bougerai pas d'ici, répondit Tracie. J'ai ruiné ma vie. Molly avait raison. Je suis une pauvre imbécile.

Laura se leva, se dirigea vers la commode et sortit du pain de mie, du beurre de cacahouète et un pot de gelée de groseille du sac. Elle posa deux tranches de pain bien à plat et, utilisant son doigt comme un couteau, commença à confectionner deux tartines.

— Molly est une femme pleine de sagesse. Et une excellente patronne.

Elle tendit l'une des tartines à Tracie.

— Mmm...

Le pain de mie moelleux, le beurre crémeux et la gelée sucrée la réconfortèrent. Avant d'avaler, elle se redressa en position assise. Elle voulait mourir, soit, mais pas étouffée.

Laura revint s'asseoir à côté d'elle et mordit dans sa propre tartine.

— Que t'a dit Molly, au juste ?

Tracie fit tomber une goutte de gelée sur la couverture, l'étala avec son index et le lécha.

— Que je perdais mon temps avec des tocards, alors que Jon était amoureux de moi. Qu'il était là à mes côtés depuis le début, et que je n'avais pas su l'apprécier.

Elle avala une nouvelle bouchée. Si elle concentrait

toute son attention sur sa tartine, elle éviterait peut-être de penser à ce gâchis.

— Pourquoi les femmes sont-elles toujours attirées par des sales types ? soupira-t-elle. Pourquoi voulons-nous absolument souffrir alors qu'il y a de gentils garçons partout ? Pourquoi ne les voyons-nous pas ?

Laura haussa les épaules.

— Parce que Dieu est un sadique ? suggéra-t-elle en se levant pour préparer deux autres en-cas.

Tracie ignora sa pirouette.

— Pourquoi as-tu cru que tu aimais Peter, et moi Phil, et Beth Marcus ?

Laura lui tendit une autre tartine, s'assit sur le lit, et croisa les jambes.

— Je suppose que ça fait partie des vilains tours que la nature joue aux femmes. Une épreuve par laquelle nous devons toutes passer. Comme la ménopause ou la cellulite.

Elle attaqua sa deuxième tartine.

— Le plus ironique dans l'histoire, c'est que d'ici cinq ans nous nous mettrons en quête d'un gentil garçon pour l'épouser. Et tous ceux que nous avions repoussés, au lycée puis à la fac, seront déjà pris – tu sais, les petits génies au physique ingrat comme Bill Gates, Steven Spielberg et Woody Allen. Ces types qui ont fait tintin pendant deux décennies et s'envoient maintenant des stars et des top models parce qu'ils sont si séduisants et si puissants.

Tracie abandonna sa tartine sur sa poitrine et retomba sur ses oreillers chiffonnés.

— J'ai gâché ma vie. Je mourrai misérable et seule.

Laura haussa les épaules.

— Et Phil ? Tu pourrais rester avec lui, même s'il n'a pas d'éditeur, pas de boulot, et une vision erronée de sa vraie valeur.

Tracie fronça les sourcils.

— Attends, je crois que je suis en train de retomber amoureuse de lui.

Elle réfléchit un instant, puis secoua la tête.

— Phil ! Il m'ennuie depuis des siècles. Simplement, je ne m'en étais pas aperçue.

— N'exagérons rien, déclara Laura. Il n'est pas si nul. Je veux dire...

Tracie se redressa brusquement. Les deux tartines dévalèrent toute la longueur du lit, heurtèrent le bras de Laura, et atterrirent de nouveau sur la couverture.

— Tu sais ce qui me tue ? C'est de ne pas avoir remarqué Jon avant de l'avoir relooké et d'avoir attiré sur lui l'attention de toutes les autres femmes.

Elle secoua la tête.

— Je n'ai vu qui il était qu'après l'avoir abîmé.

Laura ramassa les tartines et les tendit à Tracie. Elle refusa d'un mouvement du menton. Si elle avalait encore une seule bouchée, elle vomirait, et comme elle n'avait pas l'intention de quitter son lit, les conséquences seraient effroyables.

— Je l'aime, mais je mérite de croupir toute seule ici jusqu'à la fin de mes jours.

Elle retomba en arrière.

— Crois-moi, le monde s'en portera mieux, affirma-t-elle en fixant le plafond.

— Regarde le bon côté des choses, déclara Laura d'un ton enjoué. Tu as finalement compris que tu l'aimes. Moi je le savais depuis au moins un an.

— C'est ça. Joue les marabouts. Si tu me l'avais dit à l'époque, j'aurais pu l'avoir tout à moi. Mais maintenant, je dois m'inscrire sur une liste d'attente, derrière Allison, Beth, Samantha, Enid, Ruth et Carole.

— Waouh ! Et elles sont toutes folles de lui ? C'est une chance qu'il n'ait jamais couché avec moi.

Elle se tut un instant, comme si elle hésitait à poser

la question qui la titillait. Comme toujours, sa curiosité l'emporta sur la discrétion.

— Est-ce qu'il est aussi doué au lit que Beth le prétend ?

— Encore mieux, gémit Tracie.

Elle se mit à sangloter et rabattit la couverture sur sa tête. Au bout de quelques minutes, elle réussit à se contrôler, s'essuya les yeux et le nez avec la couverture, puis risqua un œil à l'extérieur. Laura était toujours là.

— Tracie, ce n'est pas sain, énonça-t-elle d'un ton doctoral. Tu es sûre que c'est fini avec Jon ? Et que tu ne quitteras plus jamais ton appartement ?

Tracie hocha la tête.

— Ce n'est pas négociable, Laura. Je me suis prise moi-même en otage, et je ne sortirai pas d'ici vivante.

Laura haussa les épaules.

— Bon. En ce cas, tu ne te formaliseras pas s'il s'est produit quelque chose de vraiment horrible. Pire encore que ta rupture avec Jon.

— Qu'est-ce qu'il pourrait y avoir de pire ?

— L'article est paru.

Tracie bondit comme si elle avait été électrocutée par une ligne haute tension.

— Quoi ? C'est impossible ! Marcus m'a virée, mais il n'aurait jamais...

Laura sortit le journal du sac et le jeta sur le lit.

— Il l'a fait.

Tracie tourna fébrilement les pages.

— Rubrique Société, l'informa Laura.

Tracie s'y reporta, découvrit l'ampleur des dégâts et poussa un gémissement atterré. L'article s'étalait sur deux doubles pages. Il présentait également un portrait grotesque du pirate informatique et du roi du Net. Elle reprit ses gémissements.

— Oh mon Dieu ! Cette fois-ci, c'est sûr, il n'y a plus de réconciliation possible avec Jon. Il ne m'adressera plus jamais la parole. Puisse ce porc de Marcus rôtir en enfer !

Elle parcourut l'article.

— Oh non... L'homme le plus gentil de la planète, et j'en ai fait un pantin ridicule.

Au même instant, Tracie entendit grincer les verrous de la porte. L'espace d'une minute, elle crut que c'était Jon, puis comprit qu'il ne pouvait s'agir que d'une seule personne.

— Oh mon Dieu ! Il ne manquait plus que lui.

Un dernier tour de clé et la porte s'ouvrit. Le pas de Phil résonna dans le living-room.

Il pénétra dans la chambre. Mais c'était un Phil différent. Il semblait être passé entre les mains d'un alchimiste diabolique. Il s'était fait couper les cheveux, et son aspect s'était aseptisé... dans le pire sens du terme. Il portait un jean, mais avec une veste en lamé par-dessus, et tenait une mallette à la main. Il s'avança vers le lit, sans remarquer l'état effroyable dans lequel se trouvaient Tracie et la pièce, déblaya simplement le dessus-de-lit pour dégager de la place, et s'assit. Tracie était trop épuisée pour faire le moindre commentaire. Mais Laura écarquilla les yeux.

— Phil, c'est bien toi ?

— Salut, Laura, lança-t-il joyeusement. Hé, Tracie, tu ne remarques rien ?

— Tu t'es fait couper les cheveux ? Ils sont trop courts, eux aussi.

Il sourit.

— Tu t'y habitueras. Et ce n'est pas le seul changement. J'ai trouvé du travail.

Laura se leva.

— Je ferais mieux d'y aller. J'assure le service en soirée, à *Java*, *The Hut*. Tracie, tu m'appelles, d'accord ?

Elle tapota affectueusement le pied de Tracie, puis sortit.

Abandonnée dans un lit pouilleux en compagnie de Phil, Tracie se sentit devenir claustrophobe.

Phil lui sourit, comme si elle était aussi ravissante que les Trois Grâces réunies avec ses cheveux tondus, sa chemise de nuit informe, et sa couverture crasseuse.

— Tu as gagné ton pari, Tracie, déclara-t-il. J'ai vu l'article. Je suis prêt à payer le prix.

— Je crois bien que nous allons le payer tous les deux, réussit-elle à articuler.

— Je reconnais ma défaite. Tu m'as gagné à la loyale. J'ai emballé mes affaires, je viens m'installer ici.

Tracie gémit et roula sur le côté.

— Oublie ça, Phil. C'était une idée stupide. On ne devrait pas jouer avec la vie des gens pour gagner un pari.

— Stupide ou non, je suis prêt à emménager.

Tracie ne répondit pas. Sa vie était un véritable cauchemar. Elle se blottit sous les couvertures, en se jurant à elle-même de ne plus jamais en sortir ni parler.

— Ça ne va pas ? demanda Phil.

Tracie le savait égocentrique, mais jusqu'à aujourd'hui elle ne s'était jamais rendu compte qu'en plus il était idiot. Phil arracha la couverture qui lui couvrait la tête, et malgré les efforts qu'elle fit pour s'y agripper, il fut plus rapide. Il fouilla alors dans sa mallette et en sortit un sac en papier et un petit écrin en velours noir.

— Tiens, tu vas te sentir mieux.

Tracie leva les yeux au ciel.

— Phil, j'ai renoncé aux gâteaux au fromage blanc, et je n'ai pas besoin d'un autre onglet de guitare pour l'instant.

— Ce n'est pas un onglet de guitare, lui promit-il. Ouvre la boîte.

Tracie obéit. Elle contenait un petit diamant monté sur un très traditionnel anneau de fiançailles. Elle essaya de ne pas laisser sa mâchoire se décrocher d'horreur. Pas étonnant que Phil n'ait jamais réussi comme joueur de basse. Il maniait le contretemps comme personne.

— Je t'aime, Tracie. Épouse-moi.

Tracie contempla la bague, puis Phil, et éclata en sanglots. Elle était tellement dépassée par sa propre stupidité qu'elle aurait voulu pouvoir se dévisser la tête pour l'envoyer contre un mur.

Phil la prit tendrement dans ses bras.

— Je sais, bébé. Je t'aime, moi aussi, murmura-t-il. Je suis désolé de t'avoir fait vivre un enfer. Je suppose que j'avais besoin de grandir un peu. De commencer à penser aux autres.

Les sanglots de Tracie redoublèrent. Il la serra plus étroitement contre lui.

— Ça va aller, maintenant. Merci de m'avoir supporté et d'avoir su te montrer patiente.

Il lui tapota le dos. Tracie détestait qu'on lui tapote le dos.

— Tu sais, c'est Laura qui m'a aidé à y voir clair. Je me suis fixé de nouvelles priorités, et tu arrives en numéro un.

Elle sanglota plus fort, mais il ne parut pas s'en apercevoir.

— Ton article est vraiment bon. Tu es meilleure qu'Emma Quindlen.

— Anna, sanglota Tracie, à deux doigts de craquer.

Phil la regarda avec inquiétude.

— Chérie, calme-toi maintenant. Tiens, essaie ta bague.

Plutôt se couper la main. L'homme qu'elle avait désiré pendant si longtemps, l'homme que par une pure aberration mentale elle avait cru aimer, n'était pas seulement ridicule, mais aussi un étranger pour elle.

— Je... je...

Elle essaya de s'arrêter de pleurer, s'essuya les yeux et le nez avec ses doigts et le regarda.

— Phil, tu trouves que mes lobes d'oreilles sont à croquer ?

Il haussa les épaules.

— Je ne sais pas. Je n'y ai jamais fait attention.

Tracie se remit à sangloter. Phil se leva, se dirigea vers son bureau et lui tendit un Kleenex. Puis il tourna le dos au lit et retira sa veste. Il la posa soigneusement sur le dossier de la chaise, à côté du lit, et la tapota comme un bon chien.

— Il faut que je prenne soin de ce bébé, déclara-t-il. Je crois que c'est grâce à elle que j'ai décroché ce boulot.

— Quel boulot ? réussit à demander Tracie.

Phil pivota de nouveau vers elle, et pour la première fois elle vit le T-shirt qu'il portait sous sa veste. Le logo Micro/Connection s'y étalait en gros. Sans un mot, elle pointa un doigt et jaillit du lit d'un bond horrifié.

— Qu'est-ce que... Comment ? articula-t-elle.

Phil contempla fièrement son torse.

— Ça t'épate, hein ? Ils ne m'ont pas seulement donné la place. Ils m'ont aussi offert le T-shirt et mille dollars en actions. Génial, non ?

38

Jon transpirait à grosses gouttes. Il courait avec l'énergie du désespoir. La dernière fois qu'il avait éprouvé ce genre de panique, c'était quand il avait été poursuivi par le chien d'un voisin, un molosse connu pour mordre quiconque approchait à moins de cinquante mètres du jardin de son maître. Aujourd'hui, c'était lui-même que Jon tentait de fuir.

Il avait réussi à se faufiler dans les locaux de Micro/ Connection sans se faire remarquer, profitant de l'heure matinale, et s'était aussitôt rendu dans la salle de musculation. Mais la pièce commençait à se remplir, et – non, ce n'était pas un effet de son imagination – il était la cible de tous les regards. En temps normal, les gens fixaient le vide quand ils pédalaient, soulevaient les poids du banc de musculation ou trottaient sur le tapis de marche. Mais ce matin, les visages reflétaient l'excitation, pour ne pas dire l'émerveillement de se trouver face à une célébrité. Voilà ce qui arrive quand votre meilleure amie étale votre vie privée en double page du canard local ! songea-t-il en piquant du nez.

Il ne parvenait toujours pas à croire que Tracie – *sa* Tracie – ait pu avoir l'âme assez noire pour se venger de cette façon. Mais connaissait-on jamais son prochain ? Il avait éprouvé un tel choc en découvrant ce maudit reportage qu'il avait passé la nuit chez sa mère. Là non plus, cela n'avait pas été facile. Elle n'avait pas apprécié l'article, bien sûr, mais n'avait cessé de lui tenir le même discours :

— Appelle Tracie. J'ignore comment tout cela est arrivé, mais une amitié comme la vôtre ne peut pas finir de cette façon. Téléphone-lui.

Ensuite elle lui avait parlé de pardon, et évoqué sa visite au chevet de Chuck, à l'hôpital. Mais Jon n'était pas en état d'entendre ce discours, et encore moins de pardonner. Il n'avait toujours pas digéré son entrevue avec son père. Sa compassion avait même cédé la place à de la colère. À quoi rimaient ces histoires de fête des Mères et de fête des Pères ? Chuck s'était simplement servi de cette date symbolique pour lui extorquer un rendez-vous sans avoir à s'excuser pour son immaturité et son égoïsme pendant toutes ces années. C'était facile pour sa mère de prêcher le pardon : Grand-Pa, son père à elle, était un type formidable. Jon avait arrêté de compter le nombre de fois où ce brave homme avait remplacé Chuck. L'année prochaine, pour la fête des Pères, il irait sur la tombe de Grand-Pa pour le remercier, décida-t-il. Du moins, si lui-même n'était pas mort de honte d'ici là.

Jon essaya d'ignorer le regard des employés venus pour s'entraîner – ou se payer sa tête –, mais ce n'était pas évident. Il aurait voulu stopper la machine, sauter du tapis roulant, et leur expliquer ce que Tracie lui avait fait. Comment elle avait violé son intimité. Comment elle l'avait exhibé devant tout le monde comme l'idiot du village. Comment elle avait fait de lui le clown de Micro/Connection. Mais il continua à courir sur son tapis. Chaque foulée lui martelait le crâne. Comment a-t-elle pu me faire ça ? se répétait-il. Il ne se souvenait pas d'avoir éprouvé pareille douleur dans la poitrine depuis le jour où son père les avait abandonnés, sa mère et lui, il y avait de cela bien long-temps. Par la suite, il avait bien sûr été peiné pour toutes les femmes que son père avait cru bon d'épouser avant de les plaquer, mais cette blessure-là, celle que venait de lui infliger Tracie, Jon serait incapable de l'oublier.

Il épongea la sueur qui mouillait son front avant qu'elle ne lui coule dans les yeux. Quoique. Ce ne serait peut-être pas si mal. Au moins il ne verrait plus tous ces vautours en train de l'observer. Il se demanda si les femmes avec lesquelles il avait couché depuis le début de sa transformation avaient éprouvé ce qu'il endurait maintenant. En particulier Beth – la plus tenace de toutes. Pas de doute, il était bien le fils de son père, grâce à Miss Tracie Higgins.

Pourquoi Tracie avait-elle attendu qu'il se soit vautré dans le lit de toutes les autres pour lui céder à son tour ? Par jalousie ? Parce que ça lui avait ouvert des horizons ? Ou simplement pour juger ses performances, et prendre des notes circonstanciées ? Incapable de supporter plus longtemps la pression ambiante, Jon descendit du tapis de marche et quitta la salle. Il se servit de sa serviette comme d'un bouclier, affectant de s'essuyer le visage et la nuque.

Heureusement, le vestiaire était désert et il eut donc quelques instants de répit pour se ressaisir avant de sortir dans le couloir. Il avait réussi à traverser la moitié du hall quand il tomba sur Samantha. Jon regretta presque le temps où le seul fait de la voir s'avancer vers lui relevait du fantasme. Mais la réaction de Sam fut sans commune mesure avec ses rêves d'antan.

— Espèce de salaud ! lui cracha-t-elle au visage.

Et avant qu'il ait pu répondre, elle le giflait à toute volée.

Génial. Si toutes les femmes de Micro/Connection avaient la même attitude, il serait noir et bleu avant midi. Jon se frotta la joue et poursuivit son chemin. Il ne put s'empêcher de jeter un coup d'œil dans les bureaux situés de part et d'autre du couloir. Par chance, ils étaient presque tous vides, si bien qu'il put atteindre sans encombre la grande salle où travaillaient les employés de son département. Tous occupés, ils ne lui prêtèrent aucune attention particulière. Pas plus qu'un jour normal, en tout cas. Ouf, songea-t-il en entrant dans son bureau. Il s'en tirait plutôt bien.

Il décida de fermer sa porte pour la journée. Ainsi, toute personne voulant le voir devrait d'abord s'annoncer. Il se retournait pour s'installer à son bureau quand il sursauta : Carole était assise dans l'un de ses fauteuils poires.

— Bonjour, monsieur le Mauvais Garçon, déclara-t-elle avec un sourire malicieux. Tu es le sujet de toutes les conversations dans les couloirs.

Il ne manquait plus que ça, après tout ce qu'il avait déjà enduré.

— Bonjour, répondit-il paisiblement, et il alla s'asseoir derrière son bureau. Je peux faire quelque chose pour toi ?

— Je rentre chez moi aujourd'hui, mais je voulais que tu saches que ça a été un plaisir de fréquenter le « petit génie coincé » de Seattle.

Elle sourit à nouveau.

— Écoute..., commença-t-il.

Elle quitta son siège et posa un doigt sur ses lèvres pour le faire taire.

— Tu n'as pas à te justifier devant moi, Jonny, déclara-t-elle d'une voix ironique. C'est une affaire de garçons. Tu survivras.

Puis elle se rapprocha du bureau et lui montra un mémo.

— Mais si j'en crois ceci, tu aurais mieux fait de passer un peu plus de temps avec Parsifal, et un peu moins avec moi et toutes les autres.

Jon baissa les yeux sur le papier. Aïe ! Il était signé de Dave, le Big Boss en personne. Le mot *échec* écrit en lettres capitales attira son attention dans le deuxième paragraphe. Il repoussa sa chaise sans mot dire, et Carole se dirigea vers la porte.

— Bonne chance, lança-t-elle. Peut-être nous retrouverons-nous devant le carrousel B.

La journée – interminable – s'acheva enfin. Jon quitta l'immeuble comme un rôdeur et se dirigea vers son vélo. Tracie l'attendait, une main posée sur la selle. Il se figea en la voyant, puis fit demi-tour vers l'entrée de Micro/Connection.

— Jon, je t'en prie ! cria Tracie, et elle le rejoignit. Laisse-moi au moins t'expliquer et m'excuser.

Il secoua la tête.

— Je ne te savais pas aussi bonne menteuse.

— Jon, je le jure, je t'aurais demandé la permission avant de...

— La permission de quoi ? De m'humilier ? l'interrompit-il. Je ne pense pas que j'aurais accepté, vois-tu, même pour tes beaux yeux.

— Marcus avait refusé ce projet, il y a des mois. J'étais...

— Mais quand il a changé d'avis, tu as sauté à pieds joints sur l'occasion, pas vrai ?

— L'article ne devait pas être publié...

— Mais pour *qui* te prends-tu ? Pour Dieu ?

Il ne parvenait pas à croire à tant de duplicité. Dire qu'elle s'était servie de lui comme d'un pion pour se rapprocher de Phil ! Pendant un moment, sa colère fut si intense qu'il comprit pourquoi certains hommes en arrivaient à frapper une femme.

— Qui te donne le droit de disposer de la vie des gens ? De les transformer à ta guise ?

— C'est toi qui me l'avais demandé, Jon, lui rappela-t-elle.

Sur ce point, elle avait raison. Quelle idée il avait eue ! Jon songea à son père, à ce que ce don Juan de pacotille avait fait endurer à sa mère et à ses belles-mères, à la peine que son égoïsme et sa libido leur avaient causée. Quel gâchis ! Il secoua la tête pour revenir au présent.

— Molly a raison, reprit-il. Pour une fille intelligente, tu es vraiment bouchée. Il ne t'est pas venu à l'esprit que derrière ma requête se cachait autre chose ? Une question cent fois plus importante que de savoir pourquoi je m'étais fait jeter par Samantha ?

— Quoi ? Qu'est-ce que tu attendais de moi ?

Jon lui tourna le dos et s'éloigna. Si seulement elle avait pu se désintégrer et disparaître ! Mais elle le suivit. Malédiction. Il n'avait vraiment pas besoin d'un nouveau drame en public.

— Logiquement, après avoir été ma meilleure amie pendant plus de sept ans, tu aurais peut-être dû deviner, siffla-t-il.

— Si tu éprouvais des sentiments pour moi, pourquoi ne me l'as-tu pas dit ? protesta-t-elle. Pourquoi n'as-tu pas essayé de me séduire ? Je n'ai pas le pouvoir de lire dans les pensées, figure-toi.

Une telle malhonnêteté le révolta.

— Pour quoi faire ? Pour t'écouter me dire que tu m'aimais infiniment, mais pas de « cette façon » ?

Il était habité par une souffrance et une rage dont il n'avait jamais soupçonné l'existence.

— As-tu seulement une idée de l'humiliation que cela représente ? Tu crois vraiment que j'avais besoin d'entendre ce genre de réponse ? Tu as su me transformer en séducteur, faire de moi un clone de mon père. Et tu m'as brillamment dépeint dans ton journal comme le salaud que je suis devenu. Mais tu n'es pas assez intelligente pour lire entre les lignes ? Quel genre de journaliste es-tu ?

Des larmes roulaient maintenant sur les joues de Tracie – les joues qu'il avait embrassées si ardemment.

— Jon, je t'aime. Je me suis donnée à toi...

— Seulement après m'avoir transformé. Seulement après m'avoir laissé tester la moitié des femmes de Seattle.

Il avait enfin réussi à déverrouiller ce maudit antivol. Tracie lui toucha timidement le bras. Il se dégagea d'un geste si brusque qu'elle recula.

— Je n'étais pas assez bien pour toi, avant. Tu ne me remarquais même pas. Ou alors, tu me considérais comme un gentil toutou, ou je ne sais quoi. Il ne te serait jamais venu à l'idée de faire l'amour avec moi à cette époque.

Tracie baissa la tête et enfouit son visage dans ses mains. Mais Jon refusa de se laisser émouvoir par son attitude pathétique. Ce n'était pas la première fois. Il l'avait déjà vue dans cet état pitoyable, quand elle sortait d'une rupture avec l'un de ses chers tocards.

Lorsqu'elle reprit la parole, sa voix n'était plus qu'un murmure :

— Je t'ai toujours aimé, je crois. Tu étais la seule personne qui me connaissait vraiment. Mais j'étais aveugle. Et je suppose que j'avais peur. Jon, sais-tu seulement à quel point la nuit que nous avons passée ensemble a compté pour moi ? Sais-tu seulement à quel point je l'ai aimée... À quel point je t'aime ?

Jon se tourna vers elle.

— Et tu n'avais pas peur avec Phil ?

Tracie leva la tête et son regard coupable le foudroya. Que lui cachait-elle encore ? La connaissant, il s'agissait de quelque chose de grave. En dépit de ce qu'il avait affirmé, il ne la croyait pas menteuse. Peut-être la publication de l'article avait-elle été une erreur, après tout. Mais alors pourquoi ce regard ? Qu'avait-elle fait au cours des dernières vingt-quatre heures, qu'elle n'aurait pas dû... ?

— Avec qui as-tu passé la nuit, Tracie ? demanda-t-il lentement.

Elle baissa les yeux, mais il la vit rougir. Il ne s'était pas trompé.

— Avec Phil, mais je... Il a juste. Nous n'avons pas... balbutia-t-elle.

Il refusa d'entendre un mot de plus. Il était tellement dégoûté qu'il eut peur de vomir, là, sur le trottoir.

— Moi, j'étais seul, Tracie. Et c'est tout ce dont j'ai envie à présent.

Puis il enfourcha son vélo et s'éloigna pour de bon.

39

La mère de Jon s'obstinait à lui répéter deux conseils, aussi inutiles l'un que l'autre :

— Appelle Tracie, Jonathan. Et adopte un chien. Pourquoi pas un gentil golden retriever ?

— Je ne veux pas appeler cette traîtresse. Je veux que la foudre la pulvérise, grommela-t-il, la bouche pleine.

— Jonathan Delano ! Tu n'as pas honte !

Elle n'insista plus.

En réalité, Jon ne parvenait pas à remonter la pente. Pourtant, son sentiment d'humiliation s'était atténué – les gens étaient de tels abrutis que le fait d'avoir sa photo dans le journal avait fait de lui une star de la boîte. Certains gugusses, ayant pris l'article au premier degré, avaient même tenté d'imiter son « style ». Jon y avait mis le holà en s'arrêtant dans la boutique de Micro/Connection et en revenant à son ancienne tenue – T-shirt et treillis. Au diable le truc du pantalon !

Mais il ne parvenait toujours pas à évacuer la souffrance dans laquelle il s'enlisait. Une nuit, au plus profond de son désespoir, il avait empoigné le téléphone. Mais il n'avait pas appelé Tracie. Il avait appelé Allison.

Il avait bien essayé de résister – dans leur intérêt à tous les deux –, mais, au final, il ne s'était pas senti le courage d'affronter une autre nuit de solitude. Quand il s'était décidé à décrocher le combiné, il était déjà trop tard pour l'inviter à dîner. Il lui avait donc proposé de venir boire un verre, ce qui devait être la formule utilisée par les sales types quand ils voulaient coucher avec une fille. À moins que la formule ne consiste à leur demander si elles voulaient coucher. Il n'était pas sûr. En revanche, il savait qu'il avait besoin d'un verre, ou de deux, ou de six, et d'un peu de compagnie.

Il lui avait donné rendez-vous chez *Rico* et, tout en l'attendant, il avait déjà avalé deux Southern Comfort. Il avait commencé avec de la « mort subite », une bière âpre à souhait, mais à présent il buvait à la mémoire de son père – même s'il était encore de ce monde. Jon ne comprenait pas comment on pouvait apprécier ce breuvage, mais après trois verres il dut admettre qu'il y avait une certaine logique dans le poison préféré de son père. Un goût de produit décapant, mais une belle efficacité. Il n'était pas ivre, pourtant. Il lui faudrait encore au moins un litre de ce détergent pour oublier la trahison de Tracie et son immonde pari avec Phil.

Contemplant fixement le fond de son verre, il se demanda si finalement il l'avait jamais connue. Sa Tracie n'aurait pas pu faire l'amour avec lui de cette façon, simplement pour obtenir que Phil vienne vivre avec elle.

Phil ! Jon commanda une autre bière, que le barman s'empressa de lui apporter. Il aurait voulu presser le verre glacé sur son front, mais se contenta de boire une longue gorgée. Si encore Tracie avait choisi quelqu'un d'autre, il aurait peut-être pu se faire une raison. Peut-être. Mais Phil était un véritable crétin, prétentieux, imbu de lui-même et – n'ayons pas peur des mots – pas très classe. Jon s'était promis de ne plus jamais la revoir, mais un peu plus tôt dans la journée il aurait pu jurer avoir aperçu Phil à l'agora de Micro/Connection. Impossible, bien sûr. Mais si jamais il venait à croiser ce sale bâtard pour de bon, il lui ferait cracher ses dents, parole.

Il commençait à se sentir juste assez ivre pour avoir envie de le devenir davantage, quand il leva les yeux de sa mousse et vit Allison longer le bar dans sa direction. Tous les hommes tournèrent la tête pour suivre sa progression. Elle était belle ; il le savait. Plus jolie que Tracie. Certainement plus jolie que Tracie, se répéta-t-il. Elle était plus grande, et ses seins plus gros.

Chaque mâle présent ici ce soir rêvait d'avoir la chance de palper ces seins, mais c'était à lui et à lui seul que reviendrait cet honneur. Du moins, s'il ne continuait pas à boire tro₁ de Southern Comfort.

— Hello, murmura-t-elle en enroulant un bras autour de ses épaules.

Tous les autres types, les Phils et les losers, savourèrent le goût amer de la défaite en même temps que celui de leur verre. Jon connaissait par cœur cette sensation. Le problème, c'était qu'il se fichait éperdument de sa victoire.

— Quel est ton poison ? lui demanda-t-il, exactement comme l'aurait fait son père.

Elle commanda une vodka-glaçons, et Jon espéra qu'elle ne boirait pas trop. Elle devrait l'emmener chez lui en voiture, monter les étages, enlever ses vêtements, puis les siens. Désolé, les mecs, faillit-il dire à voix haute. C'est moi qui emballe la poupée. Et Tracie n'a qu'à aller se faire voir.

L'espace d'une minute, le corps nu de Tracie se matérialisa devant ses yeux. Il ferma les paupières, non pour aiguiser ses souvenirs, mais pour les effacer de son esprit. Cette nuit, il coucherait avec Allison ; leurs deux corps s'uniraient, pour leur plus grande satisfaction commune. Et il espérait qu'à l'autre bout de Seattle, quand Phil et Tracie se livreraient au même petit jeu, elle penserait à lui.

Allison gémit et Jon posa ses mains sur ses épaules, se soulevant pour la posséder avec plus de force.

— Oh Jonny, gémit-elle à nouveau.

Il se figea. Au bout d'un moment, comme il ne bougeait plus, elle ouvrit les yeux.

— Pas Jonny. Mon nom est Jon, croassa-t-il.

Mais son désir s'était déjà envolé, de même que son envie de la prendre une deuxième fois. La première lui avait suffi, de toute façon : il lui avait fait l'amour avec rage, pour tous les hommes présents dans le bar, aveuglément, sans émotion. Il avait éprouvé un certain plaisir mêlé d'écœurement à l'utiliser comme un exutoire à sa hargne et à son amertume. Le pire, c'était qu'elle semblait avoir aimé ça. Il roula loin d'elle.

Il avait honte de lui. Il était pire que son père – pour autant qu'il sache, Chuck n'avait jamais couché avec une femme pour se venger. Il ne parvenait pas à se lever du lit, et ce n'était pas l'épuisement sexuel qui l'en empêchait.

Allison en profita pour se promener dans son appartement. Jon comprenait maintenant la sagesse du conseil de Tracie : ne jamais emmener une fille chez lui. À présent, le mal était fait ; difficile de lui demander de partir.

— Tu travailles pour Micro/Connection depuis l'ouverture de la boîte ? s'enquit-elle.

— Presque. Je ne suis pas un membre fondateur. J'ai été engagé après la première OPA.

— Tu dois posséder un nombre important de stock options, maintenant, alors ?

— Mmm.

Et s'il lui disait qu'il était malade ? Ce ne serait pas un mensonge. Mais est-ce que cela suffirait à la convaincre de s'éclipser ?

— Tu savais que Marcus n'était même pas actionnaire du *Times* ?

Marcus ? s'agissait-il du dégénéré pour lequel travaillait Tracie ?

— Vraiment ? demanda-t-il comme si ça l'intéressait. Le type qui harcèle Tracie ?

Allison lui lança un regard incisif.

— Elle aussi ? Parce que moi, j'envisage sérieusement de le poursuivre en justice. Mais je suppose que Tracie n'a plus de raison de s'inquiéter. Maintenant qu'elle est fiancée, il la laissera sûrement tranquille. Marcus ne s'attaque pas trop aux femmes mariées.

— Fiancée ?

Jon aurait pu jurer que son cœur avait cessé de fonctionner.

À moins que ce ne soient ses poumons. Il ne pouvait plus respirer.

— Tracie est fiancée ?

— Tu n'étais pas au courant ? reprit Allison d'un ton léger. Je vous croyais très proches, tous les deux.

Elle revint vers le lit, s'allongea près de lui et posa un bras sur sa poitrine. Il sentit son sein gauche contre son épaule, mais il aurait aussi bien pu s'agir d'une bouée ou d'un canard en plastique. Quand elle fit glisser sa main entre ses jambes, il n'eut aucune réaction.

Tracie fiancée avec Phil ! Cet abruti de joueur de basse n'était donc pas une simple toquade dont elle se lasserait tôt ou tard, comme des autres. Il serait bientôt son premier mauvais mari, peut-être même le père de ses enfants. Son estomac se convulsa à cette pensée. Incapable de se contrôler plus longtemps, Jon s'assit sur le bord du matelas, loin d'Allison, et vomit sur la moquette.

40

Tracie regarda par la fenêtre. Comme toujours, ou presque, les nuages formaient une couverture grise au-dessus de Seattle, mais en cet instant précis une déchirure s'y était ouverte et une lumière argentée s'en échappait, donnant au ciel un aspect magique. Il devait y avoir beaucoup de turbulences, parce que les nuages se refermèrent sous ses yeux, d'abord par petits lambeaux de brume puis, comme une gaze recouvrant une plaie, ils masquèrent la luminosité et calfeutrèrent le soleil.

Tracie s'était interdit de broyer bruyamment du noir – Laura commentait le moindre de ses soupirs. Elle détourna donc les yeux de la fenêtre, se pencha et s'appliqua à plonger son rouleau dans le bac.

L'appartement de Laura serait ravissant, même si Tracie jugeait cette peinture mauve tout simplement hideuse. Mais l'enthousiasme de son amie faisait tellement plaisir à voir qu'elle s'était bien gardée de critiquer son choix. Laura s'étant prise d'une véritable passion pour la décoration d'intérieur, Planète Déco était devenu son club de rencontres préféré. Elle était déjà sortie avec un flic – déniché sur place –, un responsable des ventes, et le chef du rayon peinture. Ils s'étaient embrassés dans le secteur des jacuzzis. « Avoue que tu l'aimes uniquement pour ses prix cassés », l'avait taquinée Tracie. Peu après, Laura avait découvert qu'il n'était pas si divorcé que ça, mais simplement séparé de sa femme, et l'avait laissé tomber comme une saucisse cocktail brûlante.

Tracie passa le rouleau sur le mur en formant un X, comme Laura le lui avait indiqué, et plissa le nez en voyant dix mille petites éclaboussures mauves moucheter son bras.

— Trop de peinture sur le rouleau, statua Laura tout en badigeonnant le mur voisin avec une souveraine dextérité. Tu ne seras jamais le nouveau Kandinsky...

— Peuh, grommela Tracie. De toute façon, je n'ai jamais eu l'ambition de jouer du violon, alors.

Elle reprit son rouleau, et cette fois la plus grosse

partie de la peinture resta sur le mur. La lumière filtrant par la fenêtre réfléchissait tout ce mauve sur leur visage, donnant à Laura une mine de déterrée. Ce n'est pas une couleur pour une chambre à coucher, songea Tracie. Le prochain amoureux que Laura rencontrerait chez Planète Déco devrait être non seulement célibataire, mais aussi daltonien ! Ils auraient l'air de souffrir tous les deux d'une maladie cardiaque.

— Tu sais, j'ai bien réfléchi : tu dois absolument trouver un travail, annonça Laura tout en continuant à manœuvrer son rouleau de haut en bas et de bas en haut.

— J'essaie d'écrire un roman, lui rappela Tracie. Crois-moi, ce n'est pas rien.

Tel un apprenti écrivain faisant ses premiers pas, Tracie s'appliquait à respecter un nouveau rythme de vie – écriture le matin, corrections l'après-midi. Son roman racontait l'histoire d'une petite fille qui grandissait dans une ville un peu comme Encino, et tentait de surmonter sa détresse après la mort de sa mère. Ce n'était pas exactement autobiographique, mais elle n'avait pas vraiment d'efforts à fournir pour cerner l'héroïne.

— Je sais, et je suis très fière de toi, répondit Laura. J'aimerais seulement que tu te décides à sortir de ton antre pour rencontrer des gens.

— C'est ça. Et ensuite, tu me demanderas de faire passer une petite annonce dans la rubrique Cœurs solitaires ?

Tracie plongea son rouleau dans le bac avec un peu trop de vigueur, éclaboussant la plinthe de gouttelettes mauves.

— Oups, murmura-t-elle en s'emparant d'une serviette en papier pour éponger les dégâts.

Heureusement, c'était du plastique. Il faudrait

seulement une heure, au lieu de deux jours, pour tout nettoyer.

Laura pivota vers elle.

— J'ai respecté ton deuil, non ? M'en suis-je mêlée ? T'ai-je dit une seule fois que tu ne pouvais pas continuer à mariner dans ton appartement comme un saumon mort après la saison du frai ?

De fait, Laura avait été étonnamment discrète – ou tout bonnement très occupée. Tracie avait passé des jours, peut-être même des semaines, à se remémorer chaque détail, chaque minute de sa nuit avec Jon. Quand il lui avait dit qu'il l'aimait, qu'il l'avait toujours aimée, cela avait été magique, comme dans un de ces rêves où vous découvrez non seulement que vous savez faire des pointes, mais que vous connaissez chaque pas de la chorégraphie du *Lac des cygnes*. Jon et elle n'avaient fait qu'un. Chaque caresse avait été si parfaitement synchronisée, et en même temps si spontanée, si nouvelle, que Tracie en avait conservé le souvenir, intact, pendant des semaines.

Elle avait lu quelque part que les femmes ne se rappelaient pas la douleur de l'accouchement, parce que dans le cas contraire elles n'auraient jamais le courage de traverser cette épreuve une deuxième fois. Vrai ou faux, Tracie l'ignorait, mais ce dont elle était certaine, c'était qu'elle ne voulait pas se remémorer le bonheur et la perfection de son union avec Jon. Sachant qu'elle ne les connaîtrait plus jamais, elle en aurait trop souffert.

Elle avait eu tout le temps nécessaire, et même plus qu'il ne fallait, pour se maudire, vouer Marcus aux pires tortures, accabler Phil, et se répandre en accusations aussi inutiles qu'injustes envers tout ce qui vivait sur cette planète. Puis elle s'était résignée, et avait peu à peu tourné la page pour se concentrer sur le présent. Elle ne regrettait pas d'avoir perdu son travail au *Times*, ni de percevoir des indemnités ridicules, ni même de puiser dans le petit legs que lui avait laissé sa mère. En fait, c'était la première fois de sa vie qu'elle appréciait cet argent.

— Je n'ai pas besoin d'un job, et je ne pourrai plus me consacrer à mon roman si je travaille à l'extérieur, rappela Tracie à Laura. D'ailleurs, en calculant bien mon budget, je devrais réussir à tenir jusqu'à la fin de l'année, et à ce moment-là mon livre sera probablement terminé.

— Oui, mais si tu trouves un boulot qui ne pompe pas ta matière grise, tu n'en écriras que mieux et tu pourras tenir pendant deux ans, souligna Laura. Cela, juste pour le cas où tu devrais revoir tes délais à la hausse, comme pour ce malheureux mur.

Elle lui décocha un sourire malicieux, s'empara d'un pinceau et entreprit de tracer une bordure parfaitement droite le long du plafond. La sûreté de son geste remplit Tracie d'admiration. Laura était assez grande – ou le plafond était assez bas – pour se passer d'escabeau.

— De toute façon, tu ferais mieux de t'en tenir là pour aujourd'hui.

— Pourquoi ? protesta Tracie. Je ne suis quand même pas si nulle.

— Non, mais Phil ne va pas tarder à arriver, et mon petit doigt me dit que vous n'avez pas envie de vous trouver nez à nez.

— Exact.

Laura continuait à voir Phil régulièrement. Du moins, c'était ce qu'en avait déduit Tracie car, en dehors de son amie, elle ne fréquentait personne. Bien sûr, Laura ne connaissait pas encore grand monde à Seattle, mais elle semblait néanmoins avoir fait son trou. L'appartement serait charmant – en dehors de la

393

chambre mauve – et son travail à *Java, The Hut*, semblait lui plaire. Tracie n'y avait pas remis les pieds depuis sa rupture avec Jon, mais Laura lui faisait régulièrement des rapports détaillés. Apparemment, Jon avait également déserté les lieux. Ou alors, Laura censurait pudiquement les passages le concernant. Quoi qu'il en fût, Tracie était contente d'éviter Phil, d'abord parce qu'elle avait des remords à son sujet, et aussi parce qu'elle n'était pas fâchée d'abandonner son rouleau de peinture.

— Tu sais, si tu veux sortir avec Phil, ce n'est pas un problème. C'est archifini entre nous.

— Non, nous sommes juste bons ennemis, ironisa Laura. Nous nous rencontrons une fois par semaine pour ruminer nos chiennes de vies. Ça lui aura pris un peu de temps, mais il devient un confident tout à fait acceptable.

— Méfie-toi, Jon et moi avions commencé comme ça...

Pendant un bref instant, Tracie s'autorisa à penser à ses tête-à-tête animés avec Jon, puis elle le chassa de son esprit comme elle s'obligeait désormais à le faire plusieurs douzaines de fois par jour.

— N'empêche, insista Laura, tu devrais prendre un emploi de serveuse. Ils cherchent justement quelqu'un à mi-temps au restaurant. Ça te changerait les idées, et tu pourrais mettre un peu de beurre dans tes épinards. Sans compter les pourboires.

— Les pourboires ! ricana Tracie. J'ai passé l'âge des petits boulots, et je n'attends pas après des pourboires.

Laura poussa Tracie dans la salle de bains et lui tendit un morceau de savon.

— En attendant, voilà un conseil gratuit : nettoie ces traces de peinture avant qu'elles sèchent. Et écoute-moi : j'ai toujours raison.

Tracie renifla d'un air dédaigneux.

Laura poussa d'autorité une Tracie nerveuse et réticente à l'intérieur de *Java, The Hut*, et la traîna aux pieds de Molly.

— Euh... Vous avez besoin d'une serveuse ? balbutia Tracie.

— Autant que d'une épidémie de choléra, répondit Molly avant de la toiser de haut en bas. Pourquoi ? Vous cherchez du travail ?

— C'est-à-dire... j'ai été virée du journal, mais mon patron soutient que c'est moi qui ai choisi de claquer la porte, ce qui fait que je ne suis pas sûre de toucher des indemnités de...

Molly leva la main comme si elle refusait d'entendre un mot de plus. De l'autre, elle lui tendit un T-shirt portant le logo de *Java, The Hut*.

— Au moins, vous connaissez déjà le menu par cœur.

— Tu vois, je te l'avais dit ! triompha Laura.

— Je vois quoi ? grommela Tracie.

— Vous allez engager Tracie, n'est-ce pas ? demanda Laura.

— Mouais, grogna Molly.

Puis elle soupira.

— Je suis probablement en train de me torpiller moi-même, mais après tout, on ne vit qu'une fois.

Molly avait le pouvoir de la recruter sans en référer à son supérieur ?

— Mais... je ne dois pas d'abord en parler au patron ? Je veux dire, je n'ai aucune expérience et...

— Ne vous inquiétez pas, vous paierez pour ça aussi, ma belle. J'espère que les clients seront aussi généreux avec vous que vous l'étiez avec moi, rétorqua Molly d'une voix grinçante. Vous ne voyez pas que cet endroit n'a pas de patron ?

— Le restaurant vous appartient ? Je l'ignorais...

— Chérie, il y a un tas de choses qui vous restent à

apprendre. Mais j'ai l'impression que vous avez déjà commencé.

Molly marqua un temps.

— C'est fini avec Jon, alors ?

Tracie baissa la tête.

— Nous nous sommes... en quelque sorte...

— Suffit. Je ne veux rien entendre.

Molly reporta son attention sur Laura.

— Vous êtes en retard. Les cuisines vous réclament, et nous sommes en rupture de tomates farcies.

— Pas de problème.

Laura adressa un large sourire à Molly, et à son amie un signe de victoire, pouces levés.

Tracie tourna son regard vers la rue ; l'arbre planté devant la fenêtre avait ouvert ses bourgeons et déployé majestueusement son feuillage sans même qu'elle s'en aperçoive.

Elle travaillait toujours pour Molly quand les feuilles roussirent, puis tombèrent, et quand les branches se couvrirent de givre. Ce fut le premier hiver de son cœur.

41

Jon se promenait dans Pike Place Market avec Lucky. C'était le premier jour qui respirait le printemps. Il y avait du monde dans les rues, et Lucky reniflait comme s'il y avait quelque chose de nouveau dans l'air.

Jon ne remarquait même pas les femmes qui se retournaient sur lui. Sa dernière nuit avec Allison avait bel et bien été la dernière à tous points de vue. Il n'avait jamais répondu à Sam ni à Ruth. Même Beth avait fini par cesser de l'appeler. Il s'était jeté à corps perdu dans son travail, mais il était trop tard pour sauver le projet Parsifal. Il était dit qu'il traverserait seul son premier échec professionnel.

Il noua la laisse de Lucky à un pilier, près de quelques tables en terrasse. Précaution bien inutile : la petite chienne l'attendrait jour et nuit, attachée ou non. Il entra dans une boutique pour s'acheter un café.

Tout en attendant son tour, il contempla les prix affichés sous les beignets et les gâteaux. Ils étaient écrits sur des Post-it. Il en caressa un du bout du doigt, puis secoua la tête. Interdiction de penser à Tracie. Il était suffisamment discipliné maintenant pour s'imposer cette règle. Au début, sa solitude s'était refermée sur lui, aussi dense et pesante que le brouillard sur le Puget Sound. Il n'aimait pas admettre le nombre de nuits qu'il avait passées sous le toit maternel à essayer de surmonter cette crise. Sa mère était restée discrète, l'accueillant toujours avec tendresse, sans jamais lui poser de questions. Son seul conseil s'était résumé à une suggestion :

— Pourquoi ne vas-tu pas à la fourrière ?

Jon n'avait jamais envisagé d'adopter un toutou, mais, d'un autre côté, il se sentait dans le même état d'esprit qu'un animal en cage : seul, enfermé – émotionnellement tout au moins – et avide d'affection. En regardant derrière les barreaux, il avait vu défiler tous les laissés-pour-compte de la race canine : des chiens trop exubérants, trop grands, pas assez mignons, pas assez racés, ou pas assez chanceux, tout simplement.

Jon acheta son café et un beignet rassis qu'il partagerait avec Lucky. La chienne l'accueillit avec des manifestations de joie démonstratives, agitant son arrière-train autant que sa queue. Il détachait sa laisse et s'apprêtait à rebrousser chemin quand il aperçut Beth, assise toute seule à une table. Il aurait pu filer, mais, malgré sa Lucky, il éprouvait une telle sensation de solitude qu'il s'avança.

— Je peux ?

Elle tressaillit, leva les yeux.

— Bien sûr. Comment vas-tu, Jonny ?

— Jon. Juste Jon. Et voici Lucky.

— Je ne savais pas que tu avais un chien.

— C'est récent. Comment vas-tu ?

— Oh, couci-couça.

Elle but une gorgée de café. Elle grignotait une barre Milky Way.

— Ce n'est pas très drôle au journal. Allison poursuit Marcus pour harcèlement sexuel, et sans Tracie...

— Tracie ne travaille plus au journal ?

Jon s'était interdit d'acheter le *Times*, pour ne pas être tenté de chercher son nom au bas des articles.

— Tu n'es pas au courant ? Elle a démissionné.

— Non !

Il essaya vraiment de ne pas la questionner. Il mobilisa toutes ses forces pour résister, et échoua.

— Et quand doit-elle se marier ? demanda-t-il, honteux et effrayé par son manque de contrôle.

Il ne pouvait pas se permettre de replonger dans l'abîme de désespoir qu'il avait connu ces derniers mois.

— Qui ça ? Allison ?

— Non, Tracie, s'obligea-t-il à articuler.

Il n'avait pas prononcé son nom depuis leur dernière entrevue, et il s'était juré à lui-même de ne plus jamais le faire. Sa mère avait cessé de demander de ses nouvelles, même si elle ne l'avait jamais interrogé sur ce qui s'était passé.

— J'ai su qu'elle s'était fiancée avec Phil, ajouta-t-il.

— Oh oui : pendant bien quarante-cinq secondes,

répondit Beth avec une moue. Il y a belle lurette qu'elle l'a largué.

Jon s'appliqua à ne laisser paraître aucune émotion, mais il se sentait pris de vertige. Il perdit le fil, jusqu'à ce que Beth déclare :

— ... c'est comme ça que Tracie s'est retrouvée à *Java, The Hut*. Du moins, elle y était la dernière fois que je l'ai vue.

C'était trop d'informations à la fois. Jon était convaincu d'avoir mal entendu.

— Qu'est-ce qu'elle fabrique là-bas ?

Peut-être s'agissait-il d'une sorte de plaisanterie douteuse.

— Je ne sais pas trop, avoua Beth. Mais tu devrais aller voir par toi-même. Je n'ignore pas ce qu'elle ressent pour toi.

— Vraiment ?

— Arrête. Tracie est amoureuse de toi depuis des années. Simplement, elle n'en avait pas conscience. Je ne suis peut-être pas très maligne, mais il y a des limites.

— Tracie m'aime ? demanda Jon.

— On ne fréquente pas un garçon pendant sept ans si on n'est pas mordue. Et toi aussi, tu l'aimes, ne dis pas le contraire. Tu ne crois pas qu'il est temps de faire la paix et de lui passer la corde au cou ?

— Uniquement pour me pendre, soupira-t-il.

Jon était assis dans un box, devant une fenêtre, le visage dissimulé derrière la carte. Dehors, Lucky s'était réfugiée sous un banc pour éviter les passants. Jon ne put s'empêcher de remarquer la demi-douzaine de Post-it collés sur le menu, annonçant les plats du jour. Beth devait avoir raison. Les petits carrés de papier jaune flottant sur le revêtement plastifié étaient plus beaux à ses yeux qu'un champ de jonquilles sur le flanc d'une colline. Son cœur battait à tout rompre. Il observa Tracie de loin tandis qu'elle notait une commande, servait du café, puis débarrassait une table.

C'était dur pour lui de la regarder faire le service. Depuis qu'il la connaissait, il ne l'avait jamais vue plier ne serait-ce qu'une serviette. Et maintenant, en la regardant s'activer, il vivait une expérience étrange, probablement proche de ce que les thérapeutes appellent une « dissonance cognitive ». Du reste, ces dernières quarante-huit heures avaient été marquées par un grand chaos émotionnel.

Après avoir quitté Beth, il était rentré chez lui pour tenter d'analyser ce qui s'était réellement passé entre Tracie et lui – en s'appuyant sur des faits et non sur des suppositions. Pour autant qu'il puisse reconstruire l'histoire, Allison lui avait délibérément menti au sujet des fiançailles de Tracie. Quant à savoir si elle avait agi ainsi pour le détourner d'une rivale ou pour servir un autre mobile, mystère. Il n'aurait probablement jamais la clé de l'énigme. Quoi qu'il en soit, il était parti à la recherche de Phil. Il lui avait fallu ravaler sa fierté pour oser cette démarche, mais, à l'évidence, elle avait été tout aussi pénible pour l'ex-futur mari de Tracie.

Phil, assis dans le minuscule cagibi du département où on l'avait affecté, avait en effet probablement éprouvé une humiliation cuisante en voyant ses collègues se retourner pour tenter de comprendre en quel honneur un employé débutant recevait la visite d'un cadre supérieur. Il lui avait amèrement confirmé la version de Beth.

Tracie s'approcha de sa table.

— Puis-je prendre votre commande ?

Jon abaissa le menu. Elle se figea et parut avoir du mal à soutenir son regard. Mais elle le fit bravement.

Leurs yeux se soudèrent et il put lire clairement ses sentiments pour lui sur son visage.

— Qu'est-ce que tu fais là ?

— Et toi ?

— Je travaille ici. Ça n'a pas marché comme je l'espérais, au journal.

— J'ai entendu dire que tu étais fiancée à Phil.

— Ça n'a pas marché non plus. Je ne me voyais pas épouser un garçon par dépit.

Puis elle se mordit la lèvre, comme pour se punir d'avoir trop parlé. Elle regarda son carnet de commandes. Visiblement, elle tentait de se ressaisir.

— Puis-je prendre votre commande, s'il vous plaît ?

— Certainement : Adam et Ève sur un radeau.

Elle se décomposa, puis détourna la tête pendant une poignée de secondes. Jon ne parvenait pas à y croire. Quand elle lui fit face à nouveau, elle était en colère.

— Ce n'est pas drôle ! Je t'ai blessé, d'accord, mais j'ai besoin de ce travail, et ce n'est pas en te moquant de moi que...

— Je ne me moque pas, l'interrompit Jon d'une voix douce. Par dépit... de qui ?

— À ton avis ? siffla-t-elle, et elle jeta le carnet par terre.

Elle tournait les talons quand Jon jaillit de la banquette et lui saisit la main. Elle essaya de se dégager mais il la fit pivoter vers lui. Elle baissa la tête pour éviter de croiser son regard. Des larmes ruisselèrent sur ses joues.

Jon s'adressa à Molly.

— N'a-t-elle pas les plus beaux yeux du monde ?

— Oh ! Ne te moque pas de moi ! cria Tracie, et des larmes noyèrent les plus beaux yeux du monde.

Elle réessaya de se libérer.

— Doucement, lança Molly à l'attention de Jon, elle est fragile.

— Bon, alors, à quand le mariage ? demanda Jon.

Molly fit signe à Laura, qui sortit des cuisines et observa la scène, les yeux écarquillés et la bouche grande ouverte.

Tracie fit face à Jon.

— Je te l'ai déjà dit : je n'épouse pas Phil.

— Mais je l'espère bien, acquiesça-t-il. C'est moi que tu épouses.

Elle se pétrifia, et Jon put apprécier combien son visage était d'une perfection totale. S'il avait dû le sculpter, il n'aurait pas modifié un seul détail.

— Tu m'épouses, moi, répéta-t-il, cette fois avec toute la force de son amour.

— C'est... c'est vrai ? balbutia-t-elle, et il vit son expression changer, comme si le sang affluait dans un visage en marbre, lui donnant vie peu à peu.

— Évidemment, idiote ! lança Laura depuis la porte des cuisines.

Molly secoua la tête d'un air faussement dédaigneux.

— Vous êtes aussi cinglés l'un que l'autre, bougonna-t-elle. Mais je suppose que vous n'avez pas d'autre choix que de finir ensemble : qui d'autre serait assez tordu pour avoir envie de l'un de vous deux ?

— Tu veux vraiment m'épouser ? répéta Tracie.

Elle cilla.

— Pourquoi ?

— Parce que tu m'aimes. Depuis toujours. Même si tu as mis du temps à le comprendre, lui expliqua Jon autant pour elle que pour lui.

Tracie essuya son visage ruisselant du dos de la main.

Jon lui tendit une serviette en papier et poursuivit :

— Et aussi parce que nous aurons de beaux enfants. Et parce que je serai un père formidable et toi une mère géniale. Et parce que nous aimons tous les deux Seattle. Et parce que tu pourrais avoir une maman à mi-temps :

la mienne revendique le poste. En plus, elle veut être grand-mère.

Tracie déglutit, essuya de nouveau son visage et jeta ses bras autour de son cou.

— Ce sont d'excellentes raisons.

Elle se pelotonna contre le torse de Jon, et il respira avec délices le parfum de sa peau, de ses cheveux. Elle leva les yeux vers lui, soupira et nicha sa tête contre son épaule. Leurs deux corps s'ajustaient à la perfection.

Jon referma ses bras autour de sa taille. L'osmose fut complète.

— Je t'aime, Jonathan, murmura Tracie.

— Je t'ai toujours aimée, répondit Jon. Et je t'aimerai toujours.

Et il avait raison.

Remerciements

Merci à tous les mauvais garçons dans l'âme qui m'ont apporté leur concours : Nick Ellison, Ivan Reitman, Tom Pollack, Michael Chinich, Dan Goldberg, Joe Medjik, Jeff Berg, Cliff Gilbert-Lurie, Skip Brittenham, Paul Mahon, Bert Fields, Lenny Gartner, Dwight Currie, Jim Ragliamo, Tom LaPoint, Jerry Balargeon Carl Benenati, Philip Kain, Justin Levy, Andy Fisher, Paul Toner, sans oublier Nissim, Keith et Patrick.

Merci aussi à tous les mauvais garçons en devenir : Bob Levinson, Ross Cantor, Alan Ladd, Jr., Lewis Allen, Jerry Offsay, John Moser, Harold Sokol, Tony, Jeff Kreutziger, Paul Rothmel, Ed Harte, Michael Elovitz, Peter Davis, Ben Dower, Lenny Bigelow, Michael Kohlmann, Charlie Crowley, Mohammed Rahman, Eric Breitbart, Howard Schwartz, David Gandler, Louis Aronne, ainsi qu'aux garçons de chez James Lee Construction, Kami Ashrafi, Efrain Butron, et Herb Gruberger, mes chauffeurs du Mirage, Rob Hundley, et Anthony Susino de chez Louis Licari.

Une pensée spéciale à toutes celles qui ont été – ou sont encore – sous l'emprise d'un mauvais garçon. Sherry Lansing, Barbara Dreyfus, Nancy Josephson, Ann Foley, Jacki Judd, Barbara Howard, Laurie Sheldon, Jay Presson Allen, Rachel Dower, Ali Elovitz, Susan Jedren, Lorraine Kreahling, Sara Pearson, Lynn Phillips, Linda Grady, Jane Sheridan, Deborah Levitt,

Kathy Isoldi, Lisa Welti, Rosie Sisto, Carol Sylvia, Robinette Bell, Debbie, Katie et Nina LaPoint, Nancy Lee Kingsbury-Robinson-Delano, Rita Benenati, Pat Rhule, Judy Aqui-Rahim, Freeway, Mary Ann Chiapperino, Gladys, Rebekah, Sarah Ashrafi et Lynn Goddel de chez Louis Licari, Édith Cohen de chez Marc Tash, et Mary Ellen Cashman. Un grand merci aussi à Martine Rothblatt qui pourra, au choix, se placer dans l'une ou l'autre catégorie mentionnée ci-dessus. Enfin et surtout, à Louise et aux deux Margaret.

Une poignée de pattes affectueuse aux représentants de la gent canine qui font partie de ma vie : Mish Dubinofsky-Romanoff, Spice Escobar, Jelly Roll Levinson, Lexie Elovitz, et Max Delano.

Tous mes remerciements à Pat Handl pour avoir présenté Nan à Rose Marie Jones, inépuisable mine de renseignements sur le parler vrai et les hauts lieux de Seattle. Merci aussi à la *Seattle-King County Convention* et au *Visitors Bureau* pour leurs cartes touristiques, ainsi qu'à Jeff Cravens, du REI, pour m'avoir guidée dans les méandres du vocabulaire de l'escalade et les allées du REI de Seattle. Un grand merci également à Margaret Santa Maria de chez *Eastern Mountain Sports* à Manhattan. Je n'ai toujours pas l'intention d'utiliser un choc coinceur, mais ce n'est sûrement pas plus mal.

Enfin, un salut amical à mes nouveaux amis de Dutton : Laurie Chittenden, Carolyn Nichols, Brian Tart, Louise Burke, Lisa Johnson, Michael McKenzie et Carole Baron. Je vous aime tous !

*Composition et mise en pages réalisées
par ÉTIANNE COMPOSITION
à Montrouge.*

Cet ouvrage a été imprimé par

FIRMIN DIDOT

GROUPE CPI

Mesnil-sur-l'Estrée

pour le compte de France Loisirs
en mai 2003

Imprimé en France
Dépôt légal : mai 2003
N° d'édition : 38603 – N° d'impression : 63704